LE MARI DE L'AMBASSADEUR

DU MÊME AUTEUR

Chez FLAMMARION .

Un mari c'est un mari, *roman.*
La vie reprendra au printemps, *roman.*
La Chambre de Goethe (Prix Roland Dorgelès 1981).
Un visage, *roman.*
Le Mois de septembre, *roman.*
La Citoyenne.
Le Harem, *roman* (Grand Prix du Roman de l'Académie française, 1987).

Chez JULLIARD :

L'Ile sans serpent, *récit.*
Je vous aime.
La Demoiselle d'Avignon, *roman* (en collaboration avec Louis Velle).

Chez D'AUTRES ÉDITEURS :

La Petite Fille modèle, *récit.*
Babouillet ou la Terre promise.

FRÉDÉRIQUE HÉBRARD

LE MARI DE L'AMBASSADEUR

FLAMMARION

ISBN 2-08-066438-7

à François Dalle

Elles revenaient.

En formation dispersée comme le veut la loi de l'espèce.

Il y avait encore quelques flaques de neige qui s'attardaient dans les vignes. Patience. Elles ramenaient dans leurs plumes la chaleur de l'Afrique et la promesse de l'amour qui ferait rougir leurs pattes et leurs becs. Fondre l'hiver.

A l'approche du Sundgau, quittant les hautes couches de l'éther où elles naviguaient depuis des jours, des nuits, sur la route écrite par les étoiles, elles avaient commencé leur descente vers l'Alsace.

A l'aplomb de l'église fortifiée d'Hunawihr l'escadrille se défit comme une fleur qui perd ses pétales et l'une des voyageuses mit le cap sur les fortifications de Bergheim.

Merveilleuse machine affrétée par le Créateur pour le voyage au long cours, oiseau œcuménique qui vole de mosquée en clocher, oiseau muet qui reconnaît la voix du muezzin comme celle de l'Angélus, oiseau de l'Alliance elle descendit sans crainte vers le monde des hommes où la large roue de branches et de brindilles l'attendait. Au même endroit. Depuis des siècles.

LE LÉOPARD

— Les cigognes sont arrivées, Monsieur, dit Katel en entrant héroïquement dans la bibliothèque.

— Foutez-moi la paix ! cria Morand avec tant de rage qu'elle claqua sur elle la porte de la tour, terrifiée, muette, incapable de bouger ou de prononcer les reproches qu'elle avait préparés.

« Tout ça c'est votre faute, Monsieur ! »

Mais à quoi bon dire la vérité à un vieux fou qui la connaît ? Il avait de la peine… et elle ? Elle n'en avait pas, peut-être ? Dans la maison vide qui aurait dû être pleine de fleurs, de rires, avec des invités qui cherchent un bouton de col, une aiguillée de fil, un morceau de papier cadeau tandis que le vin rafraîchit dans les pains de glace et que les commis de chez Struedel livrent la pièce montée... rose, sertie de dragées et de grains d'anis enrobés d'argent avec, au sommet, le voile de tulle, minuscule, flottant comme un drapeau sur les mariés.

— Il m'a volé les noces de Sixtine, dit-elle à voix haute.

La colère l'avait saisie et elle descendit très lourdement l'escalier de bois en espérant que Morand l'entendrait. Espoir déçu, le vieil homme voguait à quelque trente ans de l'instant, rendu au passé par le visage souriant d'une petite fille à qui manquait une dent. Cette photo ils l'avaient prise, Katel et lui, au moment de l'annonce de la victoire de Jean.

« Attention, Sixtine ! le petit oiseau va sortir, écoute-moi bien : papa est champion ! »

Quelle joie dans ce sourire ébréché ! Quelle confiance

en la vie. Papa est champion ! Il a gagné le 5 000 mètres ! Papa a gagné !

Depuis qu'il a posé la belle image sur son bureau elle n'en a plus bougé. Belle image d'une petite fille qui, le lendemain, sera orpheline. Gros titres. Grands fonds. « Mort de Jean Bader. » « L'avion qui ramenait Jean Bader, sa femme et sa mère après le triomphe de Melbourne s'abîme dans l'océan Indien. »

Abîmes refermés sur les corps aimés qui jamais ne reposeront dans la terre. Aucun survivant. Chape de glace qui descend sur un vieil homme et une enfant, les dédiant, les cousant, les ordonnant l'un à l'autre. Lui pour transmettre, elle pour recevoir. Ne rien oublier. Le seul moyen de se libérer du passé c'est de l'offrir à l'avenir. Le seul moyen de continuer à vivre c'est de savoir que jusqu'au bout il devra lui rendre des comptes comme à une souveraine. N'est-elle pas le dernier rameau, la dernière espérance au fond du creuset éteint ?

A peine étaient-ils revenus de l'office funèbre sans cercueils que la leçon commençait.

Il la revoit, toute petite, vêtue de noir, elle venait d'enlever un gant, elle regardait autour d'elle comme si elle découvrait Walheim, elle avait dit :

« C'est une belle maison », puis elle avait levé les yeux sur son grand-père attendant qu'il énonce le mode d'emploi d'une nouvelle existence. Alors il avait dit :

« Tu sais, nous ne sommes pas riches, nous sommes anciens...

— Anciens ? Tu veux dire que nous sommes vieux comme le monde, Pappi ? » avait-elle demandé en grimpant sur ses genoux.

Il lui avait raconté la famille, les verres de la Fabrique, la guerre, l'Arbre au-dessus des vignes, la guerre, le chien Mopsel, la guerre, les guerres... tout doucement, la joue posée sur sa main gantée de noir, elle s'était endormie, la tête pleine de mots. « Vieux comme le monde... » Il l'avait regardée en se jurant de le lui donner, le monde. Petit à petit. Une cuillerée pour papa, une cuillerée pour maman...

Morand revient à aujourd'hui, il détache de sa chaîne de montre la petite clef qu'il a baptisée Barbe-Bleue. C'est la petite clef du tiroir des bonheurs-chagrins qu'il n'aime pas ouvrir car son contenu ravive les chagrins et ne rend pas les bonheurs. Mais, au point où il en est, que risque-t-il à fouiller dans les lettres et les photos ?

Votre petit léopard est bien arrivé. 19 septembre 1961, elle venait d'avoir neuf ans. Elle entrait aux Ursulines de Bruges.

Ça c'était une fameuse idée.

« Tu comprends, Sixtine, nous sommes protestants alors je t'envoie chez les sœurs pour que tu saches comment ça se passe chez les catholiques.

— Chez les sœurs ! »

Katel s'en étouffait.

« Chez les sœurs ! Elles vont nous la prendre, Monsieur, et la donner à leur Sainte Vierge ! Dieu vous en demandera raison ! »

Il avait crié plus fort encore, la mettant hors d'elle : « Laisse Dieu à ses affaires, Katel ! Est-ce qu'Il vient te déranger dans ta cuisine ? Ah ! et puis je vais te dire une bonne chose : non seulement elle va aller chez les catholiques mais, le jour de ses quinze ans, je l'enverrai faire ses humanités chez les Allemands !

— Vous n'oseriez pas, Monsieur ! Vous qui avez été un résistant !

— Justement !

— En tout cas ça m'intéresse déjà beaucoup d'aller chez les catholiques », avait dit Sixtine avec le calme d'un missionnaire partant évangéliser les anthropophages.

Katel s'était tue. Battue. Morand triomphait :

« Tu verras, la mère supérieure est un type formidable !

— Un type ? Un monsieur ?

— Non, Pierrot n'est pas un monsieur mais elle a fait la guerre avec moi. »

Et — même aujourd'hui, même après la mort de Pierrot — ce n'était pas la religieuse qu'il revoyait mais le compagnon de combat, l'ambulancière un peu lourde que tout le monde appelait Pierrot à la brigade Alsace-Lorraine, la fille belge dont personne ne savait le nom de famille.

29 septembre 1961

Votre petit léopard est bien arrivé.

Je ne me lasse pas d'étudier ce caractère que je qualifierai de formidable. Son âge, si tendre, âge où l'on a coutume de ne rencontrer encore qu'une ébauche de personnalité, ne fait qu'accroître et renforcer ses traits...

Une photo s'échappa du paquet de lettres et, malgré lui, Morand se mit à rire. C'était la photo de la distribution des prix où Sixtine et Marine avaient tout raflé. Des jambes en chaussettes blanches, des jupes bleues plissées et des mains qui serraient des piles de livres si hautes qu'elles tenaient lieu de visage...

« Moi je suis le Magritte et Marine le Delvaux », avait écrit Sixtine au dos de la photo.

1962

Elle a lié amitié avec une petite compatriote à moi, Marine Degand. Je vous parlerai de la famille. Effroyablement convenable à part une mère qui a tout planté là, mari et enfant, pour partir élever des mustangs dans un désert du Nouveau Monde. Dans un désert mais certainement pas dans la solitude. Née d'un père qui manque de fantaisie et d'une mère qui en a trop, Marine a relevé le défi. Elle est sereine. Ici tout le monde la trouverait exemplaire si elle n'était pas jolie. J'ai beau répéter à mes sœurs « Personne n'est parfait », elles ont du mal à accorder leur confiance à ce bijou comme elles ont du mal à accepter la beauté déjà mystique, dérangeante, de Sixtine.

Au fait, vous ne m'aviez pas dit qu'elle avait la Foi ? Je veux dire à ce point. Elle suit les offices avec une réserve fervente. Au début sa croix huguenote (entre nous les bijoutiers de la Religion Prétendue Réformée n'ont pas la main légère, j'ai cru qu'elle portait le battant d'une horloge de parquet !), au début sa croix huguenote et sa Bible, sans laquelle elle ne pénétrait jamais dans la chapelle, ont jeté un certain trouble dans la communauté. Puis elle a demandé à entrer à la chorale et la musique fit fondre la méfiance de part et d'autre. Mais ça n'explique pas tout. Il s'est passé quelque chose entre elle et le père Kumba. Je veux dire théologiquement. Je vous avais écrit l'année dernière que je l'avais prévenu : « On ne confesse pas, on ne convertit pas cette enfant. » Le père se ferait plutôt tuer que de manquer à la parole qu'il m'a donnée. Mais savez-vous ce que je crois ? C'est le léopard qui essaie de le convertir ! C'est le léopard qui reçoit mon confesseur en confession ! Ah ! je prends des risques mon ami, mais, que voulez-vous, j'ai tous les courages parce que ces petites que l'on me confie comme vous l'avez fait, ou dont on se débarrasse (je pense à Marine), eh bien je les aime. Comme j'aime la Zambelli, une vieille fée qui débuta à la Monnaie au temps du Roi-Chevalier et qui vient deux fois par semaine cingler leurs mollets nus de sa méchante baguette. Percluse, nouée, bossue, enroulée dans des lainages comme dans des pansements, l'étoile éteinte leur apprend implacablement à marcher, comme monsieur Liu leur apprend implacablement à s'expédier au tapis en kimono blanc. Mais la pratique de la danse classique et des arts martiaux dans un couvent de jeunes filles choque sans doute moins que la présence d'un confesseur noir. Que dis-je : noir ? Bleu marine ! et qui n'est ni vieux, ni bègue, ni sourd comme il sied à une maison convenable. Kumba est jeune, beau à rendre le diable méchant, il joue au ballon avec les petites, les emmène voir les Memling au musée... Tiens, hier il mangeait des frites dans la rue avec elles en leur faisant sous la pluie une conférence sur le Mariage mystique de sainte Catherine. *Sa culture est effrayante. Il me rappelle nos écrivains de la Brigade... Vous vous souvenez de nos conversations à la lueur meurtrière de la guerre, mon commandant ? Ah ! Morand, vous ne me ferez pas dire « C'était le bon temps » mais quand même ! La vie nous oblige à changer d'espérance comme de vitesse. Parfois ça grippe. Enfin, l'espérance, aujourd'hui, c'est de faire un honnête homme de votre petite-fille. (Détail trivial : j'ai décidé de recevoir Sixtine à ma table une fois par mois. Le spectacle de nos infantes torchant leur écuelle au réfectoire est une vision d'une insoutenable barbarie.)*

Depuis combien de temps n'a-t-il pas lu ces lettres ? Les a-t-il seulement relues ? Il n'avait pas été frappé par le ton pathétique de la dernière :

Elles sont parties. Ce sont les vacances. Mais Sixtine ne reviendra plus. La rentrée pour elle s'appelle Heidelberg. Comme vous avez raison, Morand, de me la reprendre. De la jeter dans l'Europe bouillonnante de demain. Mais comme j'ai eu mal quand mon léopard est venu m'embrasser pour la dernière fois.

« Merci pour ces années passées près de vous, ma Mère, a-t-elle dit.

— Vergiss mich nicht in Deutschland !

— Nie, Mutter * »*

*« J'ai dit à l'instant : reste tu es si beau** ... »*

Chère Pierrot... Les Hauts de la Parère, Bois-le-Prince, les jeunes morts de la Brigade, le pasteur Frantz, l'abbé Bockel, le Nom du Père sur la prairie avec ses fosses fraîchement ouvertes, les tertres de terre brune et le mât avec son drapeau en berne. Derrière la compagnie formée en carré qui rend les honneurs, une conductrice d'ambulance au garde-à-vous. La fille belge. Peu à peu Morand apprend des choses sur elle. Son père, ses frères, son fiancé, tous fusillés par les Allemands. Van der Hagen, le capitaine belge, l'avait connue à Toulouse où, apparemment, elle finissait ses études. Il semblait savoir beaucoup de choses sur elle mais les livrait parcimonieusement. Un soir pourtant en rentrant d'un dîner au PC de de Lattre à la Balance, il avait parlé. De la main droite de Pierrot. Une main qui semblait avoir été détachée du bras puis remise en place par un artisan malhabile. Une main qui semblait avoir le torticolis. Ce n'était pas une infirmité de naissance.

* Ne m'oublie pas en Allemagne !
Jamais, ma Mère !

** *Werd ich zum Augenblicke sagen : verweile doch, du bist so schön...* (Goethe)

« Son poignet a été brisé pendant un interrogatoire… elle a pu s'évader on ne sait pas comment. Elle a atterri au maquis de Souillac où un jeune chirurgien l'a bricolée comme il a pu… »

Ce bricolage ne l'empêchait ni de conduire, ni de soigner avec précision.

« C'est comique mais ça marche ! » disait-elle comme elle aurait parlé d'une vieille bicyclette.

Altkirch, l'ambulance dans une école. Des blessés partout.

« Ça va, Pierrot ?

— Au poil, mon commandant ! »

Pierrot a le parler vert des vierges familières de la mort et de la souffrance. Justement on amène un garçon en proie à ce que Chamson appelle « le haut mal des combats ». Il écume, il hurle, il se débat et le spectacle de cette hémorragie de conscience fait plus mal encore que celui du sang qui s'en va.

Pierrot a pris le garçon dans ses bras, à genoux sur le sol de bois elle le tient serré contre elle, elle caresse de sa main suppliciée le front en sueur de ce tombé d'une croix, elle lui confie un secret merveilleux : « Tu es vivant » et, peu à peu, il se calme contre cette chaleur, cette force et s'endort, bercé. Guéri.

Kaysersberg. Le grand jour de Morand. Il les a tous prévenus : « On boira le vin de la victoire dans les verres de la Fabrique ! »

Kaysersberg est libéré. Ils l'ont tous suivi jusqu'à la Fabrique…

Mais il n'y a plus de Fabrique.

Il n'y a plus de verres, d'aiguières, de flacons, de vasques, de flûtes ni de vaisseaux. La guerre n'a rien laissé de l'œuvre des Bader, maîtres-verriers de père en fils depuis 1672. On marche sur des débris crissants…

En silence quelqu'un a versé du riesling dans les quarts.

Pierrot trinque avec Morand. Choc des quarts…

« Il est bon », dit-elle. Puis elle ajoute, rude et gentille : « C'est la guerre, mon commandant ! Moi qui vous parle mes moissons sont brûlées, mes murailles à terre, mes poternes rasées, mes tours démantelées, mes chevaux ne reviendront jamais de Stalingrad... et tous les miens sont morts... »

Elle n'a jamais tant parlé d'elle depuis le début des combats.

Elle lève son quart cabossé :

« A votre santé, maître-verrier ! A la victoire et à la vie ! »

« C'est une Selm-Langemark », glisse Van der Hagen à l'oreille de Morand.

Une Selm-Langemark ? Mais c'est l'histoire de l'Europe que vous me racontez là, capitaine ! Une Selm-Langemark... bien sûr, ils ont tous été fusillés devant le château en 40. Mais alors sa mère la princesse Bénédicte était une petite-nièce de la reine Victoria ?

« Ouais », répond Pierrot en allumant une gauloise. Pierrot qui demande à Malraux s'il pense que son agrégation de philosophie l'aidera à trouver un poste de secrétaire la paix revenue.

« Parce que je suis vachement seule au monde ! » dit-elle entre deux éclats de rire et deux quarts de riesling.

Mais c'est au Struthof que Pierrot lui a été révélée. Au Struthof devant le crématoire à peine froid où sont oubliés quelques débris humains, au Struthof temple de l'horreur où ils pénètrent, Pierrot et lui avec le major Worms, silencieux, atterrés par la découverte de ce qui n'est pas seulement la guerre mais le péché à l'état pur.

Pierrot s'est arrêtée brusquement et ils se sont arrêtés avec elle au seuil d'une pièce remplie de cheveux. Des scalps. Cheveux noirs, cheveux d'or, cheveux gris, cheveux blancs, cheveux d'enfant... elle est tombée à genoux avec un profond gémissement, les mains tendues vers les boucles, les mèches, les lambeaux de cuir chevelu, et s'est mise à prier en bousculant très fort des mots incompréhensibles que noyaient ses sanglots. Ils sont restés longtemps penchés sur elle et sa prière. Morand ne se souvient plus s'il a pleuré mais il se souvient des larmes que le major ne songeait pas à essuyer. Il se souvient que Pierrot s'est tue Moment immobile. Puis elle a bougé, lourde, ils l'ont aidée à se relever. Elle les a regardés.

« Il faudra venir tous les deux le jour où je prononcerai mes vœux. »

Deux ans plus tard le juif et le protestant étaient fidèles au rendez-vous quand Pierrette Elisabeth Claire de Selm-Langemark, coupant sa chevelure pour effacer l'ineffaçable, devint sœur Blanche du Rosaire.

Morand referme le tiroir, donne deux tours de clef pour garder les tristesses prisonnières. Et le chagrin le submerge quand il regarde tous les morts alignés sur son bureau. A part la petite fille au sourire ébréché, aucun vivant dans les cadres d'écaille et d'argent. Pourquoi sont-ils tous partis ? Pourquoi l'ont-ils laissé seul avec Sixtine ? Il se sent vieux, très vieux. Il a plus de quatre-vingt-dix ans. Il est trop vieux. Il n'en peut plus... Comment disait-elle Pierrot ? « La vie nous oblige à changer d'espérance comme de vitesse... »

Jean.

Bonheur à Walheim dans la vieille maison retrouvée avec la paix.

Jean.

L'avenir est lumineux.

Au-dessus des vignes l'Arbre a résisté à la guerre. Il est toujours là, le guetteur vert à l'ombre duquel son père et son grand-père aimaient aller s'asseoir, dos à la France, face à l'Allemagne. Il y va à son tour avec son fils. L'Europe n'est encore qu'une grande blessure mais déjà on ose prononcer son nom... pourtant quelle misère de part et d'autre du Rhin.

La pauvre Katel... Pauline lui en avait parlé un soir. Ils venaient de rouvrir Walheim, ils y vivaient comme des bohémiens. Heureux.

« Morand, devinez qui j'ai croisé aujourd'hui... Katel ! Vous vous souvenez ? Katel Zeller qui a épousé Joseph le garde de la Fabrique en 38. Elle est veuve de guerre... Elle a du mal à vivre...

— Pourquoi ne l'avez-vous pas amenée ? »

Pauline hésite.

« Joseph est mort en Russie. »

Silence soudain. Seule la pendule ose respirer.

« Un “ malgré-nous ” ?

— Oui. »

Morand avait remis son uniforme et il était allé chercher Katel dans la petite maison à moitié écroulée, de l'autre côté des ruines, là où l'on marchait encore sur du verre brisé, éclaté, crissant. Elle se cachait, honteuse de son malheur. Il lui avait offert le bras comme pour ouvrir un bal et il l'avait emmenée avec lui, sachant qu'après cette promenade personne ne dirait jamais un mot de travers à Katel.

Retrouvailles douces et profondes avec l'Alsace. Elu député à l'Assemblée nationale il devient, en 49, l'un des membres fondateurs du Conseil de l'Europe et, plus tard à la naissance du Parlement il sera député européen. Privé de sa verrerie il se met à écrire. Sur l'Europe d'autrefois en pensant à l'Europe de demain.

« Vous êtes un homme heureux, Bader », lui dit Jean Monnet un soir sur la terrasse aux tilleuls tandis que le lourd parfum de sucre monte des vignes.

Oui. Un homme heureux. Il regarde Pauline qui sourit. Il regarde Jean qui écoute. L'éducation de Jean, quelle fête ! « Tu feras tout ce que je n'aurai pas eu le temps de faire, fils ! » L'avenir est immense. Jean épouse Elisabeth. Naissance de Sixtine. On sort de l'armoire la vieille robe de baptême, on fait tomber une goutte de Clos-Walheim sur les lèvres du bébé...

« Vous êtes un homme heureux, Bader. » Pas pour longtemps. Bientôt il sera seul entre Katel et Sixtine. Il faudra recommencer une autre espérance... la dernière au fond du creuset éteint.

Et le bonheur reviendra. Grâce à cette enfant qu'il n'a jamais traitée en enfant. Cette enfant capable de se mordre les lèvres jusqu'au sang pour ne pas pleurer, cette enfant incapable de refuser la plus humble des joies, cette enfant à qui il voudrait donner le monde et qui le ramène, lui, peu à peu, à la vie.

Rires et chuchotements derrière la porte de la bibliothèque, Sixtine et Marine entrent avec un gros gâteau. « Bon anniversaire au plus beau des grands-pères qu'on puisse trouver de l'Atlantique à l'Oural ! »

Cadeaux, baisers, compliments, rubans, bougies soufflées, merci les petites ! Les petites qu'il voit de loin s'asseoir sous l'Arbre et regarder l'Europe. Il les verra, quelques années plus tard, aller s'asseoir à la même place en compagnie de Mathias le jeune Allemand que Sixtine a rencontré à Heidelberg.

Entrée de Mathias à Walheim... Tout le monde est sur ses gardes. Il ne s'agit pas seulement de dire que la guerre est finie, il faut encore savoir vivre la réconciliation.

Sixtine a voulu aller seule le chercher à la gare prétextant que M. Doppf avait affaire à Colmar et qu'il lui avait proposé de l'emmener. Ils auraient dû être arrivés depuis longtemps quand ils sont enfin entrés dans le salon. Bien plus tard Morand connaîtra la raison de ce retard. La visite au cimetière militaire allemand de Bergheim et le serment au milieu des tombes. Ils entrent dans le salon et Morand est frappé par la ressemblance de ce grand garçon brun et de sa petite-fille.

Elle a dit : « C'est Mathias », comme elle avait dit : « C'est Marine » six ans plus tôt et Morand a su que le grand garçon brun ne serait jamais un amant ou un époux pour elle mais un frère.

C'était un moment très émouvant, heureusement Mopsel — le Mopsel de ce temps-là — s'est levé et est allé flairer le nouveau venu d'une truffe aimable et mondaine ; tout le monde a ri.

Sauf Katel. La veuve de Joseph n'avait pas pardonné aux Allemands. Le garçon d'Heidelberg était un ennemi. Pendant deux jours elle avait claqué les portes, écaillé la faïence, brûlé le pain, trop salé la soupe. Heureusement il y avait eu la promenade en forêt où Mathias avait dévissé d'un rocher. Chute sans gravité mais épistaxis spectaculaire. Les filles affolées le ramenaient pressant des feuilles de châtaignier écarlates sous son nez qui pissait comme une fontaine. Katel avait pris la situation en main, elle avait glissé la clef du portail dans le dos du blessé, lui avait fait avaler une des mixtures abominables dont elle avait le secret et le garçon d'Heidelberg était entré dans son cœur par la grâce d'une goutte de sang.

La belle époque avait commencé ce jour-là... Walheim vivant, Walheim et ses trois adolescents préparant « un avenir pour notre passé ». Première génération qui veut gagner la paix comme d'autres voulaient gagner la guerre ; ils ne feront pas leur vie ensemble mais ils s'aiment pour toujours. Ils sont encore à l'âge des serments. Ils ont créé un onzième commandement : « Tu aimeras ton ennemi héréditaire comme toi-même. » Une fine blessure à leur poignet gauche fait penser qu'ils ont mêlé leur sang. Ils lèvent leur verre et disent : « *Ad augusta per angusta !* » Ils éclatent de rire à propos de tout, à propos de rien. Ils se gavent de Kugelhopf et de chocolat chaud. A la cannelle. Katel les bourre comme des canons. Ah ! Dieu que la paix est jolie. Du haut du rocher où se dresse Walheim, ils écoutent Wagner et Debussy couler sur les vignes d'or. Ils lisent Schiller, Shakespeare et Hugo dans le texte. Ils se disputent en plusieurs langues sur un point de syntaxe. Une nuit il les entend sous sa fenêtre, ils dansent dans l'herbe au pied du château, à la lumière froide de la lune, ils chantent :

Um Mitternacht,
Auf Wiesen, an den Erlen,
Wir suchen unsern Raum
Und wandeln und singen
*Und tanzen einen Traum**.

Morand pense qu'il aurait dû avoir peur. Au lieu d'avoir peur il a été fier. Fier de ces enfants altiers, beaux et bons qui disaient « Plus jamais ça » au milieu

* A minuit,
Sur les prés, près des aulnes,
Nous cherchons notre espace
Et cheminons et chantons,
Et dansons un rêve. (Goethe)

des tombes de la guerre et qui, comme sur la photo du Magritte et du Delvaux, allaient rafler tous les prix qui passeraient à leur portée...

« Attention, s'inquiétait Pierrot, à leur âge on est encore petit ! Vous les irradiez de culture en panachant esprit des Lumières et romantisme allemand, vous les jetez sans précaution du *Discours de la méthode* au *Sturm und Drang,* bravo ! Mais n'oubliez pas les carambars et la pause Mickey ; ils vont finir par imploser ! Je vous le répète, Morand, bravo, mais ils sont encore petits ! »

Encore petits ! Ça le faisait rire. A douze ans Sixtine présidait déjà, en face de lui, quand il recevait. L'Europe défilait à sa table, un peu surprise par la maîtresse de maison en chaussettes blanches sans savoir que la petite fille, rentrée dans sa chambre, notait tout sur un cahier à spirale, jusqu'au détail le plus infime : le nombre de sucres que chaque invité mettait dans son café. Et jusqu'à la plus subtile nuance de la pensée de ses hôtes. A-t-elle conservé ses cahiers ? Dans le milieu qui est désormais le sien, il y a peu de risques qu'elle en ait besoin, pense Morand avec colère. Et sa rage revient, intacte, pure. Sa mauvaise foi aussi.

— Epouser un milliardaire c'est bon pour les imbéciles ! dit-il à voix haute en espérant que Katel écoute, l'oreille collée à la porte.

Si au moins Sixtine était idiote, il comprendrait ! Mais Sixtine ! Sixtine qui avait collectionné les succès universitaires, Sixtine dont la thèse *Le Brevet européen* faisait autorité, Sixtine, juriste international accrédité auprès du Conseil de l'Europe ! Sixtine dont on s'arrachait les services ! Ce n'était pas par bonté d'âme qu'Hérode Krataclydès lui proposait sans arrêt des contrats depuis sept ans... La première fois qu'elle a plaidé pour lui, elle était venue à Walheim avant son départ pour La Haye :

« Tu sais, grand-père, que c'est un des hommes les plus riches du monde ? »

Elle avait éclaté de rire en voyant sa tête.

L'argent.

Pas les sous, la monnaie, les piécettes. Non. L'argent

Tout ce qu'il déteste.

« Mais moi aussi ! disait-elle, sincère. Ce n'est pas parce qu'il a de l'argent qu'il m'intéresse, c'est parce qu'il m'oblige à la performance. Il veut que je gagne. Et je gagnerai ! C'est fatal, j'ai été élevée comme ça... Tu sais par qui ? »

Elle avait gagné à La Haye, elle avait gagné à Bruxelles, elle avait gagné partout. Et elle était restée intacte, lucide, critique. Libre. Puisqu'elle n'avait jamais voulu signer avec lui que contrat par contrat. Elle était si drôle en lui racontant son voyage à Méduse — l'île d'Hérode — le jour où il la fit venir pour lui confier le fameux dossier. Le pavillon pourpre aux serpents blêmes flottant sur le domaine, la maison habitée par les marbres comme par un peuple pétrifié. « Les statues écoutent, disait-elle, même celles qui n'ont pas de tête. » Hérode avait tout fait pour l'épater.

« Mais je ne suis pas épatable, Pappi ! En revanche, lui, si. Et si je ne l'épate pas, il me fera jeter à la mer. Donc, je vais gagner ! »

Elle avait gagné. Une fois de plus. Une fois de trop. Plaidant contre Jimmy Harper elle fit connaissance de celui que Morand n'appelle que « l'Américain ».

Le fils du gangster.

— Un gangster ! répète Morand qui a besoin de se justifier à ses propres yeux.

Chicago, les pétoires camemberts, les règlements de comptes en chapeau mou, la Prohibition ! Et cette Louise du Barry, la mère du marié, cette star platinée qu'on a trouvée morte dans son bain ! De jolis grands-parents pour les enfants à venir de Sixtine ! D'abord, qu'est-ce qu'il fait, l'Américain ? Des affaires. Morand ricane. Des affaires ! C'est tout dire. Un « raider » ! Et on aurait voulu qu'il donne sa bénédiction à ce mariage ?

Mariage.

Il pense qu'avant midi elle aura dit oui... Brusquement le sourire ébréché de la petite fille l'atteint en plein cœur. Il a honte. Il n'aurait jamais dû la laisser seule en ce jour, il n'aurait jamais dû refuser de connaître Jimmy... Combien de fois Sixtine, depuis deux ans qu'elle vit avec lui — parce qu'elle vit avec lui — le lui a-t-elle demandé ? Il aurait dû…

Il entend quelqu'un qui monte l'escalier. C'est Katel qui revient à la charge. Elle va encore lui parler de nourritures, de tisanes... Cette sollicitude le rend à sa colère. Il crie : « Non ! » à travers la porte.

Silence.

Est-ce qu'on peut songer à manger le jour où le léopard débute chez Barnum ?

Le léopard. C'est ainsi que l'appelait Pierrot, se souvient Kumba en reposant *le Figaro* sur son bureau.

Heureusement qu'il y a la presse et la télévision, sans les médias il ne saurait jamais ce que devenaient les filles des Ursulines. Tout un pan de sa vie détaché de lui... Depuis qu'il a quitté Bruges pour sa mission en Afrique, depuis la mort de la supérieure et encore plus depuis qu'il a pris ses nouvelles fonctions, il se sent coupé de sa jeunesse.

Sixtine... Il avait plusieurs fois entendu parler d'elle. Lu des choses. Elle était juriste. Brillante. Impressionnante même. Comme la petite fille qui était venue le trouver à la sortie de la messe.

« Pourrions-nous avoir une conversation sérieuse, mon père ?

— Bien sûr ! »

Elle avait pénétré dans son bureau, portant son énorme Bible comme les Tables de la Loi.

« Je voudrais, mon père, que nous parlions de la Confession d'Augsbourg. »

Elle avait dix ans et demi.

« Ce formulaire fut rédigé en 1530 par Philipp Schwarzerd, dit Melanchthon, un ami de Luther Pour nous, protestants luthériens d'Alsace, il fonctionne toujours. J'aimerais vous le faire lire.

— Avec plaisir », avait dit Kumba qui, d'abord saisi par le fou rire, se sentait soudain terriblement ému.

« Vous verrez, ça vous plaira », avait-elle ajouté en lui tendant les feuilles polycopiées.

« Monsieur le pasteur de l'église d'Hunawihr me les a données pour vous aux dernières vacances. » Elle hésita, ajouta :

« Monsieur le pasteur pense que vous l'avez déjà lue... la Confession... c'est vrai ? »

Et comme il faisait oui de la tête, elle s'étonna :

« Et ça ne vous a pas convaincu ? »

Ne la blesser en aucun cas. Faire très attention. Il avait expliqué doucement :

« Non, Sixtine, ça ne m'a pas convaincu. Voyez-vous je suis un prêtre catholique. Et croyant.

— C'est bien d'être croyant. Je suis croyante aussi. »

Et, brusquement, elle s'était mise à pleurer. Comme une toute petite fille. Avec des larmes de toute petite fille qui tombaient sur la Bible ouverte à la première page.

« Cette Bible a été offerte à Jean Henri Bader et Elisabeth Salomé Dietrich le 5 juin 1949 jour de la bénédiction de leur mariage. »

Plus bas, deux mots tracés par une main enfantine :

faire face

Elle expliqua au milieu de ses larmes :

« Papa disait toujours : il faut faire face, Sixtine, alors quand ils sont... partis, je l'ai écrit pour m'en souvenir.

— Je comprends, avait dit Kumba.

— Je crois que vous comprenez tout. »

Elle le regardait comme avant un examen et il ne savait plus qui était en train de le passer, cet examen.

« Mon père... vous n'essaierez jamais de me faire catholique ?

— Jamais Sixtine.

— Vous pouvez le jurer sur ma Bible ? »

Il avait juré. Elle avait regardé les longues mains de sorcier, les mains noires aux ongles roses planant au-dessus du livre, elle avait dit :

« C'est bien », et elle était partie en oubliant à tout hasard les feuillets polycopiés car les voies de Dieu sont impénétrables...

Sur le seuil elle s'était retournée :

« Toute ma vie j'aurai confiance en vous. » Et, pendant les cinq années qu'elle avait passées aux Ursulines elle était régulièrement venue le voir pour ces conversations sérieuses qui étaient la chose la plus gaie du monde.

« Je réprouve, " Paris vaut bien une messe ", disait la petite fille. D'ailleurs Henri IV, mon père, parlons-en ! Quelle inconstance religieuse ! Aussi léger avec Dieu qu'avec les femmes ! Un roi de France ! Quel exemple pour ses sujets ! Moi j'ai beaucoup de chance : j'ai été baptisée dans une église du Simultaneum, Hunawihr, une église où l'on peut être catholique ou protestant. Pas les deux à la fois, bien sûr ! Vous trouvez pas ça chouette ?

— Très chouette, mais je préférerais : " ne trouvez-vous pas cela chouette " à " vous trouvez pas ça chouette ".

— Merci de me reprendre, parfois ma façon de m'exprimer me fait honte ! Si mon grand-père m'entendait ! Vous savez il me parle de mon avenir avec un grand A.

— Et vous, Sixtine ? Comment voyez-vous l'avenir ?

— Comme un homme.

— C'est-à-dire ?

— Je veux travailler comme un homme.

— Pasteur ? n'avait-il pas pu s'empêcher de demander.

— Pasteur ? J'y ai pensé quand j'étais petite mais plus maintenant. Je suis trop frivole.

— Frivole ?

— Oui. Je veux un mari, des enfants. Et des robes du soir » avait-elle ajouté timidement.

Eh bien voilà, le mari elle l'a, les enfants vont suivre... Quant aux robes du soir, ce monsieur est, paraît-il, milliardaire, alors...

Milliardaire... quelque chose empêche Kumba d'être tout à fait heureux pour Sixtine... quelque chose qui ne colle pas avec la petite fille qu'il a connue... L'argent ? Allons, on peut être riche et aimer sa femme ! Et, même si l'on risque d'avoir un jour du mal à passer par le chas d'une aiguille, on peut être charmant !

Il va lui écrire, la féliciter, renouer avec elle... parler d'autrefois... de la fantastique Pierrot... demander des nouvelles de Marine.

Un bruit léger à la porte, on a frappé. Froissement de la robe noire de son secrétaire qui entre et s'incline devant lui :

— Sa Sainteté aimerait entretenir Votre Eminence quelques instants avant de se rendre à l'Audience.

— Je viens, dit le cardinal Kumba qui se lève non sans avoir glissé le journal dans son sous-main pour ne pas oublier d'écrire au léopard.

Sixtine se regarde dans la glace. Elle y voit une mariée très belle et très seule.

Il manque au tableau une autre femme, penchée sur son épaule et lui souriant dans le miroir.

Elisabeth, sa mère.

Elle ne peut même pas l'imaginer telle qu'elle serait si elle avait vécu...

Elle ne se souvient que d'une jeune femme — encore plus jeune qu'elle ne l'est aujourd'hui — une jeune femme qui sentait bon et lui faisait de gros baisers derrière l'oreille. Jean ne doit pas être loin. Elle est toujours surprise par leur façon d'arriver sans crier gare, de prendre possession de sa mémoire. Ce n'est pas elle qui pense à eux, ce sont eux qui pensent à elle, ce sont eux qui choisissent pour elle un cadeau dans le mince catalogue des souvenirs. Aujourd'hui c'est un cadeau de mariage...

Elle a six ans. C'est juste avant Melbourne. Chamonix. Premières vacances à l'hôtel tous les trois. Il y a le mont Blanc, de la glace à la pistache, une piscine bleue où elle nage sous l'eau pour aller chercher des assiettes... les années n'ont pas altéré la fraîcheur du film, les couleurs en sont toujours aussi vives, la définition aussi exacte. L'assiette qu'elle remonte, émergeant comme une truite de la rivière, est bordée de petits canards. Elisabeth et Jean prennent le soleil et ne la voient pas. Il n'y a personne autour d'eux, tout le monde doit être à table. Au moment où elle va crier : « Papa !

Maman ! » pour leur montrer l'assiette, Jean pose sa main sur le genou nu d'Elisabeth. A peine. Mais la petite fille sent que quelque chose de formidable se passe devant elle et se tait.

Elisabeth a ouvert les yeux, elle a regardé Jean et ils se sont souri.

Sixtine ne se sentait pas exclue de cet instant que vivaient ses parents car elle devinait qu'on ne pouvait le vivre qu'à deux. Un jour un homme viendrait et poserait sa main sur son genou nu...

Elle repousse la vision, elle brouille son image dans un nuage de poudre et sourit en pensant à Jimmy l'imprévisible. Que lui réserve-t-il encore pour aujourd'hui ? Pourvu qu'il n'oublie pas leur mariage... Où est-il d'abord ? Par la fenêtre ouverte, dans le concert des marteaux frappant sur le plancher de ce qui sera la piste de danse, elle voit les prairies normandes de Romainville, le clocher de Saint-Espoir, la petite rivière longeant les barrières blanches, les pommiers, les chevaux et, plus proche, elle sent l'agitation fébrile de tous ces gens qui préparent non pas les noces de Riquet à la Houppe mais les siennes... Mon Dieu, si loin de Walheim, si loin des vignes, si loin de tout ce qui aurait dû être. De tout ce qui était promis, voulu, heureux...

Ah ! si la porte pouvait s'ouvrir sur Morand !...

Elle hausse les épaules.

« Faire face ! » se dit-elle sans attendrissement.

Mais quel dommage... Elle aurait tant voulu partager ce jour avec lui. Comme ils avaient partagé tout ce qui comptait dans sa vie. A quel moment avait-il refusé de la suivre ? Au début il avait eu du mal à supporter Hérode. Puis il avait compris qu'elle ne risquait de se laisser séduire ni par lui, ni par la situation. Hérode lui était alors devenu presque sympathique. Pas au point d'avoir envie de le connaître, non, n'exagérons pas, mais il appréciait sa laideur massive et puissante, le poids de son âge, ses fautes de goût, son manque d'éducation, bref tout ce qui pouvait éloigner Sixtine de lui. Il aimait l'entendre raconter leurs rencontres, véritables affrontements dont elle sortait intacte et victorieuse. Il riait à ses récits, se réjouissait des bons tours joués par l'intelligence et la rigueur à son ennemi personnel : le pouvoir de l'argent.

Elle avait cru le faire rire encore en lui révélant qu'elle devait Jimmy à la rapacité d'Hérode. Mais il n'avait pas ri. Son humour s'arrêtait là où commençait sa mauvaise foi.

Elle n'avait même pas pu lui raconter comment les choses s'étaient passées en ce soir où, à La Haye, elle avait plaidé Krataclydès contre Harper pour une affaire de copyright...

L'hiver commençait, il faisait gris, elle descendait les marches...

« Mademoiselle Bader ! »

Il l'attendait à la sortie de la Cour. Il devait être dans la rue depuis un bon moment car elle était restée longtemps au téléphone pour tout raconter à Hérode qui, depuis Méduse, exultait et la couvrait de fleurs :

« Permets que je te tutoie, Sixtine, je suis trop heureux ! »

Il avait même ajouté :

« C'est le plus beau jour de ma vie ! »

S'il avait su...

C'était la première fois qu'elle voyait Jimmy de près. Beau garçon, sympathique, très américain malgré une mère française et des ancêtres écossais.

« Mademoiselle Bader ! »

Il était si charmant, si souriant qu'elle fut tout de suite sur ses gardes. Que voulait-il ? Elle prit sa voix luthérienne, comme disait Marine :

« Monsieur ?

— Bravo ! »

Elle s'attendait à tout sauf à des compliments de sa part.

« Bravo !?

— Oui ! C'était formidable ! Vous êtes formidable !

— Vous me félicitez parce que j'ai gagné contre vous ? »

Elle était plus étonnée que méfiante.

« Mais vous aviez raison, mademoiselle Bader ! Vous

avez trouvé le seul point faible de mon dossier et vous avez tapé dessus sans pitié ! Je suis ébloui ! »

Petit accent qui rend le monsieur de quarante-cinq ans plus juvénile, plus proche... Attention, Sixtine, danger... Elle se reprend, odieusement courtoise :

« Eh bien, monsieur, vous m'en voyez enchantée, apparemment nous sommes satisfaits tous les deux, moi j'ai gagné, vous, vous êtes ébloui... alors...

— Non ! Je ne suis pas satisfait ! Je suis ébloui, mais je ne serai satisfait que si vous acceptez de dîner avec moi ! »

Elle hésite. A trente mètres de là, appuyé à une énorme voiture luisante un chauffeur regarde la scène. C'est vrai qu'il est très riche aussi, Jimmy Harper. Moins qu'Hérode mais très riche aussi... Brusquement elle en a marre de ces nababs qui se croient tout permis parce qu'ils ont de l'argent, elle devient suave :

« D'accord, monsieur Harper, à une condition : vous renvoyez votre Rolls...

— Bentley, dit-il comme un enfant pris en faute, ce n'est qu'une Bentley !

— ... votre Bentley, d'une part et d'autre part c'est moi qui vous invite.

— Mais c'est formidable ! dit-il en joignant les mains. Jamais une femme m'invite !

— Je vous dois bien ça », dit-elle en se demandant ce qui lui a pris, tandis qu'il va dire au chauffeur qu'il n'a plus besoin de lui et revient vers elle avec tant d'allégresse qu'elle retrouve aussitôt sa méfiance.

Elle lui présente sa petite voiture :

« Peugeot. Ce n'est qu'une Peugeot, voiture française de série avec quelques options, vous connaissez ? »

Il rit.

« Vous avez beaucoup d'humour, mademoiselle Bader !

— Vous aussi. »

Ils rient ensemble pour la première fois.

Il a fallu reculer le siège à cause de la longueur des jambes de Jimmy.

« Je suis intransportable », dit-il.

Ils rient encore. Elle met le contact, se tourne vers lui :

« Des moules et des frites, ça vous dit ?

— Formidable ! Mais où vous allez trouver tout ça ? »

La plage de Scheveningen. Elle a fait une allusion au tableau. Pas de réaction. Ça s'annonce plutôt mal leur soirée et pas seulement côté beaux-arts. Hors saison. Tout est fermé. Lugubre. Au moment où elle va regagner La Haye, un petit bistro au coin d'une rue ventée. Il a fallu parler allemand pour se faire comprendre. Et la plus longue soirée de son existence a commencé. Les moules, les frites craquant de sel, les beignets au sucre, les crevettes chaudes, tout cela arrivait sur leur table avec la bière, le genièvre, des cafés qui faisaient croire qu'on allait partir, et puis tout recommençait. La fille du comptoir avait été remplacée par un colosse au crâne rasé, des êtres de la nuit entraient, buvaient, plaisantaient dans une langue mystérieuse, mangeaient une saucisse avant de disparaître. « Tiens, on n'a pas eu de saucisses ! »... et le colosse leur apportait des saucisses pâles dans des serviettes en papier avec le Ketchup qui bavait de la bouteille.

Jimmy parle, parle, parle et elle écoute. De quoi parle-t-il ? Elle ne se souvient de rien. Tout ce qu'elle a su de lui, elle l'a su après. Elle ne se souvient que du bistro maintenant désert, du colosse qui dort, son crâne rasé posé sur le nickel du comptoir comme une tête cuite sur un plat d'argent, et puis elle se souvient du moment où Jimmy s'est levé en regardant à travers les vitres :

« Le jour... »

Il était furieux qu'elle paie toutes les tournées. Elle a dit :

« C'est moi qui vous invite ou je ne vous revois plus ! » Il a cédé.

Ils sont allés marcher sur la plage où la lumière se répandait comme une marée venue du ciel. Il ne lui a pas pris la main, il ne l'a pas aidée à franchir les petits ruisseaux, veines humides du sable, il ne l'a pas regardée avec cet air de ne rien demander qui l'agace au plus haut point chez les hommes, il n'a pas cherché à l'embrasser quand elle l'a déposé devant son hôtel, il n'a même pas baisé le bout de ses doigts. Il lui a donné une poignée de main de flic américain puis il lui a dit :

« Avez-vous le pied marin ?

— Aucune idée.

— Jamais été à Méduse ?

— Une fois et la mer était d'huile. »

C'est comme ça que, cinq jours plus tard, elle se retrouvait à La Barbade pour embarquer sur le *Du Barry*, le yacht des Harper.

Morand n'a jamais admis ce départ précipité avec un monsieur dont elle venait de faire la connaissance. Lui qui l'a élevée pour en faire un homme d'aujourd'hui la surveille comme si elle était une jeune fille d'autrefois. Il trouvait que sa conduite n'était pas convenable. Le plus drôle c'est qu'il n'y avait même pas l'ombre d'un flirt entre Jimmy et elle. Mais on ne parle pas de ces choses-là. Ce n'est pas convenable. Même à trente-cinq ans. Même pour dire qu'il n'y a rien.

A La Barbade elle fit la connaissance du père de Jimmy. Le « gangster » comme disait aimablement Morand. En le voyant elle eut le coup de foudre. Peut-être parce qu'elle le sentait inaccessible ? Il lui plut. Il la détesta. Nul ne pouvait se douter qu'un événement exceptionnel allait les lier violemment l'un à l'autre.

Elle arrivait précédée de son succès : l'échec de Jimmy. Le vieux lui en voulait. Il l'observait. Très belle. Mais il en avait vu d'autres à Chicago et à Hollywood au bon vieux temps. Il la regardait, méfiant, hautain, splendide. Agacé parce qu'il n'arrivait pas à la ranger dans une catégorie répertoriée. Il était ramassé dans son fauteuil roulant, une couverture de vigogne sur ce qui restait de ses jambes, un balafré un peu jaune se tenait debout derrière lui en blouse blanche. Le masseur garde du corps.

« Papa, c'est Sixtine ! C'est la femme qui nous coûte si cher ! » avait dit Jimmy en riant de bon cœur.

Fergus Harper avait salué d'un raide mouvement de tête et Sixtine avait compris que les vacances ne seraient pas banales.

Jimmy ne l'avait pas prévenue mais elle avait tout prévu. Cinq robes du soir dans ses bagages. Quand elle monta sur le pont pour le premier dîner, elle vit qu'elle ne s'était pas trompée. Les deux hommes étaient en smoking.

« *Fantastic !* » s'écria Jimmy en la voyant émerger de l'écoutille.

Le vieux ne souriait toujours pas. Il baissa même des yeux suspicieux sur l'ourlet du fourreau de satin bleu de Sixtine, sûr de découvrir des chaussures à talons pointus qui font des trous dans les bateaux. Alors elle avait relevé légèrement sa jupe sur ses pieds. Nus. Et elle avait souri.

« Bourbon ? », demanda-t-il encore rugueux et ne sachant pas que ce respect des règles de la marine venait d'ouvrir à Sixtine le chemin d'un cœur beaucoup moins défendu qu'il ne le croyait.

« Bourbon ? », répéta-t-il.

Il vivait ancré à sa bouteille comme un caboteur à sa bitte d'amarrage. Elle secoua négativement la tête et Jimmy fit jaillir une bouteille de vin d'Alsace d'un seau à glace :

« Le mal du pays ? », demanda-t-il avec son accent si gentil.

Ils trinquèrent tous les trois avec leurs verres du vieux monde et du nouveau monde et Fergus, réchauffé par l'alcool, se pencha vers elle :

« Bienvenue à bord ! »

C'est quand il leva son verre qu'elle remarqua pour la première fois les étranges boutons de manchette à couleur variable qu'il portait tous les soirs.

Labradorite. Des pierres mouvantes. Bleues à nuages roses. La lumière les modifiait, les rendant parfois tristes, parfois gaies. Elle sut plus tard que ces bijoux étaient le dernier cadeau de Louise, mais elle devina tout de suite qu'ils avaient un secret à révéler.

Au milieu du dîner, Iago — elle ne l'avait encore jamais vu — vint chercher Jimmy pour un appel provenant de Tokyo. Jimmy réapparut longtemps plus tard, désolé et en costume de ville, suivi de Iago qui portait la petite valise qu'elle devait voir si souvent par la suite.

« *I have to go to Hong-Kong* », dit-il à son père et il ajouta, en se tournant vers Sixtine : « mais juste aller et retour, je serai avec vous dans deux jours, attendez-moi ici avant de prendre la mer, amusez-vous bien, puis on va pêcher le gros. »

Et il était parti avant le fromage, la laissant seule avec un vieux monsieur pas très aimable qu'elle connaissait depuis le matin, sur un bateau à l'ancre dans un port du bout du monde.

« *So you are a lawyer* * », avait soupiré Fergus Harper en allumant un cigare.

« *So I am a lawyer* **. »

Silence.

Elle s'était retirée de bonne heure dans sa cabine en prétextant la fatigue du voyage.

Le lendemain elle s'était ennuyée. Elle n'aimait pas ça. On restait à quai en attendant Jimmy. Pas question de se baigner... « amusez-vous bien »... Que faire ? Elle se sentait en observation. Pas à l'aise. La priver de travail c'était lui ôter toute joie de vivre. Brusquement elle avait eu un besoin irrésistible d'entendre Marine. Impossible d'établir un contact. La radio du bord ne fonctionnait pas. On devait apprendre un peu plus tard pourquoi et par qui elle avait été détraquée. Alors elle était partie à la recherche d'une cabine. Seule. Avec le désir de tout planter là, de rentrer en Europe et tant pis pour la pêche au gros et les Harper.

Tout de suite la voix de Marine. Mais la voix est triste. « C'est toi ? Oh ! Sixtine, Pierrot est morte cette nuit. » Chagrin — chagrin sur le léopard perdu dans la mer des Antilles. Elle ne sait plus que dire, que faire... elle revient vers le yacht, égarée, molle, muette. Et soudain, comme elle approchait du bateau en suivant l'ombre à pas de velours, quelque chose s'était déclenché en elle. Quelque chose de très fort. Une sirène qui sonnait

* Ainsi vous êtes juriste.

* Oui, je suis juriste.

l'alarme en silence. Sur le pont il y avait une scène trop immobile. Quelque chose n'allait pas... et elle avait compris. Une attaque. Le type de dos braquait le vieux et son garde du corps. Alors tout ce qu'elle avait appris chez Pierrette Elisabeth Claire de Selm-Langemark était revenu comme une armée au galop ; elle avait senti la baguette de la Zambelli cinglant ses mollets nus, elle avait entendu les ordres de monsieur Liu lui enseignant un 6e de hanche et ce fut une merveilleuse façon de crier sa douleur, de hurler son deuil que ce saut sur le pont, cette prise, *o-soto-gari !* Merci les Ursulines ! Vol plané du malheureux s'en allant dans l'eau, revolver perdu, souffle coupé, idées reçues éparpillées dans une gerbe d'écume autour de lui tandis que la vie reprend dans le tumulte, comme si tous ceux qui auraient dû être là ne pouvaient se manifester qu'après l'action de Sixtine. Soudain les marins terrés et terrifiés réapparaissent, la police accourt à grand fracas, klaxons, sifflets, hurlements. On repêche l'agresseur, on lui passe les bracelets, on crie, on s'agite. L'ordre est rétabli. Un vieux gangster, les yeux brillants, prend la main de Sixtine dans les siennes et l'appelle sa fille.

Alors elle s'était mise à pleurer et ses larmes avaient fait plaisir aux policiers. Ça la rendait moins forte, moins impressionnante. Elle n'était qu'une femme après tout. Fergus n'avait pas été dupe de ces larmes. Il avait renvoyé tout le monde pour rester seul avec elle et, peu à peu, elle avait raconté. Tout. Le coup de fil, la mort de Pierrot, qui était Pierrot... elle découvrait avec émerveillement que rien n'est étranger à rien, que la vie n'est qu'une savante et mystérieuse tapisserie dont nous sommes les fils entrecroisés... Et la mort de l'arrière-petite-nièce de la reine Victoria devenait partie intégrante de la vie du vieux forban dont Pierrot n'avait jamais entendu prononcer le nom.

« Si je t'avais eue avec moi à Chicago ! » avait dit Fergus avec tant de ferveur qu'elle éclata de rire malgré ses larmes.

La plus tendre et la plus cocasse des amitiés venait de naître. Fergus se mit à parler comme il n'avait jamais parlé à personne. Il lui raconta... mieux, il lui donna l'Amérique ! Beau film en noir et blanc qui déroule un passé proche. Noir est le sang, blanches sont les fleurs, noire la bouche en forme de cœur de Louise dont les cheveux platinés se confondent avec le satin blanc des fauteuils de Sunset Boulevard tandis que, mille-pattes frémissants, battent ses faux cils. Noirs.

Noirs comme la mémoire. Un matin on l'a trouvée morte dans son bain. La veille elle lui avait donné les boutons de labradorite.

« On a dit que je l'avais fait tuer. »

Sixtine frémit. Il la rassure :

« Ce n'est pas vrai mais je ne l'ai pas rendue heureuse et c'est déjà un crime... »

Il rêve. Il se livre. En anglais, en français. Il n'en revient pas d'avoir confiance. Il raconte la pauvre Louise née Dubœuf, en France, en Normandie, à Saint-Espoir, et qui n'aimait pas le cinéma. Mais elle était si jolie, si jolie, Loulou... elle aimait les vaches, l'herbe, les pommes, le cidre...

« Tu veux un verre de cidre, ma fille ? Non ? On en a toujours au frais, *in memory*. Je lui ai acheté le manoir de Romainville. Superbe. Elle ne l'a jamais habité... il y a eu la guerre et puis... ce que je t'ai dit. Elle n'a pas vu grandir son petit garçon. »

Mais il ne s'attendrit pas longtemps, le vieux Fergus, l'agression l'a requinqué. C'est reparti comme autrefois. Sous la couverture de vigogne il cache à nouveau son vieux compagnon : le Smith & Wesson dont il n'aurait jamais dû se séparer.

« Heureusement Dieu t'a envoyée ! Dieu est juste, Sixtine ! Ceux qui m'ont brisé le cœur après m'avoir brisé les jambes sont tous morts ! et pas dans leur lit ! Ça me rappelle l'histoire de Tonio Castagnani qui vendait des pizzas à l'angle de la 7e avenue et de la 52e rue. Le meilleur des hommes, Tonio. Un jour il s'aperçoit qu'il y avait de la terre dans la farine que lui vendait Fonfoni Gaborio. Un cousin de sa mère. Il n'a rien dit mais il a attendu son heure et, cinq ans plus tard, il lui a fait manger un sac de ciment. »

Il regarde la jeune femme qui l'écoute, avide, venue d'ailleurs, dans l'Espace, dans le Temps, dans l'Histoire. Elle est honnête. Comme Jimmy. C'est bien, d'être honnête. Mais tant de pureté lui fait peur. Il regarde Sixtine et il voudrait lui passer la consigne comme à un lieutenant qui va poursuivre le combat, il voudrait lui confier les secrets... elle est plus forte que toutes les femmes qu'il a connues, plus forte que beaucoup d'hommes. Mais, comme tout être vivant, elle est en danger.

« Ce Krataclydès pour qui tu travailles...

— Pour qui je travaille *parfois*...

— Méfie-toi, Sixtine, méfie-toi de lui ! Quand j'avais vingt ans j'ai failli épouser Thelma la rouquine. Une très jolie entraîneuse de chez Platon Zelotas. Si douce. Si sérieuse. Une madone... En réalité c'était un homme. Un tueur. On ne l'a su que quand les Irlandais l'ont descendu. De ce jour je n'ai plus accordé ma confiance à personne. Je te fais peur ? »

Elle rit. Il s'assombrit.

« Attention à Hérode, Sixtine. *He is the devil**.

— C'est grave ce que vous dites, Fergus. Quelle condamnation ! *A devil?*

— *THE devil* », avait-il répété.

Cher Fergus... Elle ne l'avait pas assez vu pendant les deux ans qu'elle venait de vivre avec Jimmy — si c'est « vivre » avec quelqu'un que de le voir cinq ou six jours par mois. Assez en tout cas pour exaspérer Hérode et Morand.

Fergus ne voulait plus quitter le bateau. Il y était mort un soir où le soleil se couchait sur la mer des Sargasses. Elle était alors à Lisbonne pour un congrès de juristes européens. Jimmy avait attendu son retour pour lui annoncer la nouvelle. Les cendres s'étaient déjà envolées depuis le pont du *Du Barry* selon la volonté de celui qu'elle appelait son grand-père du Nouveau Monde. Elle le portait toujours dans son cœur.

* Il est le diable.

La vie était douce avec Jimmy. Malgré leurs séparations et l'intransigeance de Morand. Aussi quand, quelques mois plus tôt, un matin où Jimmy était exceptionnellement resté pour le petit déjeuner, il avait arrêté sa main au-dessus de la théière en lui disant :

« J'ai quelque chose à te dire, honey... » et qu'il lui avait demandé de l'épouser, elle avait dit oui.

Du fond du cœur.

« Ce n'est pas une idée de moi, tu sais. C'est Fergus. Quand je suis arrivé de Hong-Kong pour vous rejoindre à La Barbade, le jour où tu avais pris la police locale en main, il m'a dit : " Epouse-la, fils ! ou bien moi je l'épouse ! "

— Et vous ne l'avez fait ni l'un, ni l'autre !

— Ecoute, lui il aurait bien voulu, mais il avait cinquante-deux ans et demi de plus que toi.

— Mais toi !

— Moi, je n'osais pas... Je suis un très mauvais mari. Le pire, tu sais. Demande à mes deux pauvres ex ! C'est oui quand même ? »

Bien sûr que c'était oui.

Depuis longtemps elle voulait un enfant.

Elle s'était toujours dit qu'elle avait le temps. Maintenant elle sait que le temps est venu. Et Jimmy lui a promis le plus beau cadeau de mariage qu'elle puisse rêver. Douze jours à Bali tous les deux ! Douze jours loin des affaires, des contrats, des brevets, des juristes, des places financières, des cours de la Bourse et des O.P.A. ! Le *Du Barry* les rejoindrait à la fin du séjour — il était déjà dans l'océan Indien — et les emmènerait où elle voudrait. Promis ! Hier soir — quelle délicieuse soirée ! — Jimmy lui avait montré les photos de la villa de Bali. Dessinée par l'architecte de la Reine des Fées... Oui, quelle délicieuse soirée... A Bali, pour la première fois depuis leur rencontre, ils allaient prendre de vraies vacances, ils allaient pouvoir parler, envisager l'avenir, elle avait besoin de faire le point, de savoir où elle en était de son destin. Ils parlent si peu ensemble... pas le temps : ou c'est lui qui est au bout du monde, ou c'est elle qui plaide à Strasbourg, à Bruxelles, à La Haye. Mais tout va changer. C'est ce que lui a dit Jimmy hier soir après le dîner.

« Tout va changer, honey ! Je te laisse te reposer parce que, demain, rude journée pour la reine ! »

Elle venait d'éteindre quand elle a entendu démarrer la Bentley. Il allait certainement rencontrer quelqu'un à Deauville... traiter une affaire... conclure un marché... signer un compromis. Normal à la veille d'une période où l'on va s'éloigner du travail pendant quelque temps... Bali...

Un petit tapotement sur la porte.

Marine !

Marine, gravure de mode comme toujours mais, elle le dit elle-même :

— Je suis de noce !

Et c'est vrai. Son tailleur bleu nuit, son chapeau de crin sombre, ses gants, son sac, ses bijoux discrets, vrais, tout dit qu'elle est « de noce ».

— J'ai un trac !

Elles ont parlé ensemble et rient dans les bras l'une de l'autre, parfums mêlés, s'examinent, se détaillent, s'approuvent, s'admirent, s'embrassent et rient encore.

Elles s'aiment.

— J'ai voulu être la première à Romainville, dit Marine. Je suis passée au journal et j'ai foncé !

Elle hésite puis pose la question qui la tourmente :

— Morand ?

— Il ne viendra pas.

— Grand cœur mais tête de lard, notre chéri. Qu'est-ce qu'il doit être malheureux !

— Toujours quand il a tort.

— Et Mathias ?

— Il essaiera de venir, ne serait-ce que pour la mairie. Et le monsieur, le professeur qui t'accompagne, il est déjà là ?

— Non, il vient de son côté. Il m'a raconté une histoire de montgolfière à laquelle je n'ai rien compris et je tremble. Je me demande s'il va se débrouiller tout seul pour trouver le chemin.

— Un explorateur ?... Tu as peur qu'il se perde !

Marine rit.

— Où as-tu pris que Pierre-Baptiste était un explorateur ?

Sixtine ne sait pas, elle a dû confondre... elle ne sait même pas comment et depuis combien de temps Marine connaît cet homme dont elle parle peu. Elle sait seulement que c'est l'amitié qui les unit. Pas autre chose.

— Marine, tu peux me redire le nom de ce monsieur, je l'ai oublié.

— Professeur Pierre-Baptiste Lambert. Génial. Charmant. Inadapté.

— Distrait ?

— Non, pas distrait : absorbé par l'essentiel. Le savant idéal, donc la vie pratique lui pose beaucoup plus de problèmes qu'aux imbéciles. Par exemple tu peux le suivre les yeux fermés à travers l'Amazonie mais pour aller de Montparnasse à l'Institut Pasteur, tu prends des risques !

— Et tu l'as connu comment ?

Marine hésite. Vingt fois elle a été sur le point de raconter à Sixtine quel fut le rôle de Pierre-Baptiste au moment de la mort de Luisa, sa mère. Elle n'en a jamais eu le courage. Ça fait trop mal... Elle hésite. Elle va peut-être parler... mais elle est sauvée *in extremis* par l'entrée de Jimmy, cravate impeccablement nouée, jaquette grise, caleçon blanc et fixe-chaussettes, qui se plante sur le seuil et regarde Sixtine avec reproche et consternation :

— Comment ? Tu n'es pas prête !

Tancrède regarde sa montre. Une fois de plus il sera en retard. Cette discussion avec le ministre lui a fait oublier l'heure. Tant mieux ! C'était important, aujourd'hui particulièrement. Il sourit, heureux, en pensant à la joie de Sixtine quand il lui délivrera le message. Depuis combien de temps la connaît-il ? Il doit y avoir près de dix ans... neuf... tant que ça ? « Mais oui ! » dit-il à voix haute et le chauffeur jette un coup d'œil dans le rétroviseur. Coup d'œil sans inquiétude, il s'est habitué aux soliloques du secrétaire général du Quai d'Orsay depuis qu'il a été affecté à son service. Si c'était dans sa nature il pourrait même tendre l'oreille et recoller entre eux des morceaux de secrets d'Etat. Mais sa devise c'est : « Pas d'histoires, Ravier. » Comme ça les ministres passent et les chauffeurs restent.

Et puis il aime bien son patron qui ne dit jamais « moi » mais toujours « nous » en lui parlant, ce qui lui donne l'impression de tenir un rôle sur l'échiquier diplomatique international. Nouveau coup d'œil dans le rétroviseur... Monsieur le secrétaire général sourit à ses souvenirs. Très exactement à sa première rencontre avec Sixtine.

Strasbourg, rue de Verdun, un déjeuner à la paradoxale ambassade de France auprès du Conseil de l'Europe. Voyons, qui était en poste à ce moment-là ? Ah ! oui, la mémoire lui revient : c'était Servoise-Méchin ! Il est parti tout de suite après à la retraite. Il y avait une dizaine de personnes dans le salon du premier étage qui donne sur le parc — délicieux le parc. Il ne sait même plus qui était là... Un horrible mélange d'universitaires et de gens d'argent. Et puis Sixtine est arrivée. Il a vu entrer une beauté. Mieux qu'une beauté : une allégorie. Si Servoise-Méchin avait dit à cet instant : « Nous avons la République à déjeuner ! » il n'aurait pas été surpris. Sixtine est de ces êtres que l'on croit « reconnaître » en faisant leur connaissance. Comme si des résonances existaient en prélude à leur apparition. Ce doit être ça le rayonnement ? Après, bien sûr, il a appris à apprécier son intelligence, son courage, sa culture et, surtout, il a découvert sa formidable puissance pacificatrice. D'autant plus surprenante que Sixtine est une huguenote en acier trempé... Sortie toute armée de la Réforme comme Athéna du cerveau de Jupiter. Elevée à la dure par son grand-père Morand Bader, « le Vieux de la Montagne » comme on l'appelle dans les couloirs du Parlement européen. Il a voulu la faire à la fois Dame et Chevalier. Les Ursulines de Bruges pour le spirituel, Heidelberg pour le temporel. Heidelberg où elle a connu Mathias Heins qui est maintenant ministre de l'Agriculture en RFA. Tiens, il va sans doute être là ? Ils sont inséparables, et cette jolie jeune femme belge qui dirige le plus parisien des journaux féminins n'est jamais bien loin. Sixtine, Marine, Mathias, trois chefs-d'œuvre de l'art européen où se retrouve le savoir-faire de l'ancien maître-verrier.

« Je me demande comment il prend ce mariage avec Jimmy ? »

Parce que Jimmy — au demeurant tout à fait sympathique et honorable —, Jimmy représente des valeurs bien différentes de celles qui font encore courir le Vieux de la Montagne. Son père, qui vient de mourir il y a quelques mois, a certainement joué un rôle dans la Prohibition... et pas du côté des Incorruptibles ! Ah ! comment s'appelait donc la mère de Jimmy, la star platinée qu'il avait découverte en Normandie, à Saint-Espoir justement ? Elle portait un nom de favorite... Louise de Pompadour ? Lucie de Montespan ? Tancrède ne se souvient plus... et baste ! ce qui compte aujourd'hui c'est la décision du ministre. Une sorte de cadeau de mariage pour « l'allégorie ». Le ministre a enfin compris ce que Tancrède a compris, lui, au premier regard en voyant entrer Sixtine dans le salon de Strasbourg.

— Elle est pour nous ! dit-il en s'adressant directement à Ravier qui hoche la tête avec tant de compréhension qu'il lui confie encore :

— Il faut absolument que je lui parle !

Hérode Krataclydès n'est pas de bonne humeur. Tout à l'heure à Romainville, il fera des sourires. En l'invitant à son mariage, Jimmy lui a donné la possibilité de faire la paix avec Sixtine. Pour le moment, répandu sur les coussins de sa limousine, il n'a aucune raison de se surveiller. Il fait sa tête terrible. Un jour un petit garçon s'est mis à pleurer en le regardant. Il n'a jamais su, le petit garçon, comme il lui a fait mal. Si mal qu'Hérode a enfoui la blessure au fond de lui. Aujourd'hui il se souvient de sa première rencontre avec Sixtine, il doit bien y avoir neuf ans ? Il avait lu sa thèse *Le Brevet européen*, ouvrage si remarquable, si plein d'intelligence et de clarté, qu'il décida qu'il n'avait pu être conçu que par une déshéritée physique. Peu lui importait, du reste. Il voulait voir la fille et, même si elle n'avait qu'un œil, même si elle était affligée de trois bras et d'une queue de poisson, il la ferait travailler pour lui. Pendant deux mois il avait assiégé Servoise-Méchin pour qu'il l'invite avec elle à un déjeuner à l'ambassade.

Il se souvient encore de Tancrède de Foy ne le remarquant même pas. Tancrède de Foy ! Tout l'agace en lui, de ses pochettes de soie à ses ancêtres, illustres serviteurs du roi de France depuis la Première Croisade. Mais ce qu'il lui pardonne encore moins, c'est son amitié pour Sixtine. Amitié payée de retour ! Qu'est-ce qu'elle lui trouve à ce gentilhomme ? Enfin ce jour-là, c'était quand même lui qui avait ferré la belle. Parce qu'elle était belle. Ça l'avait déconcerté quand il l'avait vue arriver. Au point qu'il avait failli tout gâcher : au moment où l'on prenait place à table — il était à côté d'elle — il avait dit, pour être gracieux :

« C'est amusant ce bijou que vous portez !

— C'est tout sauf amusant, monsieur. Vous n'avez jamais vu de croix protestante ? »

Peu de gens au monde se seraient permis de parler sur ce ton à Hérode Krataclydès. Il en avait gardé la bouche ouverte, ahuri, puis à sa propre stupeur il s'était excusé :

« Pardonnez son ignorance à un pauvre Maltais, mademoiselle.

— Vous êtes Maltais ?

— Oui, mademoiselle. »

Ceci est le premier mensonge, qui sera suivi de beaucoup d'autres.

« Bastion avancé de la chrétienté, cita-t-elle. Mais fort peu perméable à la Réforme. Vous êtes pardonné », conclut-elle avec un sourire si éblouissant qu'Hérode avait compris qu'elle ne traverserait pas le siècle sans y laisser sa marque.

« Ainsi, c'est vous qui avez écrit *Le Brevet européen* ?

— Vous l'avez lu ?

— C'est parce que je l'ai lu que je suis ici.

— Vrai ?

— Voulez-vous travailler avec moi, mademoiselle Bader ? »

Elle était si heureuse, si rayonnante qu'il a cru qu'elle ne lui échapperait jamais. Il était sûr de lui. Elle n'était encore qu'une enfant.

Il l'avait incarcérée dans le travail. Et dans l'argent. Car, quand il veut les services de quelqu'un il sait les payer. Ce qu'il donne à Lucrèce est phénoménal. Et bien placé. Cinquante francs de plus par mois que ce que le gouvernement français donne à ses ministres.

« Pourquoi cinquante francs de plus, Monsieur ? s'était étonnée Lucrèce.

— Pourquoi pas ? Vous pouvez vous dire : Je touche cinquante francs de plus que le ministre des Armées de la République française. Ça ne vous amuse pas, Lucrèce ?

— Enormément, Monsieur » avait-elle répondu avec un sourire glacé.

Lucrèce aussi est une déesse mais elle fait partie des dieux inférieurs, des dieux sombres. Sixtine, elle, est en haut de l'Olympe. Dans la lumière.

Et elle épouse Jimmy Harper !

Il avait cru autrefois qu'elle avait une aventure avec Mathias Heins. Il revenait tout le temps dans sa conversation : « Mathias pense ceci... Mathias m'a dit cela... J'ai eu Mathias au téléphone... » puis il a compris que ce n'était pas une romance. Il n'y avait « rien » entre eux, comme on dit bêtement, comme si le fait de ne pas aller au lit ensemble impliquait qu'il n'y eut « rien », excluait toute complicité ! C'est quand les gens couchent ensemble qu'on y voit clair ! Mais ce cas de figure non prévu, cette connivence magique ! On peut cesser d'être amants, on ne cesse jamais d'être frère et sœur ! Et la troisième larronne, la directrice de *Marie-Belle* ! Une vraie chipie, la fille belge ! Ravissante. Un bijou. Plus sournoise qu'un général de jésuites. Ces trois-là, impossible de les détacher les uns des autres, la lame du couteau n'entre pas, elle glisse sur leur amitié et s'ébrèche sans les atteindre. Il doit bien y avoir un secret ? un déclic ? Marine le déteste, ça se voit dans ses beaux yeux. Le péridot vire au noir quand elle le regarde. Patience ma fille, je te réglerai ton compte un jour. Mais il ne faudra jamais que Sixtine le sache. Elle ne le lui pardonnerait pas.

Il pourrait faire pour eux en un jour ce que leur travail, leurs diplômes, leurs talents, ne leur accordent que peu à peu. Il leur donnerait la puissance. Mais peut-être sont-ils incapables de comprendre ce qu'il a compris dès qu'il a ouvert les yeux sur le monde ? Enfants gâtés de l'Occident, ils ne sauront jamais, malgré leurs malheurs domestiques, ce qu'il a découvert, enfant décharné sur le quai d'Asie Mineure sentant le fuel et le poisson mort, où il se battait avec des chiens pour trouver sa nourriture dans des détritus. Les coups, la faim, la peur... mais pieds nus, dos brûlé, privé de baisers, amer, affamé, humilié, souillé, oublié à la distribution d'amour, il était déjà marqué par le génie. Il lui en a fallu davantage pour survivre sur ce rivage que pour devenir, des années plus tard, un des hommes les plus puissants de la planète.

Il ne devine pas, Hérode, que s'il avait raconté l'enfant de Smyrne à Sixtine, le déclic, le secret auraient joué. Et qu'il aurait du même coup, en gagnant la tendresse de Sixtine, gagné Mathias et la fille aux yeux de péridot.

Il croit que tout s'achète. D'accord ! Mais avec quoi ? Si riche qu'il soit il lui manque la seule monnaie qui ait cours à Walheim :

« Nous ne sommes pas riches, nous sommes anciens. »

Et comment saurait-il cela ? Il n'a jamais eu l'honneur d'être invité chez le Vieux de la Montagne. En dehors du travail il n'existe pas pour Sixtine. Elle n'a même jamais accepté de signer un contrat exclusif avec lui. Affaire après affaire, d'accord. Mais elle garde sa liberté et à chaque nouvelle entreprise il faut la convaincre. Quand elle n'est pas en train de recoller les morceaux d'une Europe que lui aimerait voir en miettes. Sa liberté...

Il a pourtant mis toutes les chances de son côté, bon sang ! Il l'avait reçue à Méduse comme une souveraine pour lui parler du fameux dossier Harper. Elle travaillait pour lui depuis des années et pourtant elle n'était jamais venue dans l'île. Sa liberté, encore une fois... Il avait donné des ordres au commandant Asclepios pour l'embarquement au Pirée. Les marins à la bande, les uniformes blancs, les coups de sifflet... une souveraine. Il l'attendait, il l'avait vu débarquer, poser son pied sur le sol de Méduse, plus surprise qu'éblouie. Il l'avait tout de suite emmenée sur les hauteurs de l'île pour saluer la mer Egée qui s'assombrissait. Elle avait dit :

« C'est beau » comme on dit « J'ai peur » et avait brusquement frissonné :

« Un serpent !

— L'île en est pleine », avait-il expliqué comme un jardinier qui vante ses roses. Elle avait encore frissonné avant de dire qu'elle souhaitait se mettre au travail tout de suite.

Le lendemain matin, il l'avait trouvée assise à l'ombre des feuilles amères des lauriers ; elle était fraîche et souriante alors qu'elle venait de passer la nuit à étudier le dossier. Elle lui a dit : « Ça se présentait mal, mais j'ai découvert le défaut de la cuirasse ! Le talon d'Achille ! » avait-elle ajouté en riant. Elle désignait l'énorme Achille de marbre qui veillait sur son petit déjeuner ; elle était si belle, sa présence si harmonieuse au milieu des marbres et des fontaines de la villa grecque, qu'il aurait dû lui dire :

« Tu as trouvé ta place, tu ne partiras plus. On ne peut pas déranger l'ordre des dieux. » Pourquoi ne le lui a-t-il pas dit ? Pourquoi ne lui a-t-il pas repris le dossier ?

Il savait déjà qu'au lieu de lui en vouloir ses adversaires et ses victimes sortaient toujours du tribunal en chantant les louanges de Sixtine. Il aurait pu prévoir que Jimmy risquait de tomber amoureux. Mais Sixtine, elle, non !... Jamais !

Le téléphone bourdonne près de lui.

— Monsieur ?

La voix froide et mélodieuse de Lucrèce lui annonce que les orchidées sont bien arrivées à Méduse, que les horticulteurs les ont plantées à l'endroit qu'il avait choisi. Elles sont merveilleuses. Les brunes et les jaunes surtout, on dirait qu'un essaim de guêpes géantes s'est posé sur la colline. On s'étonne de leur silence.

— C'est assez effrayant, confesse-t-elle avec ravissement. Et votre mariage, Monsieur, tout se passe bien ?

Il s'emporte. Son cou rougit.

— D'abord ce n'est pas mon mariage, Lucrèce, et j'espère que ça se passera mal !

— Bien sûr, Monsieur, approuve-t-elle, courtoise.

Il s'adoucit. Méduse. Méduse au bout du fil.

— Alors c'est beau ?

— A rendre les dieux jaloux, Monsieur.

— Tant mieux ! dit-il et il prend congé, soudain heureux. Méduse... il revoit son émotion lors de la rencontre avec la tête géante, il y a près de vingt ans, chez un receleur, au fond d'un hangar, dans la banlieue de Corinthe. Coup de foudre. Il a acheté l'île et construit la maison autour de cette tête de marbre. Il rit en pensant que tout le monde le croyait fou. Une île stérile, privée de sources, impropre à la vie... seuls des oiseaux épuisés se posaient sur sa terre aride avant de repartir boire ailleurs. On l'espérait déjà ruiné, mort de soif au milieu du peuple des statues qu'il avait embarquées avec lui, escorte immobile et muette. Mais avant la fin des travaux il avait trouvé l'eau. Beaucoup d'eau. Aussi mal aimée que lui, l'île n'avait pas de nom. Elle était devenue Méduse. Une forteresse fleurie où il était plus difficile d'entrer que dans la salle de bains de la reine d'Angleterre. Dans sa tête, sur les coussins de sa limousine, Hérode Krataclydès compte ses bateaux, ses avions, ses hélicoptères, sur lesquels flotte — comme sur le toit de Méduse — le pavillon pourpre avec le sigle blême de la Gorgone. Hérode Krataclydès compte les hochets qui ne remplaceront jamais les joujoux que l'enfant affamé de Smyrne n'a pas eus. Il quitte sa tête terrible pour prendre l'air affable qu'il servira à Sixtine tout à l'heure et décide :

— Il faut absolument que je lui parle !

Mathias Heins monte dans la Mercedes et fait signe au chauffeur qu'il peut démarrer. Il va arriver bon dernier au mariage. Ce n'est pas sa faute mais ça le désole. Et si la réunion des ministres de l'Agriculture des Douze avait eu lieu à Strasbourg, à Luxembourg ou à Bruxelles, il n'aurait même pas pu être le témoin de Sixtine. Heureusement, au dernier moment, la France a demandé que la rencontre ait lieu à Rambouillet à cause d'un dîner à l'Elysée qui n'était pas prévu et qui devait réunir la communauté ce soir, pour fêter l'anniversaire d'un autre dîner dont il a oublié l'objet.

L'essentiel c'est d'être auprès de Sixtine quand elle dira oui, de signer le registre à la mairie... après il s'en retournera discuter âprement les mesures spéciales à prendre pour les pois, fèves, féveroles et lupins doux, avant de s'empoigner avec ses collègues sur la législation relative aux confitures, gelées, marmelades de fruits et crèmes de marrons. Grisant. Quand il a annoncé ce matin qu'il s'absentait quelques heures pour assister au mariage de Sixtine Bader, le ministre belge a dit que le Quai d'Orsay avait l'œil sur elle. Le Quai d'Orsay porte un nom : Tancrède de Foy. Têtu, Tancrède, et diplomate depuis le règne d'Henri III. De plus il adore Sixtine. Il paraît qu'il harcèle le ministre depuis des mois. Il serait maintenant sur le point de le convaincre d'ouvrir la Carrière à Sixtine. Le jour où elle sera ambassadeur dans une petite république centre-africaine, adieu l'Europe et leurs rêves d'adolescents. Adieu les rencontres de l'amitié...

Brusquement le souvenir de son propre mariage ramène avec violence une douleur intacte. Alma, son éphémère épouse... sa mort idiote sur le rail de sécurité d'une autoroute pour éviter un chien. Comment avaient-elles appris la nouvelle ? Elles ont tout de suite été là. Ensemble. Il n'a jamais su que Sixtine arrivait de Madrid et Marine de Londres. Elles étaient là. Muettes et évidentes. Ils sont restés assis par terre devant le feu, toute la nuit. Elles lui tenaient la main. En silence. Il a dit :

« Elle était enceinte de trois mois », et il a senti frémir les mains qui tenaient les siennes. Elles venaient de comprendre qu'elles ne portaient pas seulement le deuil d'Alma mais celui du premier petit enfant sur lequel elles auraient pu se pencher.

Ils ont dû s'endormir. Au matin il s'est levé pour aller faire du café et, devant le foyer gris et pâle, il leur a annoncé qu'il allait être ministre. Il l'avait appris juste avant le coup de fil lui disant qu'Alma...

C'était une nuit hors de la vie et du temps. Une nuit d'inventaire. Tout leur revenait. Tout ce qui leur appartenait. Le « plus jamais ça », l'Arbre, les vers d'Hugo et de Goethe planant sur l'Alsace comme des esprits de la forêt, les gouttes de sang perlant à leur poignet sur les pierres moussues du mur romain... et même la joie. Mais vue d'un autre rivage. La joie perdue. Et la douleur creusait le relief du temps, les rendait possesseurs d'une vie partagée dont la beauté les frappait dans sa nudité cruelle.

Il frissonna et murmura :

— Fais que Sixtine soit heureuse, je T'en prie ! car depuis la mort d'Alma il avait du mal à prononcer le nom de Dieu. Puis il regarda la campagne, s'étonna une fois de plus que la France ressemblât si fort à la France... se demanda s'il pourrait prendre la mariée à part, ne serait-ce qu'un instant, et décida :

— Il faut absolument que je lui parle !

— Merde ! Merde ! Merde !

Le professeur Pierre-Baptiste Lambert, chef de recherches du laboratoire « Fièvres hémorragiques et virus tropicaux », de l'Institut Pasteur est furieux.

Furieux et perdu.

— C'est bien parce que Marine a insisté que je me suis fourré dans ce pétrin !

Il regarde une fois de plus la carte de la région et la compare au plan joint à l'invitation. Il est en 2 CV. Et en habit.

Il est en 2 CV parce que sa propre voiture l'a trahi et que Frédéric, son fils aîné qui part demain pour Tokyo en montgolfière lui a proposé de prendre la vaillante et performante *Durandal* avec laquelle il a traversé le 5e Continent l'année dernière. Très marrante, Durandal. Couverte d'écussons, de devises, de badges, de mickeys, de donalds et de stroumpfs autocollants, sans compter les peintures indélébiles par lesquelles les aborigènes d'Australie ont exprimé sur elle leur joie et leur indéfectible amitié.

Il est en habit à la suite d'une erreur d'appréciation et d'un concours de circonstances. Ne sachant comment se vêtir pour accompagner une des femmes les plus élégantes de Paris à une noce de milliardaire, il a consulté les pages jaunes de l'annuaire. Et, dans l'océan des propositions, il a choisi la maison dont le nom lui a paru le plus digne de confiance : *A 4 épingles.*

« Je vais à un mariage chez des gens très chics, a-t-il

confié au jeune homme qui lui a ouvert la porte. Et je n'ai aucune idée de ce que je dois mettre.

— Aucun problème, a répondu le jeune homme. Nous sommes là ! »

Malheureusement le jeune homme, au demeurant charmant, n'était que le neveu du costumier lequel, au même moment, la bouche ouverte et les yeux pleins de larmes, était assis sans défense, devant son dentiste.

Quand Pierre-Baptiste s'était vu dans le miroir à trois faces du salon d'essayage il avait demandé timidement :

« Ce n'est pas un peu... trop ? »

Le jeune homme l'avait assuré du contraire. Il était sincère. La veille il était arrivé de Nossi-Bé où il faisait son temps comme coopérant dans la voirie. Il plia soigneusement l'habit, le gilet, le pantalon, la chemise, et déchira l'étiquette « Hello Dolly » qui les accompagnait sans la lire.

« *A 4 épingles* ! » avait-il dit en tendant le paquet à Pierre-Baptiste.

Qui, pour l'instant, est perdu.

Perdu et furieux.

Surtout quand il s'aperçoit qu'il a confondu Montfort-la-Ferrière avec Montfort-la-Verrière, et qu'il lui reste encore vingt-sept kilomètres à faire avant d'atteindre le manoir de Romainville, commune de Saint-Espoir. Dire qu'il a abandonné Pasteur pour aller congratuler des gens qu'il ne connaît pas ! En pleine campagne, pour tout arranger ! Enfin, il ne pouvait pas dire non à Marine... mais, quand même, quelle preuve d'amitié il lui donne là ! J'espère qu'elle s'en rend compte !

Durandal démarre en voulant faire croire qu'elle est un avion de l'aéropostale, broute, et repart joyeusement d'un bond en avant, ronronnante et tirant légèrement sur la gauche. Pierre-Baptiste soupire, lugubre.

— Je me demande vraiment ce que je vais faire là-bas ?

FRENCH-MARRIAGE

— Monsieur Jimmy Harper, homme d'affaires, né le 5 juin 1938 à Pocahontas City, état du Wyoming, U.S.A., domicilié à Saint-Espoir, France, acceptez-vous de prendre pour épouse Mlle Sixtine Bader, ici présente ?

— Non !

Elle a cru s'évanouir.

Bien sûr ce n'était pas au maire que Jimmy s'adressait mais à Iago qui avait son téléphone sans fil à la main et, au bout de l'absence de fil, Tokyo. Bien sûr, Jimmy a tout de suite crié :

— Oui ! Oui ! Oui !

Ce qui a fait rire l'assistance ravie. Quel phénomène ce Jimmy ! Il n'y a que lui ! On ne s'ennuie pas quand il se marie !

Elle a ri avec tout le monde mais quelque chose avait craqué en elle. Il y a des jours comme ça où rien ne va comme vous le voulez. On dit : bon... demain ça ira mieux. Mais quand il s'agit du jour de votre mariage très précisément c'est dur de garder le moral.

Rude journée pour la reine.

D'abord ce qui lui est arrivé ce matin avec le professeur Lambert est positivement horrible...

« J'ai fait passer le champagne par une des gloires de l'Institut Pasteur !... »

Mais comment aurait-elle pu deviner qu'il était le professeur Lambert quand elle l'a vu, un plateau chargé de verres entre les mains, l'air complètement perdu.

Ah ! ils ont bien travaillé, ils sont forts les gens du traiteur ! « La Friandise du Gotha — Le Gotha de la Friandise » ! Ce sont eux qui l'ont intercepté, traîné hors de sa voiture jusqu'à l'office et envoyé au massacre en le prenant pour l'extra en retard dont on n'avait pas de nouvelles ! A cause de son habit, disent-ils. C'est vrai qu'il est original son habit… il lui rappelle une pièce de théâtre… mais quand même ! Dans cinquante ans elle se souviendra encore du regard qu'il a levé vers elle quand elle lui a dit :

« Je ne vous félicite pas, monsieur ! J'avais les meilleures recommandations sur vous et vous me gâchez le début de mon mariage ! »

Quelle horreur !

Si elle s'en était tenue là ! Mais non. Un quart d'heure plus tard, alors que les invités prenaient un petit en-cas dans le salon jaune avant de se rendre à la cérémonie, il a fallu qu'elle lui saute dessus toutes griffes dehors en le voyant cueillir un fruit déguisé dans une assiette !

« Dites donc, ne vous gênez pas ! On ne vous a pas engagé pour dévaster le buffet ! »

Il a voulu sourire, le malheureux, s'expliquer, mais il s'est étranglé et il était à moitié étouffé par le sucre, les yeux pleins de larmes, quand Marine est arrivée.

« Professeur ! Quel bonheur ! J'avais peur que vous ne soyez perdu ! Heureusement vous avez fait la connaissance de Sixtine ! »

Juste à ce moment-là, Jimmy lui a à moitié arraché le bras, il fallait partir pour la mairie. Vite ! Vite ! Vite, honey !

Tout à l'heure elle s'excusera…

— Je vous présente toutes mes félicitations, Madame, dit la voix de Iago qui vient de s'asseoir auprès du chauffeur.

— Vos félicitations ? Pourquoi Iago ?

Il la regarda avec stupeur et brusquement elle comprend, le remercie avec chaleur. C'est vrai, elle est mariée. Seule, mais mariée.

Jimmy l'a installée sur les coussins de cuir crème de la Bentley, au milieu des fleurs dont l'odeur commence à lui donner la migraine. Il est reparti : *just a minute* ! vers la mairie. Les invités se groupent, des sacs de riz à la main, attendant le départ des « *just married* » comme ils disent. La migraine. Elle se demande si elle ne l'a pas depuis l'instant où elle a vu entrer Hérode dans le boudoir où elle vérifiait une dernière fois son maquillage.

« Hérode ! »

Elle ne savait pas que Jimmy l'avait invité et c'était une fameuse surprise. Fameuse et pas bonne.

Hérode était pompeux, élégant, grave.

Elle n'a pas pu s'empêcher de penser qu'il avait l'air du père de la mariée... Elle a failli être émue, d'autant plus qu'il a ouvert la bouche pour une action de grâce :

« J'ai été touché que Jimmy m'invite... il n'était pas obligé. »

Hérode faisant la paix ? Hérode humble ? Pourquoi pas ? Ne jamais refuser la main qui se tend. Il continuait, la voix douce :

« Tu sais que tu as en moi ton ami le plus sincère, Sixtine. Je t'ai fait débuter et, depuis, tout ce qui t'arrive me touche... Quand j'ai appris que tu allais épouser Jimmy — pas par toi et je le regrette — j'ai eu de la peine...

— De la peine ?

— J'adore Jimmy », dit-il, l'air extasié. Et Sixtine sut qu'il n'était pas venu pour faire la paix. « J'adore Jimmy, il est si merveilleux, si positif, si plein d'entrain, mais... »

« Nous y voilà » pensa-t-elle, étonnée d'être si affectée soudain.

« Mais tu vaux tellement mieux que ce qui t'attend avec lui, Sixtine ! Toi ! Toi faite pour la puissance tu vas gâcher ta vie sur le bord d'une piscine aux Bahamas ! Tu grossiras ! Tu t'habilleras en rose bonbon ! Tu deviendras la maîtresse du garçon de bain ; tu deviendras une grosse milliardaire américaine... même pas milliardaire : Jimmy sera ruiné bien avant ! »

« Le plus joli paquet-cadeau de la corbeille », avait-elle pensé.

En quittant le boudoir, sur le seuil, elle s'était retournée, le sourire aux lèvres :

« Bienvenue à Romainville, Hérode ! »

Mais elle savait que tout allait marcher de travers maintenant. Hérode n'était pas venu seul. Il était venu escorté de tous ses maléfices, de tous ses serpents. C'est lui qui, par sa présence, avait fait ressortir de leur cachette les téléphones congédiés pour la noce. C'est lui qui avait réveillé en Jimmy le goût du challenge à peine endormi. C'est à cause de lui que Iago avait recommencé à courir dans tous les sens, un téléphone dans chaque main... Qu'est-ce que c'était cette O.P.A. sur Isuka ? Et ces deux pétroliers dans le détroit d'Ormuz que Samuelson prétendait vendre « pour une bouchée de pain » ?

Quelle idée de l'avoir invité !

« Méfie-toi, Jimmy », avait-elle dit tandis qu'ils roulaient vers la mairie. Il y a près de dix ans que je connais Hérode et je ne sais toujours pas qui il est. J'ai eu ses papiers entre les mains quand j'ai plaidé pour lui, eh bien, parfois il est né à Smyrne en 27, et parfois à Malte en 31 ! Ça te fait rire ? Et, en plus, il a un passeport des îles Caïmans !

— Oh ! ça c'est bon ! C'est très bon !

— Bon ?

— Oui ! pour les taxes ! »

Impossible de parler sérieusement avec Jimmy. Impossible de parler... Il aurait pu au moins la prévenir pour « French-Marriage ». Quel choc quand elle est sortie de la mairie et qu'elle a vu le dais, l'arc de triomphe, les draperies, les colombes enrubannées, le grand panier plein de paquets roses et bleus, la presse qui les mitraillait...

« Mais Jimmy, nous sommes sponsorisés ?

— Bien sûr, honey !

— Mais par qui ?

— Mais par moi ! »

Elle s'était dit : « Morand a bien fait de ne pas venir, il aurait eu une attaque. »

Mais ce n'était pas une constatation très positive... l'absence de Morand est une chose dure à vivre. Comme le départ précipité de Mathias à la sortie de la mairie. Une chance qu'il ait pu s'échapper pour venir signer le registre de Saint-Espoir, mais elle aurait tant voulu le garder, lui parler. Il a tellement dû penser à Alma aujourd'hui... Avant de monter dans la Mercedes il lui a posé une étrange question :

« Tu veux toujours faire l'Europe, Sixtine ? » et comme elle s'étonnait, il lui a dit que des bruits couraient, que les Affaires Etrangères avaient des projets pour elle...

Elle avait ri. Ses projets c'était Bali. Les premières grandes vacances de sa vie. Il y avait quand même du bleu dans le ciel de la rude journée. La présence de Marine, l'arrivée imprévue de la petite Claret, dix-sept ans, la fille du second mariage de Jimmy, exquise dans une robe ultra-courte qui semblait faite d'un souffle d'écume, de nuage. Elle était encore au collège et gagnait sa vie comme mannequin. Ce sont bien des habitudes de milliardaire, ça, de faire payer leurs études et leur shampooing aux enfants. Il faudra qu'elle en parle à Jimmy, Claret pourrait venir vivre avec eux... Pour le moment, devant la mairie, Jimmy donne une grande bourrade dans le dos de l'homme qui a construit l'échafaud sponsorisé et serre la main de ses acolytes en salopettes roses et bleues. On dirait un chanteur remerciant ses musiciens après un gala. Tout est « Opération » pour lui. Même un mariage. Tout est « Affaire », fût-elle de cœur. Elle a soudain l'impression d'avoir tenu le rôle de la mariée dans une opérette : *Les Noces de Jimmy*.

— Qu'est-ce que c'est au juste, Iago, « French-Marriage » ?

— Draps, taies, tapis, serviettes, torchons, rideaux, lithos, mouchoirs, lingerie, sous-vêtements, éponges, vaisselle, cendriers, gadgets, coussins, signets...

— L'affaire du siècle, honey ! conclut Jimmy qui revient.

Il est charmant son mari.

Son mari.

Elle ne lui en veut plus.

Il pose ses lèvres sur la main gantée de blanc. Il dit encore : « Honey » et lui fait un clin d'œil tandis que la voiture démarre sous la pluie de riz que les invités jettent à poignées, heureux de pouvoir enfin s'en débarrasser.

Et sous la pluie qui porte bonheur, Sixtine ne veut penser qu'à une chose :

Bali.

« Je n'ai rien pu lui dire », pense Mathias avec tristesse. Il mange un sandwich rebutant — rosbif sec et cornichon mou — dans le fond de la Mercedes qui roule sans souci des limitations de vitesse vers les féveroles et les crèmes de marrons.

« J'y suis peut-être allé un peu fort ce matin », pense Hérode en se resservant de foie gras. Il regarde Sixtine au centre de la table, lui fait sa tête affable et lève son verre à sa santé. Elle lui rend son salut, gracieuse, et il se rassure. Dans six mois les nouveaux époux seront séparés. Elle verra les choses d'un autre œil.

« J'ai bien gâché leur mariage », se dit-il en levant à nouveau son verre. Et il décide d'organiser un petit poker, histoire de passer le temps agréablement après le déjeuner.

— Il me semble qu'il y avait davantage de monde au dernier mariage de Jimmy, pense tout haut la vieille Mme Blum de Philadelphie. Si haut que Claret touche du bois et pense tout bas : « Qu'est-ce que je peux faire pour que ça marche entre Sixtine et Papa... ? »

Tancrède est soucieux. Sixtine a accueilli avec enthousiasme le « cadeau » du ministre. Elle a crié : « Une ambassade ? » avec une joie d'enfant. Mais Jimmy a déclaré qu'elle ne travaillerait plus qu'avec lui à l'avenir... Qu'est-ce que ça veut dire ? « Elle a eu l'air sidérée... et moi, de quoi vais-je avoir l'air quand je rendrai compte de ma mission ? »

Marine trouve Tancrède mélancolique et s'approche de lui quand on quitte la table.

— Tancrède ?

Il regarde la ravissante silhouette, cherche un mot pour définir l'élégance de la jeune femme et n'en trouve qu'un : Paris.

— Vous êtes toujours belge, Marine ?

— Pourquoi ? Vous n'êtes plus français ?

Qu'elle est drôle ! Mais qu'elle est drôle !

— Je disais ça, ma chère, parce que maintenant que vous êtes plus parisienne que sainte Geneviève je pensais que peut-être...

— On racole ? demande-t-elle en glissant gentiment son bras sous celui de Tancrède, puis, plus grave, elle explique :

— Vous voyez, je n'ai plus de famille en Belgique, enfin, plus de famille qui compte pour moi, alors, si je n'étais plus belge je me sentirais vraiment orpheline. *Porque agora, mein Freund, it must be understood che siamo diventati auténticos Europeos**. *De tijd zal't leeren.* Avez-vous compris ?

— Tout sauf, à la fin...

— *De tijd zal't leeren?* C'est en flamand, c'est ma phrase à moi, ça veut dire : « Le temps nous l'apprendra. »

— Je vous aime beaucoup, Marine, dit Tancrède, brusquement ému.

— Tant mieux ! Qui m'aime me suive ! Alors, suivez-moi ! Nous allons jouer au croquet ! Claret ! Pierre-Baptiste ! Venez.

* Parce que maintenant, mon ami, il faut comprendre que nous sommes devenus de vrais Européens.

Hérode bat les cartes. Il aime ce geste. Il aime le contact glacé des cartes neuves et glissantes. La partie de poker s'est installée dans le boudoir où il a vu Sixtine ce matin. Le poison commence à faire son effet.

« Mais où est Jimmy ? » se demande Sixtine.

Il a ouvert le bal avec elle puis l'a plantée là pour suivre Iago qui lui faisait des signes désespérés par la fenêtre du bureau. Depuis il est introuvable.

Elle pourrait peut-être aller s'excuser auprès du professeur ? Mais elle n'ose pas interrompre la partie commencée sur la pelouse.

« Comme ces gens sont gentils », pense Pierre-Baptiste en attendant son tour pour taper dans la boule de croquet.

Il est vraiment désolé de ce qui s'est passé ce matin avec Mme Harper. Il aurait voulu la rassurer, s'excuser de l'avoir mise dans cette situation gênante. Elle avait l'air si contrariée. C'est la faute de l'habit, c'est sûr. Le jeune homme de *A 4 épingles* a dû se tromper...

Personne n'a songé à le présenter au marié qui doit le prendre pour quelqu'un d'autre. En quittant la table il lui a demandé :

« Est-ce que vous avez vu le vétérinaire ? »

Bizarre.

Et, tout à l'heure, avant le croquet il l'a croisé qui partait en courant vers les communs. Au passage, M. Harper lui a crié :

« Je vais voir Esméralda ! »

Comme ce doit être difficile de gagner de l'argent...

D'ailleurs il y a toujours un homme très pâle et très triste qui le suit avec un téléphone en criant des chiffres en anglais.

Jusqu'ici les circonstances n'ont pas permis à Pierre-

Baptiste de s'approcher de la mariée. Dommage. Il comprend tout le bien que Marine pense de son amie. Elle est lumineuse. Quel beau couple !

Au fond il a eu raison d'accepter cette invitation. Cette journée est très agréable. Comme chaque fois qu'il s'écarte de son travail, il sent que la pensée continue son chemin, toute seule, à des profondeurs où la raison éveillée ne peut descendre. Le croquet a certainement des vertus cachées, c'est un jeu qui demande à la fois de l'adresse, de l'innocence, de la patience...

— C'est à vous, Pierre-Baptiste ! dit Marine et il tape de si bon cœur avec son maillet que tout le monde applaudit.

— Bravo professeur ! s'écrie l'homme très élégant qui a une montre de gousset extraordinaire. Un bien de famille. De Foy. Quai d'Orsay. Marine lui a appris tout ça à table. Il était assis entre elle et la fille du marié. Les vins étaient remarquables.

« Je m'appelle Claret à cause du vin de Bordeaux, une idée de Papa. »

Des gens charmants... Pierre-Baptiste se fige soudain et Marine devine qu'une fois de plus il n'est pas distrait mais absorbé. Elle l'observe, amusée.

— Mais bien sûr, dit-il, bien sûr... j'aurais dû y penser depuis longtemps... c'est tellement évident !

Un « Ciel ! » de Tancrède arrache Marine à sa contemplation, il vient de sortir la fameuse montre de gousset que M. Caron de Beaumarchais offrit à son trisaïeul Anne-Pierre de Foy le jour de la création du *Barbier*.

— Mes enfants, quelle horreur ! Je dois vous quitter ! Figurez-vous que je représente ce soir le ministre à un gala que l'on donne au Trianon en l'honneur du président du Burkina-Faso ! Le ministre est de service à l'Elysée, à lui l'Europe ! Je suis de service à Versailles, à moi l'Afrique ! Je finirais bien la partie mais le devoir avant tout ! *Perinde ac cadaver !*

Complètement indifférent, Pierre-Baptiste a sorti son stylo et cherche un papier dans ses poches. Mais il n'y trouve rien sur quoi il puisse écrire et se désole, conscient que la pensée fantasque risque de s'envoler, alors il note d'étranges signes sur sa boule de croquet, sans voir le salut de Tancrède, sans entendre le cri qui vient de retentir sur la terrasse du manoir :

« La Corne d'Abondance ! », cri qui est salué par des hurlements de joie, cri qui électrise les couples qui dansent sur la piste, les invités qui se rafraîchissent sous la tente ou bavardent sur les pelouses, cri de ralliement qui vide les allées du parc et rassemble toute la compagnie dans le salon devant la télévision.

— Qu'est-ce que c'est ? demande Claret.

— Comment, tu ne connais pas « La Corne d'Abondance » ? Mais il faut absolument que tu voies ça ! Si le gouvernement interdisait ce jeu, il y aurait la révolution en France !

— Encore !!!

Marine l'entraîne à sa suite laissant Pierre-Baptiste et sa boule sur le gazon où Tancrède cherche et trouve enfin Sixtine pour prendre congé. Une Sixtine un peu perdue qui semble, elle aussi, chercher quelqu'un.

— Avez-vous vu mon mari ?

— Non... mais, justement, Sixtine, je ne savais pas que vous alliez travailler avec lui ?

— Moi non plus.

Tancrède s'arrête, gêné. Elle lui tend la main... quelle race ! quel ambassadeur elle ferait !

— Vous savez, l'idée qu'on pense à moi au Quai pour représenter mon pays, c'est tellement... je ne trouve pas les mots ! Et dire que c'est à vous que je le dois !

— Seul le ministre peut...

— Je sais quel ami vous êtes, Tancrède, je vous charge donc de remercier le ministre, bien sûr, mais à vous je puis tout dire. Nous partons cette nuit en voyage de noces, d'abord Bali... puis une petite croisière sur le *Du Barry*...

— Louise du Barry ! crie avec soulagement Tancrède qui a enfin retrouvé le nom de la mère de Jimmy.

— Oui, dit Sixtine étonnée par un tel enthousiasme, dans un mois, à notre retour... je suis sûre que nous pourrons reparler de tout ça. Positivement.

— Heureuse épouse d'un heureux époux, dit Tancrède. Il pose ses lèvres sur la main de Sixtine et monte dans sa voiture.

Quand Sixtine se retourne le paysage est absolument désert. Un jeune valet se hâte vers l'orchestre qui a cessé de jouer. Il porte une télé à piles.

— Y-z-ont dit qu'y continueraient à jouer que si on leur laissait voir Raymonde ! explique-t-il au passage.

Raymonde. Une gamine à lunettes et sans âge qui en est à la treizième semaine d'un sans faute absolu. Si, aujourd'hui, elle répond aux douze questions du jeu, elle pourra repartir avec un bimoteur sous le bras.

« D'une valeur de six millions ! » dit la voix formidable du présentateur.

— Wouahh !!!

Les musiciens ont accueilli le poste de télé avec des cris de joie. Ils se remettent à jouer en regardant le petit écran comme s'ils déchiffraient une partition écrite sur lui.

Sixtine arrête le garçon qui repartait en courant :

— Où est Monsieur, Justin ?

— Monsieur est au haras, Esméralda va pouliner ce soir !

— Mais ça n'était pas prévu ! Que dit le vétérinaire ?

— Ben justement, y a pas de vétérinaire. Ça répond pas chez lui, alors j'y vais !

Il est parti.

« Qui sauta le premier en parachute d'un avion ?

— L'Américain Berry, au-dessus de Saint-Louis, le 1er mars 1912 » dit la terrifiante Raymonde et cette information achève de déprimer Sixtine.

« Je suis seule » pense-t-elle.

Elle n'a même pas auprès d'elle la vieille cousine un peu gâteuse qui vous prend la main et la garde pendant une heure en vous confondant avec une autre mariée et en vous racontant des histoires de famille que son dentier émiette.

Pas même une nuée de petits gamins lourds de chantilly, torchonnés de chocolat, qui rient comme des charretiers et rotent leur Banga en perdant leur culotte.

Seule.

« Je ne connais pas la moitié des gens qui sont ici... Je connaissais le vétérinaire, oui... il était invité... il ne s'est même pas décommandé... Oh ! »

Elle vient de voir le professeur.

Il est allé s'asseoir, seul, dans la roseraie.

Il semble absorbé, comme dit Marine. Il parle à quelque chose qu'elle ne peut pas identifier et qu'il tient au creux de sa main gauche... un peu comme les extra-terrestres quand ils tentent de communiquer avec leur planète d'origine.

Absorbé . .

Elle remue le gravier du bout de sa chaussure de satin, tousse discrètement, il redresse la tête, la découvre debout devant lui, splendide et intimidée. Il se lève, range l'objet non identifié dans son étrange habit du début du siècle. Il lui sourit.

Et ils se taisent.

Heureusement elle se souvient qu'elle est venue lui présenter ses excuses.

— Parce que vous m'avez pris pour le maître d'hôtel ? Mais c'était ma faute, madame !

« Comme il est charmant », pense-t-elle.

« Comme elle est charmante », pense-t-il.

Elle lui fait signe de s'asseoir et prend place sur un fauteuil proche.

Les musiciens jouent une valse molle sans quitter de l'œil « La Corne d'Abondance », sphinx vidéo qui pose ses étranges énigmes avant de savoir s'il va dévorer ou sacrer la gamine à lunettes.

La nature retient son souffle.

— Le jour de son mariage on n'est plus tout à fait soi-même, dit Sixtine en regardant les pelouses désertées. Elle est contente que le professeur approuve et lui demande s'il est marié.

Il est divorcé et elle s'écrie :

— Mon mari aussi ! comme s'il s'agissait d'un diplôme.

— Il se marie aujourd'hui pour la troisième fois, précise-t-elle gaiement.

Et Pierre-Baptiste répond que s'il se remariait ça ferait la sixième fois.

— Vous avez été marié cinq fois ?

— Oui : en 55, en 58, en 66, 73 et 77. Enfin, quand je dis cinq fois, c'est quatre et demi.

— Quatre et demi ?

— C'est-à-dire que ma deuxième femme n'a jamais été ma femme, mais comme nous avons eu un fils ensemble, je la compte quand même... mais pour un demi seulement.

Elle ne peut pas deviner qu'il n'a jamais autant parlé de lui. Rien ne peut l'arrêter, il faut qu'elle sache tout, c'est très important. Le courage de Gisèle qui élève des chiens en Bretagne, l'allergie aux choux de Bruxelles qu'a faite Arielle en août dernier, ce qui lui a permis d'avoir son petit garçon pour les vacances...

— Vous avez un petit garçon ?

— Trois ! Enfin un petit garçon et deux grands... qui sont des hommes maintenant. Et qui sont pilotes ! Ce qui fait que, parfois, j'ai deux fils dans l'espace !

Il faut qu'elle sache tout.

Que Frédéric s'envole en montgolfière pour Tokyo demain à l'aube, que le fils de Raïssa, celle qu'il compte pour un demi parce qu'il n'a pas pu l'épouser, est cosmonaute. Mais soviétique. Oui !... Oh ! tout ça n'a pas été facile... et le petit Jean, lui, joue du violon... Dans la foulée il ajoute qu'il la trouve très belle et elle rougit.

Il s'est tu. Mais c'est parce qu'il arrive au point le plus délicat, le plus grave de son récit : la raison profonde de tous ces mariages...

— J'ai eu un drame au début de ma vie... Je pense que c'est pour ça que je me suis marié cinq fois... enfin, quatre et demi. Parce que j'avais dit non à une jeune fille en Algérie... et elle s'est faite sœur ! Ça m'a marqué ! Et depuis j'ai toujours dit oui. J'aurais dû toujours dire non, et oui la première fois. Mais j'étais militaire, j'avais vingt ans, elle en avait vingt-deux. Elle était infirmière. Nous nous aimions... j'ai eu peur des responsabilités... je me faisais une haute idée du mariage... Je l'aimais et pourtant j'ai dit non... et elle s'est faite sœur. Sœur Evangéline...

— Comme cette fameuse sœur Evangéline qui vit avec les enfants perdus ?

— C'est elle.

Sixtine est bouleversée, sœur Evangéline ! Cette lumière qui s'allume partout où l'appelle la souffrance, sœur Evangéline... C'est comme si Morand lui disait qu'il a été fiancé à Mère Teresa.

— Vous avez aimé sœur Evangéline !... Ce devait être... Oh ! pardon.

— Vous savez, dit Pierre-Baptiste, on n'a jamais...

Comme il est simple. L'émotion de l'instant s'ajoutant à l'émotion de la journée fait briller une larme dans les yeux de Sixtine, heureusement Pierre-Baptiste lui demande :

— Et vous, avez-vous des enfants ?

Alors elle éclate de rire, délivrée.

Il s'explique, confus :

— Pardonnez-moi ! mais c'est parce que je vous imagine avec plein d'enfants autour de vous !

— Que le Ciel vous entende !

Ils se sourient. Ils sont bien. Ce doit être ça, la confiance. On peut tomber amis, brusquement. Comme on tombe malade... Il est si bien qu'il se renverse dans son fauteuil de jardin, manque perdre l'équilibre et rattrape au vol l'objet non identifié qui vient de jaillir de son habit. Une boule de croquet. Il demande s'il peut la garder et elle rit encore. Bien sûr !

— C'est parce que j'ai noté dessus tout à l'heure une formule qui m'est passée par l'esprit... oui, je suis sur la piste d'un vaccin qui pourrait sauver, si je trouve... mais qui peut jamais dire « je trouve » ? C'est la découverte qui vous trouve. Voilà. C'est la découverte qui vous trouve.

L'émotion est revenue. Si violente qu'il faut bouger. Réagir.

— On pourrait peut-être danser ? dit Sixtine, et Pierre-Baptiste se désole : il ne sait pas danser.

— Déjà Evangéline me disait : « Pierre-Baptiste il faut apprendre à danser ! », mais...

Des hurlements et des applaudissements venant à la fois de l'orchestre et du salon font comprendre que la fille à lunettes a gagné contre le sphinx et qu'on est en train de lui faire un paquet-cadeau de son bimoteur.

— « La Corne d'Abondance » nous aura au moins permis de faire connaissance, dit Sixtine en se levant. A propos, avez-vous fait celle de mon mari ?

— Oui, oui, j'ai eu ce plaisir ! dit-il en se levant également.

La victoire de Raymonde a sonné la fin du mariage. Tout le monde réapparaît brusquement mais pour prendre congé. Il n'y a que Jimmy qui demeure invisible. Sixtine serre, seule, des mains indifférentes.

Les joueurs de poker eux aussi semblent soudain pressés de partir et quittent le boudoir enfumé transformé en tripot. Hérode sort le dernier en rangeant des chèques dans son portefeuille. Il n'y a pas de petits profits.

— Tu es seule, demande-t-il à Sixtine, la voix douce, l'air étonné et bonasse. Où est Jimmy ?

— Auprès de sa jument.

— Sa jument ? Un accident ?

— Non, un poulain.

— Ça ne risque pas de contrarier vos projets, au moins ?

— Rassurez-vous, Hérode, dit-elle avec suavité, Jimmy a fait chercher le vétérinaire. D'ailleurs nous avons le temps, nous ne décollons qu'à vingt-trois heures...

— Pour Bali ?

— Pour Bali !

— Alors il ne me reste plus qu'à vous souhaiter...

Il a du mal à trouver ses mots, il regarde autour de lui, ses yeux jaunes se posent çà et là dans le salon comme si ses vœux étaient écrits quelque part dans le décor riche et fleuri du mariage... mais visiblement il ne trouve pas et conclut :

— ... à vous souhaiter... tout ce que tu sais !

— Je sais, Hérode, merci.

C'est la première fois qu'elle sent les lèvres d'Hérode sur sa main et elle en éprouve un bref malaise.

« *The devil.* »

Elle pense à Fergus. A Loulou qui n'a pas vu grandir son petit garçon dans la maison qui est devenue la sienne aujourd'hui… Brusquement le malaise se dissipe, le professeur s'incline devant elle.

— Mon Dieu, vous ne partez pas déjà ?

Il est désolé, mais malheureusement si. Il doit rentrer de bonne heure pour assister à l'envol de son fils, demain à l'aube, pour Tokyo.

— Le deuxième, dit-elle.

mais il s'agit en réalité du premier.

— Le Soviétique !

mais il s'agit en réalité du Français.

Décidément…

Ils rient en se regardant, immobiles, bras ballants et disent ensemble, lui, que c'était une merveilleuse journée, elle, que c'était une journée merveilleuse…

— Et pardonnez-moi pour la danse !

D'autres invités attendent pour saluer Sixtine. Elle serre la main du professeur :

— J'espère que nous aurons l'occasion de nous revoir…

— Moi aussi, madame.

Voilà. Il est parti. Sixtine serre d'autres mains. Marine s'approche d'elle avec Claret.

— Tu ne pars pas tout de suite, toi ?

— Non ! Nous avons décidé toutes les deux de ne pas bouger avant d'avoir vu votre voiture démarrer pour l'aéroport ! On a même gardé un paquet de riz !

Justin passe en courant, il semble chercher quelqu'un.

— Savez-vous où est Monsieur ? lui demande Sixtine.

— Monsieur est avec Esméralda ! C'est pour bientôt ! dit le garçon qui ne pense pas devoir donner d'autres détails à Madame. L'accouchement d'Esméralda c'est une affaire d'hommes.

— Mais le vétérinaire ?

— Pas de vétérinaire !

Le petit est parti. Tout le monde est parti. Elles sont seules dans le hall désert et Sixtine sent brusquement la fatigue de la journée tomber sur elle. D'un même geste les trois femmes enlèvent leurs chaussures et éclatent de rire.

— Pauvre Esméralda, dit Sixtine, qu'est-ce qu'elle va devenir ?

Justin monte à l'abordage de *Durandal* au moment où Pierre-Baptiste cale pour la première fois.

Justin est à bout de souffle. Il peut à peine parler. Mais il est content : il a trouvé le professeur.

— Faut que je vous mène au haras ! Esméralda va faire son petit, on a besoin de vous !

Pierre-Baptiste sourit, amusé. C'est le garçon qui l'a embarqué aux cuisines ce matin en le prenant pour le maître d'hôtel.

— Je crois que vous faites encore une erreur : je ne suis pas maître d'hôtel et je ne suis pas non plus vétérinaire...

Le garçon sait tout cela mais s'entête :

— D'accord, vous êtes le professeur Lambert. Oui ? Ben, c'est Monsieur Jimmy qui vous fait demander parce que le vétérinaire est auprès de sa femme qui accouche, elle aussi... C'est à cause de la pleine lune, il paraît qu'y va y en avoir plein cette nuit !

« Mais qu'est-ce que c'est que cette maison de fous ? » pense Pierre-Baptiste maîtrisant *Durandal* qui s'énerve. « Qu'est-ce que c'est que ces agités ? Ils courent dans tous les sens comme dans *Alice au pays des merveilles,* en sortant la montre de gousset du lapin blanc aux yeux roses, en jouant au croquet, codés, cinglés, branchés ! Avec le type au téléphone qui crie " *two million dollars* " sur la pelouse. " Passez-moi ce plateau ! Servez-moi ce champagne ! " Et maintenant " Accouchez-moi Esméralda, *old friend* ! " Je suis un homme gentil, d'accord, mais, gentiment, je vais lui dire ce que je pense à M. Harper ! »

Seulement voilà, quand il est entré dans les écuries où tous les chevaux, de leur box, semblaient attendre l'événement, quand il a vu le lad blême, terré dans un coin, quand il a vu Esméralda lever sur lui un œil embué de panique et de douleur, il a oublié ce qu'il avait décidé de dire à M. Harper.

En revanche, il s'est souvenu des leçons du berger : « Les bêtes, petit, ça souffre comme les gens et ça a besoin de compassion. Il faut leur parler... comme à Loubet ; si je lui parlais pas à mon chien, il croirait que je le méprise, pas vrai Loubet ? » et le chien approuvait, inclinant son museau honnête sur ses pattes de devant posées sur l'herbe du pâturage.

Venir au monde.

Tout d'un coup on va être un de plus.

Les chevaux le savent.

Tout d'un coup quelqu'un va débarquer à l'abri de la bulle transparente qui amène la vie...

Pierre-Baptiste a quitté sa jaquette, il a retroussé ses manches de chemise tandis que Justin nouait les cordons du tablier dans son dos, il a enfilé les gants préparés par le lad.

— Faites que ce soit un garçon, docteur, a prié Jimmy et Pierre-Baptiste est entré dans le box.

— Esméralda... Je peux lui parler en français ou elle préfère l'anglais ?

— Elle est bilingue, dit Jimmy qui n'en mène pas large.

— Belle... douce... *lovely,* murmure Pierre-Baptiste en s'approchant d'elle. Mais quand il a posé les mains sur le ventre gonflé et tressaillant, c'est une autre langue qui est montée à ses lèvres. Le patois que le berger parlait à ses brebis dans la montagne, le patois qu'Esméralda, fille de Vizir de la Nuit et lointaine descendante de Godolphin Arabian, n'avait jamais entendu depuis sa litière de princesse. Mais qu'elle comprit parce que la voix de l'homme qui était penché sur elle était une musique pour le cœur.

Et le petit poulain arriva.

Il déplia ses jambes interminables, se dressa, vacilla,

grisé d'oxygène, tituba et sa mère se pencha vers lui. Alors Pierre-Baptiste fut très heureux. Comme le jour de son premier agneau...

Une énorme claque dans le dos l'arracha à ses souvenirs.

— Je vais l'appeler « Professor » ! Il en a de la chance de vous avoir rencontré ! On voit que vous avez l'habitude !

— A vrai dire..., confesse Pierre-Baptiste.

Personne ne veut le croire quand il dit que c'est la première fois. Il explique qu'il est spécialisé dans les virus tropicaux, le nez dans les éprouvettes, à Pasteur.

— Ça, c'était votre premier accouchement !?! demande Jimmy interdit.

— Oui et non. Mon père était berger ; tout gamin il m'a appris à aider les brebis... mais depuis...

Comme Jimmy demeure sans voix, Pierre-Baptiste a soudain le désir de lui raconter la montagne, Saint-Jean-le-Froid, la petite chapelle où un jour... mais il en est empêché par l'arrivée de l'homme très pâle et très triste qui dit d'une voix lugubre :

— Une excellente nouvelle, monsieur Harper, à 10 heures GMT nous sommes à 50,52 %.

Ce doit vraiment être une excellente nouvelle car Pierre-Baptiste reçoit encore une claque dans le dos et est invité à boire un Château d'Yquem 1929, le meilleur, celui du krach, pour fêter la faste journée.

— Allons, allons, vous ne pouvez pas refuser ! Ma femme ne vous le pardonnerait pas ! Allez, venez ! Elle va être folle de bonheur !

En parcourant les télégrammes venus du monde entier, New York, Miami, Tokyo, Chicago, Londres, Rome, Hong-Kong, Cape Town, Stockholm, New-Delhi, Sixtine a enfin trouvé le nom qu'elle guette depuis le matin :

Kaysersberg

Tout le bonheur du monde pour ma chérie et son époux.

Morand Bader

Elle a bondi sur le téléphone, elle a entendu la voix de son grand-père, elle l'a remercié... mais ce n'était pas lui qui avait envoyé ce message.

« Encore un coup de Katel ! a-t-il dit, furieux. Mais crois bien que je pense à toi ! Tu es sur toutes les chaînes ! On ne peut pas te manquer ! »

Morand disait vrai. Sixtine était sur toutes les chaînes. Ou plus exactement « French-Marriage » était sur toutes les chaînes.

« Ce mariage — on ne peut plus mondain — était aussi l'occasion pour le célèbre milliardaire de lancer sa nouvelle ligne de linge de maison : « French-Marriage »... Draps, taies, serviettes, torchons, etc. Nous souhaitons donc à Jimmy Harper et à sa jeune épouse Sixtine Bader, de vendre beaucoup de petits « French-Marriage ! »

— Tu as vu ?

La voix de Morand résonne dans le téléphone, cuisante comme une fessée.

— J'ai vu, grand-père... Bonsoir.

A Walheim, Katel fulmine contre lui :

— *Besser Unrecht liede ass Unrecht tüe* * !

A Romainville Sixtine est au bord des larmes. Marine ne vaut guère mieux. Claret est désolée. Soudain son joli visage s'illumine : elles sont sauvées !

— Je vais vous remonter le moral ! annonce-t-elle. Je prépare un Titanic !

Seigneur ! Elles ont bu ça distraitement, sans méfiance. C'était bon. Pas tellement fort. Amusant. Si amusant qu'elles ont éclaté de rire. Ensemble. Ce qui les a fait encore plus rire. Deux franches polissonnes. Pierrot les aurait mises au pain sec. A l'eau, surtout. Claret, heureuse de voir le succès de son cocktail, leur en a versé un autre verre.

C'est à ce moment-là que Jimmy est entré avec Pierre-

* Mieux vaut souffrir l'injustice que de la faire.

Baptiste et leur a annoncé la naissance de Professor et l'exploit du professeur.

Sixtine a sifflé d'admiration. Elle s'est levée avec peine et, pieds nus, démarche incertaine, œil brillant et flou à la fois, elle est venue nouer ses bras autour du cou de Pierre-Baptiste et l'a embrassé sur les deux joues :

— Professor ! Comme c'est mignon ! A part la danse, vous savez tout faire !

Elle a failli tomber en allant se rasseoir auprès de Marine également brillante et floue.

— A propos, honey, dit Jimmy comme s'il donnait une information sans importance, petit changement de programme : ce ne sera pas Bali mais les Bahamas. Oui, poursuivit-il sans remarquer l'expression de Sixtine, je viens de racheter la société dont Hérode m'a parlé avant la mairie, j'ai conseil d'administration à Nassau demain matin. Repose-toi bien, je te renverrai le jet dans la soirée pour que tu me rejoignes.

Oh ! le silence de la nature avant le tonnerre, le silence qui précède les cataclysmes...

— Bali ? fit-elle doucement comme si elle ôtait le cran d'arrêt d'une arme avant une exécution.

— Plus tard, honey ! On a tout le temps pour Bali. Et puis, tu verras, à Nassau il y a le Dream Palace avec ses piscines, ses fleurs ! Un paradis ! La perle des Bahamas !

Elle a hurlé.

— Non, pas les Bahamas ! Pas la piscine ! Je veux pas être une vieille Américaine ! Je veux pas coucher avec le maître-nageur.

Et, d'un trait, elle vida le second verre. Effaré, Jimmy se tourna vers sa fille :

— *What the hell did you give them* * ?

— *A Titanic,* dit Claret, comme elle aurait dit un sirop d'orgeat.

— *Claret ! You must never serve a Titanic to a none scottish blooded person ! You could have killed them* ** !

* Qu'est-ce que tu leur a donné à boire ?

** Claret ! On ne donne jamais un Titanic à quelqu'un qui n'a pas de sang écossais ! Tu pouvais les tuer !

— Je ne l'ai pas fait fort pourtant, répondit l'enfant qui en était à son troisième.

Pierre-Baptiste est maintenant seul dans le salon de Romainville.

Jimmy roule vers l'aéroport, Iago a signalé au pilote le changement de destination. La tour de contrôle donnera le nouveau plan de vol dans cinquante minutes environ. Cap sur les Bahamas...

Pierre-Baptiste serait parti lui-même depuis bien longtemps si Claret ne lui avait demandé de la ramener.

« J'en ai pour deux minutes, professor ! Juste le temps de coucher ma belle-mère ! »

Il regarde l'heure. Pas question de repasser par Paris s'il veut assister à l'envol de Frédéric.

Il boirait bien du Château d'Yquem... il n'ose pas se servir. Ces gens sont charmants mais il les connaît à peine.

Frédéric... la route de la soie par les airs.

Il espère que le crochet par Toussus ne contrariera pas Claret ?

Frédéric...

Il tâte son habit. Oui, la boule est toujours là... il la sort... il relit la formule qui s'enroule autour d'elle... Il a hâte d'en parler à Mouloud... Ce serait formidable de trouver... mais qui peut jamais dire « je trouve » ? C'est la découverte qui vous trouve. Voilà. C'est la découverte qui vous trouve, madame Harper.

— Hello ?

La petite, toujours dans sa robe d'écume et de nuages est sur le seuil, souriante, les sangles d'un sac à dos sur ses épaules nues.

— On y va, professor ?

— On y va !

Il range sa boule et la suit.

MÉDUSE

Hérode aurait voulu se retrouver à Méduse en sortant de Romainville.

Mais avant de s'envoler il avait un geste à accomplir. Apposer sa signature au bas d'un contrat qui ferait de lui le patron du groupe Savary, la plus importante affaire de presse de l'hexagone.

Il avait fixé le rendez-vous à sept heures du matin, sortant tout le monde du lit sans aucun égard pour les habitudes françaises. Il avait parfois été aussi expéditif mais jamais aussi aimable.

C'est qu'il allait s'amuser.

Il aimait la presse. Il se méfiait de la télévision. A la télévision il suffit de plaire pour convaincre. A la télévision, la force c'est celui qu'on voit. Dans la presse la force c'est celui qu'on ne voit pas.

Il reboucha son stylo avec un sourire gracieux, dit : « Merci, messieurs » et s'en alla. L'entrevue avait duré moins de six minutes.

Il avait une telle hâte de se retrouver chez lui qu'en vol il fit décommander le bateau qui l'attendait au Pirée et prit son hélicoptère à Glifada.

Assis auprès du pilote, il a guetté l'horizon et quand il a vu la masse de l'île s'élever au-dessus de la mer, grandir, s'imposer, il a fait descendre l'appareil aussi près que possible de la colline aux orchidées et, du ciel où il se trouvait, il a compris que Lucrèce avait eu raison de dire que tant de beauté pouvait rendre les dieux jaloux.

Lucrèce. Elle l'attendait sur l'héliport. Perfection de la silhouette vêtue de noir. Pureté des torsades de ses cheveux blonds. Le vent des pales faisait voler la mousseline de sa tunique mais elle ne bougeait pas. Une déesse, indifférente à ce qui fait frémir les femmes.

— Vous les avez vues, Monsieur ? Elle désignait la colline aux orchidées et, sur son bras nu, il découvrit un nouveau bracelet. Un serpent trois fois enroulé, la langue bifide dardée, les yeux aveugles. Sans doute l'œuvre de Xénophon Pétridès, le bossu athénien qui travaille l'or comme un boulanger fait son pain.

Hérode était de si bonne humeur qu'il poussa la magnanimité jusqu'à lui proposer de l'accompagner sur la colline pour visiter l'essaim de guêpes géantes.

— Bien sûr, Monsieur, dit Lucrèce.

Ils avancèrent sur le sentier qui montait au milieu des fleurs. Mais était-ce seulement des fleurs ? Elles avaient une chair, une palpitation, des cils soyeux, un parfum... et un langage ! Elles bourdonnaient !

— Vous m'aviez parlé de silence, dit-il avec reproche à Lucrèce comme si elle avait tenté de lui cacher la vérité.

— C'était avant que les insectes ne les découvrissent, Monsieur. Ce bourdonnement est celui de la fécondation.

Il regarda avec émotion les minuscules visiteurs accrochés aux éperons gorgés de nectar, il regarda les massifs agités d'un tremblement perceptible et commanda :

— Laissez-moi seul avec elles...

— Bien sûr, Monsieur, dit Lucrèce.

La Grèce.

Elle avait aimé la Grèce dès l'alpha.

Dès la première leçon elle avait su que son destin l'attendait là-bas, au-delà de l'impératif aoriste, de l'esprit doux et des diplômes. Elle avait cru pouvoir faire tourner sur leurs gonds les portes de bronze de la

Grèce mythique. Elle avait rencontré la Grèce réelle qui l'avait broyée comme une meule.

Lucrèce rebouche avec tant de violence le flacon de parfum que la délicate verrerie se brise dans sa main, libérant les senteurs du jasmin et de la cardamome auxquelles se mêle la saveur de son propre sang, jaillissant, rouge, sucré.

Elle sonne l'Indonésien pour qu'il nettoie le gâchis mais surtout pour qu'il emporte vite les débris du flacon, qu'il la libère de l'odeur trop forte, irrespirable, l'odeur insoutenable des souvenirs.

L'Indonésien est revenu, il regarde la main qui saigne et, silencieusement, doucement, entreprend de la laver et de la panser.

Il n'y a pas de femmes à Méduse. Ni dans la villa ni dans les postes de sécurité.

Hérode ne les admet pas dans l'île. S'il supporte la présence de Lucrèce c'est sans doute parce qu'il ne la considère pas comme une femme.

« Peut-être suis-je devenue autre chose qu'une femme ? » pense-t-elle tandis que l'Indonésien indifférent lace le dos de la robe du soir qu'elle vient de passer pour le dîner. Une robe noire. Comme toutes ses robes.

Elle garde le serpent et choisit une parure de feuilles d'or.

Elle s'examine dans le haut miroir penché vers elle.

« Je ne porterai que des bijoux qui auront l'air de sortir d'une tombe », a-t-elle dit au bossu athénien lors de leur première rencontre. Aujourd'hui elle semble avoir pillé la chambre funéraire d'une reine et sourit à sa beauté.

Au moment de descendre elle enlève le pansement fait par l'Indonésien. Le sang ne coule plus. Tant mieux. Hérode déteste les malades, les blessés, les accidentés. Elle colle un mince carré de taffetas sur la blessure. Pas besoin de parfum, elle en est imprégnée jusqu'au cœur, hélas. Puis elle quitte son domaine et s'enfonce dans les profondeurs de marbre de la villa grecque.

Hérode détecte tout de suite la minuscule preuve de sa blessure. Il regarde Lucrèce avec dégoût.

— Vous avez été agressée ? demande-t-il sèchement.

— Par un flacon de parfum en colère, Monsieur.

Ça le fait rire. Il se souvient qu'il est de bonne humeur. De très bonne humeur. Il lit le menu que Lucrèce a rédigé de sa main en grec moderne. Et le menu lui plaît. Du fromage de berger, des tomates, des olives noires et du basilic arrosés d'huile vierge, de la purée de pois chiches et d'aubergines, du pain sans levain. Et du champagne parce qu'il adore ça.

Il prend une poignée d'olives comme si on allait lui retirer le plat et rit encore.

— Vous riez, Monsieur ?

— Oui ! Jimmy Harper m'a doublé sur Isuka !

— Le jour de son mariage ?

— Oui ! entre le salon et la mairie ! Ah ! je voudrais offrir aux nouveaux époux un cratère d'or. Le plus beau qui existe.

— Bien, Monsieur, j'appellerai Xénophon Pétridès dès demain matin.

— Il m'a doublé sur Isuka, répète Hérode de plus en plus hilare. Il a même pris les deux pétroliers que Samuelson m'avait proposés !

— Et vous riez !

— Oui ! Devinez pourquoi : Jimmy est parti seul dans la nuit pour les Bahamas s'occuper de ses affaires ! La nuit de son mariage ! Pauvre Sixtine ! Un très beau cratère, Lucrèce, j'insiste !

Il vide son verre. Il boit le champagne comme de l'eau. C'est le seul alcool qu'il supporte. Le trajet a été si dur jusqu'à la première coupe… avant qu'il ne devienne « l'homme le mieux informé d'Europe » ainsi qu'il se définit lui-même. L'homme le mieux informé d'Europe qui n'arrive pas à comprendre ce mariage confondant.

— Il est très riche, Monsieur.

— Sixtine n'aime pas l'argent !

— Alors elle aime Jimmy Harper, Monsieur.

— Non Lucrèce, Sixtine n'aime pas Jimmy Harper : elle l'aime bien. Un jour la belle se réveillera. Elle le quittera. Elle ne lui pardonnera pas de n'être que lui-même...

Il étale la purée de pois chiches sur son pain, l'arrose d'huile et mord dedans comme un affamé.

— Je prépare une petite surprise aux jeunes mariés, Lucrèce. Un autre cadeau de mariage. A propos, Savary, c'est fait.

— Bravo, Monsieur !

— Détail amusant : la fille belge, l'amie de Sixtine, *Marie-Belle*, c'est le groupe Savary ! Elle aussi je la tiens !

Ses yeux jaunes se posent sur Lucrèce, il répète : « Je la tiens ! » et elle ne sait plus s'il parle de Sixtine, de Marine...

Ou d'elle.

Elle lève son verre et s'aperçoit avec horreur que la mince coupure s'est rouverte et que du sang coule sur la nappe de linon blanc.

— Voir couler votre sang me rassure, dit Hérode, suave.

Il lui tend sa propre serviette.

— Je me demande parfois si vous n'êtes pas une déesse et c'est très angoissant. Si vous étiez une Erinye ? Une Moire ? Ce deuil perpétuel que vous portez... et qui vous va si bien ! Cela tient sans doute à tout ce que vous avez traversé...

Les yeux jaunes, sans pitié. Il aime de temps en temps tirer sur le collier, lui faire sentir qu'il est le maître. Qu'il sait. Puis il redevient aimable.

— Vous êtes maintenant tellement grecque ! Vous parlez la langue mieux que moi ! Non seulement le démotique, mais l'attique, l'éolien ! J'en oublie ?

— L'ionien et le dorien, Monsieur.

— C'est cela ! Vous savez tout. Depuis les ragots de l'Olympe jusqu'aux compromissions des Enfers. Vous êtes...

Il cherche un compliment rare.

— Vous êtes... terrifiante !

— Merci, Monsieur, dit Lucrèce.

Hérode arrive à la fin de son cigare.

Il est seul sur la terrasse au milieu des marbres. La mer Egée n'est plus qu'un clapotis, parfois éclairé par l'éclair rouge du phare qui signale les rochers au bout de la passe, parfois rendu à un néant frémissant.

Il jette le cigare et l'écrase sous son pied pour mieux percevoir les messages de l'ombre. Il froisse le basilic qui dort dans sa jarre, respire les lauriers-roses, pose à tâtons ses mains sur la fleur de nuit qui vient de s'épanouir et salue la lune qu'un nuage avait cachée dans le ciel.

Il entend le tintement aérien des antennes de ses bateaux. Il entend claquer son drapeau sur le toit de sa maison à chaque souffle de vent. Des hommes veillent dans son île. Sur son repos, sur son sommeil, sur sa station-radio, sur ses émetteurs qui le relient à chaque point de son empire.

Son empire.

Lucrèce sent venir avec gratitude le sommeil artificiel qui la délivrera jusqu'au matin.

Demain elle sera fraîche et nette.

Ce soir a été un soir noir.

Il y avait bien longtemps qu'Hérode n'avait fait allusion au passé...

La poudre blanche diluée dans l'eau pure de Méduse commence à engourdir la douleur, la détachant de la conscience comme une dent gâtée. Lucrèce voit venir vers elle, légère et confiante, la jeune fille aux tresses blondes qui s'embarqua pour la Grèce, corps vierge, cœur vierge... et le poème de Sappho chante dans sa mémoire :

Telle la pomme-douce rougit sur la branche extrême, extrême sur la plus extrême ; l'ont oubliée les cueilleurs de pommes ? Non certes ils ne l'ont pas oubliée : mais ils n'ont pu l'atteindre.

A Athènes le cueilleur de pommes attendait la jeune fille. Dans une main il tenait la Vie. Dans l'autre, la Mort.

Lucrèce murmure :

— Alexandre... et sombre dans l'oubli.

Méduse, seul point éclairé dans la maison endormie, semble appeler Hérode du fond de la galerie obscure.

Lentement il va vers la tête géante. Il se recueille devant elle comme un fidèle devant l'image d'une sainte.

Il attend.

Que les serpents de la chevelure s'animent.

Que les yeux morts le regardent.

Que la Gorgone parle enfin.

Qu'un oracle tombe de la bouche ouverte sur le vide lui annonçant ce qu'il veut entendre.

Mais la bouche reste muette et il s'irrite, car il ne sait pas, lui, l'homme le mieux informé d'Europe, que le silence est une aumône que nous font les dieux pour nous permettre de continuer à vivre.

LA CHAMBRE DE GOETHE

La petite Peugeot roule vers l'Alsace.

Sixtine est au volant.

Sixtine est seule.

Jimmy est à Hong-Kong, à Londres, à Tokyo, à Zurich, à Francfort, à Singapour...

Jimmy est partout où l'on achète, vend, convertit, liquide, solde, échange, consolide...

Ne sait quand reviendra...

Sixtine ne lui en veut pas. Une fatalité aveugle comme la fortune poursuit Jimmy, le pousse, l'entraîne, ce n'est pas sa faute...

Elle lui a quand même jeté sa pantoufle à la figure quand elle l'a vu revenir, adorable et rayonnant, quatre jours après leur mariage.

« En quatre-vingt-seize heures sais-tu combien de temps tu m'as consacré ? Même pas une heure trente ! Soit 1,5 % de ton temps ! Et je suis généreuse ! »

Elle lui a fait un vrai procès ce jour-là, tout y est passé : la mariée abandonnée pour un conseil d'administration, l'annulation de la lune de miel à Bali, l'utilisation de leur mariage à des fins publicitaires...

Elle n'ose plus ouvrir un journal de crainte de se trouver avec Jimmy au milieu de la ligne French-Marriage sur le perron de la mairie de Saint-Espoir comme des représentants en électroménager sur le podium d'une grande surface. Parfois il n'est même pas nécessaire d'ouvrir le journal : ils sont en première page. Ridicules.

Toute la presse d'Hérode leur a fait cet honneur. Lourdement.

« Mais ça fait vendre ! » a dit Jimmy qui a failli recevoir une autre pantoufle.

Oui, Hérode a racheté le groupe Savary. En l'apprenant elle a tremblé pour Marine. A sa grande surprise il a été parfait. Il l'a même augmentée. C'est comme ça qu'il marque son territoire. Il l'a assurée qu'elle serait libre, absolument libre à *Marie-Belle.* Plus qu'avant. Mieux qu'avant. Et il a tout de suite engagé Claret comme mannequin vedette parce que Marine avait retenu ses photos.

Claret ! un délice, la petite biche ! La vie est beaucoup moins triste depuis qu'elle s'est installée chez eux, place de l'Alma. Son père ne le sait pas encore. Il ne sait pas non plus qu'elle est amoureuse. Ni de qui.

Sixtine freine brusquement et s'arrête pour prendre de l'essence.

Pendant quelques minutes elle ferme les écoutilles de la pensée profonde, involontaire, la dangereuse pensée qui se moque de la raison.

Elle surprend le regard du pompiste sur le saphir que lui a offert Jimmy pour fêter la fin de leur premier mois de mariage. S'il ne l'aimait pas, il ne lui aurait pas donné cette merveille. Un saphir étoilé. Mais il ne l'a pas lui-même passé à son doigt. Il le lui a fait parvenir « par porteur spécial ».

Sixtine a repris la route, une route à elle pour se rendre en Alsace. Elle choisit à dessein le plus long chemin pour arriver par la montagne. En douceur.

Elle se demande si elle a eu raison de ne pas prévenir Morand de sa visite ? Hier elle s'est réveillée en pensant qu'il avait près de quatre-vingt-onze ans. On ne peut pas être fâchée avec un monsieur de quatre-vingt-onze ans. L'avenir est trop fragile. D'abord pourquoi sont-ils fâchés ? A cause de son mariage ? Pauvre Pappi, s'il savait...

La pensée profonde est revenue, perfide, envahissante, par les chemins non gardés de la mémoire. Elle se souvient des lèvres molles d'Hérode se posant sur sa main au moment de prendre congé. De son angoisse... et puis, brusquement, elle n'a plus eu peur. Le professeur était là.

Claret est amoureuse. Amoureuse du fils du professeur qu'elle a vu quelques instants dans la prairie d'où il s'envolait vers Tokyo.

Quelques instants seulement ?

Et alors ? Faut-il des heures pour tomber amoureuse ?

Quelle chance pour Claret que Marine soit venue avec le professeur !

Elle a eu de ses nouvelles par la petite. Il paraît que ce qu'il a écrit sur la boule de croquet est capital. Tant mieux. Comment disait-il ? « C'est la découverte qui vous trouve. » Quelle modestie.

Quelques jours après avoir reçu la pantoufle en pleine figure, Jimmy est repassé par Paris et il a invité le professeur à dîner chez Lasserre. Mais, au dernier moment, le professeur s'est décommandé : « Retenu à Pasteur, il m'est impossible... » Elle s'en souvient d'autant mieux que c'est elle qui a reçu le message. Jimmy l'avait abandonnée pour aller saluer un énorme Coréen, un énorme client paraît-il, à une table voisine.

Le professeur aurait bien tort de se gêner avec eux. Après la façon dont ils l'ont traité, il a tous les droits ! Elle sait maintenant dans quelles circonstances Marine a fait sa connaissance. C'est lui qui a assisté sa mère jusqu'à ses derniers instants à Pasteur. Pauvre Marine, retrouver sa mère pour la voir mourir... Luisa avait ramassé une maladie rare et inguérissable au cours d'un voyage en Asie du Sud où elle était partie acheter des chevaux. Une fièvre hémorragique. Le sang vous abandonne comme un équipage abandonne un navire qui coule. On ne peut rien faire... Le médecin qui la soignait avait signalé son cas au professeur. Il paraît qu'il n'a plus quitté la chambre stérile où Luisa agonisait.

« Sans lui je me demande comment j'aurais vécu cette horreur ? » a dit Marine.

Elle a raconté à Sixtine la mort de Luisa qu'elle n'avait jamais eu le courage de lui raconter.

« Maintenant que tu connais Pierre-Baptiste, tu comprendras mieux l'amitié que je lui porte. »

Mais elle le voit très peu. Il appartient à son métier, à la recherche ; il y a des années qu'il tente d'isoler le virus…

— Je suis sûre qu'il y arrivera ! crie Sixtine.

Le son de sa voix lui fait chasser une fois encore la pensée intruse. D'ailleurs elle approche de Sainte-Croix-aux-Mines ; quand elle aura traversé la montagne dans la nuit magique du tunnel elle sera dans sa forêt. Chez elle. En Alsace.

Le *Rosenkavalier* roule vers l'Alsace.

Pierre-Baptiste referme le dossier où il a rangé sa conférence. Il a tout revu, ça ira.

Elle lui est tombée dessus sans crier gare, cette conférence...

Non, à vrai dire il avait donné son accord il y a trois mois.

Il avait tout simplement oublié.

C'est la faute de la boule de croquet.

Capital ce qu'il a noté sur la boule ! Mouloud n'en revenait pas. « Capital, monsieur, disait-il. Capital ! La clef qui nous manquait ! »

Par les vitres du train Pierre-Baptiste regarde défiler les champs bien tenus qui furent autrefois des champs de bataille. Ce soir il relira tranquillement sa conférence. A quelle heure, demain ? Tiens, c'est curieux, il y a deux heures contradictoires sur la note que lui a préparée Clotilde, son assistante. Il se renseignera en arrivant. De toute façon il pourra reprendre le train de vingt heures, ça lui permettra d'aller travailler tranquillement à Pasteur pendant le week-end.

Il sourit à la vieille dame qui tricote en face de lui. C'est si rare de voir une vieille dame tricoter maintenant ! Elle lui rend son sourire et se demande ce qu'il fait dans la vie. Quelque chose lui dit que ce n'est pas un homme d'affaires, ni un parlementaire se rendant à Strasbourg. Il doit avoir l'âge de son fils Jacques qui est ophtalmo... Elle cherche une phrase ni trop banale ni trop indiscrète pour engager la conversation puis y renonce en voyant qu'il a fermé les yeux.

Il ne dort pas. Il revoit sa vie depuis la boule de croquet. Il appelle la formule pour l'étudier encore, pour s'intégrer à elle, pour la posséder à fond...

Mais ce n'est pas la formule qui apparaît à l'abri de ses paupières baissées. C'est un très beau visage de femme qui l'écoute devant un massif de roses aux accents d'une valse lente. Une mariée. Attentive, au milieu d'un jardin déserté. Un peu triste. Un peu seule...

Il change de position contre l'appui-tête et la vieille dame pense qu'il fait un cauchemar. Le surmenage. Jacques non plus ne se ménage guère ! Elle a beau lui dire d'être raisonnable...

Pierre-Baptiste chasse la vision et se trouve dans une immense prairie au moment où le soleil va se lever.

« *The very moment !* » a dit Claret qui regarde, auprès de lui, la montgolfière de Frédéric et de Toshiro s'élever dans le ciel.

Pierre-Baptiste avait arrêté *Durandal* au bout de la prairie. Toujours vêtue d'écume et de nuages, Claret était allée vers le ballon encore alangui sur le sol. Les talons de ses escarpins de satin s'enfonçaient dans la terre meuble, une froide rosée glaçait ses épaules nues. Mais elle n'en avait cure. Elle était éblouie par ce qui se préparait. Soudain muette, elle recevait sans rien en perdre la beauté de l'instant, la rareté de ce départ à travers le ciel. Tokyo. Le bout du monde. La route de la soie par les airs... *My God !*

« Tiens-moi ce filin », avait dit Frédéric en lui tendant un *bout* sans la regarder. Elle avait pris la corde, fermement. Alors Frédéric s'était retourné et il l'avait vue.

« Quand je pense que j'aurais pu refuser d'accompagner Marine à Romainville ! »

C'était si beau ce garçon qui, avant de s'envoler pour des semaines, des mois peut-être, rencontrait cette biche de Walt Disney dans la rosée du matin.

Au moment du départ Claret avait saccagé sa robe, arraché une longue chute de dentelle pour la nouer, comme une écharpe, autour du cou de Frédéric. Frédéric avait serré la dentelle contre lui :

« Elle ne me quittera pas. »

Les brûleurs faisaient un bruit terrible pour arracher la nacelle du sol.

Ils avaient suivi le ballon des yeux jusqu'à ce qu'il fut un grain de lumière invisible dans le ciel. La journée allait être magnifique. Alors Claret s'était tournée vers lui et dans la gloire du soleil levant avait prédit :

« Un jour je serai la femme de votre fils, professor. »

Combien de temps faut-il pour tomber amoureux ? Combien de minutes ? de secondes ?

La première lettre était arrivée de Venise. Dans la lettre il y avait une photo de Frédéric prise par Toshiro devant la Salute :

« Pour la belle Américaine. »

Il portait l'écharpe d'écume autour du cou.

Depuis l'arrivée de la photo elle appelait Pierre-Baptiste « beau-papa » et téléphonait tous les jours. C'était très gai. D'autant plus gai qu'on venait d'enlever les amygdales et les végétations à Arielle, la mère de Jean, et que le petit garçon passait quelques jours avec lui. Il les regardait, tous les deux, à plat ventre sur la moquette, suivre sur la carte le trajet du ballon à travers les airs. Puis ils mangeaient les nouilles vertes qui étaient l'unique spécialité gastronomique de Jean. Jusqu'au jour où, rétablie, Arielle vint récupérer son fils comme si Pierre-Baptiste l'avait séquestré dans un placard.

Claret allait avoir dix-huit ans à la fin du mois. Elle travaillait avec fureur pour pouvoir payer son billet d'avion pour Tokyo. Elle voulait être là-bas pour accueillir Frédéric quand il arriverait. Elle posait pour le magazine de Marine.

Elle habitait maintenant chez les Harper. Ou plutôt chez Mme Harper car M. Harper était toujours en voyage. Elle aurait voulu faire le compte des jours passés avec son père depuis l'enfance mais elle renonça à son projet :

« Le chiffre sera trop triste ! » avait-elle expliqué en riant.

Depuis plus d'une semaine on n'avait pas de nouvelles de Frédéric. Il devait être quelque part au-dessus de l'Iran. *My God!* disait Claret.

Un des rares soirs où M. Harper était de passage à Paris, il avait invité Pierre-Baptiste à dîner chez Lasserre. Avec Mme Harper. C'était vraiment très délicat de sa part. « Pour s'excuser » disait-il. Mais de quoi ? On l'a pris pour le maître d'hôtel, d'accord. On lui a fait assister la jument dans ses couches, d'accord. Mais de là à s'excuser !

Au dernier moment c'est lui qui n'a pas pu y aller... Il avait la main sur la poignée de la porte quand il a reçu un coup de fil de Pasteur. Clotilde l'avisait que Nicole Monnet-Lafargue l'appelait d'urgence pour un cas de fièvre hémorragique.

Pierre-Baptiste rouvre les yeux. La vieille dame s'est endormie au milieu d'un rang de doubles mailles glissées sans en perdre une seule.

Un cas de fièvre hémorragique.

Il avait foncé à Pasteur. Il avait traversé au pas de course la serre pleine de plantes tropicales qui sépare l'Institut de l'hôpital.

Nicole l'attendait en haut des marches, le visage soucieux. Il s'agissait d'un enfant. Neuf ans. Il était arrivé le jour même de l'Institut Pasteur de Guyane. Mais il venait de plus loin. Il était le fils d'un ingénieur français qui travaillait sur un barrage au Santaragua. Les autorités santaraguaises prétendaient que c'était un cas isolé ! Seulement voilà, un cas isolé de fièvre hémorragique ça n'existe pas.

« Je t'ai fait venir parce que je sais qu'au milieu de tes éprouvettes tu es toujours resté médecin dans l'âme... Je l'ai vu pour la mère de Marine Degand... Eh bien, ça a l'air encore plus méchant », avait dit Nicole.

L'enfant était déjà sans connaissance. Le sang le quittait, sans violence, sans retenue, comme de l'eau qui sourd d'une nappe invisible, inondant les draps que l'on n'avait plus le temps de changer.

La jeune mère avait supplié Pierre-Baptiste d'intervenir, de « faire quelque chose ».

Il avait secoué la tête. Il n'avait pas le droit d'administrer un traitement qui n'en était encore qu'au stade de la recherche. Et pourtant il savait que s'il s'était agi de son propre fils il l'aurait fait.

L'enfant était mort très vite et Clotilde avait regardé Pierre-Baptiste avec des yeux pleins de révolte.

Elle était toute jeune, bouleversée. Un jour elle lui avait demandé quelle était la différence entre médecine et recherche. Elle venait de la découvrir.

Il avait passé la nuit au laboratoire à interroger les échantillons de sang de l'enfant. Au matin il avait décidé de débarquer au Santaragua dès que possible.

Pierre-Baptiste prend dans son attaché-case sa dernière communication sur la fièvre pour la relire une fois de plus et fait tomber une brochure rose qu'il ramasse vivement et glisse dans la revue *Association pour le développement de l'Institut Pasteur.*

Le bruit a réveillé la vieille dame qui reprend son tricot comme un automate bien huilé.

A l'intérieur de la sérieuse publication, Pierre-Baptiste ouvre la brochure rose.

« Danser est un plaisir, tout le monde en est capable. Il suffit d'avoir confiance... » C'est la brochure explicative que lui a donnée Mme Rosita, le lendemain de Romainville, quand il s'est inscrit à son cours de danse.

« Le tango, lit-il, une danse à deux temps avec marche cadencée et chassé sur le côté. »

Il a du mal à comprendre ce que ce texte veut dire... ne parlons pas des figures ! Mais le pire c'est quand il enlace les soixante-quinze kilos de Mme Rosita, enturbannée, embijoutée, embaumée de patchouli et qu'il faut suivre la musique.

« La danse est un langage, un moyen d'exprimer notre joie, nos sentiments... »

Déjà Evangéline le lui avait dit. Mais jamais, pour aucune femme, il n'avait eu le courage de franchir le pas.

Pour aucune femme...

Il a suffi que Mme Harper lui propose de danser pour qu'il s'y mette.

Madame Harper.

Une très belle femme qui l'écoute devant un massif de roses aux accents d'une valse lente... une très belle femme qui ne quitte pas ses pensées. Et qu'il va falloir apprendre à oublier.

La vieille dame a lu « Institut Pasteur » sur la revue que tient le monsieur en face d'elle.

Elle ne s'est pas trompée. Elle est contente.

« C'est un savant », se dit-elle comme on disait autrefois, quand elle était jeune fille.

Elle finit son rang, pique ses aiguilles dans la laine, range son tricot :

— Mon fils, lui aussi, fait partie du corps médical, explique-t-elle à Pierre-Baptiste.

Et elle lui offre un bonbon.

Sixtine s'est arrêtée dans une déchirure de la forêt.

Deux jours après le service funèbre de ses parents, Morand, tenant ferme sa petite main confiante, l'avait emmenée en promenade jusqu'à cet éperon d'où l'on découvre la plaine d'Alsace vaste comme une mer.

« De la pointe du Raz, tu vois l'Amérique, lui avait-il dit, d'ici tu vois la Russie.

— Parce qu'ici c'est le milieu du monde », avait-elle répondu et il avait ri pour la première fois depuis son deuil.

Aujourd'hui encore elle s'arrête au milieu du monde.

Elle ne va pas prendre la route de Thannenkirch jalonnée de sculptures bien cirées. Thannenkirch où les fleurs dorment tout l'hiver sous la garde des rameaux bleus des sapins, Thannenkirch, village joujou avec ses sources et ses prés. Avant de s'engager sur le chemin forestier interdit qui mène directement à Walheim elle descend de voiture et respire la nature retrouvée. Du bois coupé, empilé, rouge des pluies passées et récentes, est rangé sur l'herbe. Elle reconnaît l'odeur de gomme, de résine, de champignon, exaltée par un soleil timide. Elle se tait. Elle ne bouge pas et recueille le vrai silence plein de bruits modestes et mystérieux. Elle sait que des biches la regardent, invisibles, souveraines, amies. Elle renverse la tête et voit, très haut au-dessus de la cime des arbres, un rapace qui tient un serpent dans ses serres. Le serpent bouge dans le ciel, se tord, se déroule, se rassemble, comme s'il tentait d'écrire quelque chose d'effrayant... Brusquement elle a peur. De la rencontre avec Morand qui risque d'être difficile...

Mais sa vraie peur est plus secrète. Elle s'étonne de ce désespoir profond, croissant chaque jour, de ce désarroi qu'elle éprouve pour la première fois de sa vie, qu'elle subit sans vouloir le déchiffrer et qui colle à elle, lui ôtant toute force, toute joie. Comme si sa vie s'était arrêtée le jour de son mariage, comme si Jimmy, en l'épousant, l'avait privée de l'appétit de vivre. Et puis il y a autre chose qu'elle n'ose s'avouer. Terrifiée, elle se raccroche à l'instant présent : les retrouvailles avec Morand. De quoi occuper l'esprit.

Elle a repris le volant, elle roule sur le velours du chemin comme sur la peau de la forêt, tout doux, tout doux... pas de bruit de moteur... A l'endroit connu, prévu, attendu, les toits apparaissent à travers les feuilles. Les toits de Walheim. Maison élue. Maison où tout est vrai. « Je vais guérir », pense-t-elle et elle accélère soudain joyeuse.

Des voitures sombres, sans doute des voitures officielles s'éloignent du château vers la route de Bergheim. Ça la fait rire. Il n'arrêtera donc jamais de travailler ! Quel phénomène que le Vieux de la Montagne ! Qui a-t-il encore reçu ?

Comme s'il avait été mystérieusement informé de son arrivée, elle le trouve debout sur le seuil, droit, immense, le cheveu blanc, superbe. Mathias est auprès de lui. Quelle joie ! Et quelle merveilleuse simplification pour le moment où on se retrouve. On s'embrasse comme si rien n'avait froissé les cœurs, on rit, on s'exclame : quelle surprise ! Ça alors si je m'attendais ! Et Katel est si heureuse qu'elle ne peut s'empêcher de râler :

— Tu aurais pu me prévenir ! Tant pis pour toi, il n'y a rien à manger !

— *Du wirst dich nie ändern, schöne Katel* ! dit Mathias qui tend la main à Morand.

— Tu ne restes pas ? demande Sixtine, désolée.

* Tu ne changeras jamais, la belle Katel !

Hélas non ; le chauffeur a déjà ouvert la portière de la Mercedes. C'est encore plus triste que si on ne s'était pas vus du tout.

— Attends ! décide brusquement Mathias qui renvoie la voiture l'attendre à la sortie des vignes. On va marcher un peu comme autrefois, d'accord ?

Si elle est d'accord ? Elle prend son grand-père par le bras :

— Tu viens avec nous, Pappi ?

— Tu plaisantes ?

— Décidément, aujourd'hui, monsieur Bader, vous ne savez dire que non !

— Non ? A quel propos ? demande Sixtine.

Mathias lui explique qu'il est venu avec quelques députés demander à Morand de penser à la présidence du Parlement.

— Et tu as dit non, Pappi ?

— Bien sûr que j'ai dit non !

— Dommage, tu aurais été le plus beau !

— Et le plus vieux !

— Je reviendrai, monsieur Bader ! menace gentiment Mathias qui s'éloigne avec Sixtine.

— Qu'est-ce qu'elle a mauvaise mine ! dit Katel avec une parfaite mauvaise foi qui fait bondir Morand.

— Sixtine ? Je la trouve superbe ! Va donc t'occuper de lui faire un dîner convenable au lieu de dire des bêtises ! Mauvaise mine !

Katel s'en va, ravie. Au fond, les hommes on en fait ce qu'on veut, il suffit de dire le contraire de ce qu'on pense.

Depuis son bureau il les regarde marcher à travers la vigne. Sa vigne. Haute sur pattes comme toutes les vignes d'Alsace, haute sur pattes comme les cigognes.

Il sait où ils vont. Il aurait aimé les accompagner jusqu'au guetteur vert mais il est un peu fatigué et puis ça leur fait plaisir de se retrouver seuls. C'est si rare depuis qu'ils ont — comme on dit bêtement — réussi. Il soupire. Elle est gentille d'être venue. Il mesure à l'ampleur de sa joie le chagrin qu'il avait d'être privé d'elle. Il va aller choisir le vin du dîner. Un vin de fête.

Ils ont quitté les vignes et commencent à gravir la pente qui mène à l'Arbre. Ils s'arrêtent et contemplent la vallée puis, au-delà des vignes la colline de l'Altenberg dominée par la croix sombre du cimetière. Sixtine ouvre les bras comme si elle voulait ramasser tout le paysage et le serrer sur son cœur.

Morand sourit et prononce le 11e commandement, celui que les enfants avaient inventé quand ils avaient quinze ans :

— « Tu aimeras ton ennemi héréditaire comme toi-même » et il s'en va chercher un vin de fête.

— Alors il t'a envoyé promener avec tes députés ?

— Somptueusement !

Elle rit.

— Il est vraiment impossible, dit-elle avec tendresse.

— Impossible ! Et moi je suis un grossier personnage : je ne te demande rien de ton voyage de noces ! Raconte Bali !

— Rien à raconter...

— Oh ?

— Pas de Bali... pas de voyage de noces !

— ... mais, ça va ?

— Ça va ! dit-elle en le regardant droit dans les yeux c'est-à-dire pour que l'interrogatoire s'arrête. Et Mathias est en effet incapable de poser une question de plus, consterné. Muet. Il espérait sans trop y croire que ça marcherait avec Jimmy. Quelle tristesse. Alors elle reprend l'ordre du jour en main et lui confie :

— Tu sais, tu avais raison pour le Quai d'Orsay... Tancrède de Foy m'a parlé d'une ambassade...

— Tu as dit oui ?

— Je n'ai pas dit non...

— Madame l'ambassadrice...

— Non : madame l'ambassadeur... subtilité de la langue française : madame l'ambassadrice c'est la femme de l'ambassadeur.

— Et le mari de l'ambassadeur, c'est qui ?

Elle hésite, mais est-ce une hésitation ?

— Je ne sais pas...

Elle s'arrête au milieu du chemin, se tourne vers lui, directe :

— Je suis à un carrefour, Mathias. Un peu perdue. Très perdue. Jimmy m'a fait prendre un mois de vacances et il est parti travailler de son côté sans s'occuper de moi. Me priver de travail c'est me rendre folle... Tancrède me propose une ambassade sans me la proposer vraiment puisque Jimmy lui a déclaré que je ne travaillerai plus que pour la Harper Society. Hérode essaie de me récupérer avec des gants de boxe et toi, tu as peur que je trahisse la petite fille du serment.

— Il y a quelqu'un dont tu ne donnes pas l'avis...

— Qui ?

— Toi !

— Oh ! moi...

Comment lui expliquer ? Ils ont si peu de temps et tant de choses à se dire, des choses graves. Ils sont arrivés au pied de l'Arbre. Ils le touchent, brossent une mousse desséchée, débarrassent une branche basse de ses brindilles mortes, s'assoient côte à côte, dos au tronc, tout d'un coup enracinés dans leur passé. Ensemble, ils ont fermé les yeux. Une incroyable sérénité descend sur eux. L'amour pour ce végétal, pour cette créature debout qui a résisté à tant d'assauts de la nature et des hommes, retombe sur eux en pluie douce. Le guetteur vert...

— Il m'a tout appris, dit Sixtine et Mathias se demande si elle parle de son grand-père ou de l'Arbre avant de décider que c'est la même chose. Il m'a appris la liberté et maintenant il me la refuse. A mon âge...

— Il pense que tu as trahi, que tu es passée au Far West. Morand est un insulaire dont l'île est l'Europe, l'Amérique lui fait peur...

Elle sourit à un souvenir.

— Tu sais ce qu'il m'a dit il y a deux ans quand j'ai fait la connaissance de Fergus Harper ? Je voulais absolument les faire se rencontrer, j'étais sûre qu'ils seraient odieux l'un envers l'autre le premier jour et inséparables dès le lendemain.

Elle rêve, revoyant « le gangster » dans sa chaise d'infirme sur le pont du *Du Barry,* le Smith & Wesson sous la couverture de vigogne, l'éclair changeant des boutons de labradorite, l'éclat aigu de l'œil...

— Et alors ?

— Et alors quand j'ai parlé de l'éventualité d'une rencontre, que j'ai dit : « Tu verras Pappi, Fergus c'est la civilisation américaine », il a levé les bras au ciel : « Civilisation ? As-tu perdu le sens des mots, Sixtine ? Civilisation ? Des gens qui ont réussi le tour de force de passer directement de la barbarie à la décadence ! »

Ils éclatent de rire ensemble.

— Si tu l'avais vu tout à l'heure, pendant la visite, poursuit Mathias : « Messieurs, je suis un vieil homme, si j'atteins l'an 2000 j'aurai connu trois siècles ! » Il a parlé de ses « souvenirs avec vue imprenable sur le passé ! » Il a cité Chateaubriand : « L'exorbitance de mes années ! » Mais on lui pardonne tout à ton grand-père, c'est lui qui nous a appris : « *Hinter de Berge sin oj Lit**. » Sans lui nous ne saurions pas ce qu'est l'Europe. Ce qu'elle doit être. C'est pour ça que je suis venu. Il en a trop fait pour s'arrêter. Il faut qu'il tienne la promesse. La prochaine fois je débarque avec cent députés, je monte à l'assaut de Walheim avec une armée de parlementaires avançant dans les vignes le drapeau bleu à la main ! A genoux dans la boue de la cour je récite la longue liste de ses vertus jusqu'à ce qu'il demande grâce. Et je l'aurai !

— Bien sûr que tu l'auras. Tu l'as déjà.

Verdict, sentence, prophétie ? Indiscutable. Sixtine a parlé.

— Tu es impressionnante, dit Mathias.

— Impressionnante ? Moi ! Depuis quand ? s'étonne-t-elle, sincère.

— Depuis toujours. Depuis que je te connais, depuis Heidelberg... Ne parlons pas de mon premier séjour ici !

* Derrière les montagnes il y a aussi des gens.

— Oh ! si parlons-en ! Tu n'étais pas content ?

— Content ? Mieux que ça, heureux.

C'était terrifiant cette arrivée dans un univers inconnu, cette fille implacable qui voulait sonder toutes les plaies, cautériser toutes les blessures, vider les abcès centenaires...

— Tu ne m'as pas seulement emmené prêter serment au milieu du cimetière allemand sur la colline, il y a eu Sigolsheim, je n'avais encore jamais vu de croissants ni d'étoiles de David sur les tombes... et puis tu m'as conduit chez la dame qui avait la clef de la synagogue de Bergheim. Tu me faisais passer un examen. L'Examen. La dame nous a donné des gâteaux kascher et la clef... Nous sommes entrés seuls dans la synagogue et tu as récité quelque chose qui devait être : shema Israël ? Je me trompe ?

Non, il ne se trompe pas. C'était si triste ce sanctuaire abandonné. Elle y allait parfois avec Mme Hausser et regardait le naufrage de l'Arche Sainte... A l'une de ses visites, elle avait treize ans, elle avait dit : « Madame Hausser, ne soyez pas triste, un jour un ange viendra rapporter les Tables de la Loi... » et la dame avait pleuré. Au milieu des sièges effondrés, des lustres fracassés sur le sol, Sixtine faisait toujours une prière silencieuse choisie dans l'Ancien Testament, par politesse.

— J'ai toujours regretté de ne pas avoir une goutte de sang juif.

— Moi j'en ai une, dit Mathias.

— Mais tu ne me l'as jamais dit ! s'exclame-t-elle sidérée, presque jalouse.

— Mais tu ne me l'as jamais demandé !

— Raconte !

— La grand-mère de Papa, Sarah Ruben, une Espagnole.

— Et pendant la guerre, que s'est-il passé ?

— Rien. Elle était morte depuis longtemps.

— Sarah, tu dis ?

— Oui.

— J'irai demander la clef de la synagogue et je retournerai là-bas dire un psaume pour elle.

— Tu es incroyable !

— Tout à l'heure j'étais impressionnante, maintenant je suis incroyable !

Ils éclatent de rire comme des gamins, ils ont de nouveau quinze ans. Ils sont si bien ensemble... Mathias regarde sa montre. C'est fini.

Il se lève, enlève à regret une feuille qui s'est accrochée à sa manche comme si elle voulait le retenir, puis il caresse le tronc rugueux. . au revoir l'Arbre... à je ne sais quand...

— Le fond de ton pantalon est tout vert, ministre.

— C'est exprès. Pour qu'on sache tout de suite de quel ministre il s'agit.

Il la regarde. Elle est aussi triste que lui. Ils n'ont pas besoin d'en parler. Il dit seulement :

— C'était heureux de te voir, Sixtine ! et elle le taquine pour ne pas s'attendrir :

— Jolie phrase, *Mein Herr,* mais pas tout à fait pure au point de vue de la langue française !

Mathias la serre dans ses bras et prend l'Arbre à témoin :

— Tu as vu, *Du grüner Aufpasser* * ? Ces Bader sont vraiment impossibles !

Il embrasse Sixtine sur le front, la regarde, se détache d'elle et commence à dévaler la pente raide qui mène au chemin praticable où l'attend la Mercedes.

— Ne m'accompagne pas, dit-il, Morand doit commencer à trépigner, va-t-en le retrouver !

Elle est restée immobile auprès de l'Arbre. Il descend à longues foulées, ses pas entraînent de petites avalanches de cailloux et de mottes de terre, il va vite, bientôt il va atteindre les vignes... Elle crie :

— Mathias !

Il se retourne, voit la mince silhouette qui n'a pas changé depuis Heidelberg, la mince silhouette, inscrite sur le décor de leurs quinze ans, qui se penche, les mains en porte-voix, répète son nom et crie à tue-tête :

— C'était heureux de te voir !

* Toi guetteur vert.

Elle est bien. Au chaud. Et pas seulement parce que le feu flambe dans la cheminée sous la vieille enseigne de verre polychrome :

Bader Maîtres-Verriers de Père en Fils depuis 1672.
Pas seulement parce que la tête de Mopsel, poids du bonheur domestique pèse sur ses genoux.

Elle est au chaud parce que la paix est faite.

Morand a dit :

« Tu n'es plus fâchée ? »

Elle a répondu, la vilaine :

« Avec qui ? »
et il a eu l'air si malheureux qu'elle s'est levée pour l'embrasser :

« Bien sûr que je ne suis plus fâchée avec toi, Pappi ! D'ailleurs nous deux on ne peut pas être fâchés. »

Alors il avait pris une grande respiration :

« La prochaine fois il faudra que tu viennes avec ton mari.

— Pour le présenter au futur président du Parlement européen ! »
Il avait bien un peu bougonné mais il avait trinqué avec elle.

Le vin était si bon qu'à lui seul il aurait pu réconcilier les Montaigu et les Capulet. Elle avait bu les yeux fermés et, de nouveau, une grande vague de trouble l'avait submergée. Comme au moment du renversement de la structure du monde quand elle avait vu le serpent dans le ciel. « Perdue, je suis perdue... »

Heureusement Katel était rentrée avec la soupe.

« Si tu avais prévenu, tu aurais mieux mangé ! »

Sixtine avait regardé la soupe et dit :

« *D'Supp isch so dick ass d'Katz druf schlofe kann !* »
Ce qui voulait dire : La soupe est si épaisse que le chat peut dormir dessus ! et ils avaient ri tous les trois, pardon, tous les quatre car Mopsel était heureux aussi.

Mopsel. Enfant, elle avait cru que c'était un chien éternel. Le premier était mort pendant qu'elle était aux

Ursulines. Elle comprit tout quand elle vit, aux vacances de Noël, que le gros chien jaune était devenu un petit chien noir. Elle s'était assise par terre, dans la cuisine, se mordant les lèvres, incapable de refouler ses larmes, et le petit chien noir, posant ses pattes sur ses épaules, avait pleuré avec elle. Depuis il y avait eu quatre autres chiens. Toujours Mopsel...

— Il a quel âge, Mopsel ? demande-t-elle.

— Il prendra ses huit ans aux vendanges, dit Katel.

— Sept ! dit Morand.

— Huit ! maintient Katel.

— Sept ! persiste Morand en tapant sur la table et Katel sort en faisant claquer la porte.

Sixtine rit. Elle est bien. Au chaud. La paix est faite.

Sa chambre.

Ce n'est pas la plus belle de la maison mais elle y est comme une souris dans l'avoine.

Il n'y a pas tellement longtemps qu'on a enlevé le lit où Marine a dormi pendant des années au moment des vacances.

Maintenant, quand elle vient elle a droit à la chambre de Goethe ainsi nommée parce qu'on a toujours ardemment supposé dans la famille que Johann Wolfgang avait passé une nuit à Walheim en 1792.

Le père de Marine s'était remarié avec la fille d'une marque de bière belge... amère...

« Quelle chance que ma belle-mère soit méchante ! » avait dit Marine un soir de Noël. Et c'était vrai.

Quelle chance d'avoir ainsi pu grandir ensemble ! Merci à la méchante !

On ne parlait jamais de Luisa.

Elle ne donna jamais de ses nouvelles, ne s'inquiéta jamais de ce qu'elle avait laissé derrière elle.

Elle mit vingt-six ans pour revenir. En avion sanitaire.

Seuls les gens qui la soignaient avaient le droit de pénétrer dans la chambre stérile où elle cherchait son souffle en se vidant de son sang.

Marine restait dans le couloir, prostrée sur une chaise, la tête entre ses mains.

C'est le professeur qui l'a fait entrer parmi les fantômes vêtus, bottés, gantés, masqués de blanc, qui glissaient sans bruit dans cette dernière station avant la mort.

En rencontrant les yeux de péridot, Luisa a reconnu sa fille. Elle eut un mouvement vers elle que personne ne comprit. Sauf lui. Il arracha brusquement tout ce qui voilait le visage de Marine et l'offrit à Luisa comme une annonciation.

Les lèvres ensanglantées eurent un sourire et elle murmura un mot en flamand :

« *Mooie.* »

Belle.

Un seul regard échangé avec sa mère, un seul regard qui leur suffit pour s'aimer follement, pour ramasser tout le temps perdu dans le peu de temps donné.

Marine. Quel cadeau de la vie. Elle voudrait l'avoir près d'elle ce soir, comme autrefois...

Elle regarde sa chambre.

Elle reconnaît les couches sédimentaires, visibles à l'œil nu, qui disent par quelles transformations, mutations, évolutions, la petite fille est devenue Sixtine Bader. Pardon, Sixtine Harper.

Où est Jimmy, ce soir ?

Elle regarde le saphir étoilé.

Il lui paraît encore plus gros qu'hier. C'est un saphir admirable. Elle admire. Mais si elle aime les bijoux elle ne les aime pas pour leur beauté glacée, elle les aime pour ce qu'ils ont d'emblématique et d'humain. Ce saphir étoilé ne dit pas bonheur mais solitude. La grosse milliardaire en rose bonbon pourrait le porter au bord d'une piscine en forme de cœur en attendant le maître-baigneur.

Quel salaud, Hérode ! Et lui, où est-il ? A Méduse au milieu de ses serpents ? Serpent. Elle revoit le message informe dans le ciel et sent de nouveau la menace.

Elle remonte ses couvertures jusqu'au menton. Comme quand elle était petite.

De son lit elle distingue la reliure jaune de sa thèse *Le Brevet européen.* Il faudra qu'elle la relise... demain, peut-être. Et ça, qu'est-ce que c'est, sur le bureau ? Mon Dieu, ce sont les cahiers spirale ! Elle les avait oubliés ! Pourtant ils furent ses confidents pendant des années quand elle « recevait » avec son grand-père et qu'elle voyait l'Europe s'asseoir à leur table dans la grande salle à manger de la tour.

Les cahiers spirale ! Elle va les chercher, pieds nus, les pose sur son lit. Elle ouvre au hasard :

Le petit garçon de M. Schmitt, le charcutier, nous a apporté cet après-midi cinq verres de la Fabrique en cadeau. Ils sont dépareillés mais très beaux. Avec ceux que Katel avait cachés dans la cave pendant la guerre, nous en avons maintenant près d'une centaine donnés par les uns et les autres. Mais pas une douzaine d'assortis. Dommage... Non, au fond, je préfère : chacun garde ainsi sa vraie nature, comme un être humain.

Il doit y avoir des cahiers plus anciens. Voyons. 70, 68... plus anciens encore. Ah ! voilà, le premier : juin 1965, elle avait quatorze ans :

Monsieur André Malraux est venu déjeuner à la maison. Je l'adore. Il m'a beaucoup regardée pendant le déjeuner. Puis il souriait à grand-père et il me regardait encore. Malgré le contrôle que j'ai sur moi, je n'ai pu m'empêcher de rougir. J'admire tout en lui. La guerre d'Espagne, la conversation, la Brigade avec grand-père, ses livres, bien sûr. Et même ses tics. Il faut bien que le génie s'échappe d'un être humain par des fissures, comme le feu des volcans.

Deux sucres.

Deux sucres ? Ah ! oui. Elle notait les habitudes des invités, jusqu'à leur façon de sucrer le café...

Une lettre de Goethe est arrivée pour Pappi ! Pas une lettre de Goethe envoyée par Goethe lui-même, bien sûr ! Une lettre de Goethe envoyée par Herr

Schöffer de Reutlingen, un de nos plus fidèles correspondants.

Eh bien cette lettre serait, d'après Pappi et Herr Schöffer, la preuve que Goethe s'est bien arrêté à Walheim au moment de Valmy comme on le prétend dans notre famille. Superbe cadeau et bonne journée.

Magnifique ! Je suis la première lectrice du livre ae grand-père sur la grande comtesse Mathilde. Un vrai roman ! Cette grande comtesse Mathilde j'aurais voulu la connaître. Ce doit être incroyable d'être amie avec un pape ? Grégoire VII. Le moine Hildebrand. Forte personnalité. « Le premier des réformateurs », prétend grand-père. Curieux pour un pape, non ? Et l'empereur Henri IV, l'arrogant Hohenstaufen, prosterné devant lui dans la neige et la boue à Canossa (j'ai enfin compris ce que voulait dire l'expression !). Grandiose. J'aurais adoré vivre au Moyen Age et voyager à travers l'Europe déguisée en homme. Et armée.

Madame Louise Weiss passe deux jours à la maison. Enchantement. Chaque matin c'est moi qui lui porte le petit déjeuner dans la chambre de Goethe. Katel se surpasse et Mme Weiss m'a dit que ces petits déjeuners lui rappelaient sa Grossmama, Théodora von Ladenburg, qui avait appris les secrets de la pâtisserie à la Cour de Stéphanie de Beauharnais, grande duchesse de Bade. Quand Grossmama est morte, Mme Weiss a cru que l'Europe des gâteaux s'en allait avec elle. Eh bien, il paraît que l'Europe des gâteaux — louée soit Katel — existe toujours !

Bien sûr nous parlons aussi de choses plus sérieuses. J'écoute surtout. Je voudrais que l'Europe existe sous toutes ses formes. Verte, culturelle, musicale, religieuse, tolérante, généreuse, poétique, politique, céleste, aquatique... mais je n'oublierai jamais, si un jour je dois jouer un rôle, l'Europe des gâteaux, en souvenir de Grossmama, de la grande duchesse Stéphanie et de ma Katel.

N.B. : Je n'arrive pas à savoir le nombre de sucres que prend Mme Weiss.

Séance solennelle de lecture dans la bibliothèque cet après-midi, sous la direction de Pappi. Il nous a sorti le gros volume de Victor Hugo : Avant, Pendant, Après l'Exil. *Ce qui m'a le plus émue, c'est le discours de clôture du Congrès de la Paix en août 1849, quand il a évoqué la Saint-Barthélemy et que l'abbé Deguerry et le pasteur Coquerel se sont embrassés devant l'assemblée. Il est dommage que je ne voie plus le père Kumba, nous en aurions parlé ensemble. Pappi a fait lire à Marine* En quittant la Belgique *où Victor Hugo parle du futur « drapeau d'une seule couleur sur lequel vous lirez : Fraternité des Peuples, Etats-Unis d'Europe. » Mathias a lu* Concitoyens des Etats-Unis d'Europe *écrit en 1869 ! Puis Katel est arrivée avec M. Doppf et la première cruche de vin nouveau. « A Victor Hugo ! » a dit Marine. Un peu plus tard elle est tombée dans l'escalier. Rien n'est plus traître que notre délicieux nejer siesser* ! *

Que nous disait-il, Morand, sur la façon de boire le vin ? Ah ! oui, il disait : « il faut savoir boire maîtrement. »

M. Dickinson de l'université de Christchurch (New Zealand) est venu comparer ses documents sur Berthilde de Hohenstaufen avec ceux de grand-père. Ils sont fous d'elle tous les deux. Mais alors fous à lier. Par chance elle est en poussière depuis des siècles, sinon je ne donnerais pas cher de notre tranquillité ! Conversation en allemand, M. Dickinson dit qu'il a honte de son français et l'anglais de Pappi est discutable.

Intéressante soirée.

Trois sucres et demi !

André Malraux est revenu voir grand-père. Ils ont parlé de la Brigade. De ceux qui restent encore… Marine l'avait déjà rencontré à la maison mais pour Mathias c'était la première fois. Emballé. Tellement ému qu'il ne parlait

* Vin de la Saint-Martin.

plus français lui qui peut réciter des passages entiers de L'Espoir. *André Malraux nous regardait tous les trois et il nous a demandé :*

« Alors ? »

Impossible de répondre. Pétrifiés.

Alors grand-père a dit une chose incroyable en allumant sa pipe, lui, l'Harpagon des compliments, il a dit :

« Je dois dire, cher André, que je ne suis pas mécontent de mes trois enfants. »

Marine était assise auprès de lui, elle a eu un geste comme elle seule au monde sait en avoir, elle a pris sa main et elle l'a embrassée. J'ai compris plus fort que jamais que nous étions une famille et que c'était pour toujours. Et, pour que la fête soit complète, Malraux nous a dit :

« N'oubliez jamais les deux seules clefs qui nous permettent d'ouvrir les portes de la réalité : l'imaginaire de Merveille et l'imaginaire de Vérité. »

Il a raison, Mathias, quand il dit que l'on doit tout pardonner à Morand... sans lui nous ne serions rien. Ces cahiers ont une vertu, ils montrent quel acharnement le vieil homme a mis à élever ceux qu'il nomme ses trois enfants. Il n'y a pas là un hasard, mais sa volonté...

Aujourd'hui j'ai baptisé deux verres. Les deux grisailles d'or, très sévères, avec des pieds carrés qui ont un air de réformateurs. Je les ai baptisés Calvaire et Lutin... Grand-père a ri. Je suis contente parce que j'avais un peu peur de sa réaction devant mon apparent irrespect. Alors je lui ai proposé de trouver un nom pour chacun de nos rescapés. Il a dit que c'était une bonne idée. Je n'en suis pas sûre... quand il regarde les verres il est triste comme un père qui cherche ses enfants dans les ruines de sa maison.

Tout à l'heure aussi il était triste quand elle a dit qu'elle devait rentrer à Paris demain. La pauvre Katel faisait peine à voir. Mais Sixtine veut retourner à Jimmy le plus vite possible. Lui parler. Essayer de recoller les morceaux de ce mariage qui les a séparés au lieu de les réunir. Il est tellement gentil, Jimmy... Elle sourit en pensant à la réflexion que lui avait faite Hérode quand elle était rentrée de La Barbade : « Jimmy n'aura pas un grand destin. — Et pourquoi ? — Il n'est pas méchant. » Elle avait ri : « J'hésitais encore, Hérode, eh bien vous venez de me décider : je vais vivre avec Jimmy. »

Le lendemain elle s'installait chez lui.

La rage d'Hérode ! Il n'avait aucun humour. C'était une couleur de la vie qui lui échappait.

Il ne s'est plus manifesté depuis le mariage. Sauf par un cadeau somptueux. Un cratère d'or signé Xénophon Pétridès. Le cratère semble arraché à un sépulcre mycénien. Elle a eu un mouvement de recul en le sortant du velours noir qui le drapait.

« Coupe d'hyménée pour boire la félicité. »

Jamais elle ne boira dedans. Il a dû jeter un sort ! Une gorgée et c'en est fait de leur mariage !

Un cahier spirale tombe du lit. Elle le ramasse. L'ouvre. Année 1973.

A propos de l'Europe : une chose me frappe, les voyages. Ils allaient partout avec leurs bottes de sept lieues. Nous n'inventons rien avec la notion d'Europe. Nous essayons seulement de renouer le fil rompu du temps.

Elle a fait le tour de l'enfance. Elle éteint et s'endort au milieu des années envolées.

A Strasbourg, dans sa chambre de l'Hôtel des Rohan, Pierre-Baptiste entend chanter les cloches de la cathédrale.

Il ne sait pas pourquoi mais cette musique le rend heureux. Il doit y avoir un langage des cloches comme il y a un langage des fleurs ?...

Il s'endort en rêvant que demain il saura déchiffrer ce langage

Elle a menti.

Délibérément. Froidement. Adroitement. Professionnellement. Diaboliquement. Naturellement.

Elle a menti.

A Morand. A Katel. A elle-même. Avec délices.

Elle a menti parce qu'elle a vu ce titre dans *Les Dernières Nouvelles d'Alsace :* « Demain à seize heures, à l'université Louis Pasteur, conférence du professeur Pierre-Baptiste Lambert. » Elle n'a ni réfléchi ni hésité, non : elle a menti. Raconté qu'elle devait absolument aller à Strasbourg pour voir son amie Raymonde Stumpf, professeur au lycée Kléber. Elle sait parfaitement que Raymonde a été mutée à Nancy il y a deux ans, mais elle avait besoin d'un prétexte pour expliquer sa brusque décision de rester en Alsace à Morand et Katel heureux de la garder mais surpris quand même.

C'est exquis de mentir.

Elle a roulé jusqu'à Strasbourg en plein ravissement, dépassant les vitesses permises, échappant aux radars et aux gendarmes. Inconsciente, le cœur léger et pur, le sourire aux lèvres. Elle a trouvé une place enchanteresse du premier coup, elle s'est précipitée à l'université, et là, la pauvre Perrette a vu son pot au lait fracassé sur le sol en apprenant que la conférence était finie depuis longtemps. « Une coquille dans le journal », a dit le concierge inquiet de la voir pâlir comme dans un naufrage.

« Ça ne va pas, madame ? »

Elle n'a pas répondu, elle est allée vers la porte, lentement, elle s'est cognée dans le professeur qui entrait et ils ont crié ensemble en se reconnaissant.

Elle roule en plein ravissement, dépassant les vitesses permises, échappant aux radars et aux gendarmes. Inconsciente. Elle roule vers Walheim le sourire aux lèvres car le professeur est assis près d'elle dans la voiture et elle n'en revient pas.

Lui non plus.

Il est entré dans une autre dimension au moment où il s'est cogné dans une jeune femme alors qu'il venait chercher son sac de voyage auprès du concierge de l'université et qu'il l'a reconnue, elle, Sixtine, l'amie de Marine, la femme de Jimmy Harper, Sixtine, la femme dont il n'a cessé de rêver, la femme pour qui il est capable de tout, puisque, pour elle, il apprend à danser.

Il pense soudain que la *Méthode Rosita* est dans son sac de voyage et sourit à l'incroyable et imprévisible malice de la vie.

Elle l'avait d'abord emmené boire un verre chez Strissel. « Chez Strissel », comme ça fait alsacien !

« Ici on dit wistub, chez moi, dans le Haut-Rhin, on dit winstub. C'est un bar à vin mais c'est plus que ça. C'est déjà un sanctuaire Mittel-Europa, un lieu clos pour parler, pour rencontrer les autres... vous verrez ! »

Il avait vu. Les vitraux colorés qui racontent le vin, les meubles de bois polis par le temps, les vieux habitués qui se réunissent tous les soirs, les coudes sur la table, pour partager les souvenirs et les bretzels devant le pot à bière ou la cruche de riesling, dans le brouillard bleu qui sent le tabac sérieux, tandis que le patron penche vers eux son visage médiéval à la barbe pointue. « Gabrielle, tu nous donnes un kaëferkopf d'Ammerschwihr, avait demandé Sixtine à la belle fille qui lui ressemblait.

— Je croyais toutes les Alsaciennes blondes ? avait dit Pierre-Baptiste.

— Il y en a, mais Gabrielle et moi avons dû venir dans les bagages des légions de Germanicus. »

C'est ça, de belles Romaines aux frontières du Septentrion...

« C'était déjà l'Europe », constata-t-il. Qu'est-ce qu'il a dit là ? L'Europe ? Mais il faut absolument que grand-père vous connaisse ! L'Europe ? Mais il ne me pardonnerait jamais de ne pas vous avoir invité ! D'abord ce soir c'est vendredi alors vous ne pouvez pas me dire que demain-y-a-école ! Vous allez passer deux jours dans notre vieille maison. C'est tout près, à peine soixante kilomètres ! Je vous invite, professeur ! Allez, on ne dit pas non à l'Alsace !

Il a dit oui à l'Alsace. Et maintenant, incroyable et imprévisible malice de la vie, il roule aux côtés de Sixtine vers un vieux monsieur dont il sait seulement qu'il a mauvais caractère et qu'il est un des pères de l'Europe.

— Vous êtes sûre que je ne dérangerai pas ? Votre grand-père...

— Mon grand-père est ravi de vous recevoir, coupe Sixtine, qui s'aperçoit qu'elle prend goût au mensonge. Elle n'a pas eu Morand au téléphone mais Katel, aussitôt affolée par des impératifs culinaires. Mais on ne va pas s'arrêter à de si misérables détails ! Morand SERA ravi.

— C'est beau, dit Pierre-Baptiste en apercevant sur leur droite les premières hauteurs des Vosges, posées à contre-jour comme les feuilles d'un décor. Elles semblent peintes en dégradé pour donner de la profondeur au lointain.

Elle accélère, heureuse, et lui raconte le paysage, les ruines, les forêts. Le jour finit en splendeur dorée. Elle cite :

Soyez bénis, châteaux croulants !
Vieillards vainqueurs du temps qui passe.*

Et soudain Pierre-Baptiste s'exclame :

— Ah ! celui-là n'est pas croulant !

— C'est Walheim, notre maison.

— Mais c'est un château !

— Disons plutôt que ce sont les restes d'un château sur les restes d'un vieux rocher.

Il regarde la grosse bâtisse sur son roc et la salue :

— Burg, kapel-Meister, heaume, lansquenet, Dürer, porte-étendard, prince-évêque !

— Grand-père va vous adorer ! dit Sixtine.

* Albert Gérard, *Poésies,* 1886.

Elle est assise devant le feu comme hier soir mais le monde a changé.

Pierre-Baptiste est dans sa maison.

Il tient dans sa main droite le Seigneur de la Nuit, elle a la Dame au Cœur Troué, Morand a Calvaire, Lutin ne doit pas être loin.

Morand est heureux. Il déroule pour Pierre-Baptiste la longue bannière sur laquelle est inscrite la légende de Walheim.

— Walheim, vous savez ce que ça veut dire Walheim, professeur ? Ça veut dire : Maison élue !

Et le professeur hoche la tête, approuvant, et le professeur boit une gorgée de vin, hoche la tête, approuvant, et le professeur écoute… Parfois Sixtine est prise par le fou rire et les deux hommes rient avec elle. Il faut seulement ne pas rire devant Katel, la pauvre, elle aurait du chagrin. Incapable de dire à Morand le nom de leur invité, elle a affirmé : « En tout cas, je sais que c'est un pasteur ! », ce qui fait qu'il a accueilli Pierre-Baptiste par un solennel :

« Soyez le bienvenu, monsieur le pasteur. »

Sixtine rit une fois de plus tandis que Pappi verse un peu de vin dans le Seigneur de la Nuit, et que Pierre-Baptiste s'extasie sur la beauté des verres disparates. Alors on lui raconte l'histoire de la Fabrique, la libération de Kaysersberg, la Brigade… Et la légende continue à se dérouler à table où Pierre-Baptiste apprend que le fils de Joseph Meister a travaillé à la verrerie.

— Vous voyez, le monde est petit ; mais, à propos, professeur, vous êtes allé partout où il y avait de la souffrance, c'est un si beau métier que le vôtre, découvrir, prévenir, sauver... Ah ! nous allons changer de verre s'il vous plaît. Sixtine veux-tu passer la Reine Christine au professeur ? Vous allez goûter un Clos-Walheim 1973, vous m'en direz des nouvelles. Oui, la Reine Christine est une belle pièce... Vous verrez, notre vigne est une des plus petites de France... la plus petite d'Alsace, je crois... mais notre vin est bon !

Alors Pierre-Baptiste a goûté le vin de leur vigne, il a fermé les yeux, réfléchi, et dit :

— Il est structuré. Il est rose comme la cathédrale de Strasbourg... droit comme elle : une flèche.

Morand était heureux, il avait toujours soutenu que l'âme essentielle de la pierre et la couleur du grès rose se cachaient dans le vin. Il a dit que Pierre-Baptiste savait entendre la voix de la terre et lui a demandé de quelle région il était.

— Je ne sais pas, a dit Pierre-Baptiste.

Il y a eu un moment de silence si fort que le bruit du Bergenbach est monté jusqu'à eux. Katel venait d'entrer dans la salle à manger avec le plat de crêpes au kirsch encore fumant. La bonne odeur du sucre flambé se mêlait au roulement sourd du ruisseau. Personne n'osait bouger.

— Je ne sais pas, a répété gaiement Pierre-Baptiste, je suis enfant trouvé.

— Un enfant de l'Assistance ! a dit Katel.

— Oui. J'ai débuté dans la vie au fond d'un panier d'osier, sur la troisième marche de la chapelle de Saint-Jean-le-Froid, près de Riom-es-Montagnes...

— Cantal, a dit Katel.

Tout semblait se passer entre elle et Pierre-Baptiste. Sixtine et Morand n'osaient bouger.

— Pauvre petit ! a dit Katel comme si la misère était toute neuve. On vous a donc placé chez des parents nourriciers ?

— Oui. Les Lambert... Mon père était berger, il

m'a appris à aimer les bêtes, ma mère était institutrice, elle m'a appris à aimer les gens...

Tout semble se passer entre Katel et Pierre-Baptiste. Ils partagent la France mystérieuse des gros chagrins et des grands chagrins, la France de la communale, des dictées et des monuments aux morts, la France des orphelins et des veuves, la France des départements sus par cœur, la France des cimetières et des sillons.

Sixtine et Morand sont toujours immobiles et muets, alors Pierre-Baptiste veut les ramener à la joie de l'instant vécu ensemble, alors il boit le vin rose, le vin cathédrale, le vin de la plus petite vigne d'Alsace et il leur dit :

— Parfois, devant un paysage, je me demande : « Et si tu étais sorti de cette terre ?... Si c'était là, chez toi... ? »

Le visage de Marguerite lui apparaît dans l'ombre, derrière Sixtine. Marguerite qui l'a aimé comme s'il était venu de ses entrailles et dont il sent la présence réelle en regardant la femme qu'il ne pourra plus chasser de son cœur...

— J'ai eu de la chance, constate-t-il, et Sixtine lui rend son sourire tandis que Morand remplit les verres pour rester digne.

La chambre de Goethe.

Il est tombé en pleine civilisation comme on peut tomber en pleine brousse. La chambre de Goethe est le cœur de la Maison élue où tout fut cabossé par la vie, les siècles, les guerres et même les paix. Les vers ont laissé leur signature sur les meubles cirés et sur les bahuts peints de fleurs raides, les serviettes ne sont pas que brodées mais reprisées, la soie des rideaux crie sa souffrance dès qu'on la touche...

Goethe préside. Peinture naïve, rustique et vénérée. Autour de lui des photos. De Gaulle, de Lattre... Morand Bader en uniforme entre Malraux et Chamson, une date : 9 février 1945, Colmar. Une gravure avec un moulin, Valmy. *Les Souffrances du jeune Werther* dans une vieille édition à la reliure blessée.

Le poêle de faïence ronfle doucement, le printemps arrive mais les nuits sont fraîches et quand les draps sont humides on ne dort pas bien, a dit Katel. Sixtine vérifie que tout est en ordre dans le petit cabinet de toilette qui donne sur la montagne.

Sixtine...

Cette petite fille brune qui marche dans les vignes en donnant la main à un homme qui lui ressemble, c'est Sixtine...

— Mon papa, explique-t-elle en désignant la photo que Pierre-Baptiste a cueillie sur une table. Il comprend brusquement qu'elle est la fille de Jean Bader et cela le bouleverse comme s'il la connaissait depuis l'enfance. Il revoit l'athlète si beau, si rayonnant. Le jour où il a gagné à Melbourne, on a interrompu les cours à la fac pour écouter la radio en direct. Il s'en souvient très bien.

« Jean Bader a gagné ! »

Quelle explosion de joie. Et puis, le lendemain...

— J'avais six ans, dit Sixtine. Mon père, ma mère, ma grand-mère. Fini. J'ai toujours peur, depuis, quand je prends l'avion... c'est bête mais c'est plus fort que moi... j'ai peur. Alors je pense à ce qu'il me disait quand j'avais des peines de petite fille : « Faire face, Sixtine. » Moi aussi j'ai eu de la chance !

Voilà. Tout est dit, tout est bien, tout est accompli. Elle va le laisser se reposer. Mais avant, elle le conduit à la fenêtre qu'elle ouvre à deux battants. Elle se penche sur la vallée sombre et respire profondément.

— Vous sentez la nuit ?

Il ferme les yeux pour mieux recevoir les parfums vagues, frais et doux qui montent de la nature.

— Il faudra revenir pour les vendanges, quand l'ombre est sucrée... les guêpes et les abeilles deviennent folles.

Il resterait debout toute la nuit à l'écouter. Il ne bouge pas pour ne pas casser l'enchantement, pour ne pas rompre le charme qui les rive à cette fenêtre, carré de lumière dans le noir absolu. Elle se tait et le charme demeure, si prenant que ni Sixtine ni Pierre-Baptiste ne prêtent attention à l'entrée de Mopsel. Mopsel qui est tout de suite attiré par une chose rose qui dépasse du sac entrouvert de Pierre-Baptiste.

La *Méthode Rosita.*

C'est joli comme de la langue de veau, ça ressemble à un os-joujou que Sixtine lui a rapporté de Paris quand il était petit, ça a juste l'épaisseur qu'il faut pour le tenir dans la gueule et se faire les dents dessus.

— Il faudra vraiment venir pour les vendanges, répète Sixtine. C'est une chose à ne pas manquer.

— Oui, oui, dit Pierre-Baptiste.

Mopsel est content. Il a enfin sorti la *Méthode Rosita* du sac, et il s'en va, n'ayant plus rien à faire ici, l'étudier à fond dans son panier, tandis que Sixtine referme la fenêtre, tire les rideaux avec précaution, se tourne vers Pierre-Baptiste.

— Je voulais vous demander... pour aller du berger et des moutons jusqu'à l'Institut Pasteur, quel a été le trajet ?

— Difficile.

— Mais encore, insiste-t-elle.

— C'est une longue histoire...

— Je ne suis pas pressée, dit-elle et elle lui tend sa main si douce.

— Bonne nuit, monsieur le pasteur !

— Bonne nuit, Sixtine.

Ils se quittent en riant.

Morand était encore dans le salon, l'air méditatif, devant la cheminée.

Il lui a demandé, comme on s'informe de l'heure, de l'horaire d'un train, de l'âge d'un enfant :

« Pourquoi ne l'as-tu pas épousé, celui-là ? »

Elle a ri, délivrée par l'énormité de la question.

« Ne dis pas de bêtises, Pappi !

— Mais je ne dis pas de bêtises !... Il est très bien, ce garçon. Tu le connais depuis longtemps ?

— Je l'ai rencontré le jour de mon mariage.

— Evidemment », a-t-il murmuré en regardant le feu.

Elle revoit, de son lit, toutes les stations de bonheur de la soirée. Car tout fut bonheur, même ce qui fait mal.

Elle refuse de tirer une conclusion, de porter un jugement, de se poser la question de confiance.

Elle avance, tête baissée, ne voulant voir que le chemin, ne voulant pas savoir où il va.

Un enfant trouvé.

C'est-à-dire un enfant abandonné. Ces enfants ont besoin d'être aimés plus que les autres...

Un enfant trouvé.

« Demain, décide-t-elle, je lui demanderai de m'accompagner sur la tombe de mes parents. »

C'est étrange. Il ne sait pas qui l'a mis au monde, il y a quelque chose d'immatériel dans sa venue sur la terre comme dans cette tombe illusoire où ne reposent que des âmes au pied de l'église d'Hunawihr.

« Nous irons marcher au-dessus de Walheim jusqu'au " milieu du monde ". Puis je l'emmènerai à Kaysersberg, à Riquewihr… en rentrant nous irons boire un verre de " vendanges tardives " chez le sommelier de Bergheim qui sait de si belles histoires… »

Elle s'aperçoit qu'il ne faudrait pas deux jours pour lui présenter l'Alsace, mais des semaines, des mois, des années...

« Une vie », dit-elle, soudain grave.

Elle regarde les cahiers spirale et sait qu'elle n'est plus la même que celle qui les a lus hier.

Hier ?

Elle a quitté le saphir étoilé et l'a soigneusement rangé dans son écrin de maroquin blanc en se disant que ce n'était pas une bague pour la campagne.

Mais elle sait que ce n'est pas la vraie raison.

Un article paru dans *L'Alsace* entre la célébration des noces d'or d'un couple de vignerons et l'annonce du succès de l'équipe de foot de Dannemarie sur celle de Morschwiller :

« Sans nouvelles de Frédéric Lambert depuis son appel de détresse. »

Plus question d'aller marcher jusqu'au milieu du monde, plus question de boire un verre de vin précieux chez le sommelier, il fallait aider Pierre-Baptiste à courir au plus vite au secours de son fils.

Frédéric. Le garçon dont rêve Claret depuis qu'elle l'a vu s'envoler pour Tokyo. Naufragé de l'air dans la steppe de la Faim en plein Kazakhstan. C'est la zone interdite de Baïkonour... En admettant qu'il ne se soit pas fracassé sur le sol et qu'il ait échappé aux bêtes sauvages, comment va-t-il être accueilli par les Soviétiques dans une des régions les plus inviolables du monde ? On peut tout imaginer.

Elle a refait en sens inverse la route de la veille, en silence, le pied au plancher, sentant la tension, l'angoisse de Pierre-Baptiste. Il avait tenté de joindre Raïssa Atlantov, l'ex-épouse non épousée qu'il compte pour un demi. En vain. Il souriait quand même, mais c'était un sourire comme ceux qu'échangent des gens dans la peine.

« Vous aurez votre avion ! », disait-elle pour se rassurer elle-même.

Ce fut juste. Nicole, l'hôtesse qu'elle avait prévenue

avant de quitter Walheim, lui a arraché Pierre-Baptiste et a couru avec lui jusqu'à l'appareil prêt à décoller.

Elle est rentrée seule.

Un peu avant Sélestat, une pluie fine se mit à tomber. On ne voyait plus les sommets. La nature était laide. Sixtine avait froid.

Walheim semblait désert.

Dans la cheminée du salon il n'y avait pas de feu. Elle s'assit auprès du foyer éteint. Bien balayé. Propre. Aucune trace de la joie crépitante de la veille... C'est alors que Mopsel, tout frétillant, est arrivé. Il portait une chose rose, un peu mâchouillée, dans la gueule et vint la lui offrir.

Méthode Rosita.

« ... la danse est un langage, un moyen d'exprimer notre joie, nos sentiments... »

Elle comprit tout et eut plus chaud que si une grande flamme avait jailli dans l'âtre.

DE LA SAINTE RUSSIE A SANTA-MARIA

La camarade Raïssa Sergueievna Antropov prend le verre de thé que lui présente l'hôtesse et pose un doigt sur ses lèvres afin qu'elle ne réveille pas son voisin qui dort.

Pierre-Baptiste ne dort pas. Il fait semblant. Il n'a pas la force de parler. Il pense aux naufragés du ciel et le cœur lui manque comme s'il tombait avec eux en chute libre.

Sa stupeur en rentrant de Strasbourg quand il a découvert Raïssa, chez lui, devant ses placards et ses tiroirs ouverts, en train de faire sa valise. Elle venait de débarquer de Genève, c'est là qu'elle avait appris l'accident. En quelques heures elle avait tout organisé. Le visa, les places d'avion, le contact avec Baïkonour où les recherches avaient commencé.

« Nous partons pour Moscou », avait-elle dit.

Raïssa.

L'ex-épouse jamais épousée.

La mère de Youri.

Il l'avait vue pour la première fois à l'ambassade d'U.R.S.S. en 58...

Une réception en l'honneur de biologistes français et soviétiques.

Elle portait une jupe informe et un chandail en lurex bleu électrique. Affreux. Et pourtant, quand il l'a vue, il a reconnu Natacha Rostov.

Elle était vive. Magique. La Natacha qui danse après la chasse à Mikhaïlovka, dans l'odeur de pommes fraîches au milieu des peaux de loups et de renards. Quelque chose dans le dessin de ses ongles et de ses yeux, dans l'épaisseur sombre et luisante de sa chevelure, disait qu'elle avait eu des ancêtres venus de plus loin que l'Oural.

Elle parlait un français lumineux.

« J'ai appris votre langue dans *L'Esprit des lois*. Montesquieu est un rude maître ! » expliquait-elle en riant.

Apparemment elle n'avait rien à faire dans cette rencontre de scientifiques, mais elle était la fille de Sergueï Atlantov qui était alors ministre de la Santé.

Elle était aussi une étudiante modèle. Elle avait eu très tôt son Attestation de Maturité et, depuis, menait de front un diplôme de sciences politiques et une thèse sur le commerce international.

Depuis la révolution d'Octobre le temps avait passé là-bas comme ailleurs. Les maîtres du Parti avaient eu des enfants, les avaient élevés avec plus ou moins de bonheur et de sagesse et, peu à peu, ceux qui en étaient capables étaient devenus des héritiers.

Le ministre était reparti pour Moscou, sa fille resta, faveur insigne.

Elle vint à Pasteur quand l'Institut rendit la politesse aux Soviétiques.

La jupe et le chandail avaient été remplacés par une petite robe et des escarpins achetés sur les Champs-Elysées. Elle apprenait vite. Mais elle était toujours Natacha. Ils allèrent de nouveau l'un vers l'autre et, de toute la soirée, ne se quittèrent pas.

Pour la première fois depuis sa rencontre avec Evangéline, Pierre-Baptiste venait de tomber amoureux. Son divorce avec Gisèle avait été prononcé quelques mois plus tôt. Ni lui, ni Raïssa n'imaginèrent que le bonheur leur serait refusé. Paris fut une fête au fil des jours et des nuits et ils décidèrent de se marier.

Mais Raïssa était une jeune fille à principes, de celles qui n'engagent pas leur vie sans l'agrément de leur père.

« Tu es comme les filles de la Maison de France, tu ne

dis oui qu'après le oui du Roi ! » avait plaisanté Pierre-Baptiste. Ils plaisantaient toujours. Ce soir-là, toujours plaisantant, ils montèrent dans un taxi devant l'église de Saint-Germain-des-Prés. Le chauffeur, un très vieux Russe blanc, devina aussitôt la nationalité de Raïssa. Ils eurent une conversation longue et animée, parfois violente, dont le sens échappa évidemment à Pierre-Baptiste, inquiet de sentir l'émotion, le trouble, le désarroi de la jeune fille.

« Mais de quoi parlez-vous ? » demandait-il et elle posait sa main sur la sienne sans répondre.

Le chauffeur refusa d'être payé pour la course. Il sortit de la voiture, se présenta :

« Boris Vassilievitch Melioukov, enseigne de vaisseau de Sa Majesté le tsar Nicolas Alexandrovitch », et il baisa la main de Raïssa.

Un moment interdite elle jeta brusquement ses bras autour du cou du vieillard et l'embrassa sur ses joues piquantes et grises avant d'entraîner Pierre-Baptiste à sa suite. Elle avait les yeux pleins de larmes.

Le chauffeur lui avait dit qu'elle était l'image de la Sainte Russie, elle avait eu beau expliquer qu'elle était membre du Parti, que son père était au Comité central, le vieux riait, il disait que ça n'avait aucune importance, qu'elle était fille de la Sainte Russie et que, la preuve, c'est qu'il l'avait reconnue avant même d'entendre le son de sa voix.

« Mais le pire... avait dit Raïssa, le pire c'est ce qu'il m'a dit à la fin... Il m'a dit : " Raïssa Sergueievna, tu es et tu seras toujours une princesse, que tu le veuilles ou non ! " »

Elle devait en avoir très vite la preuve et apprendre ce qu'il en coûtait de grandir sur les marches d'un trône, fût-il rouge.

Le lendemain de la rencontre avec le chauffeur de taxi elle partit mettre son père au courant de leurs projets. Elle pensait être absente quelques semaines.

Pierre-Baptiste avait eu de ses nouvelles quinze ans plus tard.

Et ce jour-là, quinze ans plus tard, il avait fait la connaissance d'un grand garçon souriant et ému. Youri. Son fils.

Il n'avait jamais su qu'elle attendait un enfant de lui. En quittant Paris, Raïssa elle-même ne le savait pas encore.

Les retrouvailles se passèrent à Léningrad au cours d'un congrès. Pierre-Baptiste fut tellement secoué par la nouvelle qu'il dut s'aliter. Il passa les trois jours du congrès dans sa chambre, Youri assis sur son lit, à parler, parler, parler... Parfois Raïssa pouvait s'échapper, elle arrivait avec du caviar, des cornichons doux, de la vodka, des petits pains sombres et commandait du thé. Ils parlaient comme une vraie famille, comme des gens normaux pour qui la vie est toute simple, ils riaient, se regardaient et, brusquement tombaient dans le silence en pensant qu'ils allaient de nouveau être séparés. Leur destin était d'être toujours unis, jamais réunis.

En ce temps-là Pierre-Baptiste était remarié avec Bettina Sterling, la championne de bridge...

Il revoyait avec vertige ce qu'il avait vécu quinze ans plus tôt. Ce silence.

« Je t'ai écrit tant de lettres ! » disait-il.

Aucune n'était parvenue à Raïssa. Le ministre était aussi implacable que puissant. Il avait appris à sa fille ce qu'était l'obéissance. S'il avait dit oui elle lui aurait baisé les mains, sans son consentement elle n'envisagea pas de partir. Passer à l'Ouest comme une ballerine qui choisit la liberté ? Guetter les chapeaux mous, les imperméables grisâtres ? Sentir au fond du cœur l'amertume du pays perdu ? Avec un enfant dans les bras ?

Elle resta et, par amour pour l'enfant à naître, ne mourut pas.

Youri. A quinze ans il avait déjà choisi sa voie. Celle des étoiles.

Космонавт * !

Aujourd'hui il est colonel dans la Glavkosmos. Dans

* Cosmonaute !

quelques semaines il s'envolera pour la station spatiale Мир* où il restera 486 jours.

D'ici là...

Pierre-Baptiste rouvre les yeux et regarde Raïssa qui lit la *Pravda.*

Elle est toujours belle.

Elle est suprêmement élégante.

Elle n'achète plus jamais ses vêtements à l'étranger. Si : une écharpe de cachemire à Londres un jour où elle a froid, une blouse de toile à Lisbonne un jour où elle a chaud. Mais c'est Slava Zaitsev qui l'habille. Quand on s'extasie sur ses robes au Lido de Venise ou sur le grand escalier de Cannes un soir de Festival, quand on lui demande : « Paris ? », elle aime répondre : « Moscou ! » Certains pensent qu'elle n'est plus communiste. Ça l'amuse. Elle est restée la même que la fille au corsage de lurex mais aujourd'hui c'est elle qui est au pouvoir.

Dans les chancelleries on l'appelle la Tsarine ou la Barynia et, maintenant : la Perestroïka. Car elle est la plus fidèle des fidèles de Gorbatchov et de l'autre Raïssa. Peut-être à cause de l'époque dure et fermée qu'elle a connue, l'époque où on lui a brisé le cœur ? Il lui semble parfois avoir vécu dans une autre galaxie... En cette fin de siècle elle voit son pays aborder un autre temps, voguer vers un autre système solaire, elle le sait d'autant mieux qu'elle est sur la passerelle.

Elle sent le regard de Pierre-Baptiste sur elle et lui sourit.

— Raïssa, tu te souviens du vieux Russe qui n'a pas voulu qu'on lui paie la course ?

Si elle s'en souvient ? Boris Vassilievitch fait partie de ses plus chers souvenirs.

— Il t'avait dit : que tu le veuilles ou non, tu seras toujours une princesse. Il avait raison, tu sais.

Elle plaisante, comme toujours quand elle est émue :

— Plus je vieillis, plus je m'efforce de le croire !

Une voix crépite dans les haut-parleurs, la descente sur Moscou est commencée. Raïssa boucle sa ceinture

* Mir : Paix, station orbitale soviétique.

et pose sa main d'icône sur celle de Pierre-Baptiste :

— On le retrouvera, ton fils !

Puis elle a peur d'avoir provoqué le sort et adresse une petite prière timide à celui qui est devenu son protecteur invisible, le vieux chauffeur aux joues piquantes et grises, qui dort depuis des années dans le cimetière orthodoxe de Sainte-Geneviève-des-Bois avec, sur le cœur, une poignée de terre noire de la Sainte Russie.

Ce n'était pas une bonne journée.

Il n'y avait pas eu de bonne journée pour Sixtine depuis son retour d'Alsace.

Jimmy était à Hong-Kong. En tout cas il y était cette nuit. Cette nuit ? Ce matin, aujourd'hui, hier ? Elle ne savait jamais quel jour il vivait, lui, par rapport au jour qu'elle vivait, elle. Il l'appelait souvent à quatre heures du matin en croyant qu'il était midi à Paris. C'était généralement pour annoncer qu'il revenait. Mais, au dernier moment, il avait un empêchement.

Et Iago téléphonait.

« French-Marriage » était un triomphe.

Dans le monde entier.

Quand il lui avait dit que le *Du Barry* avait fait son entrée en rade de Singapour avec le tissu bleu et rose tendu comme une voile gonflée par le vent de la mer de Chine, elle avait dit :

« Bravo Jimmy ! »

Mais après avoir raccroché elle avait pleuré. Elle pleurait sans arrêt depuis quelque temps. Elle n'était plus elle-même. Elle s'effilochait. Ça ne pouvait pas durer. Il faudrait bien qu'ils aient une conversation un jour...

Pauvre Jimmy.

Elle eut un petit rire : « pauvre Jimmy », ça c'était drôle.

Ce qui l'était moins c'était la peine de Claret.

« On est toujours sans nouvelles de Frédéric Lambert », disaient les communiqués.

Pourtant les Soviétiques avaient mis des moyens exceptionnels à la disposition des sauveteurs. Des hélicoptères survolaient sans cesse la steppe de la Faim. Hélas, sans résultat. La presse sérieuse parlait de Gorbatchov comme s'il était lui-même aux commandes sur le terrain et saluait une « nouvelle politique d'ouverture » ; la presse du cœur titrait gras et lourd « " Papa, on le retrouvera ! " jure un colonel de l'Armée rouge. »

Sixtine découpa une photo où Pierre-Baptiste était entre Youri et Raïssa. Elle trouva Raïssa très belle et se demanda si ce drame allait rapprocher ceux que la vie avait séparés quand elle-même n'était encore qu'une enfant.

Les recherches duraient depuis plusieurs jours quand Tancrède lui téléphona, la voix prometteuse et gaie. Il voulait la voir de toute urgence. Elle se précipita au Quai et le trouva, prostré sur son bureau Boulle, décomposé. Il avait la mine défaite de quelqu'un qui a une très mauvaise nouvelle à vous annoncer. Elle trembla, s'attendant au pire.

Aussi prit-elle assez bien les révélations de Tancrède. Il n'était nullement question de Frédéric. D'abord comment aurait-il pu savoir qu'elle s'y intéressait à ce point ? Non. Il était question d'elle. Il n'y a pas une heure, quand il lui avait téléphoné il pensait — avec quelle joie, ma chère ! — pouvoir lui offrir son premier poste d'ambassadeur.

— Nous vous avions trouvé quelque chose de délicieux en Afrique ! Une ambassade bijou ! Une perle noire !

Et puis, brusquement, à peine avait-il raccroché : la catastrophe ! Le ministre — consterné, ma chère, consterné ! — disait-il, le ministre l'avait convoqué pour lui dire que le poste était attribué in extremis à un *outsider*.

— Un obscur énarque ! un sans gloire !

Il s'emportait, tapait sur le cuir fauve de son bureau avec un coupe-papier, furieux ; c'était la première fois qu'elle le voyait perdre son contrôle.

— Un nommé Négrier, en plus !... les Noirs vont croire à une provocation !

Il était émouvant d'amitié blessée. Il l'assura qu'à l'avenir il saurait se défendre, qu'il avait la parole du ministre, qu'elle pouvait compter sur lui, que dès qu'une ambassade serait libre... mais elle sentait bien qu'il était troublé, que quelque chose lui échappait, que des pièces manquaient au dossier pour qu'il comprenne toute l'affaire. Il la regarda, perplexe.

— Il a fallu une main bien puissante pour défaire ce qui était fait...

Puis, redevenant mondain, il demanda des nouvelles de Jimmy.

— Je pense qu'il va bien, dit Sixtine, nous ne nous voyons pas beaucoup en ce moment. Il voyage.

— C'est que vous avez épousé un homme d'affaires prodigieux ! Il vendrait du riz aux Chinois !

— Mais il en vend, Tancrède, il en vend ! dit-elle avec consternation et, comme il la raccompagnait, elle le questionna au sujet de l'accident de Frédéric Lambert. Savait-il quelque chose ?

— Je ne me trompe pas, Sixtine, c'est bien le fils de cet homme délicieux avec qui nous avons joué au croquet Marine et moi le jour de votre mariage ?

Oui, c'était bien le fils de cet homme délicieux...

Le visage de Tancrède s'assombrit.

— Je crois qu'à l'heure actuelle tout est fini, dit-il tristement. Les Soviétiques ont été admirables, mais hélas, maintenant, il est trop tard. Je crois même que les recherches ont été interrompues...

Non ce n'était pas une bonne journée.

Aussi quand elle vit Claret qui sanglotait sur le canapé du salon elle resta sur le seuil, glacée, n'osant pas poser de questions. Claret leva vers elle un visage baigné de larmes :

— Ils l'ont retrouvé !

Bouleversée, Sixtine avait pris la petite dans ses bras et la serrait si fort qu'elle faillit ne pas entendre le mot :

— Vivant !

— Vivant ? cria-t-elle.

— Oui ! Vivant ! et le Japonais aussi ! un peu cassé de sa jambe mais vivant ! dit Claret qui perdait ses notions de français dans l'émotion.

Quel merveilleux moment ! Sixtine avait fait ouvrir un Clos-Walheim 84 et elles avaient bu à la santé de Frédéric, de Toshiro un peu cassé de sa jambe, de l'Armée rouge...

— Et de beau-papa ! avait dit Claret.

— Et de beau-papa ! répéta Sixtine. Au fait, comment as-tu appris la nouvelle ?

— Beau-papa ! Il a téléphoné à sa femme-chien de Bretagne, la mère de Frédéric et il a dit de me prévenir. Voilà.

— Et... c'est tout ?

— C'est tout. Ah ! non, pardon, toi aussi tu as un message !

— Du professeur ? demanda Sixtine rayonnante.

— Non, attends... d'Hérode Kafaplytès, c'est pas ça... Elle regarda ce qu'elle avait griffonné sur un bout de papier : Krataclydès. Voilà ! Dis donc, c'est pas les yeux jaunes et la tête terrible qui étaient au mariage ?

— Si, dit Sixtine qui, soudain, trouvait un goût amer à son riesling.

— Je l'aime pas cet Hérode. *He is the devil !*

Sixtine sourit.

— Tu parles comme ton grand-père.

Et ce fut comme si Fergus était là, entre elles, les tenant chacune par la main.

Pour passer le temps elle se plongeait dans la *Méthode Rosita* comme dans un livre saint. Elle l'étudiait en pensant que, derrière la rumba, le meringué, la valse et le cha-cha-cha, se cachaient des messages codés de Pierre-Baptiste. Il lui semblait que si elle était capable de les déchiffrer elle arriverait à comprendre ce qu'elle était en train de vivre.

Le téléphone sonna au milieu d'un paso doble.

— Acceptes-tu de déjeuner avec un pauvre Maltais ? dit la voix douce d'Hérode.

Avant qu'elle ne trouve une excuse, il enchaîna.

— Regarde par la fenêtre !

Elle regarda et reconnut la longue voiture blanche de mauvais goût qu'il affectionnait. Elle ne put s'empêcher de sourire.

— Bravo Hérode ! L'effet est très réussi ! Vous êtes en bas ?

Non, il n'était pas là. Il l'attendait ailleurs. Où ? Eh bien, justement c'était une surprise.

Une surprise ? Pourquoi pas...

Elle passa un manteau et descendit.

La surprise était une des plus mauvaises qu'il puisse lui faire.

— J'ai pensé qu'un petit tour au-dessus de la France te ferait plaisir et serait moins banal qu'un déjeuner au restaurant ! avait-il expliqué en l'accueillant à bord de son boeing.

Quand la voiture s'était arrêtée sur la piste et qu'elle avait compris qu'elle avait droit à une promenade en avion, Sixtine avait eu un moment de panique. Elle n'y pouvait rien. Ce n'était pas la peur de mourir. C'était la peur de perdre à nouveau ceux qui l'avaient quittée à jamais quand elle avait six ans. Mais il n'était pas question de montrer sa faiblesse à Hérode et il ne vit que son sourire quand elle arriva en haut de la passerelle.

Dragon de Séléné (Hérode soignait ses fréquentations avec les Immortels) était une merveille. Un musée volant. Un moulage miniature de la Méduse ornait la porte du poste de pilotage pour qu'on n'oublie pas chez qui on était. Un cendrier d'or, enchâssé dans une table de verre, rappela à Sixtine le cratère de Xénophon Pétrides et, une fois de plus, elle eut l'impression de violer une tombe.

Hérode vit son regard, se méprit et s'inclina :

— Il est à toi !

— Jamais, dit-elle, vous nous avez déjà trop gâtés avec la coupe d'hyménée !

Il eut le geste d'un monsieur qu'on remercie pour une boîte d'allumettes et lui fit prendre place pour le décollage qu'elle détesta derrière un sourire extasié.

— Tu manges une langouste qui vient de Méduse, dit Hérode et Sixtine se demanda si elle n'était pas en train de déguster un tronçon de la chevelure du monstre. Excellent, du reste. Excellent le vacherin à la pistache. Excellent le champagne qu'Hérode descendait comme de la Badoit. Elle se doutait bien que la raison d'être de ce déjeuner n'était pas uniquement la gourmandise. Elle attendait, jetant parfois, par le hublot, un regard sur le puits aérien au fond duquel vivaient, microscopiques, les gens de son pays.

L'Indonésien silencieux qui les avait servis s'éclipsa en laissant une bouteille de champagne dans le seau à glace. Hérode se pencha vers Sixtine :

— Parlons de toi.

Elle lui aurait bien dit : « De quoi je me mêle ? » mais la curiosité fut la plus forte et elle se tut.

— D'abord, dit-il, dis-moi merci. C'est grâce à moi que tu as échappé à l'ambassade du Burundi.

La stupeur la figea. « Une main bien puissante... » avait dit Tancrède.

— Si je n'étais pas intervenu à temps ton cher ami, le gentilhomme, te faisait nommer ambassadeur de France au Burundi ! Le Burundi ! Un timbre-poste perdu au milieu de l'Afrique ! Ah ! je t'ai évité une belle humiliation.

— Représenter son pays n'est jamais humiliant, Hérode. C'est au contraire un honneur et si, un jour, cela m'arrivait, j'en serais fière. Je ne vois pas là ce que je vous dois ! Bien au contraire.

Jamais sa voix n'avait été plus luthérienne. Hérode se fit tout doux et joignit les mains.

— Tu ne me dois rien, Sixtine ! Mais le moment est venu de parler comme des grandes personnes : je suis le seul à me rendre compte de ta réelle valeur. Ouvre les yeux ! Tu es un premier monsieur, Sixtine, comme disent les Français. Un premier monsieur, répéta-t-il, en espérant la voir sourire mais elle ne souriait pas et il se fit encore plus humble.

— Tu veux représenter ton pays ? Soit... le sentiment est louable. Mais, je t'en prie, fais-moi confiance !

Elle le regardait, plus sévère à elle seule que le monument des Réformés de Genève. Au fond c'était très bien ce vol au-dessus des nuages, c'était l'occasion de régler leurs comptes une fois pour toutes, c'était très intéressant de l'écouter.

— Tu ne sais pas ce que c'est que le pouvoir. Ne me parle pas de Jimmy, Jimmy a la forme la plus vulgaire, la plus fragile du pouvoir !... il n'a que l'argent ! Moi, j'ai la puissance. Quand je vois ce pauvre Mathias essayer de racoler des députés pour soutenir l'élection de ton grand-père... Ah ! tu es étonnée que je sois au courant ? Tu vois, je sais tout ! J'ai mis vingt ans à devenir l'homme le mieux informé d'Europe. L'Europe ! Tu veux que ton grand-père soit président du Parlement européen ? Quand tu veux, Sixtine ! Viens seulement travailler avec moi... Entre nous je peux bien t'avouer que l'Europe, les Etats-Unis d'Europe, le Conseil de l'Europe, la Communauté économique, tout cela m'énerve... Moi, je gagne ma vie avec les frontières justement... alors, si on les supprime, je meurs de faim ! dit-il en vidant son verre avec bonne humeur. Tu veux du champagne ?

Sixtine refusa d'un geste de la main et le regarda.

— Notre collaboration s'annonce mal, Hérode. Vos façons de voir l'Europe nous sépareront toujours.

— Mais qu'importent les opinions ! s'exclama-t-il, sincère. Ce qui compte, ce sont les faits... c'est ce que nous allons faire ensemble ! Quand je te vois en ce moment, je me dis : « Quel gâchis ! » D'ailleurs je suis tranquille, tu es trop intelligente pour ne pas le comprendre un jour... Tiens, ajouta-t-il en changeant de ton, tu ne le portes pas ? Elle l'interrogea du regard et il expliqua :

— Le saphir étoilé. Une merveille. Jimmy m'a demandé de l'aider à le choisir pour toi. Il n'est pas très connaisseur en pierres... Nous nous étions rencontrés à Hong-Kong. D'ailleurs, c'est amusant, nous nous rencontrons souvent... Je le vois peut-être plus que tu ne le voies, ton mari ! dit-il comme si c'était une constatation gracieuse, puis il redevint sérieux :

— Sixtine, ne reste pas sans travailler. C'est mauvais pour toi. Pense que je t'attends.

Le bruit des réacteurs, une forme de silence, les enveloppa.

Les panneaux au-dessus de la Méduse s'allumèrent. Une voix donna une information en grec, la descente sur Paris commençait.

— Je ne devrais peut-être pas te le dire, mais tu vas revoir Jimmy tout à l'heure.

Elle leva la tête.

— Je l'aime bien, tu sais, dit-il et si elle avait eu un marteau sous la main elle aurait fait un carnage à l'intérieur du *Dragon de Séléné*.

— Il rentre de Chine... Il te rapporte un diamant à

côté duquel le saphir étoilé est une bague de petite fille ! Malheureusement, ce soir il repart pour Mexico !... Vous allez bien passer cinq ou dix minutes ensemble ! Au fond, si tu ne l'aimais pas, ce serait le mari idéal !

— Si nous parlions d'autre chose, Hérode ? Si nous parlions de vous ? dit-elle suavement en essayant d'oublier l'angoisse que la décélération faisait monter en elle.

— De moi ? Il était étonné.

— Oui. On ne sait rien sur vous. Où commence votre histoire ? Tantôt vous êtes né à Smyrne en 1927, tantôt à Malte en 1931. Où est la vérité ?... Qui êtes-vous, Hérode ?

Ils ne surent ni l'un ni l'autre qu'elle lui offrait la chance de sa vie. Un instant il hésita. Il vit le gamin affamé et misérable sur le quai, au milieu des chiens et de l'abjection. Il eut mal comme autrefois. Il ouvrit la bouche puis balaya la question d'un geste de la main.

— J'aimerais te répondre, mais, tu vas rire, je ne sais pas grand-chose sur moi... et puis, au fond, quelle importance ?

La chance était passée.

Les roues touchèrent le sol avec grâce. Sixtine respira.

— J'espère que ce voyage t'aura plu ? demanda-t-il.

— J'ai horreur de l'avion, Hérode, dit-elle, la voix toujours suave. Horreur. Et ce, depuis que j'ai six ans, depuis le jour où mes parents et ma grand-mère sont morts en revenant de Melbourne. Vous voyez, ajouta-t-elle en débouclant sa ceinture, on peut être l'homme le mieux informé d'Europe et ne pas tout savoir... On ne sait jamais tout, Hérode.

Elle comprit soudain, en le regardant, la force du sentiment qui l'attachait à elle et elle en fut alarmée.

Heureusement, à cet instant, la porte ornée de la Méduse s'ouvrit devant le commandant Achille Voutsinas. La casquette contre le cœur, la chevelure épaisse et huileuse, il attendait visiblement des compliments, et Sixtine alla lui en faire sans rancune, tandis qu'Hérode se promettait d'avoir une explication sanglante avec Lucrèce. Il lui en voulait chaque fois qu'elle ne le mettait pas en garde contre un danger invisible. Il lui en voulait comme si elle avait été la mémoire universelle et qu'elle se fût divertie à lui soustraire des pans entiers de la Vérité.

En sortant de l'ascenseur Sixtine s'aperçut qu'elle avait oublié ses clefs. Elle sonna. Jimmy lui ouvrit la porte :

— Je t'attendais ! dit-il et elle éclata de rire.

Pierre-Baptiste s'était endormi avant que le Tupolev ait atteint son altitude de croisière. Pendant près de cinq heures il avait attendu avec les autres passagers qu'on les appelle pour l'embarquement. Le brouillard sur Moscou et le nord de l'Europe rendait tout trafic impossible sur l'aéroport de Sheremetyevo. Et puis, brusquement, au moment où il n'y croyait plus on les avait poussés vers l'appareil et, dans un temps record, passagers installés, ceintures bouclées, portes verrouillées, ils avaient roulé vers le point fixe et quitté la piste.

Il avait dormi pendant tout le vol. Un trou d'air un peu sec le réveilla. Mais ce n'était pas un trou d'air, c'était le sol. Paris. Il regarda sa montre. L'avion pour Mexico décollait dans trois quarts d'heure. C'était juste mais il aurait le temps de l'attraper.

Quand on va de Moscou à Paris pour enchaîner sur Mexico et que, là, on doit prendre un vol pour Santa-Maria on ne peut même plus parler de décalage horaire.

Depuis la brève escale de Roissy, Pierre-Baptiste savait qu'il ne dormirait plus avant d'avoir atteint la capitale du Santaragua.

Toucher terre à la porte d'un Paris invisible, interdit, intouchable, l'avait bouleversé. Bien sûr il aurait pu s'y arrêter vingt-quatre heures au lieu de demander à Mouloud de faire sa valise pour les tropiques et de la lui apporter avec les doses du traitement à l'aéroport. Mais les nouvelles du Santaragua étaient alarmantes, l'ambassade de France avait été formelle : malgré les dénégations du gouvernement il y avait bien une épidémie de fièvres hémorragiques. Le correspondant de l'Institut Pasteur de Guyane avait été contacté, il fallait faire vite.

Bien sûr il aurait quand même pu s'arrêter vingt-quatre heures à Paris...

Il l'aurait certainement fait s'il n'y avait pas eu l'incident du téléphone. Mais qu'est-ce qui lui a pris ? Qu'il lui téléphone, c'était normal. Ne serait-ce que pour la remercier de l'avoir reçu à Walheim, de l'avoir accompagné à l'aéroport. Lui avait-il seulement dit merci à Strasbourg pendant que l'hôtesse l'entraînait vers l'avion ? Non, il n'en avait pas eu le temps. C'était donc normal de lui téléphoner. Ce qui l'était moins c'est ce qu'il a dit quand il a entendu une voix féminine au bout du fil.

« Allô, Sixtine ?

— Madame est sortie, monsieur. Qui est à l'appareil ? »

Il avait bafouillé — ce qui fait toujours mauvais effet — et dit qu'il rappellerait.

« Madame peut-elle vous joindre quelque part, Monsieur ?

— Non, non ! avait-il dit précipitamment. Je téléphone de Moscou.

— De Moscou ! »

Cette information sembla ravir la femme de chambre dont le fiancé était un des plus virulents réformateurs de la cellule du XVIe arrondissement.

« Il y a un message ? »

La communication avait alors été brutalement coupée à travers l'espace et il était resté sans voix devant l'appareil, n'osant pas redemander le numéro.

Allô, Sixtine ! Quel manque de tact ! Quelle incorrection ! Quelle familiarité déplacée ! Parce qu'il n'y avait pas que les mots ! Il y avait le ton ! Le ton de quelqu'un qui dit...

— Chicken, monsieur ?

Une hôtesse lui présente un minuscule plateau sur

lequel des feuilles de salade congelées recouvrent des débris de nourriture datant de l'époque glaciaire.

Quelle heure est-il ? Est-ce le dîner, le lunch, le petit déjeuner, le goûter ? Il accepte le plateau et l'indéchiffrable et pétillante boisson qui l'accompagne, remercie et ne mange pas.

Il a toujours été une catastrophe pour les femmes qu'il a rencontrées. Ce qu'il a fait à Gisèle quand Frédéric avait douze ans !

« J'emmène Frédéric avec moi au Brésil pendant les vacances de Pâques et je te le renvoie comme un grand dans quinze jours, pour la rentrée des classes. »

« O.K. », avait dit Gisèle qui ne se doutait pas qu'elle ne reverrait son fils qu'un an plus tard, après une expérience amazonienne dont Pierre-Baptiste ramenait des observations d'une importance certainement capitale pour Pasteur mais qui avait failli la rendre folle. C'est là que Frédéric avait été atteint par le virus de l'aventure. Ah ! il était devenu beau ! Mince et silencieux comme un Amérindien sur la piste, doré, presque rouge, les cheveux longs... Il marchait pieds nus, savait charmer les serpents, pouvait se nourrir de chenilles et de racines, retrouver son chemin dans l'Enfer Vert rien qu'en regardant les étoiles ou les traces de la pintade sauvage... Une véritable furie les avait accueillis à leur retour. C'était normal. Il avait dit :

« Je te comprends » et ça l'avait déchaînée.

Et Raïssa ? Ce qu'elle a enduré à cause de lui ! Il n'était pas responsable des rigueurs du régime de Khrouchtchov, bien sûr, mais il ne lui a pas apporté le bonheur.

Chère Raïssa, c'est toujours une joie de la retrouver et cette fois plus que jamais ! Il la revoit entrant dans sa chambre avec Youri, l'autre soir, il les revoit, les yeux brillants, lui criant :

« Il est retrouvé ! »

Un miracle.

Depuis quelques heures il n'y croyait plus. Personne n'y croyait plus. Il a su plus tard que l'ordre d'arrêter les recherches venait de tomber de Baïkonour quand le pilote, rentrant à la base, les a tout d'un coup détectés, échoués au milieu de la steppe...

Quelle joie ! Et quand les deux frères ont fait connaissance... ce regard qu'ils ont échangé avant de tomber dans les bras l'un de l'autre.

« Ils se ressemblent », a dit Raïssa.

Maintenant ce n'est plus un fils, c'est deux fils qu'il lui doit.

Il boit une gorgée de la petite bouteille et la referme précipitamment comme si une nouvelle maladie pouvait s'en échapper.

« Allô Sixtine ! Un type impossible... Ne parlons pas d'Oriana et de Bettina qui ont été des mariages charmants et sans autre lendemain que l'amitié, mais la petite Arielle ! Je n'aurais jamais dû lui dire oui quand elle m'a demandé en mariage... »

Il s'aperçoit soudain avec stupeur qu'il a toujours été demandé en mariage... même par Raïssa. C'était elle qui, un jour, avait décidé :

« Marions-nous ! »

Tout ça parce qu'il a dit non à Evangéline...

Au fond, elle a eu de la chance, Evangéline. Elle l'a échappé belle ! Quelle fille étonnante elle était ! Souvent quand il traverse des moments graves il aimerait connaître son avis. Qu'en pensez-vous, Evangéline ?

La chef hôtesse qui passe entre les rangs pour inspecter son petit troupeau d'âmes s'arrête à sa hauteur et se penche vers lui pour lui parler de la mallette de médicaments qu'il lui a confiée à Paris :

— Pour faciliter les formalités, lors de votre correspondance à Mexico, vous sortirez avec l'équipage, professeur, et je vous accompagnerai jusqu'à l'enregistrement pour Santa-Maria.

Il remercie. Il est toujours ému de voir le respect dont l'Institut Pasteur est entouré dans le monde entier. La façon dont le professeur Romanenko l'a accueilli à la Cité des Etoiles, la confiance avec laquelle il lui a ouvert les laboratoires de biologie spatiale lui ont permis de tenir le coup pendant les recherches. Raïssa l'avait présenté à Romanenko se doutant bien que, tant que

Pierre-Baptiste aurait les yeux collés au microscope, il souffrirait moins de l'attente. Passionnantes les conversations avec le Soviétique. Trop brèves — comme toujours — mais suffisantes pour mettre sur pied un programme d'analyses que Youri embarquera pour Мир au moment du lancement de sa fusée.

Мир. L'espace. Il frissonne. L'abîme velouté. L'inconcevable. Youri en station orbitale pendant 486 jours...

Ils sont beaux ses fils. Ils sont ensemble jusqu'à la fin de la semaine dans la datcha de Youri. Cité des Etoiles... Dire qu'avant 1985 une telle rencontre aurait été impossible ! Impossible la soirée où Toshiro a soigné sa jambe blessée à la vodka, où ils ont chanté, dansé, essayé de recoller les lambeaux du temps pour en faire un souvenir commun.

Ils lui disaient : « Reste avec nous, Papa ! »

Il aurait voulu rester. Il ne pouvait pas. Il aurait voulu rester avec eux, il aurait voulu continuer les recherches avec le professeur Romanenko. Il aurait voulu être à Paris...

La chef hôtesse repasse dans l'allée, lui sourit et dit :

— A tout à l'heure, professeur.

De nouveau, l'émotion revient. Il pense à la mère de Marine, à l'enfant qui est arrivé du Santaragua pour mourir. Il a envie de se battre. Il a envie de gagner.

Quand Frédéric était né, Marguerite et le berger avaient fait le voyage jusqu'à Paris.

« Petit Lambert ! » disait le berger penché sur le berceau en regardant le bébé qui n'avait pas une goutte de son sang mais qui le ferait vivre au-delà de la mort tant qu'il y aurait des Lambert sur terre.

Marguerite ne disait rien. Elle était heureuse. Devant ce berceau qui lui en rappelait un autre elle sentait sa vie accomplie.

Il leur avait fait visiter l'Institut de la crypte au grenier. Le berger avait été frappé par les mosaïques autour du tombeau de Louis Pasteur. Il avait regardé les poules, les moutons, les chiens, les vers à soie, les vaches, les lapins, toute cette arche embarquée avec le savant endormi et il avait dit : « Y a pas que les hommes qui lui doivent le respect, les bêtes aussi ! »

« J'ai eu de la chance », pense Pierre-Baptiste et, brutalement, le visage de Sixtine, les yeux de Sixtine, le sourire de Sixtine, l'expression de Sixtine le frappent en plein cœur comme une vague qui balaye tout sur son passage.

LE SANTARAGUA

Jadis, au temps des blanches caravelles, quand Pedro Alvarez Cabral s'en alla à la découverte d'une terre inconnue par la route des Indes Occidentales, une violente tempête fit s'écarter l'un de ses navires du reste de la flotte. Le bâtiment fut porté disparu. L'*Espirito Santo,* blessé, démâté mais tenant toujours la mer, fut poussé vers le nord de l'Equateur par les courants et les vents et jeta l'ancre le 21 novembre 1501 au large d'une plage de sable noir.

Dom Alfonso Mondego, le capitaine égaré, y planta comme un javelot l'étendard de Manuel le Fortuné et consacra le lieu à la Vierge.

Près de cinq cents ans plus tard c'est à la même place que se trouve la ville de Santa-Maria, la capitale.

Le Santaragua avait eu une histoire modeste. Depuis la fin de la Première Guerre mondiale il était devenu une république. Son principal titre de gloire était d'avoir toujours refusé la protection de l'United Fruit Company qui fit la loi en Amérique centrale de 1899 à 1920. La banane, le café, la canne à sucre, l'acajou, un peu de pêche sur le rivage atlantique, constituaient l'ensemble de ses ressources. Le tourisme essayait de démarrer, raison de plus pour le gouvernement de jeter un voile pudique sur l'épidémie de fièvres hémorragiques qui jusqu'ici n'avait pas atteint la capitale.

Pierre-Baptiste avait lu attentivement la brochure que Mouloud lui avait donnée à Roissy. Trop souvent il était parti vers des pays inconnus contre la volonté des gouvernements mêmes qu'il allait aider, pour ne pas deviner que le pire l'attendait. Il n'était pas seulement un chercheur assis, il savait qu'on ne peut travailler sur la réalité que dans les climats où elle se plaît. Il allait donc à elle, seul moyen de la rencontrer et, comme chaque fois qu'il partait pour cette drôle de guerre, il avait hâte d'être en première ligne. Il s'attendait à l'horreur. Une fois de plus elle dépassa ses espérances.

L'église était superbe.

Elle s'élevait, monumentale, au bout de la vallée désertique de Rio Quinte. Des bâtiments à demi ruinés l'encadraient, témoignant d'une gloire et d'une splendeur passées. Tout semblait abandonné. Aucun bruit, aucun mouvement de vie sur la vaste esplanade où roulait la jeep que conduisait Pedro, le correspondant de Pasteur qui l'avait accueilli à sa descente d'avion. L'odeur de la mort saisit Pierre-Baptiste comme il mettait pied à terre et il se hâta vers l'église.

On les avait parqués là avec la volonté évidente d'oublier leur existence.

Ils gisaient sur des paillasses souillées, à même le sol, hommes, femmes, enfants, vivants et morts. Des rats circulaient, tranquilles et gras. L'odeur était insoutenable. Un murmure plaintif — des toux, des râles, des cris sans force — s'élevait des grabats. La voix même de la douleur. Pierre-Baptiste se pencha sur un enfant et ne put supporter son sourire ensanglanté. Des mains tremblantes se tendaient vers lui.

Abandonnés.

Il sortit de l'église et se dirigea sur Pedro qui fumait, embarrassé, auprès de la jeep.

— Depuis combien de temps a commencé l'épidémie ?

On ne savait pas bien, un mois peut-être...

Le garçon jeta sa cigarette et l'écrasa sous son pied.

— Ne vous mêlez pas de ça, professeur. Il n'y a rien à faire.

Pierre-Baptiste explosa :

— Je devrais effacer de ma mémoire ce que je viens de voir ? Mais il y a des morts qu'il faut sortir de là ! Il y a des vivants qu'on peut peut-être sauver ! Où sont les médecins ? les infirmiers ? Qui s'occupe de la santé dans ce pays ?

— C'est plus grave encore que ça, dit Pedro. Il n'y a pas que l'épidémie... il y a des troubles, professeur.

— Des troubles ?

— Oui, il y avait du monde ici pour soigner les malades mais les infirmiers se sont enfuis depuis que les rebelles ont enlevé sœur Evangéline et...

— Sœur Evangéline ? cria Pierre-Baptiste.

— Oui... dit Pedro surpris. C'est elle qui avait la charge du lazaret mais les rebelles l'ont emmenée dans l'arrière-pays pour soigner leurs blessés.

— Evangéline... répéta Pierre-Baptiste et, de nouveau, Pedro fut frappé par le ton de sa voix.

— Vous la connaissez ?

— J'ai failli l'épouser.

— La sœur !

Pedro le regardait avec stupeur. Il l'avait vu débarquer à l'aéroport dans ses fourrures moscovites par 35° à l'ombre et — visiblement en manque de sommeil — refuser d'aller prendre une douche à l'Intercontinental où sa chambre était retenue, pour exiger de rouler jusqu'au lazaret. Maintenant il lui annonçait qu'il avait failli épouser la sœur...

— Je vais rester, dit Pierre-Baptiste en se dirigeant vers la jeep pour y prendre ses affaires.

Rester ? Il est vraiment fou, se dit Pedro. Rester dans cette horreur, ce danger, cette absence de moyens... Subir l'hostilité du gouvernement ? Il ne pouvait détacher ses yeux de cet homme en complet élégant, cet homme qui aurait pu être confortablement assis à l'autre bout du monde devant un microscope sophistiqué, et qui déchargeait la jeep, jetait au sol ses fourrures, sortait un sac de voyage, attrapait la mallette remplie des doses de traitement... Fou, complètement fou ! Il le vit tenter de soulever la lourde cantine, en vain... et soudain quelque chose de joyeux, de fou !, s'empara de Pedro... Il se trouva aux côtés du professeur, une poignée de la cantine dans les mains et, marchant avec lui jusqu'à l'entrée de l'église, il s'entendit déclarer :

— Je reste aussi, professeur !

Hérode était bien informé. Jimmy était reparti pour Mexico quelques minutes après avoir ouvert la porte à Sixtine. Un peu plus tard, sur la coiffeuse de sa chambre, elle avait trouvé le diamant. La maharani de Kapourtala aurait hésité à le porter le jour de son couronnement... Un petit mot avec l'écrin : « A très bientôt ! » Elle faillit tout jeter par la fenêtre, se ravisa et pensa à sa conversation avec Hérode. Elle ne pourrait plus travailler avec lui. Pourquoi ? Elle ne l'avait jamais vu être malhonnête ou traiter des affaires douteuses. Non, c'était autre chose. Une méfiance profonde dont elle ne pouvait se défaire... Qu'éprouvait-il pour elle ? Ni amitié, ni amour, ni désir comme on l'entend habituellement. Une soif de possession. La dévorer. Comme les monstres de l'antiquité dévoraient leurs proies. « Les yeux jaunes et la tête terrible » disait Claret. Qui n'était pas là ce soir. Elle dînerait seule. Non, elle ne dînerait pas. Pas faim. Elle sonna pour demander quelques fruits sur un plateau et la femme de chambre se frappa sur le front avant de sortir :

« J'ai oublié de dire à Madame qu'on l'avait appelée de Moscou.

— De Moscou ? »

Le monsieur n'avait pas laissé son nom. La communication avait été coupée. Mais le monsieur connaissait bien Madame puisqu'il ne l'appelait pas Madame, il avait dit : « Allô Sixtine ! », d'ailleurs il allait rappeler.

Allô Sixtine...

Elle resta éveillée une partie de la nuit guettant la sonnerie du téléphone qui ne vint pas.

Le lendemain elle fit le numéro de Pasteur et apprit que le professeur Lambert après une brève escale à Roissy la nuit dernière volait à l'heure actuelle vers le Santaragua. Elle avait demandé s'il devait séjourner longtemps là-bas et on lui avait répondu qu'avec ce genre de mission on ne pouvait jamais prévoir. Quelques semaines... quelques mois... en Amazonie il était resté une année entière.

Elle avait remercié et était allée acheter tout ce qu'elle avait pu trouver sur le Santaragua. Deux minces brochures. Dans la première elle apprit ce qu'elle savait déjà. C'était une république indépendante, on y parlait le portugais, la race était fortement métissée, le climat tropical... bananes, café, coton... Dans la seconde elle découvrit la photo d'Eugène Campredon de la Bégude nommé ambassadeur en 1922 quand la France avait créé une mission diplomatique au Santaragua.

Elle chercha le nom de l'ambassadeur actuellement en poste. Elle était sûre de le connaître. Mais oui, c'était... le nom lui échappait. Demain elle téléphonerait au Quai. L'ambassadeur pourrait peut-être aider Pierre-Baptiste dans sa mission... Soudain le nom lui revint : Georges de Lapierre ! Un garçon courtois, un peu effacé... Elle lui parlerait du professeur.

Mais elle ne devait jamais avoir le loisir de le faire. Les circuits étaient en dérangement. Impossible de joindre le Santaragua. Un soir, en regardant le dernier journal, elle apprit qu'on était sans nouvelles de l'hélicoptère que l'ambassadeur de France et son premier secrétaire avaient pris la veille pour se rendre à un barrage où travaillaient des ingénieurs français.

Trois jours plus tard les corps et les débris de l'appareil étaient retrouvés dans un ravin par des ouvriers du barrage. Accident ? Attentat ? Sixtine ne se posa pas la question, elle mit ses gants et s'en alla prendre d'assaut le bureau de Tancrède de Foy.

Ils avaient d'abord enterré les morts, brûlé les paillasses.

Pierre-Baptiste croyait vivre un de ces contes où un génie malfaisant ordonne de vider l'étang avant le soir avec un dé à coudre... Au moment de baisser les bras il se souvint que le génie malfaisant avait rarement le dernier mot dans les contes et il poursuivit sa tâche avec fureur.

Le premier miracle fut le retour des infirmiers. Comment surent-ils que les deux hommes avaient repris les choses en main ? Ils arrivèrent des vallées voisines, timidement, et se remirent au travail en silence.

Le dénuement du lazaret était extrême. Non seulement il ne fallait attendre aucune aide du gouvernement mais il fallait s'en méfier. Pedro assurait que si l'on alertait l'Organisation Mondiale de la Santé on était sûrs de voir débarquer l'armée. Il y avait des sections spécialement entraînées pour ce genre de nettoyage par le vide. Pierre-Baptiste décida d'aller trouver l'ambassadeur de France pour lui exposer la situation et lui demander de reprendre contact avec Pasteur. Mais l'ambassadeur trouva la mort dans un accident d'hélicoptère plus que douteux. Probablement parce qu'il avait des choses à dire...

Que faire ? Travailler.

Le jour Pierre-Baptiste dirigeait les soins, les surveillait, en donnait lui-même. Il était médecin. La nuit il redevenait chercheur ; il se penchait sur son microscope, scrutait le sang, l'étudiait, prenait des notes... Il avait inoculé une souris blanche et la regardait s'agiter dans sa cage. De la vie de ce petit être blanc et rose, sans cesse en mouvement, qui lissait ses moustaches et, parfois, debout sur ses pattes de derrière semblait le surveiller dans ses recherches, dépendait la vie d'une multitude d'hommes et de femmes. « J'avance » disait-il à la souris et il s'endormait la tête sur la table, la nuque raide, les yeux à vif.

Puis il y eut le deuxième miracle.

Le retour d'Evangéline.

Elle arriva la nuit où l'on commençait à manquer d'eau. Elle ne le vit pas tout de suite, elle cherchait une paire de lunettes oubliée dans un tiroir. Mais lui la reconnut. Elle avait toujours l'air d'une jeune fille, à peine plus lourde, quelques fils blancs dans ses cheveux blonds. Nette, rassurante. Gaie.

Evangéline.

— Bonsoir, docteur, dit-elle en mettant ses lunettes.

Et elle le reconnut.

— Je ne me trompe pas ? C'est Pierre-Baptiste ! Oh ! Ça c'est un signe ! Tout va changer, maintenant !

Les rebelles l'avaient laissée partir.

— Il n'y avait plus personne à soigner, je leur ai dit qu'on avait besoin de moi ici, et me voilà ! Ce sont de braves types... d'ailleurs ils sont tous braves les Santaraguais, un peu fous, mais braves.

Cette nuit-là un orage éclata sur la vallée du Rio Quinte et l'eau coula à nouveau dans les citernes du lazaret.

Cette nuit-là, pour la première fois depuis son départ de Moscou, Pierre-Baptiste dormit paisiblement. Evangéline avait pris son tour de veille.

Les *morituri*..

Malgré le sol lavé, les paillasses changées, les draps blancs tendus sur les murs où un christ et une madone oubliés semblent prier pour les gisants, l'horreur demeure.

Les *morituri.*

Ceux qui vont mourir.

Pas ceux qui vont mourir parce que Dieu l'a décidé. Non, ceux qui vont mourir parce que le docteur l'a décidé.

Choisir.

Désigner ceux qui ont une chance de vivre si on les soigne.

Abandonner les autres.

Il le faut. Les doses de traitement sont en nombre insuffisant et on n'en attend pas d'autres.

Alors Pierre-Baptiste passe entre les lits avec Pedro et, le sourire aux lèvres, le cœur déchiré, il fait son choix.

Il dit oui. Il dit non.

Puis il revient dans la misérable pièce qui lui sert à la fois de chambre et de laboratoire et, la tête entre les mains, épuisé, il sait qu'il ne trouvera pas le sommeil.

Encore une fois il a dû dire oui, il a dû dire non.

« Et si je me trompais ? »

Un bruit léger lui fait tourner la tête.

Evangéline, debout sur le seuil du laboratoire, le regarde avec inquiétude.

— Vous devriez vous reposer, Pierre-Baptiste. Vous n'avez pas dormi ?

— ... Je suis trop fatigué, je ne peux pas..., dit-il avec un petit rire.

Elle s'approche de lui. Elle sent son accablement, son désespoir. De ne pas faire mieux, de ne pas faire plus...

— Cette nuit, poursuit Pierre-Baptiste, nos efforts me paraissent dérisoires.

— Non, dit-elle doucement.

— Les résultats sont si lents, si minces... et puis ces choix ! Je ne peux plus !

Elle faillit lui dire : « Moi non plus, je ne peux plus » mais ça ne l'aurait pas aidé. Ni de connaître les moments de déroute qu'elle avait lorsqu'ils refermaient le linceul d'un enfant.

La souris les regardait, accrochée aux barreaux de sa cage par ses griffes roses, le museau frémissant.

Vivante.

— Vous croyez tant à votre métier, poursuivit Evangéline. Vous êtes exactement ce que vous promettiez d'être.

Et soudain elle lui demanda s'il était marié.

Marié ?

Il avait dit oui cinq fois.

— Cinq fois !

Il la regarda :

— C'est à vous que j'aurais dû dire oui.

— Qu'en savons-nous ?

— Je pensais alors que je n'étais pas mûr pour le mariage. La vie m'a appris qu'on n'est jamais mûr pour le mariage. Le mariage n'est pas une chose raisonnable. C'est un mystère.

— Peut-être, dit-elle mais il ne l'entendait pas, tout entier à sa pensée.

— Pour la première fois de ma vie, poursuivit-il, j'ai envie de dire : « Voulez-vous vivre avec moi ? », pour la première fois de ma vie l'idée d'une femme ne me quitte pas... Tantôt cette idée me soutient, tantôt elle m'abat... comme cette nuit... Je me demande : « Qu'est-ce que tu fais loin d'elle ? », je me pose des questions... et au milieu de mon travail... ce qui est nouveau... et je n'aime pas ça.

Puis il conclut avec un sourire :

— Merci, Evangéline, merci de m'avoir écouté. Vous avez raison. Je vais essayer de dormir.

Sur les bords du Rio Quinte il était 4 h 57. Sur les bords de la Seine il était 9 h 57, c'est-à-dire l'heure exacte où Sixtine, écartant trois huissiers affolés, forçait la porte du bureau du secrétaire général des Affaires étrangères et déclarait d'une voix de commandement :

— Je veux le Santaragua !

— Mes respects, madame l'ambassadeur, dit Fronval en accueillant Sixtine au bas de la passerelle.

C'était donc vrai.

Elle était ambassadeur de France.

Elle posa le pied sur le sol du Santaragua — quelle chaleur ! — et regarda les deux collaborateurs venus l'attendre.

Fronval, Claparède,... elle les reconnaissait. Elle avait étudié les états de service de chaque membre de l'ambassade dans l'avion. Le tour en avait été vite fait.

Un camion camouflé passa près d'eux dans un fracas terrible, des ordres furent criés par un haut-parleur, un hélicoptère de l'armée décolla... derrière des barrières des soldats refoulaient une foule misérable.

On se serait davantage cru sur un terrain militaire que sur un aéroport civil.

— Il y a toujours autant d'agitation ici ? demanda-t-elle et Fronval lui répondit que des mesures draconiennes venaient d'être prises à la suite des récents incidents.

La voiture les attendait en bord de piste. Elle arborait le fanion tricolore et le fanion santaraguais, ce qui l'étonna. Fronval lui expliqua que le gouvernement imposait ce pavoisement à toutes les voitures du corps diplomatique pour accroître la sécurité des ambassadeurs.

— Et ça, demanda-t-elle en désignant des traces sur la carrosserie, qu'est-ce que c'est ?

— Des impacts de balles, Votre Excellence ! dit une voix joyeuse. C'est depuis ce jour-là qu'on pavoise !

— Langlois, votre chauffeur, présenta Fronval, gêné.

— Enchanté ! fit Langlois avec l'accent de Belleville.

En lui serrant la main Sixtine se dit que Langlois devait être le compagnon idéal si on était impliqué dans un tremblement de terre ou bloqué au 62e étage dans l'incendie d'un gratte-ciel.

Elle prit une grande respiration d'un air moite et malsain, le trouva délicieux puisque Pierre-Baptiste respirait le même, et monta dans la voiture.

Elle admira une infinité d'églises gigantesques, resta sans voix devant le palais présidentiel dont la laideur opulente ne pouvait laisser personne indifférent ; elle s'extasiait sur une pyramide de fruits inconnus quand éclata une fusillade. Langlois accéléra. Sixtine croisa le regard de Fronval et ce qu'elle lut dans les yeux du premier secrétaire l'émut et l'amusa.

« Pauvre petite, semblait-il penser, combien de temps va-t-elle tenir ? N'est-ce pas inhumain d'envoyer une femme dans un poste pareil ? »

Les hommes sont touchants.

« Mais ma chère Sixtine vous avez perdu la raison ? Je viens de faire rapatrier les familles pas plus tard que ce matin et vous voudriez que je vous envoie dans cet enfer ! avait crié Tancrède. Nous sommes à peu près sûrs qu'il n'y a pas eu accident mais attentat, et vous voudriez que, moi qui vous adore...

— Prouvez-le ! »

Tancrède l'avait regardée, interdit.

« Prouvez-le que vous m'adorez ! Vous en avez l'occasion, non ? »

Elle était superbe. Il crut voir devant lui sa lointaine aïeule Gersende de Foy qui, en 1097, tint le Maure en échec par la seule force de son discours.

Il avait fait comme le Maure, il avait cédé au discours et maintenant elle était là.

— Nous sommes arrivés, dit Fronval.

Tout de suite l'ambassade plut à Sixtine.

C'était une petite ambassade, certes, mais c'était aussi

une charmante demeure au milieu d'un jardin plein de fleurs tropicales.

Elle passa sous le drapeau avec des battements de cœur qu'elle ne tenta pas de refréner. Elle entra dans le hall et y trouva la maison au complet.

Elle sut que jamais, même si un jour elle était nommée à Washington ou à Moscou, jamais elle ne retrouverait l'intensité d'émotion qu'elle éprouva en entendant claquer les talons des deux gendarmes, en découvrant le petit groupe qui l'attendait.

Pas une femme, elles étaient toutes rentrées à Paris. Et ces hommes, les attachés, les secrétaires, le chiffreur, le chef, les gendarmes et même les trois domestiques santaraguais, tous ces hommes la regardaient d'un même regard, celui qu'avait eu Fronval dans la voiture au moment de la fusillade.

Elle laissa à Langlois et Claparède le temps de les rejoindre pour commencer à parler.

— Je sais, messieurs, à quel point la disparition brutale de M. de Lapierre et celle de son premier secrétaire ont endeuillé cette maison… Je sais également avec quel courage et quelle dignité vous avez tous poursuivi votre tâche. Aujourd'hui je suis avec vous… Je me suis battue pour être là. Mais je tenais à vous dire, au moment où je prends mes fonctions, que ma pensée allait vers mon prédécesseur et son malheureux adjoint avec infiniment d'émotion et de respect…

Un ventilateur rendait le silence encore plus profond.

— Je suis sûre que nous ferons du bon travail ensemble. Messieurs, je vous remercie.

— Tu veux que je te dise, glissa Langlois à l'oreille du brigadier, cette femme-là, c'est un général !

Elle avait tout découvert. Son bureau où le président de la République, dans son cadre, l'accueillit avec un sourire affable. La « boîte des dépêches » comme disait Fronval qui, dans une vie antérieure, avait dû être le secrétaire de Talleyrand. La première « dépêche » était signée Tancrède de Foy et lui souhaitait la bienvenue dans la Carrière. De vastes ventilateurs brassaient un air lourd qui sentait la vanille.

Elle avait tout découvert. Le chiffre, derrière sa porte blindée, cœur mystérieux et fermé de la mission. Sa chambre avec ses inquiétantes moustiquaires. La salle de bains qui avait dû être installée bien avant la nomination de M. Campredon de la Bégude à en croire les hoquets de sa tuyauterie.

Au cours de la visite, Fronval s'était frappé le front :

« Mais où ai-je la tête ? J'oubliais de vous dire, madame l'ambassadeur, que, ce soir, vous donnez un dîner au ministre de la Santé et au grand amiral de la Flotte !

— Ce soir ? » Elle éclata de rire et décida d'être belle.

Elle était belle.

A sa droite elle avait le grand amiral en uniforme d'opérette. A sa gauche le ministre de la Santé en smoking blanc. Ils étaient plus décorés que des maréchaux soviétiques devant le mausolée de Lénine. L'amiral arborait le cordon pourpre de Manuel le Fortuné et le ministre la croix céruléenne d'Enrique le Navigateur.

Au moment des « filets de sole dieppoise aux demoiselles de Cherbourg » ils levèrent leur verre de chablis avec ensemble et émotion et dirent qu'ils aimaient la France.

— Moi aussi, dit Sixtine soudain grave et Langlois pensa une fois de plus : « Un général, cette femme-là ! »

Elle avait été émue de voir que son chauffeur, veste blanche, gants blancs, surveillait le service assez fantaisiste des domestiques santaraguais. C'était une toute petite ambassade mais les assiettes de Sèvres portaient le chiffre de la République. La table était superbe, avec ses candélabres d'argent, ses fleurs — sans doute celles du jardin. Une toute petite ambassade, certes, mais la mission restait la même.

Depuis le début du repas la femme de l'amiral et la femme du ministre, énormes, sanglées dans de la dentelle verte et de la faille gorge de pigeon par un ennemi du genre humain, n'avaient cessé de vanter les indiscutables mérites du chef. Sans pour autant perdre une bouchée de sa cuisine. On sentait en elles des habituées de la maison. Elles projetaient même d'aller à l'office, après le dîner, pour demander la recette des gougères apéritives, *é muito gostoso,* quand le ministre lâcha un *scoop*. Il avait vu, ce soir même, leur bien-aimé président, et leur bien-aimé président l'avait chargé d'un message.

— Demain, à cinq heures de l'après-midi : remise de vos lettres de créance, madame l'ambassadeur !

Sixtine avait décidé une fois pour toutes de ne plus s'étonner devant les fantaisies du protocole santaraguais.

— Je vous remercie de tant de diligence, monsieur le ministre, dit-elle en s'inclinant.

— On peut faire attendre un diplomate, jamais une jolie femme, répondit-il galamment.

Un murmure flatteur fit le tour de la table et les attachés se permirent de discrets applaudissements.

— Peut-être que Caruso il va retrouver sa voix pour une dame ? dit l'amiral et il éclata de rire.

— Caruso ? demanda Sixtine. Je croyais avoir vu tout le monde...

— Ce n'est pas bien, Fronval ! dit Claparède en le menaçant du doigt, tandis que Langlois s'esquivait au milieu des rires et que l'accusé expliquait qu'il n'avait pas encore eu le temps de faire les présentations.

— Le voilà ! cria l'amiral.

Langlois revenait, tenant dans ses bras un superbe gramophone avec pavillon à l'ancienne.

— C'est lui ? demanda Sixtine.

Ce monument historique était un souvenir de M. Campredon de la Bégude...

— M. Campredon de la Bégude... commença Fronval.

— ... premier ambassadeur que la France envoya au Santaragua en 1922, acheva Sixtine.

— Une date pour nous ! dit le ministre.

— Pour nous aussi, assura-telle.

« La classe !... » se dit Langlois qui tenait toujours Caruso dans ses bras.

Caruso avait perdu la voix au cours d'une soirée des années soixante mais on l'avait gardé. Il faisait partie du paysage sentimental. Tout le monde l'aimait.

— Il est un symbole ! dit l'amiral, et Sixtine proposa de porter un toast à Caruso.

Coincé entre l'attaché commercial et la robe de dentelle verte, un petit homme mal ficelé, arborant moustaches, comme on n'en fabrique que dans l'hexagone, tentait vainement de suivre une conversation où l'on évoquait des affaires d'état et des recettes de cuisine avant de boire à la santé d'un gramophone.

Il leva philosophiquement son verre.

— A Caruso !

Alors la robe de faille gorge de pigeon découvrit son existence et demanda d'une voix forte :

— Et lui ? Qui est lui ?

— M. Frelon est un industriel parisien spécialisé dans l'exportation de la bretelle.

Cette explication de Sixtine fut accueillie par des murmures qui n'auraient pû être plus flatteurs si elle leur avait présenté Léonard de Vinci.

— Nous venons de signer un important marché avec l'armée du Santaragua, dit l'attaché commercial et Sixtine se tournant vers son voisin de droite enchaîna :

— Je crois, du reste, grand amiral, que M. Frelon vous parlera, tout à l'heure, d'une création très originale.

Il s'agissait de la bretelle de marine qui gonfle au contact de l'eau et peut, par cela même, servir de gilet de sauvetage. L'air fasciné du chef de la flotte santaraguaise laissait augurer d'un important marché ; débonnaire, il demanda au petit homme mal ficelé s'il se plaisait au Santaragua.

— Touristique, dit Frelon au milieu de l'approbation générale. Il ajouta « pittoresque » et l'avenir de la bretelle de marine semblait assuré quand le malheureux eut la funeste idée de prononcer le mot « épidémie ».

— Il paraît qu'il ne faut pas boire d'eau... poursuivit-il en regardant ses voisins comme s'il cherchait une confirmation à ses craintes.

A « épidémie », le silence s'était fait autour de la table. Quand l'infortuné Frelon aborda la question de l'eau, les deux ministres éclatèrent de rire.

— L'eau ! Cher monsieur Frelon, nous avons au Santaragua l'eau la plus pure du Nouveau Monde ! dit le responsable de la Santé en refusant celle que Langlois s'apprêtait à lui verser. Il riait toujours mais l'atmosphère idyllique avait fait place au malaise. Il se tourna vers Sixtine :

— C'est grave de faire courir des bruits... Même faux on les croit.

Elle était soudain terriblement attentive.

— ... je ne voudrais pas parler mal de deux de vos compatriotes, madame l'ambassadeur, mais... la sœur Evangéline... une sainte ! ajouta-t-il.

— *Uma santa !* répétèrent la dentelle verte et la faille gorge de pigeon en se signant.

— Une sainte, répéta-t-il, lugubre. Et ce professeur, là... Quel nom déjà ?

— Lombert, dit le grand amiral en vidant son verre de Château-Fonsalette.

« Nous y voilà », pensa Sixtine.

— Lombert, un saint laïque... mais parfois les saints font des bêtises ! Il ne faut jamais affoler la population ! La maladie ! La maladie ! Il y a toujours eu des maladies ! C'est comme ces gens qui disent que la révolution est pour demain !

De nouveau les ministres éclatèrent de rire. En même temps qu'une bombe, de fabrication probablement artisanale, qui faisait sauter la caserne de la garde présidentielle à deux kilomètres de la table scintillante de l'ambassade.

Une fleur de stuc, de celles que l'on nomme « pâtisseries » se détacha du plafond et tomba dans l'assiette de la dame gorge de pigeon qui s'émerveilla devant cette friandise inopinée.

Mais elle n'eut pas le temps d'y goûter, une nouvelle déflagration, plus proche, ébranlait tout le quartier. Les deux ministres bondirent de leur chaise, claquèrent des talons, baisèrent la main de Sixtine et partirent au pas de charge se mettre aux ordres de leur bien-aimé président. Non sans entraîner leurs épouses affolées, les privant à jamais de la recette des gougères apéritives.

Sixtine dormait d'un sommeil si profond, si opaque qu'aucun rêve ne pouvait y pénétrer. Dans ce néant délicieux elle crut soudain que quelqu'un tapait sur sa tête à coups de marteau avant d'entendre une voix lointaine et affolée qui criait :

— Madame l'ambassadeur !

Elle se réveilla douloureusement, s'assit dans un lit inconnu, pensa qu'elle avait été métamorphosée en motte de beurre en voyant la moustiquaire et entendit encore la voix qui criait :

— Madame l'ambasseur !

Elle saisit sa robe de chambre, la passa, écarta la moustiquaire et bondit du lit pour aller vers la porte.

Sur le palier elle découvrit Fronval lui aussi en vêtements de nuit, l'air désespéré et confus de la surprendre dans le simple appareil d'une beauté qu'on vient d'arracher au sommeil.

— Croyez, madame l'ambassadeur, que je suis absolument navré...

— Quelle heure est-il ? demanda-t-elle en réprimant un bâillement.

— 4 h 25... non : 27 !

— Que se passe-t-il ?

— Nous venons d'avoir un putsch !

— Un putsch ! cria-t-elle, brusquement réveillée.

— Oui ! à 3 h 59 ! La nouvelle est tombée à 4 h 18 ; j'ai été alerté à 4 h 25 ; le temps de prévenir madame l'ambassadeur et il était déjà...

— ... 4 h 27 ! Je sais. Mes invités d'hier soir ?

Le ministre de la Santé était en prison, le grand amiral était ministre de l'Agriculture. Le président avait disparu. Un quarteron de généraux avait pris le pouvoir...

Sixtine noua la ceinture de sa robe de chambre et, pieds nus, le cœur ému, les cheveux épars, elle se dirigea vers l'aile administrative, pénétra dans le sanctuaire du chiffre et expédia son premier télégramme au Quai d'Orsay.

Dans la matinée elle faillit s'endormir sur son bureau. Depuis la veille, quand elle avait ouvert les yeux à Paris jusqu'au moment où elle s'était glissée sous la moustiquaire, elle était restée debout trente-trois heures.

La veille…

« C'est la première fois qu'un ambassadeur de France sucre mon café », avait dit Jimmy.

« Est-ce que tu m'en veux ? » lui avait-elle demandé. Il lui avait pris les mains, l'avait regardée au fond des yeux : « Tu as droit à toute ta liberté, Sixtine. Crois-en le plus mauvais mari que je connaisse. »

« Le meilleur ami », avait-elle dit. Il avait crié :

« J'espère ! » puis il était resté silencieux avant de demander :

« Ce n'est pas un peu… risqué… là où tu vas ? » et comme elle souriait sans répondre il avait souri aussi. Il avait dit « faire face » et il l'avait serrée contre lui.

« Comment peut-on aimer quelqu'un si fort et penser que " French-Marriage " a peut-être été une erreur ? », avait-il murmuré dans ses cheveux. Mais il s'était repris très vite :

« Tu sais que j'ai racheté les Joyaux de la Couronne ? »

Venant de Jimmy elle s'attendait à tout, mais les Joyaux de la Couronne, quand même…

« C'est une société anglaise de jouets électroniques. Je viendrai te les présenter là-bas ! »

Ils s'étaient séparés en riant.

Quelque chose explosa, très loin, et une fumée sale obscurcit le ciel de la ville. Les ventilateurs donnaient envie de dormir à Sixtine. Elle se versa un verre d'eau, eut une pensée pour le ministre de la Santé dans son cachot, entendit un coup de feu isolé et des cris... puis il n'y eut plus que les bruits habituels d'une ville du Nouveau Monde située entre le 10e et le 20e parallèles.

Elle venait d'annoncer à Fronval que, cet après-midi même, elle avait l'intention de se rendre au lazaret de sœur Evangéline.

— Mais c'est très dangereux, madame l'ambassadeur ! s'était-il écrié, affolé.

— Justement ! Il se trouve que j'ai là-bas deux compatriotes qui sont peut-être en danger et qui se dévouent au péril de leur vie. J'ai l'intention de leur offrir notre assistance. Préféreriez-vous, dans la conjoncture actuelle, que j'envisageasse de donner un bal ?

— Bien sûr que non, madame l'ambassadeur... mais la situation d'une femme...

— Une femme !... Mettez-vous dans la tête une fois pour toutes — et c'est valable pour vous aussi, Langlois, dit-elle au chauffeur qui, la casquette entre les mains, assistait avec ravissement à l'entretien, pour vous, pour les gendarmes, le chiffreur, le chef, le jardinier, pour tout le monde dans cette maison — mettez-vous bien dans la tête que je ne suis pas une femme !

— J'ai beaucoup de mal à l'imaginer, madame l'ambassadeur, avoua Fronval, honnête.

— Ecoutez-moi bien, poursuivit-elle, mon père était champion olympique, mon grand-père a été le compagnon du maréchal de Lattre : on est tous des hommes dans la famille !

Fronval s'inclina.

Sixtine ouvrit un tiroir secret avec une petite clef, elle y prit la *Méthode Rosita,* la regarda avec ravissement et la glissa dans son sac.

— Donc, dit-elle avec un sourire de sirène, donc cet après-midi je me rendrai au lazaret... si toutefois Langlois n'a pas peur de m'y accompagner ?...

— Peur ? répéta Langlois. Mais je peux pas avoir peur, mon général, puisque je serai avec vous !

En voyant l'église de Rio Quinte Sixtine pensa : le bel endroit...

En descendant de voiture, la *Méthode Rosita* à la main, elle fut saisie par l'angoisse. L'odeur épouvantable qui avait accueilli Pierre-Baptiste à son arrivée ne prenait plus à la gorge mais il y avait dans l'air une sorte d'épaisseur, de silence, d'immobilité. On pénétrait dans le sas invisible de la mort.

Elle entra dans l'église et s'arrêta au seuil des gémissements, au milieu des formes blanches inclinées sur d'autres formes blanches, incapable de faire un pas de plus.

Tout de suite elle l'avait vu dans sa blouse tachée de sang. Sang d'hier, sang d'aujourd'hui, misère. Il n'était pas rasé. Son visage, à la fois bronzé et gris, était creusé par la fatigue. Il allait et venait entre les lits. Il se pencha soudain vers un enfant qui tendait la main vers lui et caressa le front moite en parlant doucement.

Elle le regardait avidement. Elle ne l'avait jamais trouvé aussi beau. Il souriait à l'enfant mais elle sentait tout ce qu'il y avait de douloureux, de désespéré dans ce sourire. L'enfant allait-il mourir ? Peut-être. Mais jusqu'au bout il l'entourerait d'espérance.

Je l'aime, pensa-t-elle et, tout d'un coup, elle eut honte. De son tailleur de tussor parfumé, de ses gants impeccables, de son chapeau de Paris. Elle avait gardé la *Méthode Rosita* à la main, elle voulut s'en débarrasser et la laissant — posée à l'envers — sur le coin d'une table au pied d'un lit, elle se dirigea vers Pierre-Baptiste.

Il la vit venir vers lui et crut qu'il avait une hallucination. Mais non. Cette femme vêtue de soie qui le regardait, hésitant entre la joie et la peine, c'était elle.

— Sixtine, murmura-t-il... mais qu'est-ce que vous faites là ?

— Je viens d'être nommée ambassadeur de France au Santaragua, dit-elle.

A la place du malheureux qui avait été assassiné... il voulut lui dire que c'était une folie et s'écria :

— Quelle joie de vous voir !

Puis il se reprit et lui demanda de partir au plus vite.

— Vous ne pouvez pas rester ici ! Ici c'est la mort !

— Vous y restez bien, vous !

— Mais moi, c'est mon métier, dit-il humblement.

Elle ne bougeait pas. Il la supplia.

— Je vous en prie !

L'enfant s'était mis à tousser, du sang coulait de ses narines et de sa bouche.

Pierre-Baptiste s'agenouilla auprès de lui sans la quitter des yeux.

— Pardonnez-moi Sixtine. Et ne restez pas.

Sans voix elle fit signe qu'elle obéissait. Il lui sourit, murmura « Merci » et se pencha à nouveau sur l'enfant.

En se détournant Sixtine se trouva face à une femme qu'elle reconnut sans l'avoir jamais rencontrée. Elle l'aurait reconnue même si elle n'avait pas vu, sur sa blouse, au bout d'un cordon brun une petite croix de bois.

— Sœur Evangéline ?

Evangéline fit signe que oui et répéta la prière de Pierre-Baptiste.

— Le professeur a raison, madame, il ne faut pas que vous restiez. Puis, sans la toucher, elle guida Sixtine vers la sortie et l'accompagna jusqu'à sa voiture.

C'était bien une épidémie. D'une rare violence. Pierre-Baptiste avait vu juste...

— C'est un très grand médecin, dit Evangéline et les deux femmes se regardèrent intensément.

— Comment puis-je vous aider ? demanda Sixtine.

— Vous êtes venue. Nous savons qu'en dernier recours il y a l'ambassade. C'est beaucoup !

— Mais que puis-je faire d'autre ?

— Rien pour le moment. Les Santaraguais sont susceptibles et pas toujours raisonnables. C'est pour cela que le professeur a renoncé à alerter l'O.M.S... Oh ! je vous demande pardon !

Une camionnette misérable venait de s'arrêter devant le lazaret. Sous la bâche déchirée on devinait des formes prostrées. Des infirmiers étaient sortis de l'église, Evangéline les rejoignit, prit un enfant dans ses bras, le serra contre elle. Tendre.

— Je suis de plus en plus féministe ! dit Langlois qui, debout près de la portière ouverte, avait suivi la scène des yeux.

Sixtine monta à regret dans sa voiture pavoisée. Elle aurait voulu jeter son chapeau, passer une blouse, troquer ses gants de chevreau pour des gants de latex et s'agenouiller au chevet de l'enfant pour l'empêcher de mourir.

— A l'ambassade ? demanda Langlois.

— A l'ambassade, répondit-elle. Et la voiture démarra.

On ne voyait plus qu'un nuage de poussière à l'horizon quand Pierre-Baptiste sortit en courant de l'église, la *Méthode Rosita* à la main.

Evangéline s'approcha de lui :

— C'est elle ?

Il n'eut pas la force de lui répondre. D'ailleurs c'était inutile. Evangéline n'avait pas besoin de réponse.

MÉDUSE

La mer Egée n'avait jamais été aussi belle.

De la fenêtre de sa chambre Lucrèce joua à devenir aveugle.

Elle regarda la crête étincelante des vagues jusqu'à l'intolérable. Puis à tâtons, mains en avant, toujours jouant, elle alla vers la grande armoire où elle gardait ses robes. Peu à peu elle recouvrit la vue comme si les dieux soudain bienveillants, la lui avaient rendue et sourit.

Elle ouvrit la penderie et ne put réprimer un frisson. La cohorte funèbre des robes noires, mousselines, jerseys, satins, dentelles, velours, moires et brocarts, avait quelque chose de choquant dans la lumière grecque du beau jour.

Alors elle prit la clef de l'armoire qu'elle n'ouvrait jamais et qui renfermait une seule robe. Une robe blanche.

La tunique d'autrefois.

De la terrasse qui, depuis le péristyle, ouvrait sur la mer, Hérode regardait la lumière.

Les statues immobiles, leurs bras tournés vers les vagues, leurs yeux vides perdus dans le grand large semblaient attendre une mystérieuse arrivée.

Tant de beauté remuait Hérode.

Il se sentait devenir bon.

— *Καλιμερα* * !

Lucrèce approchait, vêtue de blanc comme d'une draperie de marbre de Paros et il était si bon qu'il faillit lui faire un compliment. Il se retint à temps et s'en tira avec un compliment au paysage :

— Magnifique !

— Magnifique, Monsieur, répéta-t-elle en posant sur la table une pile de courrier et le *Journal officiel.*

Il n'avait pas envie de travailler.

— Plus tard, dit-il en repoussant le courrier.

Il avait pris le *Journal officiel* et le parcourait distraitement. Un grand oiseau venu de la mer passa au-dessus de la terrasse en poussant un cri étrange. Hérode leva la tête.

— Magnifique !

Il était heureux. Il était bon.

Méduse était le centre du monde et il était le maître de Méduse.

Lucrèce cueillit une touffe de jasmin, la froissa dans sa main, respira sa paume.

Quelle paix...

Un hurlement d'Hérode lui glaça le sang, elle crut qu'il avait une attaque et se précipita.

Il était écarlate. Il secouait le *Journal officiel* en suffoquant. Elle voulut le soutenir, il la repoussa avec haine et lui jeta le journal au visage.

— Pourquoi ne l'avez-vous pas su ? demanda-t-il.

Il parlait grec, un grec abominable, un grec de bouge de marins, comme toujours quand il perdait son contrôle.

— Su quoi, Monsieur ? demanda-t-elle froidement.

Elle avait rattrapé le journal au vol. Il lui fit signe de lire et elle chercha ce qui avait pu le troubler à ce point. Une nouvelle réglementation pour la chasse aux alouettes... non, certainement pas ; une taxe sur les scooters de mer... et soudain elle trouva :

« Nomination de Mme Sixtine Harper, née Bader, au poste d'ambassadeur de France au Santaragua. »

* Bonjour !

Elle avait lu à haute voix et il la regardait comme si c'était elle qui avait signé le décret, comme si elle avait tout manigancé contre lui.

— Alors ? demanda-t-il.

— Alors, répondit-elle calmement, c'est probablement une nomination au tour extérieur. Vous avez fait part à Mme Harper de votre intervention au moment du Burundi, toutes les précautions ont dû être prises pour vous cacher les nouvelles dispositions du Quai.

— Mais le Santaragua ! dit-il, le Santaragua ! Qui va au Santaragua ? Qui veut du Santaragua ? Pourquoi a-t-elle eu le poste ?

— Son prédécesseur vient d'être assassiné, dit Lucrèce, suave.

— Assassiné ? répéta-t-il.

Il s'assit lourdement et regarda la mer. Comme elle avait changé depuis tout à l'heure !

— Lucrèce..., il lui fit signe de s'approcher. Lucrèce, je veux savoir pourquoi elle est partie là-bas... Il y a une raison... qui nous échappe... Il faut la trouver. Savoir qui est à l'ambassade, qui elle voit, où elle en est avec Jimmy... Si on lui a donné le poste ou si elle l'a demandé. Et puis... avoir les noms, tous les noms... vite !

— Bien Monsieur, dit-elle en prenant congé.

Il la vit partir, légère, comme si rien ne pouvait l'atteindre.

— Lucrèce !

Elle se retourna.

— Je ne vous félicite pas !

Elle soutint le regard des yeux jaunes puis elle baissa ses paupières, attendit le temps d'une respiration et s'en alla dans sa chambre passer une robe noire.

L'AMBASSADEUR

Madame l'Ambassadeur de France
viens nous voir dans notre maison
s'il te plaît beaucoup.

Sixtine sourit en relisant l'invitation tracée par une main enfantine.

Elle roule avec Langlois vers l'orphelinat Joseph-Stahl.

Joseph Stahl 1829-1907, dit le carton.

Un Alsacien. Qu'était-il venu faire sous les Tropiques ? Il était né à Thannenkirch tout près du « milieu du monde ». Il avait fui l'occupation prussienne après 70. Il avait amassé une fortune colossale. La banane ? Le nickel ? Les deux peut-être. A la fin de sa vie il se fixe au Santaragua et fonde cet orphelinat. On y enseigne le portugais et le français. Et le dialecte !

Aujourd'hui l'orphelinat a cent ans et elle y est invitée à goûter. Elle regarde la cigogne un peu bancale dessinée sur l'invitation et pense à Walheim. Peu lui importe l'agitation, au demeurant habituelle, des faubourgs que traverse la voiture, elle ne tourne même plus la tête au bruit des explosions, le fracas du Santaragua fait partie de sa vie quotidienne.

Depuis le dîner interrompu par les bombes ce goûter est la première cérémonie officielle où elle peut exercer sa fonction.

Elle n'a toujours pas présenté ses lettres de créance. A qui les présenterait-elle ? Il n'y a plus de président, plus de gouvernement. Elle attend. Elle apprend son métier dans les pires conditions... les meilleures peut-être ? Elle attend. Les yeux fixés sur le lazaret dont elle n'a pas de nouvelles et où elle compte bien retourner quel que soit le danger.

La voiture venait de passer sous un portail sur lequel on lisait ·

« Orphelinat Joseph-Stahl »

Depuis un moment Langlois semblait inquiet et nerveux.

— C'est curieux, dit-il en regardant à droite et à gauche.

— Quoi donc ?

— Personne pour vous accueillir ..

Sans cesser de conduire, il ouvrit la boîte à gants, passa sa main dedans, se battit avec un sparadrap et sortit un superbe revolver.

— Langlois ! dit Sixtine scandalisée. Vous êtes armé !

— Toujours, madame.

— Mais vous êtes en infraction avec le règlement !

— J' dois pas être le seul ! répondit-il.

Il arrêta la voiture devant le bâtiment, regarda encore autour de lui avec perplexité et se tourna vers Sixtine :

— Madame l'ambassadeur, je préférerais vous ramener à la maison !

Pour la première fois il entendit la voix luthérienne :

— Il n'en est pas question.

— J'en étais sûr ! dit-il presque joyeusement. Eh bien, on y va !

Il descendit de voiture et vint lui ouvrir la portière sans cesser de surveiller les abords de l'orphelinat.

Le silence frappa Sixtine. Un silence absolu. Dans ces lieux qui auraient dû bourdonner de la présence des enfants ce silence avait quelque chose de bizarre. Comme lorsqu'on s'apprête à vous faire une énorme blague...

La porte était ouverte... Personne. Sixtine vit une flèche : « Salle du Buste » et prit le couloir qui y menait. Ils entrèrent.

— Merde ! dit Langlois.

Le buste du bienfaiteur était couvert de sang.

Celui des professeurs abattus.

Sixtine en compta cinq. Un soldat à brassard — sans doute un rebelle — la tête éclatée, semblait désarticulé sur le sol. Un adolescent, presque un enfant, avait dû surprendre le massacre, il était tombé sur le dos, les bras en croix, les yeux grands ouverts...

Des yeux très bleus.

Horrifiée, Sixtine ne pouvait quitter l'adolescent mort du regard.

— Faut se tirer ! dit Langlois. Ils sont peut-être encore là !

Un craquement sembla lui donner raison, il se retourna, prêt à faire feu.

— Tirez pas ! dit une voix à l'accent américain.

Un homme serrant une caméra contre lui, entra dans la salle.

Edward Kelly était correspondant de la NBC. Il faisait partie de cette armée internationale et pacifique de cameramen, de photographes, d'envoyés spéciaux qui, au péril de leur vie, traquent la vérité à travers le monde. Sachant que l'ambassadeur de France devait venir pour le goûter des cent ans il avait décidé de couvrir l'événement. Au milieu des horreurs qu'il avait déjà mises en boîte depuis qu'il était au Santaragua cela ferait une petite fleur...

— J'attendais la fête, j'ai eu le massacre, dit-il en désignant les corps.

Il raconta. Il y avait eu une descente de l'armée. Ils cherchaient des rebelles, ils en trouvèrent un discutant avec les professeurs devant le buste. L'exécution n'avait pas duré deux minutes...

— J'ai tout là-dedans, ajouta Edward en tapant sur sa caméra.

Il avait filmé depuis un couloir, s'attendant à chaque instant à être découvert. Il avait été sauvé par la fureur, la démence même des assassins. Ils étaient partis sans regarder derrière eux...

— Faut se tirer ! répéta Langlois.

Mais Sixtine l'arrêta du geste. Elle fit signe aux deux hommes de se taire. Le silence était toujours aussi profond.

— Que sont devenus les enfants ? demanda-t-elle.

Et Langlois comprit qu'elle ne repartirait pas sans le savoir.

« Orphelinat Joseph-Stahl. »

Sixtine vient de franchir le portail dans un fracas de ferraille. Au volant du camion de l'économat trouvé dans le garage, elle fonce sur la route de Santa-Maria.

Son instinct ne l'avait pas trompée. Les grands avaient dû se sauver après le massacre mais les plus petits étaient restés.

Ils en ont trouvé neuf.

Dans la classe où le goûter avait été préparé. Elle n'avait d'abord vu que le tableau noir qui semblait avoir été décoré par Hansi. Un Alsacien avec son parapluie, une Alsacienne avec son panier, *bienvenue*... Elle s'est retournée et elle les a vus serrés les uns contre les autres, terrifiés, pitoyables.

Elle se demande à quel moment elle a pris la décision de les embarquer ? Au fond elle ne l'a pas prise, elle a obéi à quelque chose de profond, d'irrésistible... Est-ce qu'on abandonne des enfants dans une maison où le sang vient de couler ? Où des brutes ont pu tuer non seulement des hommes mais un garçon aux yeux bleus qui n'avait pas quinze ans ? Elle a pris le camion parce qu'elle ne voulait pas quitter les petits, pas quitter l'Américain qui est caché sous une bâche avec sa caméra. Langlois suit avec la voiture pavoisée. En cas de pépin on essaiera de discuter. Mais il n'y aura pas de pépin ! décide-t-elle en passant les vitesses grinçantes du camion.

Quand elle pénètre dans les faubourgs elle comprend que la tension a monté en quelques heures.

Atteindre l'ambassade. Là au moins ils seront à l'abri.

Elle passe une fois de plus la vitesse récalcitrante et se dit que bien peu d'ambassadeurs seraient capables de conduire un camion. Surtout celui-là !

Un barrage. Stop. Elle s'arrête, le cœur battant. Un soldat grimpe sur le marchepied. Leurs visages sont à la même hauteur. Il est affreux, il est terrifiant et elle lui sourit comme si elle voyait apparaître Jésus dans sa gloire. Le monstre lui dit alors qu'elle est belle comme la fleur du flamboyant dans le soleil levant et la laisse passer d'un geste galant. Langlois suit ? Oui, il suit... Il passe ? Il est passé ! Ouf !

Atteindre l'ambassade. On n'en est plus très loin. Là, ils seront en sécurité.

Depuis un moment ça pète de tous les côtés... Au bout d'une avenue où des gens courent dans tous les sens en criant, elle voit la rue calme qui mène à la mission, elle respire, passe une dernière fois l'abominable vitesse, se réjouit de voir la grille ouverte et, dans un fracas vainqueur, pénètre dans la cour.

— Mon Dieu ! dit-elle en descendant du camion.

Une confusion totale règne devant l'ambassade. Un sauve-qui-peut général. Au volant du minibus l'attaché commercial, en bras de chemise, finit une manœuvre en marche arrière, Claparède ouvre les portières pour permettre aux gendarmes d'installer une civière dans le véhicule. Elle court à eux, reconnaît Leblond, le chiffreur, allongé, le visage en sueur, l'air salement touché. Elle lui prend doucement la main, interroge les autres du regard.

— Vous avez vu, madame l'ambassadeur ?

Le brigadier désignait l'aile administrative. Ou plutôt ce qui avait été l'aile administrative devenue une ruine.

— Trois obus de 105. Une erreur de tir de l'armée santaraguaise...

On avait pu circonscrire l'incendie mais le chiffre était entièrement détruit, c'est à son poste que Leblond avait été blessé.

— C'est grave ? demanda-t-elle à mi-voix et personne ne répondit.

Les domestiques, affolés, étaient partis. Il n'y avait plus de téléphone. L'ambassade était totalement coupée du monde extérieur.

— Heureusement, dit Fronval qui descendait en courant les marches du perron pour les rejoindre, heureusement, juste avant la destruction du chiffre nous venions de recevoir du Quai l'ordre d'évacuer...

— Evacuer ? cria Sixtine. Mais pourquoi ?

— Les partisans rebelles ont investi tout l'ouest de Santa-Maria... C'est la guerre civile ! Paris préfère ne pas prendre de risques, alors...

Une explosion formidable lui coupa la parole. Sixtine ne bougea pas.

— Nous devons partir très vite, madame l'ambassadeur ! supplia-t-il. Le dernier avion décolle dans moins d'une heure ! J'ai détruit tous les documents que nous ne pouvions pas emporter... Nous n'attendions plus que vous et Langlois... mais qu'est-ce que c'est que ça !? cria-t-il en découvrant les neuf petits qui venaient de descendre du camion.

— Il y a eu un massacre à l'orphelinat, expliqua Sixtine. Ces enfants sont sous ma protection.

Fronval resta sans voix. Il s'attendait au pire. Il avait raison. Sixtine ne bougeait toujours pas. Elle regardait les enfants. Ils avaient la même expression terrifiée, pitoyable, que lorsqu'elle les avait trouvés au fond de la classe.

bienvenue

Le plus grand, il avait bien onze ans, tenait la main du plus petit. Qui était noir... quatre ans, peut-être ? Ils ne pleuraient pas, ne criaient pas. Ils savaient déjà qu'avec la vie, les caprices ça ne prend pas. Si jeunes et déjà tant de malheurs versés à leur compte ! Elle sentait leurs yeux fixés sur elle. Le seul recours, la seule chance, cette femme qui venait de croiser leur destin...

— Je ne pars pas, dit-elle lentement.

Elle lui avait donné une lettre qu'il devrait remettre à Tancrède de Foy.

« Vous pouvez la lire, Fronval, mes motivations y sont inscrites...

— Les enfants ?

— Oui », répondit-elle avec le sourire qui, tout à l'heure, avait fait s'ouvrir le barrage devant elle. « Oui, à leur âge, moi aussi j'avais déjà perdu ma mère.

— Mais je ne peux pas vous laisser seule ! s'était écrié le conseiller au désespoir.

— Vous inquiétez pas ! Son Excellence sera pas seule ! » avait dit une voix avec l'accent de Belleville et elle comprit avec allégresse et gratitude qu'elle avait toujours su que Langlois resterait avec elle.

« Monsieur le secrétaire général ne me pardonnera jamais de vous avoir abandonnée !

— Mais vous ne m'abandonnez pas, Fronval : vous obéissez à un ordre. Mon dernier ordre. »

Il avait obéi.

Et maintenant qu'il était parti, qu'ils étaient tous partis, elle s'en voulait de ne pas avoir eu l'idée de leur confier le journaliste.

Edward éclata de rire.

— Avant d'avoir mis le pied dans l'aéroport, j'étais arrêté ! Et tout le monde avec moi ! On me recherche, vous savez, parce que j'ai VU !

On aurait pu au moins faire partir la pellicule...

— Jamais ! cria-t-il. Jamais on se sépare elle et moi !

Mais il faut pas vous inquiéter ! Je suis recherché mais j'ai des amis... dès qu'il fait nuit je...

C'est à ce moment-là que Langlois les avait appelés dans le hall.

— Y a des lascars de l'armée régulière qui m'ont l'air d'avoir de mauvaises intentions, regardez ce qui se passe à la grille...

Un camion et deux jeeps venaient de s'arrêter, des hommes en descendaient, se groupaient, observaient la maison...

— Je vais aller voir ce qu'ils veulent, dit Langlois.

Mais Sixtine le retint.

— Laissez ! C'est à moi d'y aller.

Ils avaient déjà un pied dans la cour quand elle parut sur le perron de l'ambassade.

Les soldats la regardèrent, surpris de voir cette jeune femme vêtue de blanc qui avançait vers eux, visiblement sans crainte.

— Messieurs ? demanda-t-elle, aussi courtoise que si elle avait reçu une délégation d'horticulteurs ou d'accordéonistes. Puis elle expliqua : Je suis l'ambassadeur de France... puis-je vous aider ?

Un capitaine énorme et mal rasé, un moignon de cigare collé à son menton luisant, s'approcha d'elle.

— Nous voulons le journaliste américain, dit-il en français. Nous savons qu'il est là !

— Quel journaliste américain ? demanda-t-elle avec un profond étonnement. Je reçois des enfants à goûter.

— Nous allons voir ça, dit le capitaine et il fit un pas en avant.

— Impossible ! dit Sixtine en l'arrêtant d'un geste de la main. Vous voyez, ici, je suis en territoire français. Vous ne pouvez pas entrer !

Dans un silence sidéré elle cita d'un trait :

— Article 22 de la Convention de Vienne, paragraphe 1 : les locaux de la mission diplomatique sont inviolables.

Le capitaine ouvrit la bouche de saisissement.

— Et moi je dis que nous allons entrer ! répondit-il brusquement en faisant signe à ses hommes de le suivre.

Cette fois Sixtine écarta les bras pour les arrêter.

— Non ! cria-t-elle.

Elle se tourna vers le drapeau qui flottait sur l'emblème de la République au-dessus du perron et le leur désigna :

— Vous ne pouvez pas entrer ! Vous êtes ici en France !

Derrière la porte, Langlois, revolver au poing, Edward et les enfants retenaient leur souffle en regardant la silhouette claire qui, les bras en croix, barrait la route aux soldats.

— On ne passe pas, dit-elle doucement. Puis elle répéta en portugais :

— *Não passa !*

Son cœur battait si fort qu'elle croyait l'entendre.

Elle avait peur.

Elle vit des pistolets mitrailleurs se pointer vers elle, elle entendit des déclics. Elle ne bougea pas. Elle regarda le capitaine dans les yeux.

— On ne passe pas, dit-elle une fois de plus.

Le tumulte des fusillades et des explosions avait fait place à une accalmie. Il y eut un temps très long. Puis le capitaine cracha par terre son moignon de cigare et dit avec un mauvais sourire :

— O.K., madame ! Moi, je ne peux pas entrer, mais toi... tu ne peux plus sortir !

Il donna un ordre et deux soldats fermèrent la grille devant Sixtine.

Puis il éclata de rire et sortit un autre cigare sans cesser de la regarder dans les yeux.

Elle retourna lentement vers la maison.

Soudain elle se sentait épuisée. Qu'allaient devenir les enfants ? Elle ne savait même pas si elle avait de quoi les nourrir...

— On aura pas mis longtemps à toucher le fond, dit Langlois quand elle entra dans le hall.

Elle le regarda et murmura :

— Le chiffre est détruit, il n'y a plus de téléphone, nous sommes assiégés et nous n'avons aucun moyen de communiquer avec l'extérieur...

— Aucun moyen ? dit Edward, scandalisé. Aucun moyen ? Et ma caméra ?

Il l'avait installée sur les marches du grand escalier, les enfants autour d'elle, dans le dernier rayon de soleil. Il lui avait seulement demandé de commencer par : « Ceci est un appel au secours ! »

« Après, ne vous occupez pas de moi, avait-il recommandé. Vous parlez, moi je tourne... On y va ?

— On y va ! »

Elle avait posé ses mains sur les petites épaules et, à ce contact, elle avait senti des forces nouvelles passer en elle. Alors, pour la première fois de sa vie, elle s'était adressée au vide comme au plus attentif des interlocuteurs et elle avait dit :

« Ceci est un appel au secours ! Je suis l'ambassadeur de France au Santaragua, l'ambassade est assiégée... »

Elle aurait voulu dormir. Elle ne pouvait pas. Elle pensait aux enfants.

Elle essayait de ne pas penser à Pierre-Baptiste.

Les enfants...

Elle dériva, très loin dans le temps et l'espace, et soudain sa mère fut auprès d'elle.

Comme durant la dernière nuit avant le départ pour Melbourne quand Elisabeth était revenue dans sa chambre après l'avoir bordée. Elle l'avait vue entrer, sans bruit, la lune éclairait sa longue chemise blanche. Elle avait l'air d'une fée de la forêt.

« Tu dors ? avait demandé la fée.

— Et toi, maman ? »

Maman avait ri. Elle s'était assise sur le lit et avait entouré la petite fille de ses bras. Ses cheveux retombaient contre la joue de Sixtine, caresse de soie.

« Demain, nous partons très tôt, avait-elle murmuré, alors cette nuit c'est la nuit des grands bisous. »

Grands bisous sur le front, le nez, les joues, les petits bras, les petites mains ; grands bisous qui mènent jusqu'au sommeil...

Au matin plus de maman.

Plus jamais.

... les grands bisous, Tancrède, il faut me comprendre, je ne pouvais pas partir...

Une reprise des tirs de mortiers la rend brutalement à l'instant présent. Elle a dû s'assoupir.

Quelle aventure que la vie.

En quelques heures tout a basculé !

D'une paix relative on est tombé dans la guerre.

... un soldat l'a assommé...

Elle chasse la phrase terrible et écoute la nuit.

Les soldats n'ont pas bougé de leur poste devant la grille. Ils n'ont pas tenté d'entrer dans l'ambassade. C'est bien. Mais combien de temps cette fragile frontière, cette barrière invisible tiendra-t-elle ?

Edward est parti, la pellicule sur le cœur.

Evangéline est arrivée avec la souris et les mauvaises nouvelles.

Tous deux sont passés par la brèche dans la haie au fond du jardin. Dieu sait ce que feront les soldats s'ils découvrent le passage ? Ce qu'ils ont fait à l'orphelinat ? Ce qu'ils ont fait au lazaret ?

« L'armée est venue », avait raconté Evangéline.

Elle était pâle, défaite... Ses vêtements étaient sales, déchirés, brûlés, sa main gauche saignait.

L'armée avait déclaré que le lazaret était un repaire de rebelles, qu'il n'y avait pas d'épidémie. Les soldats avaient trouvé la photo de José, o Libertador, dans l'infirmerie, ça les avait rendus fous et ils s'étaient mis à tirer sur les malades. Pierre-Baptiste se jeta au milieu d'eux en hurlant...

« Alors un soldat l'a assommé à coups de crosse et ils l'ont embarqué dans un camion. »

Cette phrase d'Evangéline revient sans arrêt dans sa tête comme une douleur que rien ne pourra calmer.

... un soldat l'a assommé à coups de crosse et ils l'ont embarqué dans un camion...

Avant de partir ils avaient incendié les bâtiments. Il n'y avait aucun survivant. Evangéline était seule au milieu des morts. Elle s'était précipitée au laboratoire que le feu venait d'atteindre avait rassemblé les notes, les cahiers, les souches, le sang, tout le trésor au milieu du brasier. Le verre claquait autour d'elle, des flacons explosaient... elle s'était enfuie avec son butin. Puis elle était revenue. La souris ! Elle avait juste eu le temps de ramasser la petite cage et de se sauver, le plafond de bois s'effondrait sur le laboratoire.

… un soldat l'a assommé à coups de crosse…

Le jour allait se lever.

Un jour qui serait difficile.

Qui serait peut-être le dernier.

— Non ! dit-elle à haute voix et elle alla prendre une douche glacée avant de descendre faire l'inventaire des vivres.

Le temps n'est plus le même quand on est assiégé.

Chaque instant a quelque chose de fragile, de furtif, de condamné.

Alors il faut se raccrocher aux actes les plus humbles, aux gestes modestes de la vie de tous les jours qui deviennent gestes de survie et d'espérance.

Sixtine a fait l'inventaire des vivres, elle a trouvé les placards pleins. De café, de cigares, de liqueurs. On ne risque pas non plus de manquer de chablis.

Pour le sucre, la farine, les pâtes, la viande, les légumes et les fruits c'est plus triste.

L'avenir est maigre. Aussi a-t-elle instauré un régime spartiate.

Pas seulement pour la répartition de la nourriture mais pour l'organisation de la vie. Il faut occuper les enfants. Les distraire du face à face avec la mort, leur faire oublier les bruits de la violence, l'odeur du combat, la présence pesante des soldats campant devant la grille. Les soldats qui mangent et boivent à en crever, les soldats qui rient et attendent leur heure. Celle de la faim qui fera sortir les agneaux.

Les agneaux qui font des pompes avec Langlois, les agneaux qui épluchent les dernières patates douces avec Sixtine et donnent les épluchures à la souris, les agneaux qui mettent le couvert et essuient la vaisselle avec Evangéline.

Elle les a tous examinés, aucun ne présente les symptômes de la fièvre hémorragique.

Sixtine a l'impression de la connaître depuis toujours, elle la regarde et elle se sent mieux. Ce qu'elle ignore c'est qu'Evangéline, elle aussi, puise des forces à son contact. C'est si étrange d'être là, toutes les deux... de savoir si peu de choses l'une sur l'autre et pourtant l'essentiel.

— La première fois que j'ai vu Pierre-Baptiste il m'a parlé de vous, dit Sixtine. De l'Algérie...

— Quand il est arrivé au Santaragua, il m'a parlé de vous aussi.

— Qu'est-ce qu'il a dit ?

— Du bien... et il avait raison !

Elle est gaie, Evangéline. Les enfants l'adorent, Langlois l'adore, pourtant il lui a dit :

« Moi, ma sœur, faut que je vous dise honnêtement : je bouffe du curé !

— Parlez pas de nourriture ! » a dit Evangéline, une main sur l'estomac.

Il a ri et depuis, il l'adore. Elle est si gaie...

... un soldat l'a assommé à coups de crosse et ils l'ont embarqué dans un camion...

Comme si elle avait entendu sa pensée, Evangéline se penche vers Sixtine :

— Il s'en tirera, dit-elle.

Le matin du troisième jour du siège branle-bas de combat chez les assiégeants. L'arrivée bruyante d'un camion bâché de l'armée semblait les avoir rendus fous. Que se passait-il ? Les soldats criaient, s'agitaient, regardaient vers l'ambassade, riaient, jetaient un coup d'œil sous la bâche, riaient encore. Puis, sur un ordre du capitaine, ils ouvrirent la grille et le camion entra en marche arrière sous les acclamations et les applaudissements.

Depuis le hall d'où elle observait la scène, Sixtine pensa qu'on ne montait pas à l'assaut en marche arrière.

D'ailleurs, à peine entré, le camion avait stoppé.

— C'est pas encore pour cette fois, murmura Langlois. Elle pensa qu'il avait raison, mais elle se mit à trembler comme si quelque chose de terrible se préparait.

La bâche du camion s'était écartée devant deux soldats chargés d'un fardeau qu'on distinguait mal... un corps inanimé qu'ils balancèrent par-dessus bord.

— Un cadeau pour vous! cria le capitaine tandis que le camion repartait et que la grille se refermait au milieu des rires.

Langlois la regarda et s'en alla vers le corps qui paraissait sans vie.

C'était le professeur.

Il avait une vilaine blessure à l'épaule. Son corps était couvert de meurtrissures et de plaies mais ce qui inquiétait davantage Evangeline c'était sa prostration. Les coups de crosse sur le crâne, sans doute? Il aurait fallu qu'il reprenne connaissance, qu'il revienne à lui. Coma léger? Profond sommeil? Elle ne pouvait se prononcer et elle avait peur. Au soir, il était toujours inconscient.

Sixtine insista pour le veiller. Toute la nuit elle resta à ses côtés, guettant le moindre mouvement, le moindre gémissement qui annoncerait un retour à la vie.

Il respirait. Penchée sur lui elle se nourrissait de son souffle, elle respirait de sa respiration, elle ne le quittait pas des yeux. Si son âme l'avait abandonné elle l'aurait retenue au passage. Elle aurait voulu poser ses lèvres sur lui mais n'osait pas le toucher...

— Vous voulez que je vous remplace?

Un peu après minuit Evangéline était venue aux nouvelles. Pas de nouvelles.

— Vous n'avez pas sommeil?

Elle dit que non. C'était vrai. Evangéline lui laissa du café et posa sa main sur son épaule.

— Courage.

Elle se retrouva de nouveau seule avec lui, seule avec ce gisant, si désespérément indifférent.

Un peu avant l'aube il s'agita brusquement, se mit

à haleter comme lorsqu'on veut chasser la douleur puis, d'une voix claire et heureuse, il dit un mot. Un seul.

Sixtine.

Elle crut qu'il l'avait vue, qu'il la savait là. Mais non. Il n'avait pas encore regagné le monde réel, il était dans sa vérité à lui. Sixtine. Il semblait délivré d'avoir prononcé son nom. Il dormait maintenant comme quelqu'un qui dort et non plus comme quelqu'un qui lutte contre le néant ; alors elle sut qu'il l'aimait et qu'il vivrait.

La fatigue tomba sur elle avec la double révélation. Elle alla d'abord réveiller Evangéline pour être sûre qu'elle n'avait pas rêvé. Non, le pire était passé. Soudain c'était elle qui n'avait plus de forces. Elle se traîna jusqu'à sa chambre et, là, s'écroula sur son lit tout habillée, les bras en croix.

Elle dormait encore quand Pierre-Baptiste reprit connaissance.

Emergeant d'une confusion d'images il vit le visage d'Evangéline... elle souriait et il crut qu'il était retourné au lazaret. Puis il découvrit la chambre et la mémoire de ses derniers instants lucides lui revint. L'armée faisant irruption dans l'église, tirant sur les malades, mettant le feu aux paillasses... ensuite, un trou noir.

— Rio Quinte ? demanda-t-il.

Il comprit tout avant qu'elle n'ait parlé et se détourna.

Morts.

Les longues nuits où il s'endormait sur le microscope, les matins de douleur où il devait choisir les élus, les moments de joie devant chaque pauvre victoire, tout avait été anéanti par les flammes.

Morts.

Et d'autres morts suivraient puisque le chemin qui menait à la vérité était perdu, puisque tout était à refaire, à recommencer.

— Non, dit Evangéline. Vos notes, vos cahiers, vos souches, les échantillons de sang, tout est ici.

— Ici ? demanda-t-il en regardant la chambre inconnue. Ici ? Où sommes-nous ?

— A l'ambassade de France...

Il tenta de se redresser et réprima un cri de douleur. A l'ambassade de France...

— Alors vous avez pu communiquer avec Pasteur ?

Non hélas, ni avec Pasteur, ni avec le Quai, ni avec personne. Elle lui raconta l'ordre d'évacuation, le chiffre détruit, le départ des diplomates...

Il ferma les yeux et se réjouit de savoir Sixtine en sécurité, quand Evangéline précisa qu'ils étaient tous rentrés à Paris sauf l'ambassadeur et son chauffeur. Elle lui raconta le reste des aventures. Le massacre à l'orphelinat Joseph-Stahl, l'Américain, les petits, le siège...

— Elle est restée à cause des enfants ?

— Ça vous étonne ? demanda Evangéline avec un sourire.

Non, ça ne l'étonnait pas. Mais quelle folie ! Et elle avait marché sur les soldats en disant ici c'est la France on ne passe pas ? Et ils n'étaient pas entrés ?

— On sous-estime la force de la conviction, dit Evangéline.

— Ecoutez...

Pierre-Baptiste lui faisait signe de se taire, un léger bruit... elle se mit à rire :

— C'est Germaine !

— Germaine ?

— La souris ! Les enfants l'appellent Germaine...

— Vous avez sauvé la souris, dit-il, bouleversé.

— De justesse ! On a bien failli se prendre un plafond sur la tête toutes les deux ! Regardez, Pierre-Baptiste... elle approcha la cage du lit, regardez, on dirait qu'elle vous reconnaît.

Il ferma les paupières, posa sa tête sur l'oreiller. Evangéline fit semblant de ne pas voir ses larmes :

— Je vous laisse vous reposer, dit-elle, il vous faut dormir encore. N'ayez pas peur, Germaine est là.

Elle referma doucement la porte et resta un long moment immobile, le front contre le mur pensant aux morts d'hier et aux misères d'aujourd'hui.

De son lit, Pierre-Baptiste regardait la cage où s'agitait la minuscule espérance. Si la guérison existait le petit être la portait dans son sang...

— Je te supplie de vivre, murmura-t-il avant de sombrer dans le sommeil.

Le lendemain matin il vit Sixtine dans le hall, au milieu des enfants.

Elle leur racontait un conte de fées.

« Il était une fois Caruso... », c'était l'histoire d'un gramophone qui trônait sur une table comme un grand personnage. Il était très vieux. Plus vieux encore que l'ambassade. Pendant des années et des années il avait été son porte-parole. Avec son énorme pavillon épanoui comme une fleur majuscule, à lui seul il avait mené des bals, entonné les *Marseillaise* des 14 Juillet, chanté les Noëls sans neige et salué les ans nouveaux. Et puis, un triste jour, il s'était tu. Muet pour toujours. Cassé. Il manquait une petite pièce, disait Langlois, une toute petite pièce pour qu'il retrouve la voix et que retentissent à nouveau les belles chansons d'autrefois. Mais peut-être qu'un jour...

Elle s'aperçut soudain que Jésus, le petit Noir, ne l'écoutait plus. Il regardait vers l'escalier.

Elle se retourna brusquement et découvrit Pierre-Baptiste qui venait vers elle.

Alors elle fut comme Caruso. Muette. Sans voix. Elle resta immobile au milieu de sa phrase et les enfants pensèrent que l'apparition du professeur faisait partie du conte.

— Je vous devais une visite, dit Pierre-Baptiste.

Il s'était rasé. Il s'était fait beau avec ses vêtements déchirés. Il était pâle, amaigri. Sa main était fiévreuse, ses yeux trop brillants, il souriait mais derrière son sourire et la joie de la revoir il y avait toute la douleur des malheurs récents et partagés.

Elle baissa les yeux, intimidée.

— La première fois que je vous ai vue, souvenez-vous, Sixtine, je vous ai dit : « Je vous vois entourée d'enfants... »

Elle releva la tête :

— Eh bien, j'en ai neuf !

— Neuf !

Elle les lui présenta. Pablo, Ricardo, Juan, Pablito, tous jusqu'au dernier, le plus petit, le plus noir, Jésus qui désigna le gramophone en disant :

— Caruso.

— Oh ! pardon ! dit Sixtine. Cher Caruso, permettez-moi de vous présenter le célèbre professeur Lambert de Paris !

— Enchanté ! dit Pierre-Baptiste en s'inclinant et les enfants se mirent à rire.

Leur gaieté avait quelque chose de déchirant. Leur confiance...

— Il manque juste une petite pièce pour qu'il parle, dit Sixtine.

— Gymnastique, les Mickeys ! annonça la voix de Langlois et les garçons coururent le rejoindre dans le salon.

Pierre-Baptiste et Sixtine restèrent seuls.

Ils se regardèrent longtemps avant de pouvoir parler. Puis Pierre-Baptiste murmura :

— Merci pour la *Méthode Rosita*. C'était si... gentil de l'avoir rapportée...

— C'est à Mopsel qu'il faudra dire merci, répondit-elle. Quand vous reviendrez à Walheim.

— Walheim, dit-il lentement. Maison élue.

Walheim. Ce nom avait quelque chose d'insolite, d'incroyable dans la chaleur et la tension qui pesaient sur eux. Walheim des sources, des mousses, des raisins et des fontaines.

— Vous savez, depuis cette soirée, reprit Pierre-Baptiste, souvent, où que je sois, je ferme les yeux et j'évoque la chambre de Goethe, les verres de la Fabrique, le vin de votre grand-père, et je retrouve l'odeur de la vieille Europe comme une promesse...

Dans le silence on entendait les enfants respirer en cadence dans la pièce voisine :

— Et neuf !... et dix !... Repos ! disait Langlois.

— Que reste-t-il comme vivres ? demanda Pierre-Baptiste.

Sixtine alla d'abord fermer la porte du salon, puis revint vers lui.

— Nous pouvons encore tenir deux jours, peut-être trois en faisant très attention.

La nouvelle l'atteignit comme un coup de plus. Il n'avait pas imaginé qu'ils en étaient là.

Caruso semblait les écouter.

Deux jours. Trois peut-être.

Sa blessure le faisait à nouveau souffrir. Il sentait un léger vertige, mais il ne voulait pas obéir à la fatigue, il voulait parler :

— Ce sera dur, Sixtine. Je ne sais pas comment on s'en sortira, mais on s'en sortira !

Elle ne lui avait jamais connu d'accent aussi farouche.

— Nous gagnerons, Sixtine, ajouta-t-il.

Elle lui sut gré de l'ambiguïté de la formule et eut besoin de lui dire ce qu'elle n'avait confié à personne :

— J'ai peur.

— Normal. Moi aussi. Mais la solution tient en deux mots. C'est vous qui me les avez appris : faire face, dit-il en la regardant.

Comment tant de bonheur pouvait naître au milieu de tant de détresse ?

Puis il se tourna vers le phonographe :

— Une petite pièce, dites-vous ?

— Oui.

Il hocha la tête quelques instants.

— Je vais le réparer, annonça-t-il comme s'il prenait une décision importante. Pour les enfants ! ajouta-t-il.

Et il commença à démonter Caruso.

Une bougie à la main, Sixtine regarde les enfants qui dorment dans la pénombre du salon. Leurs souffles mêlés font une petite musique et son cœur se serre. Si cette petite musique s'arrêtait ?

Tout à l'heure, avec Evangéline, elles ont préparé le pain pour demain.

Le dernier.

Le congélateur est vide. D'ailleurs il n'y a plus de courant.

Demain les enfants auront du pain, des lentilles et un carré de chocolat. Après...

Cet après-midi Pierre-Baptiste a fait une folie. Il est allé trouver les soldats pour leur parler des enfants. Il a ouvert la grille, s'est avancé vers eux. Ils ont tiré des rafales de mitraillette par terre devant lui.

« La France ! » a dit le capitaine en désignant la trace des balles sur le sol pour montrer qu'il respectait la frontière imposée.

Ils sont toujours persuadés que l'Américain est là.

« Tu nous donnes l'Américain, et nous, on te donne à manger ! »

Maintenant il y a un soldat devant la brèche, il y a des soldats partout.

— Madame...

Une petite voix monte vers elle. C'est Jésus. Il demande un gros bisou. Elle se penche et pose ses lèvres sur la peau noire. L'enfant lui sourit puis il ferme les yeux, soupire et se rendort.

Sixtine se redresse et quitte le salon.

Jamais elle n'a été plus près du désespoir. Elle avance dans l'ambassade endormie, sa bougie à la main. Langlois monte toujours la garde près de la fenêtre. Evangéline doit prendre un peu de repos... Dans le hall Pierre-Baptiste travaille sur Caruso à la lueur d'un chandelier à plusieurs branches, un beau chandelier d'argent qui — il y a si peu de temps, le soir où elle prit ses fonctions — brillait au milieu de la table fleurie.

Pierre-Baptiste est absorbé par sa promesse, faire chanter Caruso. Il se tourne vers elle et lui dit, presque joyeusement :

— Nous approchons du but !

Mais ce qu'il lit sur son visage le fait changer de ton.

— Ça va, Sixtine ?

Elle fait oui de la tête avec tant de conviction qu'il comprend sa détresse.

Ils restent immobiles l'un devant l'autre, incapables de parler, de se tendre la main.

Seule dans sa chambre, Evangéline ne dort pas.

Comme eux, elle sait.

Elle sait que la situation en est arrivée au point où l'on dit :

« Seul un miracle peut nous sauver. »

Jamais cette formule n'a été plus de circonstance. Ça la fait même sourire.

Elle a joint ses mains aux ongles courts, ses mains douces d'infirmière, ses mains écorchées, ses mains brûlées, ses mains décolorées par les acides et les désinfectants, ses mains qui ont caressé des fronts d'agonisants, fermé des yeux, mis des enfants au monde, servi des soupes, pansé des plaies sans espoir, et elle dit :

— Puisque tout est perdu, il n'y a vraiment plus que Toi qui puisse nous sortir d'affaire. Et c'est pour ça que je reprends courage parce que, Tu sais, je T'ai toujours fait confiance.

Edward est passé.

Comment ? Lui-même ne se souviendra jamais du trajet accompli, de l'attente impatiente dans des planques successives, des mains qui se sont tendues vers lui, des portes qui se sont ouvertes, de la fuite vers la frontière, de la fraternité silencieuse, de la filière qui l'a porté, à travers les airs, vers la liberté et la lumière. Une lumière très forte, très éprouvante pour lui qui n'a pas dormi, qui n'a pas eu le temps de se raser, de se changer, de se laver, car chaque instant compte, une lumière terrible pour lui qui cligne des yeux devant les caméras de la télévision, à Paris, et qui raconte ce qu'il a vécu, ce qu'il a laissé derrière lui au Santaragua, avant qu'on ne passe son film. Son film — massacre et appel au secours —, son film qui, en quelques heures, va faire le tour du monde conférant brutalement à Sixtine ce don d'ubiquité qui est une des plus effrayantes vertus de la télévision.

Jimmy va savoir, Marine va savoir, Hérode va savoir, et Morand et Katel, et Claret et Frédéric et tous les inconnus pour qui elle cesse brusquement d'être une inconnue. Et tous ces gens qui vivent dans d'autres pays avec d'autres habitudes, d'autres lois, d'autres couleurs de peau, d'autres dieux, tous ces gens « de l'autre côté de la montagne » qui reçoivent le message le plus clair à lire, le plus universel, celui d'une femme qui veut sauver des enfants.

« Ceci est un appel au secours. Je suis l'ambassadeur

de France au Santaragua. L'ambassade est assiégée. Nous ne pouvons plus sortir sans risquer d'être abattus. Mais moi, aujourd'hui, j'ai rencontré des enfants... Ils viennent d'échapper à un massacre dans leur orphelinat... car ce sont des orphelins. Ils sont seuls, perdus au milieu d'une révolution. Je leur ai promis de veiller sur eux, mais sans votre aide, je ne pourrai pas les sauver... »

— Mais c'est le léopard !

A Rome, dans le bureau privé de Sa Sainteté Innocent XIV, le cardinal Kumba a poussé un cri. Il a reconnu la petite fille à la Bible et si son cœur se serre en pensant aux dangers qu'elle court, rien ne l'étonne de Sixtine. Il dit seulement :

— Ou elle les sauvera ou elle mourra avec eux...

— Vous connaissez cette femme courageuse, monsieur le cardinal ?

— Elle était aux Ursulines alors que j'étais jeune prêtre à Bruges, Très Saint Père... c'était une enfant pas ordinaire...

— Mais pourquoi « le léopard » ?

— Notre mère supérieure l'appelait ainsi, dit Kumba avec un sourire. Sixtine, oui c'est son nom, Sixtine est protestante. Je ne l'ai donc jamais confessée, Votre Sainteté, mais cette petite fille m'avait accordé sa confiance et nous parlions beaucoup... A dix ans elle en savait plus sur l'Ancien et le Nouveau Testament que beaucoup de théologiens. Mais surtout, ce qui frappait en elle, c'était la Foi...

— Elle ne semble pas l'avoir perdue, dit le pape, parlez-nous encore de votre petite Sixtine, monsieur le cardinal.

— C'est une longue histoire, Très Saint Père, et, rassemblant ses souvenirs, il commença par le premier matin où elle était venue le trouver portant le Livre comme les Tables de la Loi.

« Mais qu'allons-nous pouvoir faire ? se demande Tancrède avec désespoir. Tout est de ma faute, je n'aurais jamais dû lui céder ! »

« Quelle folle ! pense Hérode avec colère, impossible pour le moment de la tirer de là ! Si elle m'avait écouté ! »

De Bonn, Mathias cherche à joindre Jimmy. En vain. Jimmy est déjà au Bourget. Depuis la tour il regarde son jet décoller.

Frédéric n'a pas hésité une seconde quand il lui a proposé d'effectuer ce vol sauvage pour aller chercher les assiégés. Et Claret a dit : « Vas-y ! » Maintenant elle pleure dans les bras de son père qui s'en veut de lui avoir infligé cette épreuve.

Frédéric se concentre, les lumières du tableau de bord clignotent, l'avion ronronne. Confiance. Frédéric sourit comme le petit garçon silencieux qui cherchait sa route dans la forêt amazonienne.

A l'ambassade ils ne savent rien.

Ils ne savent pas que le monde entier a les yeux fixés sur eux. Que Frédéric survole déjà les rivages du Nouveau Monde...

Ils savent seulement que le dénouement est proche.

Ce matin les réservoirs d'eau potable de Santa-Maria ont sauté. Depuis, plus une goutte... Les soldats sont nerveux ; ils tournent le dos aux assiégés. Comme s'ils craignaient un assaut venant de l'extérieur. Que se passe-t-il en ville ? Les enfants sont silencieux. Ils regardent Pierre-Baptiste qui vient d'adapter une petite pièce de métal au bras de Caruso. Ils retiennent leur souffle, le professeur a promis que Caruso chanterait...

— Ça y est ! crie Pierre-Baptiste.

En silence Evangéline le regarde qui cherche un disque avec Langlois. *Valse brillante, Tango des fleurs, République polka...*

Elle pense au moment où il faudra marcher vers les soldats... que de fois un mouchoir blanc à la main, est-elle allée vers des assaillants un enfant serré contre son cœur.

Fascination !

Pierre-Baptiste a fait son choix. Les enfants retiennent leur souffle tandis que le professeur pose délicatement l'aiguille... joie d'entendre le disque qui gratte, preuve de la résurrection de Caruso.

Les enfants applaudissent, bravo professeur !

Puis la musique commence, un peu grinçante, et la

voix du chanteur s'élève, un peu nasillarde, venue de très loin, venue du temps de M. Campredon de la Bégude quand on s'habillait pour les soirées dansantes de l'ambassade.

Je t'ai rencontrée simplement
Et tu n'as rien fait pour chercher à me plaire.
Je t'aime pourtant...

Sixtine descend lentement l'escalier.

Je t'ai rencontrée simplement...

Ils se regardent. Ils se sourient.

Pierre-Baptiste, dans ses habits déchirés, va vers elle comme dans un conte de fées quand l'heure du bal a sonné à l'horloge du palais.

— Madame l'ambassadeur, voulez-vous m'accorder cette valse ?

Elle a dit oui, et, pour la première fois, il la tient dans ses bras. Mon Dieu, comme elle était faite pour lui !

Je t'aime pourtant
D'un amour ardent
Dont rien je le sens
Ne pourra me défaire...

Les enfants les regardent danser, les yeux pleins de merveilles. Ils ont oublié la guerre. L'horloge du palais a sonné l'heure de leur premier bal, c'est la fête...

« Il a enfin appris à danser ! Il était temps ! » constate Evangéline et elle s'en réjouit comme d'un événement capital. Si Pierre-Baptiste a appris à danser c'est que rien n'est impossible.

Elle sourit à Jésus qui vient de lui prendre la main et se balance en mesure.

— *Eu bonito !*

Et je crois en toi comme au bonheur suprêêêême...

Oui, c'est beau. Ils sont beaux. La vie est belle.

Une rafale les plaque tous sur le sol. Attaque ? Balles perdues ? Il en faut plus pour troubler Caruso qui continue sur sa lancée, *Je t'aime !* proclame-t-il au milieu de la fusillade et la musique couvre les pleurs des plus petits qu'Evangéline et Langlois protègent de leurs corps.

Pierre-Baptiste a pris la main de Sixtine. Il respire son visage tout près du sien dans l'odeur âcre de la poudre, il comprend que le moment de parler est venu ; il va tout lui dire et elle aussi va tout lui dire quand la fusillade reprend, fauche Caruso en pleine déclaration et les couche à nouveau contre le sol, la tête entre les mains.

Pierre-Baptiste attend une accalmie pour ramper vers une fenêtre. Là, il se soulève pour regarder au-dehors et il comprend. Les assiégeants sont attaqués. C'est le moment qu'il attendait pour tenter une sortie par la brèche. Il se traîne vers Sixtine et lui parle à l'oreille, doucement, comme pour dire des mots d'amour. Et ce sont bien des mots d'amour qu'elle entend quand elle comprend que malgré sa blessure il a décidé d'aller chercher du secours. Elle ne discute pas, elle sait que ce serait inutile, il ne renoncera pas à leur dernière chance... d'ailleurs il est déjà parti et elle guette les bruits de combat, le cœur battant, longtemps...

— Il est passé, dit Evangéline.

L'histoire du léopard est encore plus belle que ne l'imaginait le pape.

Il sait tout maintenant de la petite fille qu'on ne devait ni confesser ni convertir mais qui, elle, venait parler de Dieu à Kumba en portant le Livre marqué de ses larmes.

Faire face.

Il sait tout des Bader. Le père, le grand-père. L'Europe.

Il sait tout des liens du Vieux de la Montagne et de Pierrot son compagnon de guerre. Pierrot...

Les femmes, quel mystère.

Qui sont-elles ? Longtemps on les a tenues pour des auxiliaires. Aujourd'hui on les déclare égales. Egales à qui ? A quoi ? De quel droit ? A-t-on oublié que l'Evangile fut confié en secret aux femmes ? A-t-on oublié que les femmes furent toutes au pied de la Croix ? Des disciples, il n'y eut que Jean. Mais elles étaient là dans la plénitude du temps, les femmes. Les Saintes Femmes, dit-on. Et leur image fut figée dans la piété, dépossédée de son sens héroïque. Image si vue, si revue, qu'elle devint invisible au cours des siècles. Il faut maintenant la redécouvrir avec des yeux neufs.

Les femmes.

Quelle voix entendent-elles quand elles choisissent sans hésitation d'agir comme « le léopard » ?

Plus le cardinal lui parlait de l'ambassadeur de France, plus le Saint-Père pensait à Donatella son unique nièce.

Son unique famille.

Aucune ressemblance entre ces deux femmes. Et pourtant il les sent sœurs. Complices de la vie. Il revoit le déjeuner où Donatella l'avait convié quand il fut ordonné évêque. Elle venait d'acheter une petite maison de paysan dans la campagne. En Ombrie. Elle était architecte. Elle dessinait des écoles et des théâtres. Elle était grande, brusque, pas coquette. Charmante. Une dent cassée sur le devant... elle s'en souciait peu. Elle lui avait dit :

« Oncle, pour venir chez moi tu fais comme Hannibal, tu passes par le lac Trasimène. »

C'était vrai. Tout était toujours vrai avec Donatella.

La petite maison lui avait plu.

« Tu vas bien travailler ici, Donatella.

— Je travaille déjà bien, oncle ! Regarde ! »

Des plans étaient étalés sur la seule table, pour mettre le couvert elle les avait posés par terre, délicatement.

« Attention, école ! » avait-elle plaisanté.

Tous deux, à genoux sur les carreaux de la cuisine, avaient examiné ses épures. Elle avait dit :

« Ces traits seront des murs et, entre ces murs des petits enfants apprendront à lire et à écrire. Dans MES murs. Les murs de ma pensée... Allez, à table ! »

Elle n'était pas une bonne maîtresse de maison et ne le prétendait pas :

« Tu vas manger un repas d'ermite mais tu boiras du bon vin, *Monsignore* ! »

Monsignore. Elle avait l'air perplexe. Elle était un peu communiste, féministe, écologiste, un oncle curé ça va, un oncle évêque...

« Fais voir ton anneau, Excellence... »

Elle ne portait jamais de bijoux et il s'était demandé, tandis qu'elle observait sa main, si le cadeau qu'il voulait lui faire lui plairait. La très humble petite bague que Salvatore Sapiéti avait donnée à Maria-Carmela le jour de leurs fiançailles, à Caltagirone, soixante-sept ans plus tôt.

« C'est pour toi, Donatella.

— ... la bague de ma grand-mère ?

— C'est pour toi. »

Elle avait passé la bague à son doigt, muette, puis elle lui avait sauté au cou :

« Quand tu seras pape…

— Pape ?

— Pape ! Eh bien, quand tu seras pape, je viendrai te voir tous les jours au Vatican avec ma petite voiture rouge !

— Tu as une petite voiture rouge ?

— Pas encore, j'attends que tu sois pape ! J'arriverai devant Saint-Pierre et je klaxonnerai. Zim ! Zim ! Zim ! Bonjour les Suisses, je viens voir mon oncle ! A ta santé, oncle qui seras pape ! *Hail to thee, zio, that shall be pope !*

— Quelle chèvre tu fais !

— Ça ne te plaîrait pas d'être pape, Giacomo Sapiéti ?

— Mais quelle folie !

— Non. Pas folie : certitude. Je ne me trompe jamais et maintenant que tu m'as donné la bague, encore moins qu'avant ! Je suis fière de toi comme si j'étais ta mère. »

Puis elle avait balayé son émotion, c'était dans sa nature depuis l'enfance ces ruptures de rythme, ces passages de la tendresse à la drôlerie.

« Ah ! que j'ai hâte de venir te voir avec mes cinq enfants !

— Parce que tu auras cinq enfants ?

— Tu ne vas pas me chipoter sur le nombre de mes enfants ! Toi je te laisserai distribuer le chapeau rouge à tous les cardinaux que tu voudras ! Moi je demande juste cinq enfants !

— Tu auras un mari, quand même ?

— Au moins un, je te promets, Saint Oncle ! »

Elle lui avait pris les mains :

« J'aime tellement les enfants ! Quand je pense que, jusqu'ici, personne n'a eu la courtoisie de m'en faire, je suis folle ! »

Oui, folle ! Elle était tellement folle que c'en était rafraîchissant. Il le lui avait dit, et elle avait répondu, il s'en souviendra toujours :

« Tant mieux parce qu'il n'y a pas de fraîcheur dans l'air, on étouffe ici, on respire du plomb fondu ! »

Elle avait dit ça. Et que, la bague, elle la garderait toute sa vie.

Certitude.

Donatella ne s'était trompée ni pour la tiare ni pour la bague. Le feu avait pris pendant son sommeil, la nuit même, dans la pinède. On l'avait trouvée, brûlée vive sur le chemin. Un berger avait cueilli une petite boule d'or informe dans sa main crispée. Une sorte de larme. Le seul bien terrestre que, trente-six ans plus tard, Sa Sainteté Innocent XIV avait conservé des pauvres richesses de sa vie passée. Elle est là, la petite larme précieuse, sur son bureau. Nul ne sait ce qu'elle représente, mais quand il pose les yeux dessus il revoit Donatella le raccompagnant jusqu'à sa voiture, il l'avait embrassée, il allait ouvrir la portière, partir, elle avait dit : « Oncle ! » et il y avait quelque chose de si sérieux, de si inhabituel dans le ton de sa voix — quelque chose de suppliant — qu'il s'était arrêté, surpris :

« Oncle, reprit-elle plus doucement, la bénédiction. »

Il regarde la petite larme, il sait qu'elle est l'ancre qui le retient prisonnier du peuple de Dieu. L'incarnation de la douleur. Cette douleur qui ouvre le cœur et les yeux. Cette douleur qui est peut-être le plus grand don que nous puissions recevoir. Quelle grâce de n'en avoir point oublié la saveur sous le poids de la tiare.

Parfois, quand à l'orée de la foule une femme tend vers lui un tout jeune enfant, quand il embrasse une joue fraîche qui sent le lait, les confitures et l'espérance, la petite voiture rouge traverse sans pitié la mémoire du vieil homme vêtu de blanc. Il croit entendre des galopades joyeuses le long des austères couloirs de Saint-Pierre. « *Padre Santo ! Zio !* » et il sait que les enfants que Donatella n'a pas eus sont devenus tous les enfants.

C'est peut-être pour ça qu'il a pensé à sa nièce en voyant les orphelins groupés autour de l'ambassadeur de France.

Il veut connaître cette femme qui a choisi la face la plus aride de son destin. Il sait qu'elle détient, prisonnière à l'autre bout du monde, un secret qu'elle doit lui révéler. Le secret que Donatella n'a pas eu le temps de lui confier… Certitude.

Il sait aussi que, depuis qu'elle s'est adressée à lui — comme au monde entier — il a commencé de l'attendre.

FOX BRAVO TANGO YANKEE LIMA, HURRAH !

Le jet vient de décoller. De s'arracher du sol. Comme ils se sont arrachés de l'ambassade. Ou plutôt comme Pierre-Baptiste les en a arrachés...

Tout avait très mal commencé. Il avait pu franchir la brèche sans attirer l'attention des soldats mais, avant même d'avoir atteint la première avenue, il était tombé sur un groupe de partisans. Impossible de se faire comprendre. Ces hommes avaient peur, ils l'avaient jeté sans ménagement au fond d'une jeep et conduit au milieu des coups de feu jusqu'à une cave du centre de la ville où se trouvait leur Q.G. Malgré leur brutalité, malgré sa blessure à l'épaule qui s'est rouverte sous leurs coups, il ne les en remerciera jamais assez parce qu'au Q.G. il a entendu une voix qui parlait français.

C'était Frédéric.

Le garçon aux pieds nus qui savait retrouver son chemin dans l'Enfer Vert grâce à la complicité des pintades sauvages et des étoiles, n'avait pas perdu le nord en devenant un homme.

— Je suis venu vous chercher, on rentre à la maison, dit-il en serrant son père dans ses bras. Et c'était aussi simple pour lui que d'aller, avec *Durandal,* attendre son petit frère à la sortie de l'école.

— Le seul problème, ajouta Frédéric, c'est qu'ici personne ne nous comprend...

— Moi je vous comprends, citoyens, dit une voix.

Pierre-Baptiste se retourna et reconnut tout de suite José. Il avait vu sa photo au lazaret sur le mur de l'infirmerie et Evangéline lui en avait parlé avec admiration. José o Libertador, le jeune chef des partisans, l'espoir d'un peuple misérable et oublié.

Pierre-Baptiste n'avait pas fini son récit que José lançait des ordres. Un commando allait foncer sur l'ambassade. Un commando en uniforme de l'armée régulière pour donner le change aux assiégeants, on déshabillait déjà des prisonniers, on sortait un camion. Un autre groupe couvrirait le retour de Frédéric à l'aéroport, les partisans le contrôlaient encore mais, aux dernières nouvelles, la division Cardamon s'en approchait. Il fallait faire vite si l'on voulait que l'appareil puisse repartir.

— Je viens avec vous à l'ambassade, dit José à Pierre-Baptiste.

Devant son étonnement il avait souri :

— Je viens avec vous, expliqua-t-il, parce que, moi aussi, autrefois, j'ai été recueilli à Joseph-Stahl.

En voyant entrer un soldat santaraguais dans l'ambassade, fonçant tête baissée, la casquette sur le nez, Langlois avait failli descendre Pierre-Baptiste.

Brusquement la guerre prenait des allures de carnaval. On s'entassa dans le camion sous les ordres brutaux des faux soldats qui n'avaient pas envie de traîner. A peine embarqués on démarrait et l'on repassait la grille sous les acclamations des assiégeants.

Après une nuit difficile et quelques pertes ils riaient maintenant de voir que l'armée enlevait leurs prisonniers et, foulant le sol interdit, ils se préparaient à saccager enfin l'ambassade abandonnée.

Le silence régna d'abord dans le camion. Puis des oranges et du pain circulèrent.

José se pencha vers Sixtine, lui tendit la main :

— *Geteildi Freid Isch doppelti Freid!*

— *Geteildes Leid Isch halwes Leid*!* répondit-elle,

* Joie partagée est double joie !
Peine partagée est demi-peine !

comprenant brusquement pourquoi o Libertador parlait le dialecte.

— Un miracle ! dit Langlois et Evangéline éclata de rire.

— Et nous avons un avion ? demanda Sixtine, les yeux brillants.

— Celui de Jimmy, dit Pierre-Baptiste.

Ils se regardèrent longuement et ne dirent plus un mot jusqu'à leur arrivée sur le terrain.

On se battait à l'aéroport, Cardamon avait pris position et attaquait la tour de contrôle, des réservoirs flambaient, le camion fonça en bout de piste. Couvert par un cordon de partisans et des chars l'avion était là, prêt à décoller.

Ils coururent jusqu'à la passerelle avec les petits. Evangéline posa sa main sur la tête de chaque enfant qui embarquait et dit chaque nom afin de ne jamais oublier cet instant.

Elle ne partait pas.

— Je suis toujours restée, dit-elle avec le sourire de la jeune fille qui voulait que Pierre-Baptiste apprenne à danser.

Ils la serrèrent dans leurs bras. Pas tellement surpris. Mais déchirés...

— Vite ! dit José, et Evangéline les poussa presque brutalement à bord.

Déjà installés les enfants bouclaient leurs ceintures, éblouis par l'avion, bourdonnants, joyeux comme une classe qui a gagné le baptême de l'air.

— La sœur ? la sœur ? cria Langlois tandis que l'avion roulait déjà à pleine vitesse. Où est la sœur ?

Lui non plus ne fut pas tellement surpris en apprenant qu'elle était restée avec les partisans. Mais il était désespéré de ne pas lui avoir dit adieu. Il regarda par le hublot, espérant l'apercevoir une dernière fois. On ne voyait plus qu'une épaisse fumée trouée d'éclairs rouges et, brusquement, il perdit l'équilibre, Frédéric venait de décoller.

Un décollage terrible, effrayant, un décollage qui faisait vibrer l'appareil dans le bruit des réacteurs et l'éclatement des bombes, un décollage héroïque. Le jet montait en flèche au-dessus de la guerre, vers les zones de paix de l'atmosphère qui semblaient encore bien loin, hors d'atteinte...

— Mon Dieu, dit Sixtine, c'est la première fois de ma vie que je n'ai pas peur en avion !

Fox bravo tango yankee lima, hurrah !...

Fox bravo tango yankee lima, congratulations !

Fox bravo tango yankee lima, chapeau ! super ! génial ! fantastic !

De toutes les îles des Caraïbes, de toutes les Antilles, d'Antigua, de la Guadeloupe, de la Martinique, de Sainte-Lucie, de la Dominique et des Grenadines montait un concert crépitant et passionné qui saluait l'exploit de Frédéric.

Les enfants dormaient.

Dans sa cage solidement arrimée sur un siège, Germaine, l'air distingué, grignotait une miette de pain de Paris.

Langlois déboucla sa ceinture et sortit de sa veste une pièce d'étoffe soigneusement pliée qu'il déposa sur les genoux de Sixtine.

Comme elle l'interrogeait du regard il expliqua :

— On allait quand même pas leur laisser le drapeau, madame l'ambassadeur !

Elle s'était endormie à côté de Pierre-Baptiste.

Plus elle s'enfonçait dans le sommeil, plus son visage devenait triste.

Assis en face d'eux, Langlois la regardait. Il avait envie de parler de cette femme qu'il admirait depuis le premier jour. « On est tous des hommes dans la famille ! » C'était bien vrai ! Il n'en revenait pas d'avoir vécu tant d'aventures en si peu de temps. Tout ça parce qu'il avait rencontré le général. Il se pencha vers Pierre-Baptiste et l'interrogea à mi-voix :

— Vous saviez que c'était l'avion de son mari ?

Pierre-Baptiste fit signe que oui et Langlois fit remarquer qu'ils avaient vraiment eu du bol.

— Parce que, sans lui... on y serait encore ! Quand je pense qu'elle a jamais dit à l'ambassade qu'elle avait un mari milliardaire... elle est tellement simple ! « Jimmy Harper » ! tu parles !... le raider !... J'avais pas fait le rapprochement... mais peut-être que vous le connaissez ? Il est simple, aussi ?

Pierre-Baptiste dit que oui et Langlois s'en réjouit pour Sixtine.

Il la regardait avec affection.

— C'est bien qu'elle dorme, parce qu'à l'arrivée ça va être sa fête ! Je les connais au Quai... Belles manières mais y rigolent pas avec la discipline. L'obéissance. Y vont la saquer salement... moi aussi, d'ailleurs, dit-il avec bonne humeur, mais moi c'est pas grave, on me recasera toujours ! Peut-être à Beyrouth ? Et puis si on me recase pas, je me recaserai tout seul ! Mais elle... pauvre petite... finis les ambassades, les honneurs... la Carrière... Dommage. Enfin, heureusement qu'elle a son mari !

Pierre-Baptiste approuva en silence, tandis que Langlois s'endormait brusquement devant lui.

Sixtine remua dans son sommeil et murmura des choses incompréhensibles et douloureuses. Puis elle changea de position et sa tête roula sur l'épaule de Pierre-Baptiste, s'y trouva bien et ne bougea plus. Elle était légère et douce mais fût-elle tombée comme une pierre au milieu de sa blessure, elle ne lui aurait pas fait plus de mal. Cette tête confiante aux traits tirés, aux paupières bleues, lui délivrait un message terrible. Tant de joie était interdite. Jimmy venait de leur sauver la vie.

Pierre-Baptiste savait ce qui lui restait à faire.

Sixtine prit une profonde respiration, rejeta en arrière ses cheveux en désordre et, grave, la tête haute, superbe dans ses vêtements déchirés, rassemblant autour d'elle ses gamins frissonnants dans la nuit sale, elle poussa la porte du salon de l'aéroport.

Elle resta sur le seuil, ahurie, et mit un moment à comprendre que c'était elle qu'on acclamait.

Ces journalistes, ces photographes, ces gens parmi lesquels elle reconnaissait Tancrède de Foy, Fronval, Claparède, les gendarmes de l'ambassade, le chef, Edward avec sa caméra, tous l'applaudissaient.

Il y avait des fleurs, un buffet superbe, des bouchons de champagne sautaient, des mains se tendaient...

Un retour triomphal.

Tancrède prit la parole, il était si ému qu'il ne put finir son discours. Alors il la serra contre lui sous les bravos.

Elle regarda les petits qui s'expliquaient avec le buffet et elle pensa : « On a gagné ! » Elle regarda Langlois qui rayonnait : « On a gagné ! » Elle vit arriver Hérode, l'air bouleversé, oui, même Hérode ! « On a gagné ! » pensa-t-elle encore. Soudain elle eut froid au milieu des flashes et des lumières, il manquait quelqu'un à la fête et cela suffisait pour que la fête n'en soit plus une.

Alors elle cria :

— Mon Dieu ! mais où est donc Pierre-Baptiste ?

MÉDUSE

Hérode n'aime pas que l'on regarde son corps.

Un long vêtement blanc drapé autour de lui, il descend lentement dans la piscine de mosaïque. Il s'assied toujours sur le même degré et sa tête semble flotter à la surface comme un nénuphar monstrueux. Il ferme les yeux, il est bien. Les bouches de cuivre vomissent l'eau tiède, un parfum de basilic et de résine entre par les baies ouvertes sur la mer plate comme une antique carte du monde.

Aujourd'hui il a besoin de réfléchir.

Il va falloir agir. Il y a trop longtemps qu'il sait et qu'il ne fait rien.

Il lui a suffi, le soir du retour de Sixtine en France, de l'entendre dire dans le salon d'Orly : « Mon Dieu, mais où est donc Pierre-Baptiste ? » pour comprendre.

Et lui, Hérode, lui qui a étudié le plus petit détail de la vie passée de Sixtine, il n'aurait jamais pu imaginer que cette horreur soit possible.

Elle est amoureuse.

Il la croyait plus forte.

Il l'admirait pour sa froideur, sa réserve. Il pensait qu'elle était tout entière tournée vers l'ambition. Il peut encore dire le nom des rares hommes qui ont cru avoir une chance avec elle, les imbéciles. Ce jeune énarque prétentieux qui fit un bref passage dans sa vie. L'avocat qu'elle avait rencontré à Bruxelles et lâché tout de suite... elle était exigeante en ce temps-là. Elle n'aimait que le travail.

« Mon Dieu, mais où est donc Pierre-Baptiste ? »

Quelle passion…

Il aurait donné la moitié de sa fortune pour l'entendre dire : « Mon Dieu, mais où est donc Hérode ? » sur ce ton-là.

Pierre-Baptiste Lambert.

C'était ça le Santaragua.

Dire qu'elle l'a connu le jour même de son mariage avec Jimmy ! Dire qu'il s'était acharné à le briser, ce mariage ! S'il avait su ! Pour couronner le tout, c'est Marine qui avait amené le professeur à Romainville ! Marine, une fille qu'il couvre d'or ! Il va l'expédier au Japon sous prétexte de créer une *Marie-Belle* aux yeux bridés. Voilà une bonne idée. D'abord c'EST une bonne idée, ensuite il est disposé à dépenser le prix qu'il faut pour qu'elle débarrasse le plancher, la Belge.

Il va falloir jouer serré. Maintenant il sait plus de choses sur le professeur que le professeur lui-même ne doit en savoir.

Sa naissance… enfant trouvé, abandonné, ça, ça l'a fait rire ! Quelle rencontre !

Il connaît le nom et l'âge de ses fils. De ses femmes. Il connaît tous les voyages qu'il a faits. D'épidémie en virus, de dengue en palu, d'hôpital de brousse en lazaret, d'Afrique en Asie.

Lucrèce a bien travaillé.

Il la voit venir à travers le brouillard tiède qui flotte sur la piscine. Messagère noire et silencieuse, elle semble se déplacer au sein des nuées. Elle émerge des vapeurs. S'approche. Pensive. Elle tient un énorme dossier, le dossier PBL qui se gonfle chaque jour de nouvelles informations. Elle s'assied au bord de l'eau, pose le dossier à côté d'elle et ne l'ouvre pas.

— Alors ?

— Alors je pense que nous faisons fausse route, Monsieur.

Il fronce le sourcil.

— Ils ne se sont pas vus une seule fois depuis leur retour du Santaragua.

Ça le fait rire.

Il remue ses doigts de pied comme un bébé qui joue dans son bain et se penche vers les dauphins de mosaïque noire qui semblent le regarder depuis le fond de l'eau avec leurs yeux d'or.

— Récapitulons, dit-il.

— Tout ? demande-t-elle en prenant le dossier.

— Tout.

— Le couffin, la chapelle, le berger, l'institutrice ?

— Non, dit-il, de mauvaise humeur. Epargnez-moi également la rougeole, la varicelle et le chapelet de mariages. Je veux TOUT à partir du moment où elle dit : « Mon Dieu, mais où est donc Pierre-Baptiste ? »

— Bien, Monsieur, dit Lucrèce qui ouvre le dossier et le feuillette pour trouver la bonne page. Ah ! voilà... c'était au Bourget, l'avion de Jimmy Harper venait de se poser, ayant, apparemment, quitté le Santaragua sans l'autorisation de décoller, Frédéric Lambert avait pris le risque et en pleine révolution...

— Plus loin ! Plus loin ! Là où elle quitte Jimmy...

— C'est le lendemain, Monsieur. M. Harper, pris par une assemblée générale des Joyaux de la Couronne à Londres, n'avait pu assister au retour de Mme Harper. Il est revenu dans la matinée et ils ont, apparemment, décidé de se séparer. Mme Harper est repartie dans son appartement de jeune fille. Cela dit, M. et Mme Harper ont gardé, apparemment, les meilleures rela...

— Pourquoi dites-vous sans arrêt « apparemment » ? demande Hérode, agacé.

Elle s'arrête, surprise, réfléchit.

— Je dis « apparemment », Monsieur, quand il ne s'agit pas de faits vérifiés mais de suppositions. Si je dis : à 7 h 25 elle tire un coup de calibre 357 magnum sur le facteur et le tue, ce sont des faits. Si je parle des relations affectives entre un homme et une femme, j'entre dans le domaine de la psychologie et la psychologie n'est pas une science exacte.

D'un geste brusque de la main il lui fait signe de continuer.

— Bien, Monsieur. Comme vous avez pu le constater au Bourget, Mme Harper s'attendait à des problèmes de carrière à cause de son refus d'obéir aux ordres d'évacuation venus du Quai. Mais la force dramatique de son appel au secours, la sympathie internationale déclenchée par son apparition au milieu des enfants, son courage, sa beauté, ont, bien au contraire...

— Lucrèce ! dit Hérode avec sa voix bonasse, je ne vous connaissais pas ces dons pour le courrier du cœur !

Lucrèce lui jette un regard sans expression et continue son compte rendu.

Au lieu de chercher querelle à son ambassadeur indocile, le Quai avait préféré en faire une héroïne. Aux félicitations de Tancrède et du ministre vinrent s'ajouter celles du président et — sans lui laisser le temps de reprendre ses esprits après les émotions du siège et les fatigues du décalage horaire — le Pouvoir s'était emparé de Sixtine et l'avait mise à l'ouvrage.

On l'avait d'abord envoyée à Kaysersberg poser avec ses petits protégés devant l'orphelinat qui les avait accueillis. Ce n'était qu'un début. Pendant son séjour en Alsace on lui fit rencontrer les familles du Haut-Rhin et du Bas-Rhin qui désiraient adopter les enfants. Elle était allée de vins d'honneur qu'il lui fallut boire, en rubans tricolores qu'il lui fallut couper. Au passage, elle avait inauguré à Thannenkirch une statue de bois de Joseph Stahl le bienfaiteur-enfant-du-pays. Enfin elle fut reçue au Parlement européen au cours d'une séance solennelle où son grand-père parla des droits de l'homme au milieu de l'émotion générale.

Elle était revenue à Paris très fatiguée mais elle n'avait encore rien vu. Sous les ors des plafonds de la République et les lustres scintillants de l'Ancien Régime, parcourant des salons tendus d'Aubusson, foulant des tapis rouges au milieu de la haie des gardes sabre au clair et des corbeilles de fleurs officielles, elle devait apprendre très vite à quel point la gloire est épuisante.

« Rien de plus tuant que le service après-vente du succès ! » jubilait Tancrède qui n'en finissait pas d'être heureux de la voir vivante.

— Mais tout ça, je le sais ! Vous me l'avez dit cent

fois ! Je le sais qu'ils l'ont récupérée ! cria Hérode en se redressant. Parlez-moi de lui !

— Mais je vous l'ai dit, Monsieur, ils ne se sont pas revus !

— Téléphone ?

— Mme Harper a en effet beaucoup téléphoné au loft du professeur. Sans succès puisque, ainsi que vous le savez, PBL était absent. Elle a eu trois fois la femme de ménage et une fois la concierge qui montait le courrier. Mais ni l'une ni l'autre ne savait où était le professeur. A Pasteur on respectait une consigne très stricte. Ne rien dire. Le professeur avait invoqué le travail et déclaré qu'il avait besoin de se retrancher du monde pour vérifier ses expériences du Santaragua. Il était donc, le soir même de son retour, entré à l'hôpital de Pasteur. D'ailleurs sa blessure à l'épaule s'était rouverte au moment de sa rencontre avec les partisans ; il avait besoin de soins et ne voulait pas, pour autant, interrompre ses recherches. Ainsi, pendant plusieurs semaines il vécut dans une chambre de l'hôpital transformée en laboratoire, ne voyant que... (elle consulta le dossier)... Mouloud, son collaborateur tunisien, Clotilde et Truffe, ses assistants, le docteur Nicole Monnet-Lafargue et, plus rarement, le directeur de l'Institut Pasteur, André-Paul Marolles. Sans compter une souris santaraguaise répondant au nom de... Germaine !

— Quel cinéma pour un petit professeur de rien du tout !

— Eh bien, non, Monsieur, dit Lucrèce. PBL n'est pas un petit professeur de rien du tout. Il a apparem... pardon, il a certainement isolé le virus et, peut-être, trouvé le vaccin qu'il cherche depuis dix-huit ans.

— Trouvé le vaccin ? Mais c'est une merveilleuse nouvelle, Lucrèce ! dit Hérode, le visage illuminé.

— Une très bonne nouvelle, Monsieur. Les fièvres hémorragiques tuent chaque année un nombre impressionnant de...

— Mais qui vous parle de ça ? cria Hérode exaspéré. La bonne nouvelle c'est que je vais, enfin, pouvoir m'attaquer à lui !

— Comment cela ?

— Réfléchissez ! Tant qu'il n'était rien il était difficile de le détruire. On ne détruit pas rien ! Mais un chercheur couvert de gloire, un homme sous les feux de l'actualité, un héros ! Attendez... attendez... vous m'avez bien dit qu'il était invité à Baïkonour pour le lancement de la fusée de son fils vers la station Мир ?

— Oui, Monsieur.

— Par la Glavkosmos ?

— Oui, Monsieur.

— Bon, ça, très bon...

— Il doit même, en collaboration avec le professeur Romanenko, confier aux cosmonautes une série d'expériences en apesanteur qui n'ont jamais été faites dans l'espace. Ce sera une grande première.

Hérode ferma les yeux et sembla réfléchir profondément, elle se tut et regarda le dossier ouvert à côté d'elle. Une photo s'en était échappée. Sixtine souriant au milieu des enfants. Lucrèce retourna la photo, brusquement mal à l'aise.

— J'ai trouvé ! dit Hérode en ouvrant les yeux, l'air extasié. Baïkonour, un fils dans l'Armée rouge, un vaccin qui risque de bouleverser le marché mondial de la santé... Vous savez, Lucrèce, les murs peuvent tomber, les rideaux de fer peuvent se lever, la peur de l'Est demeure, Dieu merci ! Il faut encore que je réfléchisse mais je pense savoir comment je ferai sortir Pierre-Baptiste Lambert de la vie de Sixtine !

— Mais ils ne se sont pas...

— Pas vus ! Pas téléphoné ! Pas écrit ! Je sais ! Mais je sais aussi qu'ils s'aiment... hein ? Qu'est-ce que vous dites ? Pourquoi souriez-vous ?

— Eh bien... si je puis me permettre, Monsieur, vous me semblez être le seul être au monde à le croire. Si j'osais je dirais même que vous êtes le gardien de leur amour !

Il la regarda longuement.

— C'est vrai, dit-il, je veille sur eux. Mais je vous écoute, aussi. Je tiens compte des faits. Des faits vérifiés comme vous dites. Par exemple : elle a quitté son mari.

Important, non ? Plus important : ils vont divorcer. A propos, savez-vous quand ?

— Au retour de Rome de Mme Harper.

— De Rome ? Sixtine va aller à Rome ? Vous ne me l'aviez pas dit !

— Je ne l'ai appris que ce matin, Monsieur. Elle s'est décidée à prendre quelques jours de repos sur les conseils de Marine Degand.

— Japon ! cria-t-il et, comme elle l'interrogeait du regard il dit simplement : Notez Japon en face de Marine, je vous expliquerai plus tard. Alors Sixtine va à Rome ?

— Elle doit d'abord passer trois jours sur la Côte avec Mlle Degand et Claret Harper qui font des photos pour *Marie-Belle.* Ensuite elle se rendra au Palais Farnèse où Charles-Henri Labeyrie, l'ambassadeur de France — un ami d'enfance de Tancrède de Foy — l'a invitée à séjourner. Mais cette invitation n'est pas la raison de son voyage.

Les yeux jaunes se posèrent sur elle.

— Elle a rendez-vous avec un homme.

— Quel homme ?

— Un cardinal ! dit Lucrèce en riant. Vous voyez que nous sommes très loin du professeur !

— Sait-on jamais ? dit Hérode pensif. Rome. Rome ? répéta-t-il, il me semble que j'ai déjà vu quelque chose sur Rome dans le dossier, non ?

Lucrèce tourna quelques pages, revint en arrière et sortit un feuillet.

— C'est exact, Monsieur. Le mois prochain le professeur Lambert doit faire une communication sur les arbovirus au congrès mondial de Virologie qui se tient à Rome.

— La date du congrès ?

— Le 28.

— La date de l'arrivée de Mme Harper ?

— Le 26.

Il se mit à rire doucement.

— Des faits vérifiés, dit-il. Tout s'éclaire. Bon. Voilà ce que nous allons faire, Lucrèce. D'abord le couvrir de gloire et de lumière. Rien ne sera trop beau, dans les colonnes de nos journaux, pour le professeur Pierre-Baptiste Lambert. Il va sans doute annoncer sa découverte au congrès ? A Rome. Lieu prédestiné !

— Pourquoi « prédestiné », Monsieur ?

— Pourquoi ? Voyons Lucrèce, vous avez entendu parler de la roche Tarpéienne et du Capitole !

Pierre-Baptiste trouva un mot de Jimmy à son retour de Baïkonour.

Il le félicitait pour l'envol de Youri et lui demandait de déjeuner avec lui. Afin de parler de leurs enfants qui s'aimaient et voulaient se marier.

C'était vrai. Mais ce n'était pas la seule raison de l'invitation.

A la fin du déjeuner, Jimmy lui dit :

— Vous êtes sans doute étonné de ne pas voir Sixtine ? C'est que nous sommes séparés. Bientôt divorcés. Oh ! rassurez-vous : pas fâchés ! On s'aime, on s'aimera toujours, mais... ce mariage était une erreur amicale. Voilà, cher Pierre-Baptiste, j'ai pensé que je vous devais la vérité puisque maintenant nous allons être de la même famille.

Pierre-Baptiste rentra chez lui en état de choc. Il tenta de joindre Marine au journal mais elle était en reportage dans le Midi, en extérieurs, lui dit-on, pas facile à trouver. Il partait le lendemain pour Rome. S'il avait pu il aurait annulé son voyage. Mais il ne pouvait pas. Pas ce voyage-là. Après la victoire il n'aurait plus qu'un objectif dans la vie.

Sixtine.

ROME

Les autels sont éteints. Les dieux s'ennuient.

A Rome plus qu'ailleurs.

Ce jour-là, comme tous les jours, ils erraient, aussi invisibles qu'impalpables, autour de la sortie de l'aéroport Leonardo da Vinci.

Ils avaient élu ce lieu d'échanges entre le ciel et la terre et s'y retrouvaient souvent.

Ils étaient des petits dieux sans importance oubliés par le temps auprès de la Ville dont ils avaient jadis assuré la protection. Lares des bornes et des rues, génies des fontaines et des carrefours, troupeau plus léger que l'air, ils dérivaient en laissant glisser un regard vide et désabusé sur une foule dont ils n'arrivaient pas à comprendre l'agitation.

Ils avaient perdu leurs pouvoirs.

Sauf un.

Celui de reconnaître l'Amour.

Ils virent Sixtine se diriger vers la livraison des bagages d'un avion qui arrivait de Nice et volèrent vers elle. Nageurs aériens ils l'entourèrent du battement impalpable de leurs pieds ailés et se réjouirent de sa beauté.

Mais une chose les troublait.

Elle était seule.

Amoureuse et seule.

Aucun homme ne la suivait, aucun homme ne se penchait sur son épaule, aucun homme ne l'attendait ouvrant les bras pour la serrer contre lui.

Elle était seule.

Mélancolique.

Pourtant l'homme qui l'aimait ne devait pas être loin, ils le sentaient, ils en étaient sûrs... Où ?

Soudain le lare d'une fontaine qui coula jadis au pied du Palatin s'écria :

— *Ecce homo !*

Pierre-Baptiste, aussi seul, aussi amoureux, se dirigeait vers la livraison des bagages d'un avion qui arrivait de Paris avec trois heures de retard. La même expression de mélancolie se lisait sur son visage...

Aussitôt la décision fut prise par l'essaim transparent.

Les réunir.

Ce fut un jeu d'enfant.

Et si amusant !

Les uns stoppèrent le tapis roulant portant les bagages de Nice tandis que les autres mettaient en marche celui qui attendait les bagages de Paris. Trois valises tombèrent, une porte se bloqua, une autre s'ouvrit brusquement, un douanier éternua. Au même instant, sur le tapis parallèle, Pierre-Baptiste, surpris de le voir arriver si vite, ramassait son sac de voyage et se dirigeait vers la sortie. Il hésita entre deux files de voyageurs, faillit prendre à droite mais se sentit poussé à gauche. Pourtant, il eut beau regarder, il n'y avait personne auprès de lui... il arriva devant les taxis et ne remarqua pas la silhouette qui déposait ses bagages dans le coffre du troisième. Il crut la voiture vide, ouvrit la portière de droite au moment où Sixtine ouvrait la portière de gauche.

— A Rome ! dirent-ils d'une même voix avant de se reconnaître et de rester muets l'un devant l'autre comme devant une apparition.

Leur arrivée n'avait nullement troublé le chauffeur du taxi. Comme chaque jour à la même heure il écoutait l'émission comique de Toto Vespucci et riait aux larmes, écroulé sur son volant. Il n'était pas le seul. La longue file jaune était à l'écoute et les chauffeurs se tenaient les côtes et se tapaient sur les cuisses, bien décidés à ne pas démarrer avant la dernière blague de Toto.

— Pierre-Baptiste..., dit Sixtine.

Mais il posa ses doigts sur les lèvres très douces pour l'empêcher de parler.

— Voulez-vous m'épouser ? demanda-t-il en s'émerveillant de prononcer ces mots pour la première fois.

— Bien sûr ! dit Sixtine et ils s'embrassèrent avec une telle fougue que les lares battirent des mains, un peu étonnés d'entendre un tonnerre d'applaudissements, mais c'était la journée de l'Amour et tout était possible. Alors les petits dieux se prirent par le cou et, farandole éthérée, s'envolèrent ensemble dans le ciel du Latium, heureux, à la recherche d'autres amoureux.

Le tonnerre d'applaudissements venait en réalité de la radio et était destiné à saluer la fin de l'émission de Toto, le chauffeur se tourna vers ses clients, attendit avec sympathie qu'ils aient repris leur respiration et demanda :

— *E adesso dove andiamo* * ?

— A Rome ! dit Sixtine.

— A la mer ! dit Pierre-Baptiste.

— Et où, à la mer ? questionna le chauffeur.

— Où vous voulez ! Au meilleur hôtel !

— Mais j'ai des choses à faire à Rome, Pierre-Baptiste !

— Demain, dit-il, demain ! Aujourd'hui nous appartient !

Ils riaient. Ils s'embrassaient. Ils se caressaient le visage. Ils se regardaient... Le chauffeur ne comprenait pas tout mais il les trouvait épatants. Alors il fonça, très vite, très loin et les conduisit à un hôtel hors les murs et hors de prix où il avait parfois déposé des clients en voyage de noces.

Quand ils se trouvèrent l'un devant l'autre, seuls, libres enfin, ils furent brusquement intimidés par l'instant. Peut-être à cause du soleil qui illuminait la chambre ? Peut-être parce que c'était grave ? Peut-être

* Et maintenant où allons-nous ?

parce que c'était beau ? Peut-être parce que c'était pour toujours ?

Pierre-Baptiste s'approcha de Sixtine, ils se regardèrent longuement puis il lui demanda :

— Vous n'avez pas faim ?

Elle était morte de faim ! Elle n'avait, de sa vie, eu faim à ce point !

Alors ils allèrent déjeuner sur la terrasse entre la piscine et les jardins qui descendaient à la mer et ils surent que jusqu'au bout de leurs vies ils se souviendraient de tout, de la branche de bougainvillée qui promenait son ombre sur eux à chaque souffle du vent, de la saveur du vin blanc très frais, du bruit de pierreries des glaçons dans le seau, du murmure lointain des vagues... Ils avaient mangé des choses marines arrosées d'huile vierge.

La vie avait le parfum des rêves longtemps poursuivis et enfin atteints. Et ils trouvèrent le courage, sous l'ombre mouvante et légère de la branche de bougainvillée, de vivre jusqu'au bout le moment présent, le merveilleux moment d'avant l'amour, comme un prélude que l'on respecte jusqu'à l'ultime mesure, avant de remonter les doigts noués, jusqu'à la chambre d'où le soleil s'était retiré.

La nuit tombe doucement et s'unit à la mer murmurante. De petites lumières s'allument dans le lointain. Sur l'eau ? Sur la terre ? Dans le ciel ?

— Tu étais allé t'asseoir dans la roseraie. Tu parlais à quelque chose d'invisible que tu tenais au creux de ta main... j'ai cru que tu étais un extra-terrestre !

— Qui sait ?

— Tu m'as dit : « C'est la découverte qui vous trouve. »

— Eh bien, elle m'a trouvé.

— Non ?

Elle n'osait croire à la vérité.

— Tu as isolé le virus ?

— Pas seulement, dit-il. J'ai le vaccin.

Elle ferma les yeux.

Elle revoyait Pierre-Baptiste avec sa blouse ensanglantée, Pierre-Baptiste se penchant sur l'enfant qui allait mourir. Elle le revoyait sans connaissance avec sa vilaine blessure à l'épaule... Tout à l'heure elle avait posé ses lèvres sur la cicatrice blanche. Elle revoyait Evangéline leur disant adieu et tous les baisers du monde, toutes les caresses ne pouvaient arrêter ses larmes. Il la serra contre lui. Elle était douce et tiède.

— Le vaccin, répéta-t-elle, et elle trembla comme devant une révélation.

Dans la chambre maintenant envahie par la nuit ils ne distinguaient plus leurs mains enlacées et sentaient seulement la pulsation de leur sang.

Elle pensa à ses parents. Ils furent là. Alors Pierre-Baptiste, comme s'il avait, lui aussi, senti leur présence, posa sa main sur le genou nu de Sixtine et elle sut que la promesse faite à la petite fille était enfin tenue.

Joyeusement elle inventa une fable de bagages perdus et de vol détourné sur Milan pour expliquer son retard à l'ambassadeur de France.

— Ah ! l'Italie ! avait dit Charles-Henri Labeyrie.

Joyeusement Pierre-Baptiste lui emprunta sa fable pour expliquer son retard au directeur de l'Institut Pasteur qui s'inquiétait à Rome.

— Ah ! l'Italie ! avait dit André-Paul Marolles.

Sagement elle s'en alla au Palais Farnèse.

Sagement il s'en alla à l'Hôtel de la Ville.

Pierre-Baptiste devait faire sa conférence l'après-midi même. Sixtine était navrée de ne pouvoir y assister, elle attendait avec fièvre l'annonce de la découverte. Malheureusement, à la même heure, elle serait au Vatican chez le cardinal Kumba.

Le soir elle avait accepté d'aller à un dîner avec l'ambassadeur. Pierre-Baptiste, lui, était invité, chez le second mari de sa troisième femme.

Ils n'étaient pas tristes. Comment auraient-ils pu être tristes ? Même s'ils ne devaient se revoir qu'à Paris.

A Paris ils ne se quitteraient plus.

Jamais.

— *Siamo fidanzati !* dit Sixtine en montant dans son taxi.

— *Siamo fidanzati* * *!* dit Pierre-Baptiste en déposant un baiser sur son poignet.

Ah ! l'Italie !

* Nous sommes fiancés !

Un jeune abbé en soutane la guide jusqu'au bureau du cardinal. C'est rare, maintenant, de voir un jeune homme en soutane. Il a l'air timide. Il l'a accueillie, cour Saint-Damase, à sa descente de voiture, il s'est incliné profondément et, quand il a dit : « Madame, je suis chargé de vous conduire auprès de Son Eminence », elle a su qu'il n'était pas français. Pas italien non plus. D'où vient-il ? Comment a-t-il eu la vocation ? L'a-t-il eue ou bien la cherche-t-il encore ? Par quels chemins est-il passé pour arriver à Saint-Pierre ?

Sixtine meurt d'envie de le lui demander. Elle n'ose pas. C'est la première fois qu'elle pénètre dans le Vatican par l'entrée des artistes. Elle regarde tout. Du grandiose à l'infime détail. Des fresques aux boutons de porte. Par des fenêtres colossales on aperçoit des jardins exemplaires. Des Suisses montent la garde devant des seuils infranchissables. Des silhouettes noires disparaissent dans des pans de mur qui se referment derrière elles. Au bout d'un long couloir le jeune abbé s'arrête. Sans un mot il tend la main comme un ange annonciateur, s'efface. Une porte s'ouvre. Sixtine entre dans un vaste bureau aux tentures pourpres, aux boiseries sévères.

Assis sous un christ d'ivoire, Kumba la regarde.

Il est toujours le même. Toujours bleu marine. Toujours aussi beau.

L'émotion les fige un instant l'un devant l'autre. Vingt-deux ans depuis Bruges... Puis Kumba se lève, ses mains noires aux ongles roses se tendent vers Sixtine qui va vers lui et s'arrête, indécise, se demandant si on peut embrasser un cardinal.

Probablement, puisqu'il la serre dans ses bras. Alors elle l'embrasse. Une fois pour elle, une fois pour Marine.

— Marine ! Toujours inséparables ?

— Toujours. Et pour toujours.

Il n'en faut pas plus pour que lui soit rendue la petite fille à la Bible, pour qu'il retrouve le temps des Ursulines quand elle venait lui parler de Dieu.

Il la fait asseoir et il la regarde.

Sixtine, elle, parcourt la pièce des yeux. Elle se sent incroyablement heureuse. Si heureuse qu'elle voudrait lui raconter toute sa vie, se confier à lui, lui dire qu'elle approche enfin du bonheur... Il lui semble que depuis les murs le christ d'ivoire, la vierge à l'enfant, Catherine de Sienne et saint Antoine, penchés vers elle, attentifs, attendent qu'elle leur parle de Pierre-Baptiste.

Elle ouvre la bouche et, à sa propre stupeur, avoue :

— C'est très impressionnant d'être au Vatican. Surtout pour moi.

— J'ignorais que quelque chose pouvait vous impressionner, Sixtine !

— Vous, monsieur le cardinal !

— Ça ne vous a pas empêchée d'essayer de me convertir !

— Apparemment j'ai échoué ! dit-elle en prenant à témoin la somptuosité qui les entoure.

Ils éclatent de rire. C'est bon de se retrouver, intacts, de voir que la séparation n'a en rien altéré la confiance. Elle rit encore en se souvenant des parties de ballon dans la cour du collège avec le père dribblant au milieu d'elles.

— Si on nous avait dit, à Marine et à moi, que vous deviendriez un prince de l'Eglise ! Et puis, oh ! le jour du Memling ! Vous vous souvenez ? Toute la classe s'était cotisée pour vous offrir des frites et, dans la rue, sous la pluie, vous avez...

Elle s'arrête car le cardinal ne l'écoute plus, ne la

regarde plus. Il vient de se lever et maintenant il s'incline profondément. Quelqu'un est entré sans que Sixtine entende la porte s'ouvrir.

Elle tourne la tête et l'apparition qui se tient sur le seuil la laisse sans voix.

Innocent XIV.

Impossible de se tromper, la robe blanche, la croix, l'anneau...

Après tout, au Vatican, il est chez lui, le pape, rien d'étonnant à ce qu'on l'y rencontre...

Ce qui est plus étonnant c'est qu'il la regarde comme s'il la connaissait déjà. Comme s'il attendait sa venue...

Elle comprend tout quand il dit à Kumba :

— Votre chère petite Sixtine.

Alors elle va vers lui, plonge dans une profonde révérence et s'incline sur sa main en se demandant si elle aura la force de se relever.

C'est le Saint-Père qui la relève.

— Nous avions grande hâte de vous connaître, madame, dit-il en la priant de s'asseoir.

Voilà, elle est assise.

A côté du Vicaire de Jésus-Christ, de l'Evêque Universel, du Successeur de saint Pierre, du Souverain Pontife, du Serviteur des Serviteurs du Christ.

En face d'elle un cardinal.

Debout derrière le pape, un prélat à l'air sévère qui ne la quitte pas des yeux.

Seigneur !

— Nous vous avons vue à la télévision, dans ce moment dramatique, au Santaragua, avec ces petits enfants que vous avez sauvés.

— Je ne les ai pas sauvés seule, Très Saint-Père.

— Nous ne sommes jamais seuls, dit-il gracieusement.

Puis il lui annonça que, ce matin même, il avait eu de bonnes nouvelles de sœur Evangéline.

Evangéline. Que de fois sa pensée était allée vers elle avec angoisse, hier encore...

— ... les partisans ont renversé la dictature militaire

et notre sœur est désormais hors de danger. Nous lui sommes très attaché sans l'avoir encore jamais vue.

— Sœur Evangéline est une femme... une femme... dit Sixtine qui lutte avec ses larmes.

Elle cherche le qualificatif le plus juste, le plus digne et craint d'être en dessous de la réalité. Le pape le comprend et conclut simplement :

— Une femme.

De nouveau, comme tout à l'heure, elle se sent incroyablement heureuse.

Elle aime les yeux gris, très doux, qui ne la quittent pas. Parfois elle y sent un frémissement de douleur. Elle lui sourit timidement et il lui rend son sourire. Elle se demande ce que prévoit l'étiquette ? Doit-elle se retirer ? Doit-elle rester ? Elle cherche du secours du côté de Kumba et surprend entre lui et le pape un échange mystérieux dont elle ne peut comprendre la signification. Tous deux la regardent avec une bienveillance appuyée qui la met mal à l'aise.

— Vous aviez raison, monsieur le cardinal...

Raison ? Mais de quoi est-il question ?

Le cardinal, toujours assis, a répondu par une profonde inclination de la tête au pape qui poursuit, sans quitter Sixtine des yeux :

— Je crois que notre idée est bonne...

— Je le crois aussi, Très Saint-Père.

Et, de nouveau, ils la regardent. Ne sachant quelle contenance prendre elle se tient comme une élève appelée au parloir.

Soudain le pape se penche vers elle :

— La santé chancelante de notre cher ami, le comte de Maubeuge, votre ambassadeur près le Saint-Siège, nous cause beaucoup de souci...

Ne voyant pas du tout où il veut en venir, Sixtine approuve gravement.

— M. de Maubeuge nous a fait part de son désir de renoncer au plus vite aux affaires de l'Etat...

Et Sixtine, toujours aussi perdue, continue à approuver gravement.

Le silence tombe sur la pièce et elle pense que cela

signifie qu'elle doit prendre congé quand le pape lui demande avec courtoisie si le climat de Rome lui plaît.

— Oh ! oui... beaucoup, Très Saint-Père !... Le climat de Rome est un climat délicieux, assure-t-elle absolument ahurie.

C'est alors que se tournant vers Kumba le pape a suggéré à mi-voix qu'il serait bon d'en venir à une allusion plus précise et le cardinal s'est adressé directement à Sixtine :

— Sa Sainteté aimerait savoir si l'ambassade de France près le Saint-Siège... officieusement bien sûr... vous me comprenez ?

Elle ne comprit pas tout de suite. Puis, brusquement, le sens de tout ce qu'elle venait de voir et d'entendre lui apparut. Le Saint-Père lui laissait entendre qu'elle pourrait remplacer M. de Maubeuge et devenir ambassadeur de France auprès du Vatican.

Elle se leva d'un bond.

— Mais c'est impossible ! Je ne peux pas ! Je n'en ai pas le droit ! Il faut que je vous dise qui je suis, Très Saint-Père... D'abord je suis une femme !... et puis j'ai été baptisée protestante dans...

— ... dans l'église luthérienne d'Hunawihr, dit le pape. L'église luthérienne d'Hunawihr qui est aussi une église catholique ! Simultaneum... Elle monte la garde au-dessus des ceps du vignoble d'Alsace... Il y a très longtemps — j'étais alors jeune évêque — j'y ai célébré un mariage avec le pasteur Schmitt... un beau souvenir, madame.

Il se leva et le cardinal, lui aussi, se leva, puis le pape s'approcha de Sixtine :

— Je vous connais bien, Sixtine Bader... « Faire face »... Je vous connais bien.

Au moment de partir il se ravisa :

— Tout ce que nous avons dit dans cette pièce est un *segreto,* madame. Je sais que vous n'en parlerez pas... mais j'espère que vous réfléchirez !

De nouveau Sixtine s'inclina. Elle le regarda se diriger vers la porte, le sombre prélat sur ses pas. Sur le seuil, le

Saint-Père se retourna. Il souriait, il avait l'air heureux.

— Quand vous vous êtes levée, mon enfant, la Vérité à la bouche, j'ai cru voir se dresser devant moi l'église d'Hunawihr... notre église...

Et il s'en alla après avoir fait un geste de bénédiction.

A la même heure Pierre-Baptiste se couvrait de gloire au congrès mondial de Virologie.

La nouvelle avait fait l'effet d'une bombe.

— Internationale ! Une bombe internationale !

Dans sa chambre de l'Hôtel de la Ville le professeur Marolles exultait. Quel cachottier ce Lambert ! Mais quel génie ! Non seulement il avait isolé le virus mais il tenait le vaccin ! Un génie ! Ils allaient pouvoir profiter de la soirée qui les attendait ! Chez une princesse, paraît-il ? Marolles adorait les princesses. Une des nombreuses femmes que Pierre-Baptiste avait épousées. Sacré Lambert ! Mais quel génie ! Quelle chance pour Pasteur-Vaccin ! Les arbovirus éradiqués ! Les fièvres hémorragiques vaincues !

— Champagne ! cria-t-il et son bouton de col sauta au milieu de la pièce.

Longtemps le professeur Marolles se battit avec cet accessoire peu coopératif. Finalement il eut le dernier mot, bloqua le bouton avec un nœud papillon vainqueur et descendit de bonne heure au bar de l'hôtel pour y admirer la clientèle féminine.

Pierre-Baptiste le rejoignit un peu plus tard. Fin. Elégant. Superbe. Rayonnant. L'air un peu fatigué, peut-être ? Normal ! Après tout ce qu'il avait vécu au Santaragua, rien d'étonnant ! Ça faisait plaisir de le voir sourire à nouveau. Ah ! le succès ! la réussite ! Sacré Lambert, va !

Ils ne remarquèrent pas l'homme qui buvait un

Campari à l'autre extrémité du bar en jouant avec un étrange petit briquet.

Quand ils furent partis, l'homme attendit encore quelques minutes puis il se dirigea vers l'ascenseur, y entra et appuya sur le numéro 6.

Le numéro de l'étage du professeur Lambert.

La nuit est superbe.

Les voitures déposent les invités à l'entrée des jardins du Palazzo Cavalieri qu'ils traverseront pour gagner la façade illuminée.

Sur la terrasse où les flammes des cassolettes de cire se penchent au gré d'un vent aimable, des odeurs balsamiques, des relents parfumés d'herbes brûlées viennent tourbillonner autour des élus qui avancent dans des bruissements de soie, des frémissements de satin, des envols de mousseline. Et des mots, des accents, des rires nés aux quatre coins de l'Europe les accompagnent le long de l'allée que des cyprès bordent à main gauche et qui, à main droite, ouvre sur Rome qui s'endort et s'allume à la fois.

Charles-Henri Labeyrie, ambassadeur de France auprès de la République italienne, est heureux. Lui, le célibataire endurci, va ce soir faire à Sixtine les honneurs de la *nobiltà*.

Quand il l'a vue, tout à l'heure, au Palais Farnèse, sortir de ses appartements dans une robe de brocart qui semblait dessinée par le Titien il avait eu envie d'envoyer une dépêche à Tancrède de Foy.

« Sixtine est à la hauteur de son nom ! »

Quel dommage que le contretemps d'hier l'ait privée d'une journée de détente dans Rome. Elle ne semblait pas en être affectée, d'ailleurs.

Quel heureux caractère ! Elle était radieuse. L'air un peu fatiguée, peut-être ? Après tout ce qu'elle avait vécu au Santaragua, rien d'étonnant ! C'était une joie de l'avoir au Farnèse, il n'aurait pas supporté de la voir descendre à l'hôtel comme tout le monde.

— Cavalieri ? demande Sixtine.

— Cavalieri, confirme-t-il. Une très ancienne famille qui pourrait revendiquer le vers de Scudéry : « Albe compte les siens parmi ses premiers rois. » Leur devise est superbe : *Cavalieri Dei Cavalieri*, les Cavalieri sont les chevaliers de Dieu.

— Superbe ! dit Sixtine.

— Dites-vous, ma chère, que vous pénétrez dans un domaine enchanté. A Rome tout est possible de ce qui est impossible... mais dans ce palais particulièrement. La princesse est une magicienne, en tout cas une voyante. Si elle porte tout à coup la main à son front, si elle pâlit ou resplendit, ne croyez pas à un malaise, c'est qu'elle vient d'avoir une vision. Oriana qui est encore une jeune femme forme avec son mari un couple assez surprenant : Bimbo, le prince, vient d'avoir cent ans.

— Vraiment, dit Sixtine amusée.

— Vraiment. Nous les avons fêtés le mois dernier. Un homme exquis... Son principal titre de gloire est d'avoir fait pipi sur les genoux de Verdi quand il avait deux ans. Il vous en parlera, il en parle à tout le monde. Il faut reconnaître que depuis cet exploit il n'a rien fait de vraiment marquant, si j'ose dire... Ah ! tiens, dit Charles-Henri en désignant deux superbes cierges plantés dans des chandeliers monumentaux à l'entrée de la loggia des Cavalieri, nous attendons un cardinal ! Oui, autrefois des porteurs de cierges accueillaient les princes de l'Eglise... aujourd'hui on se contente de chandeliers... demain les prélats arriveront en vélo. *Sic transit gloria mundi.*

Il y avait une vraie bousculade pour atteindre les maîtres de maison. Sixtine ouvrait les yeux sur sa première fête romaine avec ravissement.

— Quand je viens ici, dit Charles-Henri en se penchant vers elle, je pense toujours à cette féerie de Molière dont il disait lui-même : « C'est une galanterie extravagante ! »

La féerie, Sixtine y est en plein depuis qu'elle a mis le pied en Italie. En vingt-quatre heures elle aura rencontré l'Amour, le Pape, la Magicienne, le Vieillard...

Elle a hâte de raconter tout ça à Pierre-Baptiste. Elle ne peut plus vivre sans une perpétuelle référence à lui, sans un perpétuel échange. Elle pense à ses lèvres sur son corps et elle frémit quand soudain une comète à la brillante chevelure de feu fonce sur eux dans un tumulte de taffetas changeant. Oriana, la Magicienne.

— Cher ambassadeur tricolore ! Je vous adore d'être venu ! Non ! ne la présentez pas ! Je la connais ! Je l'aime ! Je l'admire ! Je l'embrasse ! ajouta-t-elle et elle serra Sixtine dans ses bras : Je vous ai vue à la télévision avec les enfants. Magnifique !

Sixtine la suivit jusqu'au fauteuil roulant du prince centenaire. Il était minuscule — une poupée mécanique —, couvert de décorations rares ; malgré la chaleur une couverture de vair était posée sur ses genoux.

Oriana haussa le ton de quelques décibels et se pencha tendrement vers lui :

— *Amore !... Guarda chi c'è !* La *signora* qui a sauvé *i bambini ! Ti ricordi ?* Il pleurait devant le poste, expliqua-t-elle avec émotion.

Le prince produisit un bruit de poulie et déposa des lèvres respectueuses et légèrement baveuses sur la main de Sixtine qu'il garda entre les siennes pour lui confier gravement :

— *Ho fatto pipi sulle ginocchia di Verdi quando avevo due anni...*

— Qu'est-ce que je vous disais ! jubila Charles-Henri, ravi.

Ravie elle l'était aussi tout en essuyant discrètement sa main puis elle se figea.

Elle venait de voir Pierre-Baptiste qui arrivait. Lui aussi l'avait vue. La féerie continuait.

Ainsi Oriana avait été la femme de Pierre-Baptiste ?

Elle l'avait accueilli en héros.

Et, ce soir, après son succès au congrès de Virologie,

« son triomphe », disait Charles-Henri, les journaux ne parlaient que de lui, il était vraiment un héros.

Oriana l'avait pris par la main.

— Voici le professeur Pierre-Baptiste Lambert de l'Institut Pasteur de Paris qui vient de faire la découverte du siècle !

Puis, à la cantonade, afin que nul n'en ignore, elle avait expliqué :

— Il a été mon mari avant Bimbo !

Un murmure flatteur et distingué avait accueilli cette communication.

Alors, gracieusement, elle avait conduit le héros jusqu'au fauteuil roulant :

— *Amore !...* c'est mon mari ! L'autre ! Celui d'avant toi !

Le prince avait eu l'air très intéressé. Il avait retenu Pierre-Baptiste tout contre lui :

— *Ho fatto pipi...*

Puis Oriana avait voulu présenter Pierre-Baptiste à Sixtine avant d'éclater de rire :

— Mais je suis folle ! Vous étiez ensemble au Santaragua !

Soudain elle avait poussé un grand cri, porté la main à sa poitrine et fermé les yeux.

— Oriana va avoir une vision, glissa Charles-Henri à l'oreille de Sixtine tandis que les invités s'écartaient en silence, saisis d'une crainte respecteuse.

— Ça la fatigue beaucoup, expliqua une vieille fée vêtue de diamants et de plumes historiques à l'attaché culturel de Grande-Bretagne qui se croyait projeté en pleine magie noire.

Peu à peu la princesse revenait à elle gardant l'air égaré d'une sibylle tombée de son trépied.

— *Cos'hai visto, amica mia* ?* demanda le commandatore Cipriani qui espérait toujours l'annonce d'un changement de gouvernement.

Mais Oriana savait rarement interpréter ses visions.

— Des anneaux... des anneaux, dit-elle, je crois

* Qu'as-tu vu, chère amie ?

que je suis troublée parce que nous attendons un cardinal !

Elle était une charmante maîtresse de maison, heureuse de voir tous ces gens réunis dans son palais, courant de l'un à l'autre, confiant Marolles à Primavera, smoking noir et mèche platine, l'arrière-petite-fille de Bimbo ; elle allait des uns aux autres, encourageait Charles-Henri et Lady Bruce Paddington qui tentaient d'entraîner un Grand d'Espagne pour chasser la truffe blanche sur les terres de Donna Lorenza, battant des mains à chaque nouvelle arrivée d'invités : Marcello ! Fiametta ! Stefanella ! Umberto ! Kiki ! Eurydice !

Puis elle revint à Pierre-Baptiste et à Sixtine qui se regardaient toujours dans les yeux. Enchantés. Elle les prit chacun par un bras, leur rendant l'usage de la parole et du geste, et annonça :

— Il y a une surprise !

La surprise c'était Raïssa et Bettina qui jouaient au bridge avec Ronald Forrester — correspondant permanent du *Times* — et un chevalier du Saint-Sépulcre à la lippe autrichienne.

— J'aurais voulu nous réunir toutes, mon chéri ! s'écria-t-elle.

Elle expliqua à Sixtine qu'elle disait « toutes » parce qu'elles étaient cinq femmes à s'être succédé dans la vie de Pierre-Baptiste. Elle, elle était la 3, Raïssa la 2, Bettina la 4. Gisèle, la 1, avait le rhume des foins... non ! la maladie des petits chiens..., c'était Arielle, la 5, qui avait le rhume des foins !

Sixtine était dans une telle béatitude qu'elle vit avec ravissement la 2 et la 4 sauter au cou de Pierre-Baptiste. Elle ne fut pas étonnée de les voir venir vers elle avec chaleur. Visiblement son appel au secours avait fait d'elle une créature universelle. Raïssa l'avait vu à Berlin-Est et Bettina à Sydney. Elle brûlait du désir de leur dire : Je suis la 6 ! Elle se sentait en famille. Elle apprit avec bonheur que Youri avait envoyé un message le matin même à la Glavkosmos et se réjouit à l'idée d'être bientôt la belle-mère d'un colonel de l'Armée rouge.

Soudain un cri avait couru parmi les invités et creusé les groupes comme lorsqu'un souverain est annoncé :

« Le cardinal ! Le cardinal ! Le cardinal ! »

Les femmes avaient plongé en de profondes révérences et Sixtine avait vu arriver Kumba, splendide, plus noir que jamais dans sa robe pourpre, suivi de deux jeunes abbés en soutane.

En s'inclinant sur son anneau Oriana avait eu une nouvelle vision. Vision facile à interpréter cette fois mais si révolutionnaire qu'elle n'osa la révéler à ses fidèles : le cardinal, vêtu de blanc, saluait depuis une célèbre fenêtre...

Elle crut avoir une nouvelle vision en voyant Kumba embrasser Sixtine. Heureusement monseigneur Cameleoni, le sévère camérier secret qui avait assisté le jour même à l'entrevue avec le Saint-Père, se pencha sur son oreille et lui délivra un *segreto* qui enchanta la princesse. Quelle soirée réussie ! Quelle nouvelle *meravigliosa !* Elle accueillit avec ravissement un grand et beau garçon blond qui venait de rejoindre Raïssa :

— Princesse, je te présente le camarade Sergueï Stepanovitch Tikomirov qui est en mission à Rome. Il ne voulait pas mourir avant d'avoir vu ce que pouvait être une soirée au temps des tsars !

Oriana éclata de rire et faillit perdre connaissance en serrant la main du Soviétique. Elle revint à elle, glacée, tremblante. Pour rien au monde elle n'avouerait l'horreur qu'elle venait de voir. Elle prit deux coupes sur un plateau qui passait, en donna une à Tikomirov et trinqua avec lui en frissonnant.

Dans le salon de brocart rouge, Prospero Cavalieri, grand pécheur devant Dieu, qui faillit être pape en 1242, écoutait sans vergogne depuis son cadre de bois doré marqué des armes de l'antique famille, la conversation du cardinal et de Sixtine qui s'étaient écartés du monde un instant.

— Vous êtes entrée tout droit dans le cœur du Saint-Père, comme Jeanne d'Arc dans Orléans !

Cette image flatteuse sembla plonger Sixtine dans la confusion, elle rougit, baissa la tête et avoua ce que, dans son trouble, elle avait omis de dire à Innocent XIV :

— Une chose très grave, Eminence... Je suis en instance de divorce.

Le cardinal accueillit cette information avec calme :

— Et alors ? dit-il. Vous ne vous êtes pas mariée à l'église, que je sache.

Sixtine en convint, décida de se plonger dès le lendemain dans l'étude du droit canon et se sentit de nouveau merveilleusement bien.

Elle abandonna le cardinal à une journaliste américaine spécialiste de la mode ecclésiastique et chercha Pierre-Baptiste des yeux. Elle l'aperçut dans la loggia, appuyé contre un lion de pierre, entouré, certes, mais l'air perdu, l'air triste... et soudain il fut radieux : il venait de la voir.

Elle alla vers lui. Il alla vers elle. C'était une soirée magnifique.

Malheureusement c'était une vraie féerie et dans toute féerie il y a le Diable.

— Bonsoir, Sixtine, fit la voix d'Hérode.

Elle avait éprouvé, comme toujours, un léger malaise en sentant ses lèvres molles sur sa main, quelque chose d'obscur avait battu dans son cœur quand elle avait rencontré le regard des yeux jaunes... Mais elle était si heureuse qu'elle avait eu honte de sa répulsion. Elle avait le bonheur généreux. Elle fut touchée quand Hérode se tourna vers Pierre-Baptiste et lui dit, presque chaleureux :

— Je suis heureux de pouvoir vous exprimer l'admiration d'un autodidacte pour votre splendide découverte, monsieur !

— Vous allez rire, Hérode ! (Oriana venait de les rejoindre.) Figurez-vous que ces deux-là, elle désignait Pierre-Baptiste et Sixtine, ces deux-là qui ont frôlé la mort ensemble au Santaragua se retrouvent chez moi, ce soir, par hasard !

— Par hasard ! avait répété Hérode avec un accent de conviction émouvant.

Il ne dînait pas avec eux. Il s'envolait pour Méduse. Il aurait déjà dû être parti.

— Le travail...

Mais quand Oriana lui avait annoncé que Sixtine serait là ce soir il n'avait pu résister au désir de la revoir, il y avait si longtemps...

— Tu sais que je suis toujours ton ami le plus fidèle et le plus dévoué...

Comment aurait-elle pu se méfier ? Comment aurait-elle pu imaginer le drame qui se préparait au milieu de la féerie ? Comment aurait-elle pu surprendre le coup d'œil échangé entre Lucrèce et un homme qui jouait avec un étrange petit briquet chaque fois que Pierre-Baptiste s'approchait de Raïssa ? Comment aurait-elle pu remarquer qu'il avait tenté à plusieurs reprises d'allumer sa cigarette pendant que Sergueï Tikomirov serrait la main de Pierre-Baptiste ? Comment aurait-elle pensé à surveiller Lucrèce touchant à peine le sol dans sa robe couleur d'Erèbe ?

L'instant était à la joie.

— Nous sommes à Rome ! criait Oriana. Nous sommes heureux ! Amusons-nous ! Parce que Rome c'est la fête ! Ce n'est pas dangereux comme le Santaragua !

Tout le monde avait ri.

Même Hérode qui partait avec Lucrèce. Même l'homme à l'étrange petit briquet qui disparut soudain, comme englouti par les dessous d'un théâtre, au moment où la monumentale porte de la salle à manger s'ouvrit sur le majordome de la princesse.

L'incomparable Giuliano que trois reines et un président des Etats-Unis avaient essayé de lui enlever à prix d'or. Le splendide Giuliano en grande tenue qui annonça, en français comme on le faisait chez les Cavalieri depuis le XVIe siècle :

— Monsieur le cardinal est servi !

A deux heures du matin Sixtine appela l'Hôtel de la Ville.

A peine rentrée au Farnèse elle avait eu besoin d'entendre la voix de Pierre-Baptiste.

— Je vous aime, dit-elle.

— Je vous aime, dit-il.

Elle trouva sa voix triste. Il n'était pas triste mais inquiet. On avait touché à ses papiers. A sa formule. Il en était sûr. La preuve c'est qu'il avait mis la page 13 avant la page 12 et que maintenant c'était la page 12 qui était avant la page 13...

Elle éclata de rire.

— Je t'adore, dit-elle.

Il y eut un silence.

— Pierre-Baptiste... ça va ?

— Vous êtes trop loin, dit-il.

C'était vrai. Ils ne pouvaient plus vivre l'un sans l'autre. Mais il s'agissait de quelques jours. Après, plus rien ne les séparerait. Jamais.

A sept heures du matin Oriana appela l'Hôtel de la Ville et réveilla Pierre-Baptiste.

La police sortait de chez elle. Un de ses invités avait été assassiné. On l'avait retrouvé dans sa voiture. Mort.

— Et tu sais, c'est terrible, j'avais eu la vision !

Pierre-Baptiste demanda qui était mort.

Il s'agissait du Soviétique Sergueï Tikomirov.

A la même heure, à Méduse, Lucrèce réveillait Hérode et lui annonçait que le Russe était mort.

— Mort ? cria-t-il. Vous êtes folle ? Je croyais avoir été clair !

— C'est un accident, Monsieur. La dose de drogue a dû être trop forte à cause de l'alcool qu'il avait...

Il l'interrompit d'un geste de la main.

— Je ne veux pas être au courant. Ce sont vos affaires !

Il réfléchissait, assis dans son lit d'ébène incrusté de nacre. Il ressemblait à Méduse. Soudain il sourit à Lucrèce :

— Au fond ce... regrettable contretemps, ne change rien à mon plan. Ça le rend même plus dramatique ! La police italienne a bien retrouvé les documents microfilmés du professeur Lambert sur Tikomirov ?

Ils les avaient retrouvés mais pour l'instant n'en faisaient pas état. Sans doute allaient-ils d'abord prévenir le Quai d'Orsay.

— Bien, dit Hérode. Plus cette affaire prendra une dimension internationale, plus le professeur sera atteint. Au fait, la photo où il serre la main du Soviétique est bonne ?

— Excellente, Monsieur.

— Et tout a été réglé pour le compte en Suisse ?

— Oui, Monsieur. Nous l'avons, comme vous me l'aviez demandé, ouvert à Zurich au nom de M. Lambert... il y a quatre ans, cela va sans dire ! Et un gros versement vient d'avoir lieu en provenance d'une banque connue pour ses rapports avec l'Union soviétique.

Hérode approuva puis demanda à quelle heure le journaliste accueillerait Pierre-Baptiste à Paris.

— A sa descente d'avion, Monsieur. (Lucrèce consulta ses notes.) Très exactement à dix-neuf heures quarante.

— Réservez trois colonnes en première page pour son

article... à partir d'après-demain vous ferez reprendre l'information dans tous nos quotidiens.

— Et la télévision, Monsieur ?

— La télévision suivra, dit-il, puis il s'appuya confortablement contre ses oreillers. Il ne s'en remettra jamais, Lucrèce. Une fois la rumeur partie, rien ne peut l'arrêter...

Le soir même Tancrède de Foy débarquait au Palais Farnèse et annonçait officiellement à Sixtine qu'elle était nommée ambassadeur de France près le Saint-Siège.

A la même heure Pierre-Baptiste débarquait à Roissy et un journaliste l'interpellait :

— Professeur Lambert, qu'avez-vous à déclarer au sujet du meurtre de Sergueï Tikomirov ?

LA ROCHE TARPÉIENNE

Professeur Pierre-Baptiste Lambert
Chef de recherches à l'Institut Pasteur

Les lettres blanches apparaissent sous l'image de Pierre-Baptiste qui passe en direct au journal de treize heures. Il semble tendu, nerveux.

Le journaliste répète sa question et Pierre-Baptiste hausse les épaules :

— Je vous l'ai déjà dit : je n'ai pas et je n'ai jamais eu de compte en Suisse.

Le journaliste lui tend une photocopie que la caméra vient chercher en gros plan :

— Ce document reproduit dans toute la presse semble pourtant affirmer le contraire.

— C'est un faux. Un compte en Suisse ! Pour quoi faire ? Je n'ai pas d'argent.

Le journaliste sourit. Il précise les dates des versements qui apparaissent sur le bordereau et qui, d'après l'enquête menée en Suisse, seraient d'origine soviétique.

De nouveau Pierre-Baptiste hausse les épaules.

— Vous ne niez pas avoir été en relation avec Sergueï Tikomirov qu'on a retrouvé mort, à Rome, avec, dans sa poche, un microfilm concernant votre récente découverte et, tout particulièrement, la formule de votre vaccin ?

— Je n'ai jamais été en relation avec cet homme.

— Que veut dire alors cette photo, prise quelques

heures avant sa mort, où l'on peut vous voir en train de lui serrer la main ?

— Ce n'est pas ce que j'appelle être en relation avec quelqu'un !

Le journaliste choisit une autre photo et la présente à Pierre-Baptiste.

— Êtes-vous en relation avec l'homme qui est sur cette photo ?

Pierre-Baptiste a un petit sourire :

— Evidemment. C'est mon fils !

— Il porte un uniforme...

— Oui, il est militaire.

— Dans quelle armée sert-il ?

— Dans les forces armées soviétiques.

— Dans l'Armée rouge... Je vous remercie, professeur !

Sixtine éteint la télé. Elle est atterrée. Elle vient de débarquer de Rome et découvre brutalement la réalité.

Il y a quelques jours, à la soirée d'Oriana, Pierre-Baptiste était en pleine gloire. Aujourd'hui on cherche à le déshonorer.

Quand elle lui avait téléphoné du Farnèse pour lui annoncer sa nomination elle n'avait rien remarqué d'anormal dans sa voix. Que de la joie.

« Je peux dire oui ? » avait-elle demandé et il avait ri. Oui, elle pouvait dire oui.

« Tu veux bien vivre à Rome avec moi ? »

Il avait encore ri. Pour vivre avec elle il était prêt à repartir au Santaragua.

A ce moment-là il ne se méfiait encore de rien. Il avait été exaspéré par les questions du journaliste à sa descente d'avion mais n'avait pas jugé nécessaire d'en parler à Sixtine, c'était tellement grotesque :

« La police italienne révèle que des microfilms de documents vous appartenant ont été retrouvés sur le cadavre de Tikomirov... des documents en rapport avec votre vaccin. »

Bien sûr on avait touché à ses papiers, on avait mis la

page 12 avant la page 13... mais de là à imaginer une conspiration !

Le lendemain l'information concernant le microfilm était reproduite, partout, deux jours après, un journal de Lausanne faisait mention du « compte en Suisse » et l'escalade commençait.

C'était un si beau scandale.

Un chercheur intègre, un professeur éminent, une gloire de Pasteur trouve un vaccin et le vend aux Soviétiques ! Personne n'en aurait rien su si son contact n'avait pas été trouvé mort après une soirée romaine, une de ces soirées douteuses dans la tradition de la *dolce vita,* et si l'on n'avait pas découvert que l'insoupçonnable professeur était possesseur d'un compte en Suisse. Depuis quatre ans.

Tous les moyens techniques furent mis au service de la vérité.

Radios, télés, minitels, photos, articles avec reproduction des « preuves ».

Micros-trottoirs, sondages, jeux télévisés, partout on parlait de l'Affaire Lambert.

Comme toujours on demanda leur avis à des gens que leur incompétence absolue n'empêchait nullement d'en avoir un. *Voici-Paris* fit même voter un département témoin tiré au sort par le dernier gagnant de « La Corne d'Abondance », département qui fut aussitôt élu « représentatif de l'opinion de 56 millions de Français * ».

Sixtine s'en voulait de ne pas avoir senti venir l'orage, d'être restée à Rome après le départ de Pierre-Baptiste, elle se trouvait égoïste de s'être occupée de ses affaires sans avoir deviné qu'il était en danger.

Elle avait failli faire la connaissance du comte de Maubeuge, l'ambassadeur égrotant l'ayant aimablement invitée à prendre une tisane avec lui à la Villa Bonaparte. Il désirait lui présenter la maison qui allait

* Finalement le résultat du vote ne fut pas reproduit dans la presse, 87,9 % des suffrages exprimés ayant déclaré le professeur innocent.

être la sienne. En apprenant la nomination de Sixtine il avait éprouvé une grande joie. Si grande que ses malles étaient déjà faites. Malheureusement, le matin du jour où ils devaient se rencontrer, le pauvre homme se réveilla avec une si forte fièvre qu'on dut le rapatrier par avion sanitaire et le diriger sur le Val-de-Grâce où on lui enleva une dent de lait qui n'avait jamais pu percer et qui était peut-être la cause de toutes les misères qui, depuis plus de quarante et un ans de carrière, l'avaient accompagné de chancellerie en chancellerie.

Alors Sixtine était retournée au Vatican remercier le cardinal qui se défendit d'être à l'origine de sa nomination.

« La France est un Etat souverain, Sixtine ! Qui oserait se mêler de ses affaires ? Disons qu'il y a eu une heureuse rencontre entre les décisions du Quai d'Orsay et les vœux du Saint-Père et voyons là un arrêt du Ciel. »

Tout à sa joie elle faillit lui annoncer qu'elle allait épouser le professeur Lambert. Au moment de le faire elle pensa qu'il serait plus convenable d'attendre de ne plus s'appeler Mme Harper.

C'est dans l'avion du retour qu'elle avait lu pour la première fois ces mots qu'elle allait retrouver partout : l'Affaire Lambert.

A Pasteur le numéro du laboratoire est toujours occupé. Sixtine le refait sans arrêt, s'énerve, demande au standard ce que ça veut dire. Les journalistes, lui a-t-on répondu...

Alors elle y est allée.

C'est la première fois qu'elle pénètre dans l'Institut et, quand elle entre dans le laboratoire, dans cet univers si particulier de la recherche, au milieu de ces gens en blouse blanche penchés sur des éprouvettes et des microscopes, quand elle entend la musique étrange des appareils de verre et de métal, quand elle sent tous les regards posés sur elle et particulièrement celui de Pierre-Baptiste, elle se demande si elle a bien fait de venir.

— Sixtine ! dit Pierre-Baptiste et, d'un geste, il lui a

présenté ses assistants : Mon équipe... Quant à vous, plaisante-t-il, on ne vous présente plus !

Ils ont tous souri en la saluant avec gentillesse ; elle a souri aussi. Mais elle a quand même senti qu'elle les dérangeait dans leur travail.

— Mouloud, dit Pierre-Baptiste en se tournant vers un garçon au visage très doux, vous continuez la vérification, je vous rejoins tout à l'heure.

— Bien, monsieur, dit le garçon en prenant sa place.

Ils étaient allés dans le petit bureau de Pierre-Baptiste qu'une simple paroi de verre isolait du laboratoire.

— Quelle surprise ! dit-il en la faisant asseoir. Vous arrivez de Rome ?

Elle le sentait gêné. Elle l'était aussi.

Elle n'osait pas lui reprocher de l'avoir laissée dans l'ignorance et pourtant elle lui en voulait de l'avoir tenue à l'écart de ses problèmes.

— Je n'arrivais pas à vous joindre au téléphone, dit-elle pour expliquer son intrusion. Vous allez réagir ?

— Réagir ?

— Oui, à cette campagne de presse scandaleuse !

— Ah ! fit-il, vous savez.

— Vous allez répondre ?

— Ma seule réponse c'est ça ! fit-il en désignant les chercheurs à travers la vitre. Nous en sommes à la dernière phase des travaux pour le vaccin, demain ou après-demain tout sera sous pli cacheté dans un coffre de la maison, ça c'est une réponse !

— Défendez-vous !

— Comme si j'étais coupable ?

Ils se turent et restèrent silencieux sans se regarder. Au bout d'un moment, Pierre-Baptiste dit lentement :

— Je regrette même d'être allé à la télévision tout à l'heure pour me justifier...

— Mais tu ne t'es pas justifié ! dit-elle en oubliant de le vouvoyer. Tu n'as même pas fait état de ce que tu m'as dit quand je t'ai appelé à ton hôtel l'autre nuit ! On a bien touché à tes papiers ?

— Oui.

— Pourquoi n'en as-tu pas parlé ?

— Qui me croira ?

— Mais je peux témoigner que...

— En aucun cas, Sixtine ! Jusqu'ici votre nom n'a jamais été prononcé, Dieu merci, et vous devez rester en dehors de tout ça. Je te le demande, mon amour, dit-il plus doucement. Je te demande de m'éviter en ce moment... il ne faut plus venir ici, il ne faut plus chercher à me joindre, ça peut être dangereux pour toi, il ne faut plus...

— Il faut attaquer ce journal suisse en diffamation ! Il faut prendre un avocat ! Il faut...

— Faire face ?... Pardonne-moi, dit-il en la voyant détourner la tête.

— Enfin, Pierre-Baptiste, est-ce que vous vous rendez bien compte de ce qui se passe ? Est-ce que vous lisez la presse ?

— Le moins possible, dit-il avec agacement. Oh ! excusez-moi, je vois que Mouloud a besoin de moi.

Elle se leva et, sur une étagère, elle aperçut la petite cage. La souris les regardait, elle semblait écouter leur conversation avec intérêt.

— C'est Germaine ? demanda-t-elle.

— Oui.

— Vivante.

— Vivante et, crois-moi, c'est ça qui compte !

— Germaine me donne du courage, dit-elle sans la quitter des yeux. Elle vient de me prédire l'avenir.

Il la regarda alors avec une telle tristesse qu'elle eut besoin de tout son contrôle pour ne pas se jeter dans ses bras.

— Je t'aime, dit-il en tournant le dos à la vitre pour qu'on ne puisse pas lire les mots sur ses lèvres.

Entrant il y a une heure dans le Palais de Justice elle était encore la femme de Jimmy. Maintenant le divorce a été prononcé. Et ils s'en vont, ensemble, se tenant par la main.

— Tu déjeunes avec moi ?

Elle ne peut pas, Tancrède l'a convoquée dans une heure au Quai. Il paraît que c'est important. Urgent même. Elle ne peut pas déjeuner mais elle invite Jimmy à partager un sandwich et un café.

— Tu te souviens de la plage de Scheveningen ? demanda-t-il. Dans les grandes occasions c'est toujours toi qui m'invites...

Elle a brusquement les yeux pleins de larmes et il s'en veut d'avoir dit ça. Il faut qu'elle sache que le divorce ne change rien. Il est là. Il sera toujours là pour elle. Pour Pierre-Baptiste aussi. Ça y est. Il l'a dit. Il est soulagé et elle ne pleure plus.

— Tu savais ?

— Bien sûr !

Elle s'accuse, elle aurait dû parler plus tôt, se confier à lui...

— Pour te confier à moi il aurait fallu que tu me rencontres ! Je t'avais prévenue : le plus mauvais des maris !

Un sandwich long comme le Pont-Neuf vient se poser entre eux et Jimmy le partage équitablement, scrupuleusement, et lui en tend la moitié.

Sixtine regarde sa part de sandwich sans y toucher, silencieuse.

— J'ai vu Pierre-Baptiste l'autre jour à la télévision, dit Jimmy, et j'ai eu peur. Pas à cause de l'histoire avec le Soviétique, pas à cause du compte en Suisse... à cause de lui. Il ne sait pas se défendre. C'est un pur, conclut-il, soucieux. Tu es au courant pour l'affaire de New Delhi ?

— Non, qu'est-ce que c'est ?

A Rome, après le triomphe de Pierre-Baptiste, un professeur indien lui avait demandé de venir présider un congrès sur les maladies tropicales. Le congrès a lieu dans quelques jours et, sous un prétexte qui ne laisse subsister aucune illusion, l'invitation vient d'être annulée.

— Mais comment le sais-tu ? demande Sixtine, saisie.

— Par Frédéric. Pierre-Baptiste et moi nous allons être parents puisque Claret et Frédéric vont se marier, alors il me parle de son père, des choses qui deviennent mauvaises autour de lui, des gens qui l'abandonnent... dis donc, Hérode, il serait pas derrière tout ça ?

— Hérode ?

Elle est vraiment surprise.

Quel intérêt aurait-il à salir un homme qu'il connaît à peine ?

— Il ne sait pas pour vous ?

Certainement pas ! Comment pourrait-il savoir ?

— C'est vrai, reconnaît Jimmy.

Sixtine le regarde avec tendresse. Doucement elle ouvre son sac, y prend une petite clef et, doucement, la pose sur la table et la pousse vers Jimmy.

— Le coffre à bijoux, dit-elle.

Il sait bien qu'il est inutile d'insister. Il la connaît. Il prend la clef, la met dans sa poche et, d'une autre poche, sort une petite boîte de maroquin blanc et, doucement, la pose sur la table et la pousse vers Sixtine.

— Non, dit-elle.

— Regarde d'abord ce que c'est, dit-il en ouvrant la boîte. Je les ai fait monter pour l'oreille...

Sur leur couche de satin elle découvre les cabochons bleus à nuages roses, les labradorites à couleur variable que la lumière rend parfois tristes, parfois gaies, le dernier cadeau de Louise à son mari...

— Ce n'est pas moi qui te les offre, Sixtine, c'est Fergus ! Tu ne peux pas dire non à mon père ! Je veux bien que tu ne sois plus ma femme mais je ne supporterai pas que tu quittes la famille. Alors ?

Une vague de souvenirs la soulève comme la mer quand elle enflait sous la coque du *Du Barry*. Un vieux gangster prend sa main dans les siennes et l'appelle sa fille…

— Alors ? répète-t-il.

— Alors, oui, répond-elle. Et si, un jour, tu voulais essayer de me les reprendre, je ne donnerais pas cher de ta peau !

— Merci !

— Tu sais que tu es formidable, Jimmy ?

— On s'est sans doute trompés d'affection, murmure-t-il.

Sixtine regarde les labradorites qui semblent tristes.

— Il faut que tu manges ton sandwich, dit Jimmy. Et il ajoute : Si je peux faire quelque chose… n'hésite pas… je suis là ! A quoi ça servirait la famille si on s'aidait pas !

— Tu es formidable, dit Sixtine et elle mord dans le pain.

— A Rome ? Demain ?

Elle a crié.

— Demain matin, précise Tancrède surpris. Je suis navré de vous bousculer mais il s'agit de la volonté du Saint-Père. Je crois savoir que Sa Sainteté doit subir une intervention chirurgicale dans les jours qui viennent. La remise de vos lettres de créance a été avancée, elle est prévue en fin de semaine au Vatican.

— Si vite ?

— Je pense, ma chère Sixtine, qu'il faut prendre cette précipitation pour ce qu'elle est : une preuve de considération. C'est d'ailleurs ainsi que les choses nous ont été présentées par le cardinal Kumba.

Tancrède la regarde, étonné par son silence.

— Ne prenez pas votre ambassade près le Saint-Siège pour une sinécure. Certes je vous imagine mal à Rome exposée aux intempéries que vous avez essuyées au Santaragua ! Mais le Saint-Siège est le cœur d'un réseau d'informations hors pair... et ces informations... les vraies... ne font jamais l'objet de communiqués. Elles s'exhalent du Vatican comme ces fumées qui montent des cassolettes sacrées : à la fois palpables et indéniables. Il faut, pour en percevoir la saveur et la valeur, des antennes très subtiles... dites-vous bien que votre nomination n'est pas l'effet du hasard ou d'une complaisance ; même pas le résultat de votre brillante et généreuse prestation au Santaragua. C'est une chose mûrement réfléchie et discutée avec le ministre... même en plus haut lieu si vous voulez tout savoir. Nous pensons que c'est bien. Pour la France comme pour le Vatican.

Il sent que Sixtine ne l'écoute pas. Elle est tout à ses pensées. Elle tourne vers lui un visage dont la gravité le frappe.

— N'y a-t-il pas moyen de remettre ce départ ? Ne serait-ce que de vingt-quatre heures ? demande-t-elle

Tancrède, désolé, hoche négativement la tête. C'est la première fois depuis qu'ils ont fait connaissance, il y a des années à Strasbourg, que les choses ne vont pas entre eux ainsi que le souhaite leur amitié.

Sixtine reprend d'une voix soudain altérée :

— J'ai un ami qui traverse aujourd'hui les plus cruelles épreuves. Il a besoin de moi.

Tancrède la regarde intensément sans répondre, un long moment, puis il dit d'une voix à peine perceptible :

— Est-ce que je me trompe ?

Sixtine, surprise, le fait répéter.

— Est-ce que je me trompe ? reprend-il.

Il met dans son intonation tout ce qu'il peut de douceur, d'amitié.

— Ne s'agit-il pas d'un homme auprès duquel vous avez vécu récemment des heures dramatiques ?

— Très exactement, répond-elle avec une nuance de défi.

Tancrède ne la quitte pas des yeux.

— Puis-je vous recommander la plus extrême prudence ?

— Voulez-vous dire que vous croyez à la culpabilité du professeur Lambert ? demande Sixtine, cabrée.

— Pas le moins du monde ! mais tout ce qui le touche, de près ou de loin, sera éclaboussé. Je ne vous parlerai pas de votre avenir, Sixtine : je vous connais assez pour savoir que ce ne sont pas des considérations de cet ordre qui vous retiendraient.

Le mouvement brusque qu'elle a eu le fait sourire et l'émeut. Il poursuit cependant. Il ira jusqu'au bout car c'est en ce moment que se joue le destin de Sixtine et ils le savent l'un et l'autre. Il poursuit avec tendresse et sans pitié :

— Je vous parle de devoir. Vous ne vous appartenez plus entièrement. Vous vous êtes engagée. Voyez-vous, la vie diplomatique est souvent mal perçue par le public : il n'en retient que les apparences... et les plus grossières. Nos protocoles, notre langage... allons même jusqu'à nos tics ! Comment pourrait-on, de l'extérieur, percevoir tout ce qu'il y a de discipline, d'exigence quasi militaire... d'abnégation parfois, derrière nos conventionnelles frivolités. Vous en sentez aujourd'hui tout le poids.

Elle le regarde, elle l'écoute, il sait qu'elle comprend, il pense à la jeune fille un peu sévère qu'il a rencontrée il y a des années et qu'il a reconnue sans l'avoir jamais vue. L'allégorie. Mais l'allégorie est aujourd'hui une femme de chair et de sang. Une femme qui aime et qui souffre.

Sur le bureau du secrétaire général il y a la presse du jour. Tancrède prend un journal au hasard et le tend à Sixtine.

En première page un titre gras :

PASTEUR, NID D'ESPIONS.

Tancrède en prend un autre, toujours au hasard. Une photo de Frédéric donnant un coup de poing...

— « Les arguments du fils Lambert », lit Tancrède à voix haute et Sixtine se recroqueville dans son fauteuil.

Il vient s'asseoir auprès d'elle, désolé, lui prend la main :

— Sixtine, je vous le répète : je ne crois pas le moins du monde à la culpabilité du professeur Lambert, mais il est la proie des médias et de la calomnie... Je n'invente rien, c'est un pestiféré... Il ne faut pas que votre nom soit prononcé ! Faites confiance au temps ! Un jour...

Elle le coupe. Peut-il lui dire pourquoi Raïssa ne s'est pas manifestée depuis la mort de Tikomirov ? Pourquoi les Soviétiques n'ont-ils toujours pas réagi ?

— Ma chère, c'est qu'ils font une enquête. Ces gens-là ne se contentent pas d'évidences... ils exigent des preuves. Lorsqu'ils auront découvert les tenants et les aboutissants de cette affaire, ils la régleront de la manière — publique ou secrète — qui conviendra le mieux à leurs intérêts. Aussi, si votre nom apparaissait !... les Soviets à un bout, le Vatican à l'autre ! Vous voyez le tapage !... D'autant plus que vous n'êtes pas divorcée !

— Si, dit Sixtine en consultant sa montre : depuis une heure et cinquante-deux minutes.

Tancrède se demande si on présente des félicitations pour un divorce et, dans le doute, garde le silence, ennuyé.

Sixtine regarde autour d'elle comme si elle cherchait du secours dans le décor de l'admirable bureau du secrétaire général, mais comment en trouverait-elle dans un lieu où tout parle du service de la France ? Alors elle tente un dernier argument, désespéré :

— Et puis je n'ai pas de robe !

— Votre couturier a déjà été averti. La robe noire et la mantille de dentelle partiront avec vous.

Elle ne peut s'empêcher de sourire :

— On dirait « Mission Impossible ».

— C'est bien pour ça que nous vous avons choisie !

Elle a souri encore. Il sait qu'il a gagné. Mais ce n'est pas une victoire heureuse et, le lendemain matin, à bord du premier avion qui part pour Rome, ce n'est pas non plus un départ heureux vers ce qui aurait dû être une fête.

Sixtine n'est pas arrivée à joindre Pierre-Baptiste au téléphone. Ni chez lui. Ni à Pasteur. Depuis deux jours il ne l'a pas appelée. Elle a encore essayé d'une cabine avant l'embarquement. Pas de réponse chez Pierre-Baptiste... A Pasteur on lui a dit qu'il était trop tôt. Personne n'était encore arrivé au laboratoire. A part les femmes de ménage. Elle s'est vue dans un miroir et elle s'est trouvée si défaite qu'elle a décidé de fermer les écoutilles, de ne pas penser à Pierre-Baptiste avant d'avoir remis les lettres de créance. Elle remplira sa mission. Avec le sourire. *Perinde ac cadaver.* Après...

— L'ourlet de votre robe est seulement faufilé, madame l'ambassadeur, dit Perrin-Deschoutaux en bouclant sa ceinture, mais Iole et Rabia sont prévenues :

elles vous attendent. Telles que je les connais elles ont déjà chacune une longue aiguillée de fil noir à la main, j'en suis sûr !

Il est charmant le premier conseiller. Tancrède l'a fait venir hier, Sixtine et lui ont déjà travaillé ensemble dans la soirée.

« Il vous sera précieux dans les premiers instants, c'est un garçon qui a la diplomatie dans le sang. »

Ça se voit au premier coup d'œil. Il est grand, maigre, élégant comme un cavalier. Il a du reste un nez de cavalier.

Tancrède lui a lu ses états de service :

— « Perrin-Deschoutaux », on ne peut que l'approuver d'avoir simplifié son nom, sans toutefois oublier qu'il est le petit-fils d'Antoine Perrin-Deschoutaux de la Cabriole qui fut notre ambassadeur auprès du dernier Grand Seigneur au temps de la Sublime Porte. « Christian, Antoine, Marie... Ordre du Mérite... » Tiens, il est de la même année que vous, Sixtine ! C'est dire qu'il est très jeune ! « Licencié ès lettres, diplômé de l'Ecole nationale des langues orientales (arabe littéral, persan). » Très bien ! « Conseiller de 1re classe (Orient). Admis au concours pour l'emploi de secrétaire des Affaires étrangères le 8 mars 1979 ; vice-consul à Mogadiscio 1980-1982... »

Il avait également été en poste à Mbabane, Djedda et Kuala-Lumpur. Après le Swaziland, l'Arabie et l'Etat de Selangor, Rome devait lui sembler un paradis.

— Rome, dit-il tandis que l'hôtesse apportait les plateaux du petit déjeuner, Rome, madame l'ambassadeur, est un poste ineffable ! Et je puis dire sans crainte de me tromper que la vie à la Villa Bonaparte est beaucoup plus amusante que la vie au Palais Farnèse ! Bien sûr, la santé de M. de Maubeuge nous a causé beaucoup de soucis et, ces derniers mois, nous n'avons plus reçu à Paolina.

Paolina. C'est sous ce nom que les Romains désignent l'ambassade. La villa de Pauline Bonaparte. Sixtine, privée de tisane par la dent de lait de son prédécesseur, n'en avait vu que des photos. Ravissante maison où la sœur de Napoléon avait vécu loin du prince Borghèse, son époux, en compagnie de ses perruches. En d'autres compagnies aussi…

Elle avait légué la propriété à Louis-Napoléon et à la reine Hortense. Morcelée, vendue, rachetée, passée de mains en mains, elle était revenue à la France en 1950. Lefèvre d'Ormesson était alors ambassadeur près le Saint-Siège.

— Nous ne menons plus aujourd'hui le train d'un cardinal de Bernis tenant table ouverte au Corso, mais…

— Mais « nous représentons toujours un grand maître », dit Sixtine et Perrin-Deschoutaux fut ravi de la tournure que prenait la conversation.

— « Je veux conquérir le cœur et l'esprit des Italiens et n'ai garde d'oublier que je tiens l'auberge de la France dans un carrefour de l'Europe » poursuivit Sixtine, citant encore le cardinal, et le premier conseiller se réjouit à l'idée de vivre chaque jour au contact d'une femme aussi cultivée et aussi délicieusement parfumée.

Les premières heures s'écoulèrent dans la fièvre et l'angoisse. Fièvre et angoisse qui sauvèrent Sixtine d'une autre fièvre, d'une autre angoisse. Elle s'était raccrochée à d'infimes détails. L'horaire, le cérémonial, l'ourlet de la robe, l'essayage délicat de la mantille, la présentation des membres de la mission, des domestiques, du chien du portier, la découverte de la maison de Pauline, du jardin…

Nulla gaudet immunitate disait une devise gravée sur le porche de la chapelle désaffectée.

Perrin-Deschoutaux prétendait avec humour que cela voulait dire : « Jamais de joie sans punition. »

Monseigneur Bonnaventure, le conseiller ecclésiastique, penchait pour : « Ne cherchez pas ici le droit d'asile. »

Le cardinal Lustiger, à son dernier passage, aurait préféré, lui assura-t-on : « Ici on ne jouit pas du droit d'asile. »

De toute façon, pensa Sixtine, la formule me convient parfaitement.

Elle avait cru ne pas pouvoir dormir et elle avait dormi comme un soldat épuisé. Par un effort terrifiant sur elle-même elle parvint à chasser de ses pensées l'image de Pierre-Baptiste. Et quand l'heure sonna de partir pour le Vatican, elle crut être arrivée à dominer sa souffrance. Monseigneur Bonnaventure, en soutane filetée, Perrin-Deschoutaux et les autres conseillers, en habit, qui l'attendaient dans la loggia, la virent venir vers eux depuis le vestibule de marbre du rez-de-chaussée, ponctuelle et sereine.

Le costume d'audience, robe longue et mantille noires, est un révélateur. Ce qu'il révélait de l'âme de Sixtine s'inscrivit dans le cœur de ceux qui avaient mission d'escorter la première femme appelée à représenter la France auprès du Saint-Siège.

Un autre homme, debout auprès de la voiture officielle, regardait ce spectacle avec une émotion qu'il maîtrisait mal. Il vit Sixtine saluer ses collaborateurs, interroger le conseiller ecclésiastique sur le détail de sa tenue, n'avait-elle point fait de faute ?

— *Albo lapillo notare diem ! Macte animo, generose mulier* *, lui répondit le saint homme avec enthousiasme et Sixtine, après l'avoir remercié en latin, se dirigea vers sa voiture.

C'est alors qu'elle le vit.

Tout son courage faillit s'évanouir sous la rafale des souvenirs.

— Langlois !

— Mon général !

— Oh ! Langlois !

Et sous les yeux sidérés des assistants l'ambassadeur déposa deux baisers sur les joues de son chauffeur.

— Elle embrasse le personnel ? demanda monseigneur Bonnaventure, atterré.

— Non, monseigneur, lui expliqua Perrin-Deschoutaux, Langlois, que M. le secrétaire général vient

* Jour à marquer d'une pierre blanche ! Courage, femme généreuse !

d'affecter au service de Mme l'ambassadeur, Langlois était avec elle dans l'enfer du Santaragua.

— Je comprends, dit monseigneur Bonnaventure qui avait vu l'émission comme tout le monde et répéta avec conviction : *generose mulier !*

Sixtine, installée dans le fond de sa voiture, s'étonne qu'on ne parte pas. C'est qu'il y a un petit problème. Les motards de la police italienne qui doivent ouvrir la route devant le cortège ne sont pas arrivés. On ne sait pas ce qu'ils sont devenus.

— Nous sommes à Rome, expliqua le premier conseiller avec amusement, il y a parfois un peu de fantaisie dans le protocole. Ils se sont peut-être trompés de jour ?

Les motards ne s'étaient pas trompés de jour mais d'ambassade. Le portier de la mission de Nouvelle-Frise avait été très étonné de les voir arriver en tenue numéro un.

— *Siamo qui per la scorta* *.

Il était seul à la maison. L'ambassadeur était rentré au pays pour se faire opérer de la prostate et le premier conseiller faisait visiter le Forum à sa fiancée congolaise. Le portier avait offert le café aux motards et ils n'avaient pas refusé.

— Je crois qu'ils ne viendront plus, dit Perrin-Deschoutaux en regardant sa montre. Au fond ce n'est pas plus mal, la semaine dernière ils ont escorté l'ambassadeur de Belgique, ils sont entrés en collision avec une voiture de police piazza del Popolo et il y a eu cinq blessés graves.

Ils ont franchi le Tibre.

Ils ont dépassé le château Saint-Ange, pénétré dans ce qui fut la cité léonine, abordé la via della Conciliazone au bout de laquelle, énorme, absolu, superbe, Saint-Pierre de Rome attend Sixtine.

* Nous venons pour l'escorte.

Elle, Sixtine Bader, la protestante.

Le dialogue qui fut rompu quatre cent soixante-dix ans plus tôt, en juin 1520, quand Léon X lança la bulle *Exsurge Domine* qui excommuniait Luther ; le dialogue qui fut rompu de part et d'autre dans la haine, le sang, le bûcher, la torture, va reprendre grâce à la volonté d'un vieil homme si humble qu'il veut encore apprendre, découvrir, comprendre. C'est pour cela qu'il a fait avancer la date de remise des lettres de créance. Il ne veut pas risquer de disparaître sans avoir confirmé la nouvelle Alliance.

Le dialogue va reprendre grâce à un vieillard et une jeune femme.

Immobile, très droite, paupières baissées, elle murmure en son cœur la prière de l'Heure venue :

« Père, qu'ils soient un, pour que le monde sache que c'est toi qui m'as envoyé et que tu les as aimés comme tu m'as aimé. »

Elle revoit les longues mains noires à ongles roses de Kumba au-dessus de sa Bible :

« Vous ne me ferez jamais catholique ? »

Il avait juré et elle avait dit qu'elle aurait confiance en lui toute sa vie.

Quel trajet depuis Bruges ! Qui aurait pu prévoir qu'un jour une femme encore considérée comme hérétique avant le concile de l'an 1962 serait chargée de représenter la fille aînée de l'Eglise chez le successeur de saint Pierre ?

L'enfant qui enviait la grande comtesse Mathilde n'aurait jamais pu imaginer qu'un pape l'appellerait un jour auprès de lui.

Sans lui demander autre chose que de rester ce qu'elle était.

Les souvenirs de ce que fut le Saint Empire romain germanique l'accompagnent vers la basilique plus sûrement que ne l'auraient fait les motards de la République italienne. Les motards qui en sont maintenant à la grappa et à l'allégresse dans la loge du portier de l'ambassade de Nouvelle-Frise. Ils écoutent l'émission de Toto Vespucci, ils ont dégrafé le ceinturon pour mieux rire et ont totalement oublié leur mission.

Peu importe, elle est en noble compagnie.

Carl li reis, nostre emperedre magne.

Charlemagne, patrice des Romains, ceignant la triple couronne, Frédéric Barberousse refusant de tenir l'étrier au souverain pontife, Charles-Quint instaurant l'*interreligio imperialis*...

La voiture arrive aux grilles de l'Etat dans l'Etat. La voiture quitte la Rome Intangible pour entrer dans la Rome Eternelle. Les Suisses rendent les honneurs, superbes dans la tenue qui n'a pas changé depuis la Renaissance. La garde salue à la porte du Saint-Office.

La voiture s'arrête.

Les gentilshommes porte-clefs présentent la main à l'ambassadeur comme si elle descendait de carrosse. Et, lentement, le cortège noir cravaté de blanc, escorté par les hallebardiers rouge et jaune au morion d'argent, se met en marche pour remonter le temps à travers les longs couloirs ornés par Raphaël et Michel-Ange. Sixtine avance au milieu de christs en majesté, de martyrs recevant leur couronne céleste, de vierges apprenant la Nouvelle dans leur manteau bleu; les cloches sonnent, des anges immobiles volent au-dessus d'elle sur les voûtes inaccessibles, le fer sonne sur le marbre, les portes gardées par d'autres Suisses s'ouvrent devant elle à double battant, et elle pénètre dans la bibliothèque du pape.

Elle reconnaît la pièce où elle est sans y être jamais venue. Le monde entier la connaît. L'Assomption entre les deux armoires chargées de livres... elle reconnaît même le fauteuil à haut dossier, le tapis...

Quel silence.

Les cloches se sont tues.

Ce vieillard fragile, en vêtements blancs, c'est Sa Sainteté le pape Innocent XIV et c'est elle qu'il attend au milieu de ses cardinaux et de ses évêques.

Sixtine s'incline profondément, le buste droit, le regard levé vers celui du Saint-Père qui tend la main vers elle pour la relever. Mais elle ne se relève pas, elle reste en révérence, comme on le lui a appris autrefois aux Ursulines à coups de baguette sur les mollets, sans savoir qu'un jour...

— Très Saint-Père, je prie Votre Sainteté d'accueillir avec sa bienveillance accoutumée les lettres m'accréditant personnellement auprès d'elle comme représentant du président de la République française, et d'y ajouter foi et créance entière, dit-elle en tendant l'enveloppe cachetée.

« A part la référence au président de la République, elle a choisi un texte qui date de François Ier ! Quelle femme de goût ! » s'extasie en lui-même Perrin-Deschoutaux.

Le pape a pris l'enveloppe et, cette fois, Sixtine accepte de se relever.

Elle est beaucoup plus grande que lui. Elle pense qu'il est malade, qu'il va peut-être mourir et qu'il a fait l'immense effort de la recevoir pour que cette incroyable rencontre existe...

— Madame, dit-il avec son accent délicieux, la France nous a toujours été très chère. Elle l'est d'autant plus en ce jour où, pour la première fois dans l'Histoire, elle a choisi une femme pour la représenter auprès de nous.

Puis, d'un geste familier, d'un geste d'oncle, il lui fait signe pour qu'elle prenne place près de lui à la face du monde.

Le cardinal a honoré l'ambassade de sa présence pour le premier déjeuner que donne Sixtine. Il est venu, accompagné du camérier secret de Sa Sainteté, monseigneur Cameleoni. Le cardinal sait qu'il doit appuyer et consolider la situation du nouvel ambassadeur aux yeux de Rome. Peut-être surtout aux yeux des propres collaborateurs de Sixtine qui sont tous présents à ce déjeuner. Et curieux. Les seules notes de couleur sont données par les ceintures et les calottes rouges et violettes de l'éminence et des monsignores. L'ambassadeur a ôté sa mantille, sa silhouette longue et fine toute vêtue de noir a quelque chose de pathétique qui inquiète Kumba. Est-ce seulement l'émotion de la journée ? Lui-même a été bouleversé tout à l'heure. Il a pensé à Pierrot... et c'est ce nom que Sixtine a murmuré après les lumières des photos et des télévisions, quand elle est venue s'incliner sur son anneau.

Elle est très droite devant la chaise que le valet a écartée. Elle regarde Kumba qui préside en face d'elle. Elle a Cameleoni à sa droite et Bonnaventure à sa gauche.

Elle prononce les paroles qu'elle prononcera chaque fois qu'elle recevra un ecclésiastique à sa table.

— Monsieur le cardinal, voulez-vous avoir la bonté de bénir cette table ?

Le cardinal se signe et tous se signent avec lui.

Sixtine ne se signe pas.

Elle ne le fera jamais.

Elle a joint les mains comme sa mère et sa grand-mère lui ont appris à le faire pendant les prières, quand elle était une toute petite fille.

Aucun de ceux qui l'entourent ne songe à le lui reprocher.

Le prince noir, qui s'assied maintenant dans un bruissement de soie, moins que tout autre, lui qui se souvient de l'enfant qui disait : « Je suis croyante » en laissant couler ses larmes sur la Bible.

Lui qui a voulu qu'elle occupe cette place.

Sans cesser d'être elle-même.

Le léopard de Luther.

Iole aux beaux yeux ramasse la robe noire et sourit à son nouvel ambassadeur.

L'ambassadeur lui rend son sourire et attend qu'elle ait quitté la pièce...

Alors le sourire s'efface.

Elle est assise devant une coiffeuse Empire qui a dû réfléchir bien des visages de femmes... joie, douleur, beauté, rides, amour, jalousie, espoir...

La femme qu'elle voit est belle, jeune et déchirée.

Elle regarde timidement autour d'elle, cette maison qui va être la sienne et qu'elle ne connaît pas. Tout y est noble, gracieux, raffiné.

« Nous représentons toujours un grand maître », pense-t-elle en examinant avec précaution un minuscule buste de Pauline.

Elle se sent brusquement épuisée.

Elle regarde l'heure et s'aperçoit qu'il est bientôt sept heures du soir. Elle saisit le téléphone, ne sait pas s'en servir, s'embrouille dans les postes, appelle le standard, se fait expliquer comment fonctionne sa ligne directe... Pour la France ? 00 33 et la suite. Ça sonne chez Pierre-Baptiste ! Ça sonne même très longtemps et personne ne décroche. Il doit être encore à Pasteur. De nouveau elle fait le double zéro, forme le numéro...

— Je voudrais parler au professeur Pierre-Baptiste Lambert, dit-elle, le cœur battant comme celui d'une adolescente qui téléphone en cachette à son amoureux.

Une voix triste lui répond que c'est impossible. Impossible ? Oui, le professeur a donné sa démission, nul ne sait où il est allé.

Elle est restée longtemps immobile devant la glace. Elle avait envie de crier. Mais on ne crie pas dans une ambassade. On se domine.

Elle a fait le numéro de Walheim.

— Tu es sur toutes les chaînes ! On ne peut pas te manquer ! a crié Morand.

Elle a souri en pensant qu'il lui avait dit la même chose le jour de son mariage. Mais le ton était bien différent. Ce soir il était fier d'elle, ça s'entendait.

— Je te passe Katel !

Katel était éblouie par les Suisses, le décor, les cloches. Le pape.

— Il est tellement sympathique ! Quel dommage qu'il ne soit pas protestant ! avait-elle conclu. Et ton nègre belge, qu'est-ce qu'il est beau !

Sixtine n'a pas tendu la main pour allumer la télévision. Elle est restée, immobile, à la même place jusqu'à ce que Médard, le majordome, vienne annoncer :

« Madame l'ambassadeur est servie. »

Alors elle s'est levée, elle est descendue par l'escalier blanc à tapis rouge de Pauline jusqu'au grand salon Empire du *piano nobile,* elle a traversé la galerie ornée de peintures et de marbres, elle est entrée dans la vaste salle à manger où, seul, son couvert était mis.

Dans l'assiette de Sèvres à bordure bleu et or, elle a regardé les deux lettres R.F. qui étaient là comme pour lui rappeler qui elle était. Ce n'était pas nécessaire. Elle ne faiblirait pas. Elle serait à la hauteur de la confiance qu'on avait placée en elle.

Mais elle saurait.

Elle ne pouvait pas continuer à vivre sans savoir ce que devenait Pierre-Baptiste, sans savoir où il était…

Et brusquement elle sut.

En prenant une cuillerée de crème à la vanille.

Bien sûr ! C'était évident. Comment avait-elle pu hésiter ?

« J'irai ! » décida-t-elle en se resservant de crème à la vanille, et elle sourit à Médard en lui disant de féliciter le chef.

UN ÉDREDON ROUGE

Cyprien regarde Pierre-Baptiste qui mange sa soupe en silence près du poêle.

Il est arrivé à Saint-Jean il y a une semaine.

— Je peux rester ?

— Si tu étais pas venu on serait partis te chercher, a dit Cyprien.

Cyprien, c'est Marguerite qui l'a préparé au certificat d'études. Il se souvient du jour où le berger a apporté la corbeille où dormait Pierre-Baptiste. Il venait de la trouver devant la chapelle. Toute la classe penchée sur le bébé, « qu'il est beau ! » Il se souvient, Cyprien, il se souvient de l'adoption. Le mal qu'ils ont eu, les pauvres ! Des années à se battre. Ils étaient trop vieux d'après l'administration. Enfin, ils ont gagné. Pierre-Baptiste était déjà grand quand il a pu s'appeler Lambert comme ses parents. Et, jusqu'au bout, il leur a donné honneur et fierté comme ils le méritaient. Pierre-Baptiste se vendre pour des sous ? Mais ils le connaissent pas, ceux qui le salissent ? Ou bien ils veulent sa mort. C'est bien simple, s'il lui disait « Cyprien, monte à Paris avec le fusil », il monterait.

— Tu as assez de soupe ?

— Ça va.

— Il faut que tu manges...

Le café est fermé jusqu'en avril, mais pour Pierre-Baptiste c'est pas pareil, c'est la famille. Le grand-père Trigosse et le père du berger étaient cousins. Il est d'ici Pierre-Baptiste. On sait qui c'est. Il est chez lui.

Cyprien a de la peine. Il ne parle pas beaucoup mais ce soir il voudrait tout lui dire à Pierre-Baptiste, qu'il l'aime bien, qu'il croit en lui, qu'il a confiance, que ça s'arrangera... mais il ne sait pas trouver les mots. D'autant plus qu'il sent la peine profonde et qu'il ne comprend pas toutes ses racines. Alors il pense à l'enfance, à la montagne, à ceux qui ne sont plus, à l'innocence, il dit :

— Tu te souviens de ton premier agneau ?

Qu'est-ce qu'il a dit là qui ouvre une porte ? Pierre-Baptiste lève les yeux sur lui, tout heureux, tout triste :

— C'est drôle que tu te souviennes de ça, Cyprien, parce qu'il n'y a pas longtemps j'ai aidé un poulain à naître.

— Ah ! c'est délicat, admire Cyprien. Mais ton père le disait : « Pierre-Baptiste il a le don, il sait parler aux bêtes. » Il était fier de toi, tu sais !

Pierre-Baptiste retombe dans le silence. Il reste à penser, l'œil fixe. Il repousse son assiette.

— Tu penses à quoi ? demande Cyprien que l'audace de sa question effraye.

D'ailleurs il n'y a pas de réponse... Peut-il lui dire : « Cyprien, je ne sais plus où j'en suis » ?

Ce qui lui échappe, c'est la raison de tout ça. Qui peut le haïr au point de vouloir casser sa vie ?

Il a craqué le jour où Jean est revenu de l'école avec un œil à moitié fermé. « Je suis tombé à la gymnastique » a-t-il affirmé et Pierre-Baptiste a fait semblant de le croire. A table, le petit a demandé : « C'est vrai que c'est pour les traîtres, les comptes en Suisse ? » avant de se mettre à pleurer, la tête dans les mains et d'avouer :

« Maman veut plus que je vienne te voir ! »

Le lendemain il y a eu la photo de Frédéric en première page de *Voici-Paris*...

Alors il a pris sa décision.

Les travaux étaient finis, il est allé porter le pli cacheté à Marolles.

« Voilà, tout est en ordre pour le vaccin », a-t-il dit. Puis il a ajouté en tendant sa démission : « Et tout va être en ordre pour Pasteur. »

Le pauvre Marolles était effondré. Il avait tenté de le retenir. Mais il ne pouvait plus rester. Il ne pouvait plus se glisser par l'entrée de service pour échapper aux photographes, il ne pouvait plus supporter le regard de ses collègues quand il les croisait dans un couloir. Il avait besoin de partir. D'être seul. De réfléchir. De penser.

A ses fils. A sa vie gâchée. A...

Pierre-Baptiste saisit brusquement un recueil de mots croisés. Cyprien le surveille du coin de l'œil.

Dehors c'est la tempête. La lampe à pétrole est prête sur le comptoir parce que, avec ces trombes d'eau et de vent, le courant ne va pas tarder à sauter. Hier il neigeait à Saint-Laurent-de-Fourques, de la pluie là-dessus c'est le verglas, la route coupée. Ici on est au bout du monde, d'ailleurs le car ne monte plus la côte jusqu'au village, il s'arrête au carrefour sur la nationale.

— Tu ne manges plus ?

Pierre-Baptiste secoue la tête en silence. Il fait ses mots croisés. Il ne sursaute même pas à la lueur bleue des éclairs. Il est ailleurs. A travers les énigmes verticales et horizontales il voudrait comprendre. Un compte en Suisse !

Cyprien remet des bûches dans le poêle, l'horloge sonne une demie. Quelqu'un marche dehors, il faut être fou... quelqu'un vient ici, qui s'arrête à la porte, qui l'ouvre...

C'est une femme qui claque des dents sur le seuil, une femme qui semble sortir de la rivière tellement elle est trempée, une femme qui hésite...

— Ne restez pas là sous la pluie, vous allez attraper la mort, dit Cyprien, et elle entre timidement, regardant Pierre-Baptiste qui n'a pas levé la tête de ses mots croisés.

Elle va vers lui, laissant une trace derrière elle comme un chien qu'on a chassé et qui revient, mouillé et tremblant ; elle le regarde qui a froncé le sourcil à la recherche d'un mot et elle dit :

— Femme amoureuse en sept lettres : c'est moi.

Alors Pierre-Baptiste a levé la tête et Cyprien ne savait plus où se mettre tellement il sentait que c'était grave.

Un édredon rouge, un édredon de dictée, un édredon d'autrefois, un édredon conjugal, un édredon fidèle, un édredon de plumes pour le meilleur et pour le pire, un édredon comme on n'en fait plus, comme on n'en verra plus, un édredon qui restera dans la mémoire avec cette chambre pas chauffée, ces murs blanc bleuté où le grand-père et la grand-mère Trigosse sont figés pour l'éternité dans leurs habits du dimanche, cette chambre aux carreaux du sol gelés, cette chambre bien-aimée car tout ce qu'elle a d'inconfortable, de raide, de nu, de dépouillé, rend le face à face amoureux encore plus chaud.

La première étreinte, à Rome, a été sous anesthésie de bonheur.

Le verre d'eau bu avec tant de soif que la conscience de la soif en est absente.

Mais la conscience est, cette nuit, présente, cadeau de la douleur partagée et de l'attente.

Corps à corps désespéré, magnifique, somptueux.

Tu es venue, dit-il, et elle répond : tu es là.

Ne me quitte plus jamais...

Je m'enroulerai à toi, j'extirperai la douleur de ton âme, j'aspirerai le poison qui te tue, je te rendrai à la joie de chaque jour, je saluerai le territoire de ton corps car il est mon territoire, je te délivrerai des méchants, je ne serai plus qu'avec toi et plus jamais sans toi. Il n'y aura pas d'autre saveur que la tienne, tu parfumeras ma vie de ton goût à toi...

Les démons de la tempête hurlent dans la montagne mais les démons s'arrêtent au seuil de la chambre. Ils ne peuvent rien contre l'édredon rouge sous lequel dorment ceux qui s'aiment. Alors les démons attendent le réveil et l'heure où l'on sera bien obligé de regarder la réalité en face. Ils savent qu'elle croit que leur histoire commence. Ils savent qu'il pense que tout est fini.

Au matin la tempête était calmée. Sixtine ouvrit les volets sur une nature bienveillante et sourit à Pierre-Baptiste.

Ce sourire lui rendit la réalité encore plus dure et il eut peur des heures qui venaient. Il l'emmena retrouver son enfance à travers des chemins de neige, de boue, de glace. Pour gagner du temps, pour prolonger la trêve, pour retarder le moment où il faudrait avoir du courage. Il lui offrit les dernières plaques d'herbe, les petits ruisseaux de la nuit nés au revers d'un talus, la feuille verte oubliée sur un arbre sec, la mare gelée qui se fendille comme un cristal fêlé, les congères de l'ubac... il ouvrit pour elle le paysage jusqu'à l'infini de la brume d'hiver qui dansait sous un soleil hésitant.

— Regarde, regarde ! dit-il en sachant que le moment approche où il lui fera mal.

Elle regarde. Elle imagine l'enfant sage grandissant au milieu de ce qu'elle voit, l'enfant sage qui suit le berger et porte un agneau dans ses bras, l'enfant sage que Marguerite serre contre elle pour qu'on ne le lui vole pas...

Il l'a menée jusqu'à la petite église où il tomba jadis du ciel.

Elle regarde.

Les trois marches usées ; la modestie de la chapelle dont les pierres se confondent avec le rocher sur lequel on l'a bâtie ; l'ampleur du paysage qui s'arrondit autour du sanctuaire comme une immense soucoupe venue d'un autre monde. Elle pose sa main nue à plat sur le granit du porche et s'étonne de sentir sous ses doigts la faible chaleur reçue du soleil qui se répand en elle comme si la chapelle se réjouissait de sa venue après une longue attente.

— C'est ici, dit-elle.

Il l'interroge du regard.

— C'est ici que tu m'épouseras.

D'un geste de la main elle jette dans la vallée, comme des pierres, les mots qu'il a préparés contre lui. Carrière, avenir, situation, honneur, Rome... le pape !

Elle se retourne brusquement.

— Tu n'aurais pas dû parler du Saint-Père ! Si tu me refuses je lui dis tout et il comprendra !

— Quelle folie !

— Non. Pas folie : certitude. Je ne me trompe jamais et encore moins depuis que j'ai touché la chair tiède de ta chapelle.

Elle noue ses bras autour de son cou et pose ses lèvres sur les siennes.

— C'est ici, répète-t-elle. Si tu ne t'es encore jamais marié à l'église — et Dieu sait que les occasions ne t'ont pas manqué, mon amour ! — c'est parce que tout était préparé pour nous. Ici.

Puis elle s'assied sur la dernière des trois marches, à la place où fut posée la corbeille, et lui sourit.

La Vérité est en marche. Elle vole à leur secours.

La Vérité est en marche. Elle va plus vite que le vent Elle vole.

Vers Méduse.

Comme l'Ange Exterminateur elle est vêtue d'une brillante armure signée Zaitsev. Ses ongles longs et acérés, sa chevelure de laque noire, reposent sur les caractères cyrilliques d'une dentelle éblouissante. Elle semble dormir mais elle ne dort pas. Elle souffre. Elle pense à la mère de Sergueï Tikomirov.

A cause de cette femme elle ne pourra jamais pardonner à Hérode ce qui est arrivé.

Elle était allée la voir après Rome... elle l'avait trouvée sans larmes. Blanche comme de la cire.

Sergueï était sa part de bonheur sur la terre comme Youri est la sienne.

Le mari d'Irène était mort quand Sergueï était encore un enfant.

Que dire à une femme qui a tout perdu ?

En la quittant, Raïssa a vu le Livre sur la table. Michaël en avait fait réimprimer cent mille... Elle a senti le regard d'Irène posé sur elle. Elle a compris, parce qu'elle est mère et que les mères comprennent l'incompréhensible, que ce livre accompagnerait Irène jusqu'à son dernier souffle. Elle a dit : « Youri en a emporté une à Мир», Irène lui a souri puis elle a ouvert le Livre et a demandé :

— Et toi, as-tu une Bible ?

Raïssa a dit que non. Alors Irène lui a tendu la sienne.

— Non, non, disait Raïssa et elle reculait, effrayée à l'idée de dépouiller cette femme de sa dernière richesse, de sa dernière force.

— Prends-la, disait Irène. Tu peux la prendre, il me reste celle de Sergueï.

Elle supplia doucement :

— Prends-la, camarade.

Elle n'avait pas encore eu la force de pénétrer en elle.

Trop de choses la troublaient depuis quelque temps.

Ce qu'elle avait répondu la semaine dernière, à un dîner à Londres, quand un lord inerte s'était soudain réveillé avant le porto et lui avait demandé quelle était sa nationalité.

— Je suis russe, avait-elle répondu.

C'était la première fois.

Pourquoi n'avait-elle pas dit : soviétique ?

« Que tu le veuilles ou non tu es et tu seras toujours fille de la Sainte Russie. »

Elle enfonce ses ongles dans la dentelle des accoudoirs. Elle garde les yeux fermés pour mieux revoir l'horreur des dernières semaines. D'abord ce fut la nuit. L'épouvante. Ce meurtre incompréhensible. Ces accusations folles contre Pierre-Baptiste. La nuit. L'épouvante... mais elle a bien travaillé. Elle a démonté le mécanisme. Elle sait tout.

Tout.

L'homme le mieux informé d'Europe ce n'est pas Hérode. C'est elle.

Elle peut raconter la vie du maître de Méduse depuis le quai de Smyrne jusqu'à aujourd'hui. Lui qui ne sait rien de ses origines, lui qui n'a de mémoire que pour savoir qu'il ne sait pas qui il est, ne se doute pas qu'elle est allée jusqu'à l'écran de misère chaude et gluante qui entoure sa naissance. Il ignore que, longtemps, elle l'a admiré.

Pour son courage. Pour sa culture héroïque avec des impasses, des trous noirs et des pôles de lumière.

Il s'est construit, pierre après pierre. Il est allé vers la connaissance, mot après mot.

Mais il n'y a pas que la connaissance, il y a l'emploi de la connaissance.

Pourquoi est-il au service du Mal ? Du Mal universel ? Ce qu'il a fait à Lucrèce mérite les feux de l'Enfer.

Lucrèce. L'innocente jeune fille qui débarque en Grèce comme dans un jardin, venant de Sully-sur-Loire, émerveillée. Le fils de l'armateur qui lui promet amour et mariage et la quitte, à la veille d'être mère, pour épouser l'éléphantine héritière du rival de son père. Qu'est devenu l'enfant ? Mort, sans doute. Comme Alexandre qu'on trouva sans vie le matin de ses noces. Empoisonné ?

On n'a jamais soupçonné Lucrèce. Peu de temps après les obsèques lourdes de fleurs du beau jeune homme, elle entrait au service d'Hérode. Le marché n'est pas difficile à deviner. Un jour il faudra sauver Lucrèce, la sortir de la crypte somptueuse où il la retient enterrée vive avec des chaînes d'or...

Mais aujourd'hui il s'agit de sauver Pierre-Baptiste.

Le soleil levant pénètre brutalement par le hublot du Tupolev de l'armée et lui fait ouvrir les yeux.

Et ce qu'elle voit est si beau qu'elle joint les mains.

Au-dessus de la couche des nuages moutonnant à l'infini, la hiérarchie céleste lui envoie sa lumière.

Elle ne sait pas que brûlent pour elle les séraphins, les chérubins, les trônes, les dominations, les principautés, les archanges et la cohorte des anges, mais elle reçoit leur message et salue le beau jour de la Vérité.

Hérode aimait le moment où Lucrèce lui présentait sa revue de presse.

Un enchantement.

— Lisez cela, Monsieur… ce ne sont même plus nos journaux qui frappent le plus fort !

Les titres le ravissaient. « Le professeur Lambert a pris la fuite » … « PBL toujours introuvable »… « Est-il en U.R.S.S. ? » … « L'Aveu ! »

— « L'Aveu ! » répéta-t-il, mais c'est fantastique, ça !

C'est à ce moment même qu'on lui annonça qu'un hélicoptère venant de Glifada demandait l'autorisation de se poser sur Méduse. Hérode haussa les sourcils, étonné.

— Mme Raïssa Atlantov est à bord, ajouta l'officier de contrôle. Elle désire vous voir, monsieur.

Il reposa les journaux, échangea un regard vif avec Lucrèce. La visite de Raïssa ne présageait rien de bon.

— Autorisation accordée, dit-il brièvement et il se prépara à subir le choc.

Dès qu'il la vit traverser le péristyle il sut que la partie était perdue. Elle était plus tsarine que jamais. Elle ne venait pas vers lui comme quelqu'un qui se prépare à discuter mais comme quelqu'un qui se prépare à ordonner.

Elle refusa le verre que Lucrèce lui proposait et dit avec un sourire glacial qu'il ne s'agissait pas d'une visite mondaine.

— Je serai brève et… je l'espère, claire. Je suis venue

vous parler de l'Affaire Lambert qui, vous le savez, concerne mon pays... hélas, directement.

Elle prit un temps, jeta un coup d'œil insolent à la tête de Méduse et regarda Hérode qui ne bougeait pas.

— Je dois reconnaître que par votre soif de la vérité vous avez été, grâce à vos journaux, à la pointe de cette affaire... Moi aussi, vous vous en doutez, j'ai fait mon enquête. C'est pourquoi, aujourd'hui, je suis en mesure de vous apporter des éléments nouveaux qui contredisent et démentent, de la manière la plus catégorique, les calomnies qui ont été propagées sur le compte du professeur Lambert, au sujet de ses rapports avec nous. Je vous conseille notamment le dossier concernant la mort de notre regretté camarade Sergueï Tikomirov et celui démontrant la fabrication du « vrai » faux compte en Suisse... C'est passionnant ! Surtout pour vous, Hérode !

— Je vous crois sur parole, dit-il, toujours immobile.

— Je n'en ai jamais douté, dit-elle, c'est pour cela que je suis ici. Je ne doute pas non plus que vous serez le premier à publier ces informations, pardon : ces preuves... toujours à cause de votre ardent désir de servir la vérité. Et puis...

Hérode et Lucrèce échangèrent un regard, ce n'était pas fini.

— Nous sommes de vieilles connaissances. Bien sûr, depuis mon départ du Commerce extérieur pour les Relations Est-Ouest, nous nous sommes moins souvent rencontrés, mais je ne voudrais pas qu'une omission de votre part dans les détails de cette affaire puisse nuire à vos relations... économiques avec certains de nos amis...

Elle se leva, gracieuse.

— Je vous avais promis d'être rapide et claire...

— Vous l'avez été, Raïssa.

— N'est-ce pas, dit-elle comme si cette appréciation était la chose la plus agréable qu'on lui ait dite depuis des années.

Elle s'en alla, rapide sur ses hauts talons, reprendre l'hélicoptère qui l'attendait pour la ramener à Athènes.

Hérode n'avait pas bougé, il n'avait même pas tendu

la main vers la grande enveloppe laissée par Raïssa. Le bruit de moissonneuse de l'hélicoptère passant au-dessus de la maison sembla le réveiller. Il prit le dossier et le tendit à Lucrèce :

— Lucrèce... il n'y a plus d'Affaire Lambert.

— Bien, Monsieur, dit-elle.

Il apprécia cette absence d'émotion. Cette indifférence minérale, ce mépris du commentaire... il la regarda s'éloigner puis il se tourna vers Méduse. Il n'avait pas aimé le regard de Raïssa sur la tête géante. Comme toujours quand il contemplait le monstre il se sentit mieux. Il lui sourit tendrement et, pour la rassurer, lui confia :

— Nous trouverons autre chose !

Les journaux d'Hérode orchestrèrent la réhabilitation de Pierre-Baptiste comme si Aristote en personne avait été nommé rédacteur en chef du groupe. Après la péripétie vinrent la re-connaissance, la réhabilitation et la célébration du héros selon les règles de l'art.

Toute la presse suivit comme elle avait suivi dans l'autre sens. Ceux qui avaient le plus chargé Pierre-Baptiste de péchés et de tares le louèrent encore plus haut que les autres. C'était facile, il suffisait de renverser la vapeur *

Après l'avoir déshonoré on l'offrit en exemple. Mieux que cela : on fit rêver à travers lui.

Tout le monde souhaita avoir un fils colonel dans l'Armée rouge. De préférence en orbite. Tout le monde voulut visiter le Santaragua. De préférence en période d'épidémie et de révolution. Pasteur redevint un lieu saint et vénéré et Marolles en profita pour déchirer joyeusement la démission de Pierre-Baptiste et lui faire prendre une année sabbatique. On ne put ouvrir un magazine sans y trouver la photo du professeur et des siens. Youri en apesanteur, Frédéric en ballon, Jean jouant du violon. Les quatre mariages et demi du professeur eurent les honneurs d'un roman-photo, il y eut même un reportage bouleversant sur Germaine, la souris, qui venait d'être mère.

* Il est intéressant de signaler que *Voici-Paris* publia le sondage du département témoin représentatif de l'opinion de 56 millions de Français déclarant PBL innocent à la majorité écrasante de 87,9 %.

Et puis, peu à peu, on parla d'autre chose et l'événement le plus remarquable de l'Affaire Lambert passa inaperçu en ce matin où Pierre-Baptiste et Sixtine gravirent ensemble les trois marches et pénétrèrent dans la petite chapelle de Saint-Jean-le-Froid.

Cyprien les accompagnait ainsi qu'un berger qui, lui aussi, avait appris à lire avec Marguerite. Ses moutons broutaient un peu plus loin l'herbe parfumée, tranquilles comme un service d'ordre qui attend la fin d'une cérémonie dans la cour de la préfecture.

Le vieux curé de Saint-Jean-le-Froid éleva le plateau d'argent dans ses mains tremblantes :

— Père, regarde cette alliance, c'est celle que tu as conclue avec les patriarches, le roi David, les prophètes. C'est celle que tu as réalisée en Jésus-Christ.

Alors Pierre-Baptiste demanda à Sixtine si elle voulait être sa femme et elle répondit oui. Et elle lui demanda s'il voulait être son mari et il répondit oui.

Ils étaient mariés.

Le vieux curé enleva ses ornements sacerdotaux et les rangea soigneusement. Une question lui brûlait les lèvres :

— C'est vrai, Pierre-Baptiste, que ta femme voit le pape tous les jours ?

— Oh ! tous les jours, c'est beaucoup dire...

— Quand je pense, poursuivit le curé, l'air émerveillé, quand je pense qu'il a fallu que tu épouses une protestante pour que je te voie à l'église !

Puis, allant dans un coin de la chapelle, il se suspendit à une corde et la voix grave de la cloche retentit, annonçant la bonne nouvelle à la montagne, aux moutons, aux gens des vallées et des fermes.

Cyprien, suivi du berger, le chapeau sur le cœur, s'approcha de Sixtine et lui tendit sa main de paysan :

— Tous mes vœux de bonheur, madame Pierre-Baptiste !

LE BONHEUR

Qui a dit que le bonheur ne se raconte pas ?

Il n'y a rien de plus délicieux à raconter que le bonheur !

Il faut seulement l'avoir rencontré parce que, le bonheur, ça ne s'invente pas.

Ça se raconte.

Ils traversent la nuit — toute la nuit, toutes les nuits — dans les bras l'un de l'autre jusqu'à ce grand froissement de soie, ce bruissement céleste qui les éveille. Une main immense et invisible tire le rideau des ténèbres pour faire place au jour.

Un matin, fenêtres ouvertes sur le jardin endormi, ils surprennent enfin le mystère et découvrent des centaines d'étourneaux logés dans les arbres qui saluent la lumière en prenant leur vol d'un seul battement d'ailes.

Encore une journée à vivre ensemble ! Encore une journée à partager ! Le travail qui les sépare pour quelques heures ne les sépare que pour mieux les promettre l'un à l'autre.

La voir revenir de la chancellerie est un miracle, le retrouver dans son bureau de la Villa, penché sur ses notes, est un miracle.

Ils ont donné une réception en rentrant de Saint-Jean-le-Froid.

On avait allumé les cierges monumentaux. On espérait un cardinal. Il en vint quatre.

Jusqu'à la nuit Sixtine et Pierre-Baptiste serrèrent des mains, s'inclinèrent sur des anneaux. Pierre-Baptiste parla russe avec monseigneur Athanase Porfirov, métropolite de Kiev, français avec monseigneur Palamède della Rocca, évêque *in partibus* de Trébizonde, et latin avec monseigneur Nguyen Quang Hung, évêque de Pattaya.

Mais il avoua à Sixtine que ce qui l'avait le plus frappé c'était le colonel.

Quand l'huissier avait annoncé : « Colonel Soubeyran, attaché des Forces armées, chef de poste, attaché des Forces terrestres, navales et de l'air ! », on avait vu s'avancer une ravissante Eurasienne aux longs cils. Son uniforme, ses décorations, son allure à la fois martiale et gracieuse, forçaient l'admiration des moins militaristes.

L'abbé Pietrovani, lui aussi, avait eu un franc succès. Ce garçon sympathique d'un mètre quatre-vingt-dix-sept était très bien vu à la Curie. Avant-centre de l'équipe de football du Vatican il venait de mettre trois buts aux Diables Rouges de Turin. Il brisa chaleureusement la main de Sixtine puis celle de Pierre-Baptiste, ce qui laissait bien augurer de son avenir.

Et, peu à peu, depuis l'ambassade rose, au milieu du jardin dont Pauline foula le gazon de son pied nu, la Ville devenait leur ville dans le bruit des cloches, le tintamarre des voitures, l'odeur des feuilles amères, les vapeurs d'essence et l'implacable présence des générations mortes.

La *nobiltà* observait Sixtine.

— Pour découvrir Rome, avait dit Kumba, une seule adresse : la Trinité des Monts. Monseigneur Alessandri sait tout de la noblesse noire *... il la connaît beaucoup mieux que votre pauvre nègre ! avait-il ajouté en riant.

C'était vrai. Le curé de la Trinità dei Monti savait tout.

Il avait baptisé, confessé, donné la communion, le sacrement du mariage, l'absolution, la consolation suprême à des générations de cette étrange société qui brille encore, comme une étoile éteinte, bien longtemps après sa mort.

* Noblesse qui a reçu ses titres de la main du pape.

La Révolution ?
Cos'è * ?*

Ecouter monseigneur Alessandri était un enchantement. Sa présence rendait inoubliable un dîner à la Villa.

Par courtoisie Sixtine assistait assez régulièrement aux offices de la Trinità dei Monti et de San Luigi dei Francesi. En sa qualité d'ambassadeur près le Saint-Siège elle était présidente et gestionnaire de la congrégation des Pieux Etablissements de la France à Rome et à Lorette et s'en serait voulu de marquer de l'indifférence aux maisons placées sous sa protection.

Un orage mémorable les retint à la Trinità un dimanche où Pierre-Baptiste l'avait accompagnée. La pluie, à Rome, a quelque chose de mythologique et de démesuré. La viale Trinità dei Monti était devenue un torrent boueux sous l'œil désabusé de Chateaubriand. Les trombes d'eau, les éclairs, le tonnerre avaient rendu la Ville à son état primitif, décapant les sept collines comme pour faire resurgir le passé sous le masque d'aujourd'hui.

Monseigneur Alessandri les avait emmenés attendre que le beau temps revienne dans une petite pièce à boiseries, carrelée à l'antique, derrière la sacristie. Il avait sorti des verres, versé du vin cuit, Amaro Ramazzotti 1815, et offert des biscuits. Puis il avait commencé à parler.

Le ciel était redevenu bleu et pur depuis longtemps quand ils s'étaient séparés, emportant pêle-mêle dans leur mémoire l'histoire de la vieille princesse, née sous les cèdres du Liban qui, jusqu'à sa mort, exigea que l'on usât du français à sa table romaine, l'histoire du dernier gentilhomme porteur de la rose, celle du marquis à baldaquin qui avait refusé sa porte à Mussolini, de Léonor Brucci qui faillit épouser l'Infant d'Espagne, et de la descendante d'un pape qui épousa le fils du grand rabbin. Les races et les confessions se mêlaient dans sa

* Qu'est-ce que c'est ?

conversation comme elles se mêlent dans le sommeil éternel du cimetière proche de la pyramide de Caïus-Cestius. Jeune, monseigneur Alessandri avait été le caudataire d'un illustre cardinal et, pendant des années, assis protocolairement sur la gauche, n'avait eu de la chapelle Sixtine qu'une demi-vision. C'était encore le temps des traînes, des rochets de dentelle, de la *Sedia Gestatoria,* des éventails de plumes et de la Garde noble. Les chevaliers du Saint-Sépulcre portaient encore la fraise et les cardinaux portaient encore les couleurs de leur ordre : blanc, marron, noir et rouge bien sûr ! Les décisions de modestie prises par Paul VI avaient rendu caduc ce cérémonial. Ce qui se faisait encore il y a trente ans était plus proche de ce qui se faisait du temps de Jules II que de ce qui se fait aujourd'hui.

Ils revinrent souvent écouter le Saint-Simon romain dans son domaine. Il les menait devant la fresque anamorphique du cloître qui, de face, représente un paysage de Calabre et, de côté, un ermite en prières ; il leur faisait déchiffrer les signes mystérieux du tableau horaire de l'astrolabe.

QVIS, QVA HORA, QVO LIBET DIE, PLANETA...

Il s'arrêtait à chaque médaillon représentant un roi de France et l'histoire du royaume se mêlait à l'histoire de ceux qu'il côtoyait tous les jours et qui, parfois, étaient alliés à nos souverains défunts.

Mais le plus beau des cadeaux qu'ils reçurent de l'enchanteur fut une promenade. Une promenade dans les hauteurs du Pincio qui domine l'église et le cloître et jouxte les jardins de la villa Médicis. Il voulut qu'ils y allassent seuls en leur recommandant de ne se retourner qu'une fois arrivés. Ils lui obéirent et partirent par un escalier rustique au long duquel courait une treille. Une herbe haute et verdoyante poussait avec vigueur sur la pente. En s'élevant ils découvrirent deux gigantesques palmiers veillant sur la lessive des sœurs, un chêne gaulois, un figuier, des oliviers, un carré de simples. Sur la façade d'une modeste maison, fin de la promenade, une vigne soutachée de sulfate bleu accrochait ses griffes vivantes.

Ils se crurent arrivés chez saint François. Tant d'innocence les transporta. Ils auraient voulu jeter du grain à la volée dans un bruissement d'ailes. Ils auraient voulu qu'une chèvre arrivât afin de la traire. Ils se souvinrent que le Pincio s'était appelé, dans l'antiquité, la Colline des Jardins.

Alors ils se retournèrent et se trouvèrent face au Vatican.

Entre saint François et saint Pierre s'étendait un vallon d'Histoire à la surface à peine émergée du temps et, dans ce vallon, un fleuve invisible charriait paresseusement le passé.

Sur une rive se dressait l'Eglise et sa Croix, sur l'autre se dressait la Création et ses rameaux verts.

Rome est l'une des rares capitales où l'on va à pied et où l'on peut rencontrer, chemin faisant, des gens que l'on connaît. Pourquoi pas Goethe ? ou Stendhal ? ou Verdi ? Ville bruyante et sale, aucun Malraux n'a réussi à en faire une ville blanche, et elle est si parfaite dans sa démesure que nul ne la rêve différente de ce qu'elle est.

Via dei Condotti, face à la vitrine de Bulgari, à deux pas de l'entrée du Caffè Greco quelqu'un a déposé un paquet d'ordures.

Mais dans du papier cristal.

Et le paquet d'ordures — presque élégant — fait partie de la symphonie.

Symphonie qui se poursuit à l'intérieur du Panthéon un jour où la pluie est revenue. L'antique cratère a laissé passer l'eau du ciel, les dalles de marbre, ravivées par l'orage, retrouvent leur fraîcheur originelle.

Symphonie qui s'achève au cours d'un dîner en tête à tête chez Ranieri, dans le décor de bois dorés, de peluches et de miroirs éteints qui n'a pas changé depuis que l'ancien chef de la reine Victoria a ouvert son restaurant en 1865.

On avait dit dans Rome :

« Elle ne se signe pas pendant les grâces ! »

Puis il y eut cette messe à Saint-Pierre où elle avait entonné le *Veni Creator.*

En grande tenue les ambassadeurs étaient rangés face au baldaquin du Saint-Père, par ordre d'ancienneté.

Veni Creator.

Toutes les têtes s'étaient tournées vers Sixtine.

Alors on avait dit dans Rome :

« Elle chante le grégorien ! »

Monseigneur Bonnaventure vécut là un de ses plus grands moments.

Quand il la vit chanter, sans partition, de mémoire (Ah ! les Ursulines de Bruges !), la voix pure et claire, les mains jointes comme elle les joignait pendant les prières, des larmes étaient montées à ses yeux.

« Nous avons le plus bel ambassadeur de tout le corps diplomatique ! Elle est encore plus belle que Mrs Colinette Thimothée qui a été prix de beauté dans son île des Indes Occidentales au temps de sa jeunesse ! Beaucoup plus belle ! »

Le lendemain les portes les plus fermées tournèrent sur leurs gonds grinçants et bientôt tout Rome pour Sixtine eut les yeux de qui vous savez.

Ruée de la noblesse noire sur les Lambert.

Folies romaines où des créatures aux épaules nues plongent en révérence devant les *papabili.* Les sèches comme lauriers coupés avec des voix tabagiques et l'odeur du temps dans leurs chevelures sombres, les *prosperose* aux gorges généreusement découvertes depuis le Quattrocento ; et puis toutes les Romaines venues d'ailleurs, les baronnes, les graffinnen, les margraves, les infantes, les prétendantes, les reines du Texas, les damettes du Hainaut, les princesses à la peau noire qui font une thèse sur Bramante ou un doctorat sur les chambres de Raphaël.

Parfois ils rencontraient les Fellini, bonheur, ils dînaient avec Irène Galitzine, « *l'Alta moda di sangue blù* », parfois ils croisaient Charles-Henri Labeyrie qui les enviait de vivre plusieurs siècles à la fois. Parfois, du dernier étage d'un antique palais descendaient de très modernes jeunes filles. Elles étaient actrices, sculpteurs, laborantines. Ou pilotes d'essais dans l'écurie d'avant-garde d'un grand-père séducteur et milliardaire.

Cette société avait évolué en mêlant harmonieusement hier et demain pour en faire autre chose qu'aujourd'hui : l'incomparable vie romaine où les femmes osent encore être belles. Ville où une dame peut devenir un chef-d'œuvre sans craindre que nul ne le remarque, Rome excelle dans l'art des contrastes. On dîne un soir dans de la vaisselle plate au fond d'un palais digne de Véronèse, éclairé par des laquais porteurs de flambeaux ; le lendemain on déjeune sur l'herbe chez les mêmes hôtes, dans un champ qui borde la via Appia, mangeant la *porchetta* avec ses doigts dans des assiettes de paysan, allant chercher soi-même son vin au tonneau. La sève du Latium circule encore dans les antiques blasons, prête à les faire reverdir et la terre des collines se souvient du soc de la charrue la blessant pour dessiner la Ville.

Pour la belle saison ils firent comme tout le monde : ils retinrent une cabine au club Gambrinus du Lido et découvrirent un autre aspect de Rome. La Rome en caleçon de bain.

Toute la *nobiltà* se retrouvait sur le sable. A bâbord de leur cabine, un marquis aux jambes de bouquetin qui dirigeait un empire, leur offrait des cerises de sa campagne. A tribord le descendant de l'un des quatre barons romains les saluait, bien campé sur ses varices, trois estomacs en cascade sur son maillot de compétition.

Le soir, chez les Cavalieri, à l'ambassade de Grande-Bretagne ou chez les Blumenthal on dînait avec les mêmes, superbes et bronzés, bien serrés dans leur corset et leurs décorations.

Un dimanche Perrin-Deschoutaux était arrivé à l'heure du bain, brandissant un papier qui venait de tomber du chiffre. Un papier relatif à la béatification imminente d'une bergère du Cantal morte en 1882. Le protocole interdisant de circuler en costume sur la plage, il avait dû louer un caleçon à l'entrée.

— Je vous prie de m'excuser, madame l'ambassadeur, mais l'affaire m'a paru présenter un caractère d'urgence...

Le garçon de bains, plus bruyant qu'un laquais de Goldoni, tapait dans ses mains en réclamant pour Leurs Excellences des sièges qui n'arrivèrent jamais.

— Mes respects, mon colonel, dit Perrin-Deschoutaux en s'inclinant.

Ysabelle Soubeyran sortait de l'onde comme Vénus, son escorte de jeunes lieutenants en slip bleu réglementaire pétillant autour d'elle, saluée au passage par le marquis et le baron qui s'inclinaient bien bas devant l'armée française.

« Rome est un poste ineffable ! » avait dit Perrin-Deschoutaux.

C'était vrai.

Pierre-Baptiste s'amusait d'être le mari de l'ambassadeur. Parfois le chef, affolé, lui courait après dans les couloirs de la Villa :

— Madame l'ambassadeur est partie très tôt ce matin, monsieur le professeur, je n'ai pas d'ordre pour le dîner que nous donnons mardi soir en l'honneur de monseigneur l'évêque de Nantes ! Koulibiac de saumon ? Perdrix en chartreuse ?

Pierre-Baptiste à qui ces noms ne disaient rien réfléchissait gravement puis optait pour les perdrix, influencé par le côté religieux de la chartreuse.

Parfois il représentait Sixtine à des réunions d'ambassadrices où son travail d'ambassadeur l'avait empêchée de se rendre. Seul au milieu d'une assemblée de dames il écoutait des conférences sur le point de croix en perdition ou la layette à travers les âges. Antonella Farinari, présidente de l'*Opera per soccorrere gli aristocratici bisognosi* *, était particulièrement redoutable et

* Œuvre en faveur des aristocrates dans la nécessité.

avait contracté envers lui une dangereuse amitié à effets secondaires.

Mais la layette et le point de croix, même en perdition, étaient encore des manifestations du bonheur.

A propos de layette ils avaient appris que Claret attendait un bébé. La petite Claret ! Jimmy qui leur avait porté la nouvelle, avait séjourné trois jours auprès d'eux. Il n'était jamais venu à Rome et était un touriste émouvant. Un soir ils l'avaient emmené dîner via Monterone dans un palais de Léon X, à l'Eau Vive, le restaurant des *Vergini Laiche Cristiane di Azione Cattolica Missionaria per Mezzo del Lavoro* *. Jimmy avait adoré. Il avait chanté des cantiques jusqu'à minuit avec les vierges. Elles étaient charmantes dans leurs boubous et leurs saris de coton. La plupart étaient jaunes. Certaines noires. Comme Jésus qui habitait maintenant à Walheim chez Morand. A Walheim où, chez les *Vergini,* entre deux cantiques, ils décidèrent de fêter les quatre-vingt-douze ans du Vieux de la Montagne.

Une grande fête de famille.

La veille de leur départ, autre bonheur.

Ils dînent dans la cuisine du cardinal. Il leur a préparé un plat de son pays : une carbonade flamande. Ils sont tous les trois. Ils sont bien. Kumba raconte ce qu'il appelle « les enfances du léopard » et Sixtine se réjouit de l'amitié qui est née entre les deux hommes. Elle les regarde, elle les écoute. Les coudes sur la table ils boivent du rapitala qu'une vieille *principessa* sicilienne fait régulièrement parvenir au cardinal. Ils parlent, ils se passionnent, ils l'oublient, elle n'est plus Son Excellence, elle est une femme qui porte les assiettes sales dans l'évier, une femme qui verse du rapitala dans les verres vides, une femme qui écoute parler les hommes.

Une femme heureuse.

* Vierges Chrétiennes de l'Action Catholique et Missionnaire par le Travail.

Assis au haut bout de la table sous les tilleuls, les pieds foulant l'herbe d'automne, les coudes sur la vieille nappe, plus vieille encore que lui, Morand s'émerveille devant l'étrange famille que Sixtine lui a offerte comme cadeau d'anniversaire.

Un par un il les regarde. Les siens.

C'est à cette même place qu'un jour, il y a bien longtemps, Jean Monnet lui a dit :

« Vous êtes un homme heureux, Bader. »

Quel chemin pour arriver à cette table, à cette réunion... à ce bonheur retrouvé.

Un par un il les regarde.

Sixtine qui vient de Rome, Marine qui vient de Tokyo, Mathias qui vient de Bonn.

Son œuvre. Ses enfants.

Pierre-Baptiste, celui qu'il attendait pour Sixtine.

Et cette séduisante Raïssa qu'il a à sa droite.

« Mon Dieu, monsieur, quelle belle femme ! a dit Katel en la voyant débarquer. Vous êtes sûr qu'elle est communiste ? »

Raïssa a l'air de plaire infiniment à Jimmy Harper.

Honnêtement, il ne le voyait pas comme ça, l'Américain. Quel aimable convive ! Il comprend que Pierre-Baptiste et Sixtine soient restés amis avec lui. Et puis il y a les enfants qui les lient à jamais les uns aux autres. Le jeune couple est attendrissant... elle est jolie, cette petite Claret, le vivant portrait de Berthilde de Hohenstaufen ! Si Dickinson n'était pas mort depuis longtemps il lui aurait envoyé une photo à Christ-Church. C'est beau, une jeune femme enceinte à une table de famille...

Il regarde Sixtine et fait un vœu.

Une cigogne passe dans la vallée et tout le monde crie.

— Une cigogne !

— Аист !

— *Storch !*

Et le petit Jésus :

— *Cegonha !*

Pour qu'une fête soit une fête il faut des enfants. Il a bien fait de recueillir Jésus. Depuis hier, depuis que Jean, le petit garçon de Pierre-Baptiste, les a rejoints, la Maison élue n'est plus la même. On entend de nouveau des rires sur le vieux rocher. On galope. On gronde. On tombe dans l'escalier. On rit encore plus fort...

Il a une sacrée surprise à leur faire... mais il attend le dessert.

Un coup de vent léger apporte l'odeur troublante et sucrée de la vendange commencée. Les noces de la vigne latine et de l'âme germanique.

Katel règne, déesse nourricière, bonne fée des casseroles et des plats mijotés. Hier soir ses tartes aux quetsches et aux mirabelles ont prouvé une fois de plus que l'Europe des gâteaux n'était pas morte avec la Grossmama de Louise Weiss.

Il les regarde encore, les siens. Ils sont de France, d'Allemagne, de Belgique, d'Amérique, d'U.R.S.S... et tous sont ici chez eux.

— Ici, dit Mathias, j'ai appris qu'on pouvait dire *Ich bin* et je suis...

Une main d'icône, Dieu quelle finesse aristocratique !, se pose doucement sur la main de Morand :

— Monsieur Bader, dit Raïssa, vous êtes la Civilisation.

Il lève son verre pour cacher son émotion.

— Je bois à Youri ! Il faudra me l'amener à son retour.

Et il ajoute pour Raïssa :

— Мир... la Paix...

Il est très vieux. Il est très heureux. Et ce n'est pas fini. Une sacrée surprise il va leur faire !

L'*Hymne à la Joie* démarre sur le phono posé dans l'herbe, les deux petits viennent solennellement vers la table ; ils avancent à pas menus, portant un gros gâteau bleu couronné d'étoiles. Les flammes des bougies se couchent sous le vent, mais tiennent bon. Tout le monde retient sa respiration avant de crier d'une seule voix :

— Bon anniversaire !

— Mais ce sont les douze étoiles ! s'exclame Morand qui joue la surprise.

— On fa faire l'Erope ! explique Jésus gravement et tout le monde éclate de rire.

Morand souffle les bougies d'un seul coup, bravo ! Puis il se lève, verre en main :

— A l'Europe !

Tandis qu'ils boivent, debout dans la lumière dorée qui semble venue des vignes comme le vin doré versé dans les beaux verres de la victoire, il leur annonce sa décision.

Voilà... Il est candidat à la présidence du Parlement européen.

Pour une surprise, c'est une surprise ! Quelle joie autour de la table ! Ce qui l'a décidé, dit-il, c'est d'apprendre que Bruno Moser était candidat ; cet affairiste, ce politicien douteux...

— Ton compatriote ? dit Marine à Mathias.

— Hélas ! répond-il. Quand tu parles de lui en Allemagne les gens crachent par terre.

— Alors il ne passera pas.

— Il est très soutenu...

— Par qui ? demande Pierre-Baptiste.

— Ça, personne ne le sait... mais contre vous, monsieur Bader, même soutenu par le diable, il n'a aucune chance !

De nouveau le vin coule dans les verres de la Fabrique. Les deux petits garçons n'en peuvent plus de voir les grandes personnes trinquer d'un bout à l'autre de la table et porter toast sur toast. A l'Europe... à Morand... à la Liberté... à la cigogne... à Goethe... à Katel... à Mopsel...

Jean se lance, héroïquement :

— Esquecépecio... nellement... est-ce que les enfants peuvent boire du vin ?

— Du vin ? s'exclame Morand prenant une voix de croque-mitaine. Du vin ? Mais les enfants DOIVENT boire du vin !

Alors les petits garçons ont jeté leurs bras autour de son cou, ils ont crié :

— Oh ! merci ! merci, grand-père !

Il a été si heureux qu'il a pris la main de Sixtine et lui a dit :

— Après tous ces cadeaux, j'en attends un autre de toi... de vous...

Elle a souri et elle a regardé Pierre-Baptiste qui versait leurs premières gouttes de vin aux petits. Pierre-Baptiste qui a souri lui aussi.

C'était une belle journée.

Allongée sur des coussins, Berthilde de Hohenstaufen s'endormit dans l'herbe sous la tendre garde de son jeune mari. Sixtine, Mathias et Marine entraînèrent Pierre-Baptiste jusqu'à l'Arbre...

Peut-être était-ce là, en cet instant même, sous la garde du guetteur vert, que l'Europe se préparait à naître ?

Morand ouvrit un tokay fleuri comme un jardin pour Jimmy et Raïssa qui témoignaient d'une endurance remarquable et d'une curiosité sans limites. Il versa quelques gouttes aux petits qui ne quittaient plus ses genoux.

— Raconte encore Victor Hugo, grand-père...

Raïssa leva son verre aux États-Unis d'Amérique, Jimmy but à la santé de l'Union des Républiques Socialistes Soviétiques et Morand les accompagna.

— Alors, Victor Zugo ? demanda Jésus.

Morand regarda la nature bienveillante et ferma les

yeux pour retrouver la citation dans toute son exactitude.

— Victor Hugo a dit que le secret de la paix c'était : « Donner au Nord sa part de Midi, et au peuple sa part de pouvoir. »

Oui, vraiment, c'était une belle journée !

Xénophon Pétridès, le bossu athénien, regarde l'or en fusion dans le creuset.

Xénophon Pétridès, le bossu athénien qui est riche comme la mer et si misérable.

Jamais aucune femme n'a noué ses bras autour de son cou difforme.

Il est heureux quand l'une d'elles vient essayer un bijou. Il aime les voir rougir de désir quand il approche de leur gorge nue le collier enfin monté, jamais porté, presque accompli. Unique.

Elles sourient alors.

Pas à lui. A leur image que réfléchit le miroir. Parfois il a droit à une petite tape sur la joue, un « bravo, Héphaïstos ! » Oui, elles l'appellent Héphaïstos !... il voudrait alors leur faire boire le métal liquide.

Une des mégères qu'il habille d'or lui a dit un jour où elle avait croisé Lucrèce dans l'atelier :

« Elle ne s'est jamais remise de la mort d'Alexandre. »

Lui qui connaît les mystères devine qu'il y a dans le cœur de Lucrèce quelque chose de plus sombre encore que le deuil. Le remords peut-être ?

Il l'aime.

Il ne connaît pas de Grecque plus grecque que cette Française qui semble être descendue, d'une démarche ailée, des flancs d'un vase du ve siècle.

« Je ne porterai que des bijoux qui auront l'air de sortir d'une tombe. »

Il peut la comprendre mieux que quiconque, lui qui cherche depuis toujours à recréer non pas la vie mais la mort.

Depuis quelque temps il a peur.

Peur d'Hérode.

Il a tenté de prévenir Lucrèce. De lui parler des armes, de la guerre, de l'action d'Hérode au Proche-Orient. Sélim est dangereux, un jour on saura...

Elle a ri.

Elle a dit qu'elle savait tout et qu'elle n'avait peur de rien.

Non : qu'elle n'avait *plus* peur de rien.

— Que puis-je craindre, Xénophon ? Le pire est déjà arrivé.

Sur le pas de la porte elle s'est arrêtée. Un instant elle fut l'image même de la douleur. Un instant seulement. Puis elle est venue à lui, elle a posé ses lèvres sur sa joue et elle a dit :

— Merci.

Il a senti son parfum l'envahir. Jasmin et cardamome qui flottent derrière elle quand elle se déplace. Un parfum qu'elle semble sécréter comme une fleur.

Il a espéré qu'elle allait lui ouvrir son cœur, se confier, mais non, bien au contraire. Elle s'est penchée vers lui :

— Il ne faudra plus jamais parler de cela… tu me le jures ?

Elle lui a souri, comme à un enfant qui va être sage, et elle est partie.

— Jimmy était à Walheim ?

Hérode n'en revient pas.

Oui, Jimmy était à Walheim.

Avec ses enfants, bien sûr. Il y avait aussi Raïssa, Mathias, Marine...

— Elle est rentrée du Japon ? crie-t-il, furieux, et Lucrèce le rassure, Mlle Degand est repartie pour Tokyo le lendemain même de la fête.

— Mais pourquoi étaient-ils tous là ? demande Hérode.

Lucrèce réprime un sourire.

— Pourquoi sont-ils tout le temps les uns sur les autres ? répète-t-il avec de la douleur dans la voix.

Quelle blessure ! Walheim où il n'a jamais été convié, jamais été reçu, Walheim où ces gens partagent un pain que personne n'a jamais partagé avec lui ! Quel goût a-t-il ce pain de l'amitié pour qu'ils en soient si avides ?

Soudain il se redresse et crie :

— Alors le vieux a décidé de se présenter contre Moser ?

— Oui, Monsieur.

— Il ne tiendra pas le coup. Il mourra avant. D'abord on va faire démarrer la campagne tout de suite ! On va le faire danser, grand-père ! Quatre-vingt-douze ans ? Allez, au cimetière !

Le téléphone sonne sur la table et il lui fait signe de répondre.

C'est Sélim. Il appelle d'Athènes. Il a besoin de le voir

au plus vite. C'est important. Très important. Aujourd'hui ?

Hérode fait signe qu'il peut venir et Lucrèce raccroche, songeuse.

— Ce Sélim..., dit-elle.

— Vous ne l'aimez pas.

— Non.

Hérode rit :

— Il ne vous aime pas non plus ! Mais je vous écoute, Lucrèce.

— Eh bien, je ne comprends pas pourquoi vous continuez avec lui ces... marchés ?

— Vous ne comprenez pas ? répète-t-il avec amusement. Vous savez pourtant, chère Lucrèce, que le Proche-Orient est, comment dire ?... ma paroisse. Avec quoi pensez-vous que je fais tourner mes affaires ?

Elle ne répond pas.

— Mon pétrole à moi c'est le commerce des armes, dit-il durement. Oui, Lucrèce, vous semblez surprise, je m'en étonne... Avec quoi pensez-vous que je vous paye plus qu'un ministre ? Vous serez encore plus surprise quand je vous parlerai de mes projets...

— Je n'en doute pas, Monsieur.

— Savez-vous pourquoi Sélim veut me voir de toute urgence ?

— ...?

— Il craint une tentative de médiation qui pourrait aboutir à un armistice entre nos clients... Il en est malheureusement question. Quoi encore ? dit-il avec agacement en la voyant songeuse.

— Je pense qu'avec l'ampleur de vos propres affaires, Monsieur, avec... l'intérêt que vous portez aux Lambert, avec la campagne que vous entreprenez pour soutenir la candidature de Bruno Moser, cela vous fait beaucoup de fers au feu.

— Je sais, Lucrèce, je sais... mais je n'ai pas le choix. A quelle heure vient-il ?

— Il sera à Méduse dans deux heures.

— Parfait. Ne soyez pas présente pendant l'entretien. Il déteste que l'on mêle les femmes aux affaires.

— Bien, Monsieur.

— En attendant, voyez-vous d'autres informations à me communiquer sur la charmante partie de campagne chez nos idéalistes ?

Elle faillit dire que non, puis se souvint d'un infime détail.

— M. et Mme Lambert sont rentrés à Rome avec le petit Jean, le plus jeune fils du professeur, neuf ans.

— Intéressant..., dit Hérode avec un si mauvais sourire que Lucrèce cria :

— On ne touche pas aux enfants !

Ils se regardèrent longuement puis Hérode sourit encore et dit : « Ça arrive parfois... », avant de la congédier.

Elle entra dans sa chambre et ferma la porte à clef. Un long cri silencieux sortait de sa bouche ouverte comme celle d'un masque tragique. Des larmes coulaient sur ses joues. Une nausée la secoua... La même nausée qu'autrefois quand elle s'était réveillée, le ventre sanglant, la bouche amère. Réveil blanc dans la clinique inconnue. Film surexposé, aveuglant, comme si les yeux, comme si la mémoire ne pouvaient supporter cette vision, cette nouvelle. Votre petit garçon est mort... elle ne lui a jamais donné de nom. Elle l'appelle « mon cœur », son petit garçon qui fut condamné par son propre père comme aux temps où les dieux précipitaient eux-mêmes leurs enfants au fond des Enfers.

Ce jour-là, le destin d'Alexandre fut décidé.

Quand il fut accompli, Hérode apparut.

Il savait.

Hérode, c'est une forme de châtiment comme une autre...

Elle essuie ses larmes, elle respire profondément, elle se regarde dans le miroir et, soudain calme, s'adresse à son image :

— S'il touche à l'enfant, je le tue.

LE BAL CHEZ LA FARINARI

Sixtine était heureuse de ramener Jean à la Villa. Pour Jean, pour Pierre-Baptiste. Pour elle-même. Ce serait merveilleux de faire découvrir Rome à un enfant.

Quelle chance d'avoir pu décider sa mère à le leur confier ! Quel miracle que l'Eglise végétarienne humaniste à laquelle elle appartenait lui ait demandé de faire cette tournée de récitals d'épinette à travers le monde pour le 50e anniversaire de sa fondation !

— Est-ce une église chrétienne ?

— Non, plutôt diététique, avait répondu Pierre-Baptiste, et tant mieux, chérie, sinon le curé de Saint-Jean-le-Froid n'aurait pas pu nous marier !

Une floraison de béatifications, de jubilés et de célébrations attendait Sixtine à Paolina.

Elle se jeta dans le travail, se demandant parfois si Pierre-Baptiste n'allait pas s'ennuyer. Il continuait à jouer son rôle de mari de l'ambassadeur avec le sourire mais, plus le temps passait, plus elle avait scrupule à le voir la représenter. N'avait-il pas mieux à faire dans la vie que d'aller goûter un vermouth fabriqué par des sœurs françaises dans un couvent proche de Lorette ? De promener pendant toute une journée une délégation de scouts de France à travers le Forum ? Il avait même dû éconduire un négociant en reliques qui lui présentait son catalogue avec rotules reconstituées, débris d'acromions et fragments douteux de trochlées de Pères de l'Eglise.

Vivement la fin de l'année sabbatique et l'affectation de Pierre-Baptiste à l'Institut Pasteur de Rome promise par Marolles ! Il pourrait alors reprendre ses recherches et ne risquerait plus de s'ennuyer.

Pierre-Baptiste ne s'ennuyait pas.
Il avait des rendez-vous.
Passionnants.
Mais il ne pouvait pas en parler à Sixtine.
Ni à elle. Ni à personne.

Message de Sélim à Hérode

Certains de nos clients de Tripoli sont sur le point de susciter une médiation afin d'obtenir un cessez-le-feu avec la partie adverse. Ils seraient même parvenus à des accords de paix.

Les Lambert étaient toujours la friandise de la *nobiltà*. Pas de fête vraiment réussie sans leur présence.

Il y eut un bal vert Véronèse chez Oriana où Bimbo, déguisé en petit pois, eut un succès fou !

Il y eut un pique-nique virgilien chez Stefanella avec des bœufs couronnés de fleurs.

Il y eut un concert de musique sacrée chez Eurydice dont le fils venait de recevoir la barrette.

Les mêmes personnes se rencontraient comme les courtisans d'un invisible souverain, les mêmes personnes obéissaient aux mêmes rites, au même protocole et ne semblaient jamais s'en lasser.

Monseigneur Alessandri captivait par ses récits, Oriana fascinait par ses visions et le colonel Soubeyran intriguait en promenant son uniforme et ses galons au milieu des décolletés, des soutanes filetées et des smokings.

— Tu sais qu'elle est protestante comme toi ! dit Pierre-Baptiste en rentrant du pique-nique.

— Calviniste, précisa Sixtine qui s'était renseignée. Mais qui te l'a dit ?

— Elle-même, tout à l'heure ! Nous avons partagé un tronc d'arbre pendant le déjeuner. Oui, toi tu étais à la table des huiles, des saintes huiles même. Tu étais assise. Alors que tout le monde était sur l'herbe. Ce tronc était une bénédiction ! Le lieutenant Lémery nous l'a gardé, le lieutenant Priva s'est chargé de nous ravitailler et le colonel a fait le récit de sa vie.

— Sa mère était coréenne, n'est-ce pas ?

— Et son père d'Anduze, dans les Cévennes. Elle nous a raconté leur mariage : il était en reportage en Corée, tout d'un coup il entend chanter un cantique dans la forêt, il découvre un petit temple... protestant ! et dans le petit temple, des jeunes filles dont la future mère du futur colonel... le cantique c'était :

Oh ! que ton joug est facile !
Oh ! combien j'aime ta loi !

L'abbé Pietrovani est venu nous rejoindre et a chanté avec nous. Il a une très belle voix ce garçon.

— Parce que tu chantais aussi ? demanda Sixtine, amusée.

— Oui ! avec les lieutenants ! C'était charmant ! « Ouvre mes yeux, Bon Sauveur ! » Tu connais ?

— Bien sûr ! dit Sixtine :

Seigneur dans ta forteresse,
Aucun mal ne m'atteindra.
Si je tremble en ma faiblesse,
Ta droite me soutiendra !

— C'est ça, dit Pierre-Baptiste, enchanté, et Sixtine pensa qu'il serait correct, voire gentil, d'inviter le colonel à dîner.

Message de Sélim à Hérode

Pour ne pas se découvrir vis-à-vis de leur propre camp, ceux qui souhaitent un armistice entre les milices rivales utiliseront un médiateur neutre.

Peut-être quelqu'un du Vatican... rien de sûr.

Le cardinal Kumba regarde un papier qui achève de se consumer dans une coupelle de marbre posée sur son bureau.

— Voilà, dit-il. N'oubliez pas un mot de ce message, professeur... chacun a son importance.

Et soudain, pris de scrupules, il se penche vers Pierre-Baptiste assis en face de lui :

— Vous savez, cette mission présente des dangers... je ne vous en voudrais pas, si après avoir réfléchi...

— J'ai réfléchi, dit Pierre-Baptiste, calme.

— Merci, professeur.

— Merci à vous.

— Merci ?

— Pour la confiance que vous me témoignez, monsieur le cardinal.

Les deux hommes se regardent en souriant.

— La seule chose que je regrette depuis le début de nos rencontres, c'est d'avoir dû cacher nos projets à Sixtine, dit Kumba.

— Vous la connaissez, Eminence. Elle nous en félicitera plus tard.

— C'est vrai ! Ah ! une dernière chose : il vous faudra aller la semaine prochaine au bal de la présidente Farinari...

— Non ? fait Pierre-Baptiste, consterné.

— Eh si ! (Le cardinal baisse la voix :) Ce soir-là une femme vous invitera à danser. Acceptez... c'est elle qui vous donnera les instructions relatives à votre voyage.

Instructions que je dois ignorer car c'est ici que mon rôle s'arrête. Il vaut mieux, maintenant, que nous ne nous revoyions plus avant votre retour... J'espère que nos nombreuses rencontres n'auront pas attiré l'attention d'observateurs trop curieux...

— Qui pourrait imaginer ?

— C'est vrai, dit Kumba en se levant et en serrant la main de Pierre-Baptiste : Dieu soit avec vous, professeur.

Message de Sélim à Hérode

La médiation aura lieu à Larnaca.

J'attends confirmation de la date.

Selon mes informations le médiateur neutre serait le professeur Pierre-Baptiste Lambert.

Hérode semble changé en pierre.

La joie l'étouffe.

Il pense à la visite de Raïssa, cette méchante, ruinant tous ses plans.

Il avait toujours su qu'il trouverait autre chose. Que Pierre-Baptiste Lambert ne lui échapperait pas... Et voilà que le destin lui faisait cet inestimable cadeau.

« La médiation aura lieu à Larnaca. »

Larnaca... Il rit tout seul.

Il est si heureux qu'il va marcher au milieu des orchidées pour partager son bonheur avec elles.

Sixtine n'avait pas compris pourquoi Pierre-Baptiste avait tellement insisté pour l'entraîner à ce bal.

Elle n'avait aucune envie d'y aller mais il l'avait suppliée :

— Chérie ! il y a si longtemps que nous n'avons pas dansé ! Depuis Caruso, tu te rends compte !

Elle aurait préféré rester à la maison. Pour une fois. Passer une soirée tranquille avec lui.

Lui parler...

Oui, lui parler.

— Chérie ! Je t'en prie ! Viens danser chez la Farinari !

A la fin elle avait compris qu'il avait une idée derrière la tête. Sans doute voulait-il lui faire une surprise ?

Bon. Il avait envie de danser ? eh bien, on danserait !

Et voilà qu'ils étaient au bal et qu'il ne l'invitait pas. Tout de suite il l'avait conduite jusqu'à la présidente. Sixtine n'avait encore jamais pu honorer de sa présence les manifestations de l'*Opera per soccorrere gli aristocratici bisognosi.*

La présidente était aux anges. Elle avait enlevé Sixtine à son mari et l'avait entraînée à sa suite pour lui présenter quelques antiquités terriblement adhésives dont un Farinari-Navarone, son cousin.

Tout en écoutant le vieux monsieur d'une oreille si distraite qu'elle n'arrivait pas à décider s'il était un ancien champion de course automobile ou un marchand de vin cuit, Sixtine observait Pierre-Baptiste de loin. Il était bizarre. Il regardait les femmes d'une drôle de façon... d'une façon indécente ! Il avait l'air... de draguer. Mais oui, de draguer ! Incroyable ! Il ne devait pas être dans son état normal. Parce que sourire aux jolies filles, on pouvait sinon l'excuser, du moins le comprendre, mais la façon dont il avait dévisagé la belle-mère de l'attaché culturel norvégien, une malheureuse créature qui avait soixante-dix-huit ans, un goitre et des dents de lion de mer, était positivement effrayante ! Comme s'il attendait quelque chose de sa part... Mais qu'est-ce qui lui prend ? Il a bu un philtre ? Elle ne l'a jamais vu comme ça !

— Et vous ne devinerez jamais, cher ambassadeur, poursuit Farinari-Navarone, ce que le roi m'a dit en 1934 quand j'ai failli gagner la Targa Florio. Il m'a dit : « Comte... »

Au risque de manquer la royale parole, Sixtine allait s'excuser, traverser en courant la salle de bal, se précipiter sur Pierre-Baptiste, lui dire de se surveiller quand, tout à coup, elle vit arriver une femme si belle qu'elle semblait avoir rendez-vous avec Stendhal pour qu'il la raconte.

Une robe de taffetas, bruissante et vermeille, découvrait des épaules parfaites ; des bandeaux sombres, tressés de perles et de rubans, encadraient un visage que Sixtine ne reconnut pas tout de suite...

La femme si belle se dirigea sans hésiter sur Pierre-Baptiste.

— ... alors j'ai répondu, en claquant des talons : Majesté, ces nobles paroles me vont droit au...

Mais Sixtine n'entendait plus rien.

Elle avait reconnu le colonel.

— Puis-je vous inviter à danser, professeur ?

Il était resté interdit, elle avait souri et il s'était incliné.

— Avec plaisir, colonel.

C'était une valse et, tout en valsant, les lèvres tout près de son oreille, elle lui avait transmis le message.

Le départ était pour cette nuit. La date avait été avancée pour des raisons de sécurité. Le rendez-vous était fixé à trois heures du matin. Une voiture l'attendrait piazza Fiume.

La valse prit fin mais ils ne se quittèrent pas. Et quand l'orchestre attaqua un slow, Pierre-Baptiste reprit le colonel dans ses bras, la serrant aussi fort que possible tandis qu'elle murmurait tout contre lui : « Trois coups longs, suivis de deux brefs », détails indispensables qui demain à Larnaca apprendraient au professeur que l'heure de la rencontre avait sonné.

— Alors j'ai dit au Duce ce qu'un Farinari-Navarone devait lui dire dans une telle circonstance, je lui ai dit...

— Et vous avez bien fait ! assura Sixtine en serrant la main du vieillard à la lui briser.

Le slow était fini. Elle fonça sur Pierre-Baptiste qui s'approchait du buffet, l'air pensif.

— Nous rentrons ! dit-elle.

Elle s'était dominée dans la voiture à cause de Langlois.

Elle se domina encore en traversant le vestibule de marbre et monta l'escalier poussée par une telle colère que Pierre-Baptiste eut du mal à la suivre jusqu'à leur chambre. Il faillit prendre la porte en pleine tête. Sixtine se retourna vers lui, si défigurée de rage qu'il eut peur de la tournure que prenaient les événements.

— Sixtine, dit-il, il faut que je te parle...

— Ah ! non ! Je t'en prie ! Je n'ai pas besoin d'explications ! Quelle honte ! Quel chagrin ! Quand je pense que je m'attendais à une surprise ! Eh bien, je l'ai eue la surprise ! Et moi qui voulais l'inviter à dîner, ta calviniste ! Moi qui m'attendrissais parce que tu chantais des cantiques avec elle ! Tu m'as trahie ! Tu t'es moqué de moi ! Jamais je n'aurais cru....

— Sixtine ! laisse-moi t'expliquer !...

Il tenta de lui saisir les mains mais elle se dégagea avec horreur.

— Qu'est-ce que tu espères me faire croire ? Que

c'est pour sauver le monde que nous sommes allés à ce bal ridicule ? Que le colonel est victime de la peste ? du choléra ? C'est toi, Pierre-Baptiste, qui a attrapé un virus ! et un sale virus ! N'approche pas ! cria-t-elle comme il faisait un pas vers elle. Je ne veux plus te voir !

Elle entra dans la salle de bains et claqua la porte. Il entendit le verrou puis des bruits de robinets et de flacons manipulés par une main furieuse.

Il regarda sa montre, puis il alla embrasser son fils dans son sommeil.

« Dans deux jours, pensa-t-il, elle sera la première à rire de tout ça avec le colonel... »

Mais il était triste.

A trois heures moins dix, un sac de voyage à la main, il quitta l'ambassade et se dirigea vers la piazza Fiume.

Trois coups longs… deux brefs…

On était venu le chercher comme convenu dans la chambre où il n'avait pas dormi depuis son arrivée à Larnaca à la fin de la nuit.

Deux hommes silencieux qui l'avaient fouillé puis avaient longuement vérifié le contenu de son sac.

Aucune expression. Aucun contact. Une tension très forte. Ils lui avaient fait signe de les suivre après s'être assurés qu'il n'y avait personne dans le couloir.

Qui étaient-ils ?

Il avait été frappé par les yeux de l'un d'eux. Des yeux très noirs, brillants, inoubliables, angoissants comme ceux de certains oiseaux sauvages. Il avait, du reste, une silhouette d'échassier.

Pierre-Baptiste ne savait ni où il était, ni où il allait. A sa descente d'avion une voiture l'avait mené jusqu'à cette grande maison. Grande à en juger par la promenade qu'on lui avait fait faire les yeux bandés, montant et descendant des escaliers, pour finir dans cette chambre dont l'unique fenêtre donnait sur une cour intérieure aux murs aveugles.

Maintenant, l'un des hommes marchant devant lui, l'échassier, l'autre derrière, il avançait le long d'un couloir orné de mosaïques. Au bout du couloir, un homme en civil, une Kalachnikov à la main, les regardait venir. Ils passèrent devant lui sans s'arrêter et gravirent quelques marches. Pierre-Baptiste se répétait le texte appris par cœur dans le bureau du cardinal, le texte consumé dans la coupelle de marbre, fragile rameau d'olivier porté par la mémoire.

Encore un garde... cette fois-ci, arrêt et nouvelle fouille. Puis la marche reprend. Les costumes de ville et les armes de guerre donnaient un côté pas sérieux, théâtral, à l'affaire. Mais quand il entra dans la vaste pièce où les trois hommes et leurs gardes du corps l'attendaient, quand il lut sur les visages tournés vers lui tant de crainte et tant d'espérance, il éprouva une violente émotion.

L'un d'eux était visiblement européen, les autres avaient dû naître dans la Bekaa ou dans la montagne.

Ils le saluèrent gravement et, en silence, lui firent signe de prendre place sur des coussins en face d'eux. Il s'inclina, toujours aussi ému, et se disposa à parler.

Mais il ne devait jamais transmettre le texte découvert sous le christ d'ivoire du cardinal. Comme il s'asseyait, les deux gardes qui étaient venus le chercher ouvrirent le feu sur ceux qui avaient commis le crime de penser à la paix. A moitié étranglé par l'homme aux yeux d'oiseau sauvage, Pierre-Baptiste, horrifié, assista au massacre avant de perdre connaissance et de sombrer dans la nuit.

Message de Sélim à Hérode

Le professeur Pierre-Baptiste Lambert aurait été abattu par un des gardes du corps de Khalifat au cours de l'opération de Larnaca.

— Comment se fait-il, si le professeur est mort, qu'on ait retrouvé tous les corps sauf le sien ? demande Lucrèce. Sélim se moque de vous, Monsieur !

— C'est vrai, Lucrèce.

— Et vous ne dites rien ?

— A quelqu'un qui ment, laissez croire que vous acceptez son mensonge et vous serez le plus fort.

— Je suis sûre que le professeur n'est pas mort !

— J'en suis également convaincu, mais pourquoi aller le dire à Sélim ? Il doit le détenir quelque part au Liban et chercher à le négocier avec un groupe ou un autre. Il veut garder pour lui seul le bénéfice de l'opération. Lorsqu'il aura traité, on verra le professeur ressusciter, l'enlèvement sera revendiqué, Sélim me dira : « Hérode, nous avons été abusés ! » et je lui dirai : « Oui, Sélim, j'ai été abusé ! »

— Et c'est tout ?

— Non, ce n'est pas tout. Faites-moi confiance ! Nous allons contacter nos amis d'Alep. Je veux retrouver Pierre-Baptiste. A tout prix.

— Et après ?

— Après ? Vous verrez.

Avant même de voir le cardinal entrer dans son bureau, dès qu'on lui annonça que Kumba était là et qu'il désirait l'entretenir, Sixtine sut qu'il venait lui parler de Pierre-Baptiste.

Un cardinal ne vous fait pas la surprise d'une visite matinale sans une raison majeure.

Elle s'était réveillée honteuse. Désolée.

Et seule.

Comment avait-elle pu se laisser aller à cette scène ? refuser de l'entendre ? lui crier : « Je ne veux plus te voir ! » ?

Maintenant, de la bouche du cardinal elle apprenait qu'elle avait été exaucée.

Elle tombait brutalement dans un monde de douleur qui allait désormais être le sien. Elle avait demandé :

— Mais… il est vivant ?

Et Kumba n'avait pu lui répondre.

La seule chose qu'il savait, c'est que, parmi les corps retrouvés à Larnaca, il n'y avait pas celui de Pierre-Baptiste.

— Il a dû être enlevé, dit-il, et cette horreur devenait une espérance.

Elle pensa que l'infortune a des degrés et que, même dans le malheur, il faut avoir de la chance. « Je dois faire quelque chose… », décida-t-elle mais elle ne savait pas quoi et cherchait, silencieuse, inerte, perdue, devant le cardinal au supplice.

— Tout ceci est ma faute, dit-il. Je n'aurais jamais dû le mêler à ces négociations...

Elle parut se réveiller brusquement :

— Non, monsieur le cardinal ! Ceci n'est la faute de personne ! C'est parce qu'il est capable de se proposer pour de telles missions que j'aime Pierre-Baptiste !

Elle lui prit la main comme si c'était lui qu'il fallait consoler, parvint à sourire.

— Si vous saviez comme je suis fière de lui ! et il crut entendre la voix de la petite fille qui lui avait déclaré : « Toute ma vie j'aurai confiance en vous... »

— Je pars dès demain pour le Proche-Orient, dit-il. En agissant vite, en gardant le secret absolu sur sa disparition nous avons une chance de le récupérer.

Sixtine réfléchit, proposa :

— Je dirai qu'il est parti en mission humanitaire, puis elle ajouta avec le même sourire triste : Venant de Pierre-Baptiste ça ne paraîtra suspect à personne !

Kumba se leva, il avait encore une chose à lui demander, une chose difficile :

— Puis-je vous prier, au milieu de vos obligations, de paraître sereine... heureuse même ?

— Comptez sur moi, dit-elle en se mordant les lèvres.

Elle monta dans leur chambre.

Le smoking de Pierre-Baptiste était suspendu près du lit.

Elle eut un vertige, faillit tomber, se rattrapa où elle put et se trouva serrant dans ses mains l'enveloppe vide de ce qui avait été le bonheur.

Je ne veux plus te voir...

De nouveau la tête lui tourna, elle eut un petit rire :

— C'est normal, dit-elle en caressant les revers de satin, c'est normal... j'avais quelque chose d'important à te dire, Pierre-Baptiste, mais je n'osais pas, j'avais peur... J'avais besoin d'être sûre !

Elle enfouit son visage dans le tissu qui gardait encore l'odeur de la vie partagée :

— J'attends un bébé ! dit-elle avant d'éclater en sanglots.

LA MAISON DE SERVITUDE

Allāh, akbar !

C'est le bruit qui a ramené Pierre-Baptiste à la conscience.

Le bruit de la vie invisible qui continue. Le monde des hommes est proche.

C'est un monde arabe.

La cellule n'est éclairée que par une ampoule qui pend du plafond. L'unique fenêtre a été aveuglée par des briques jointes à la hâte comme l'attestent des coulées de ciment encore fraîches. Les murs sont lépreux, grisâtres. Des lambeaux de papier peint restent par endroits. Au-dessus de la fenêtre on en voit un morceau intact. Une Hollandaise minuscule avec sa coiffe à cornes et ses sabots bleus. Un faux Delft. La cellule devait être une chambre d'enfant.

Quand Pierre-Baptiste s'est réveillé pour la première fois sur le mauvais matelas posé à même le sol, quand il a voulu se redresser, il a senti une vive douleur au poignet gauche. Il était enchaîné au radiateur.

Puis il avait découvert les visages penchés sur lui comme à la clinique quand l'anesthésiste et l'infirmière guettent votre réveil et vous sourient.

Mais ces visages-là ne souriaient pas.

Ni Daoud, assis sur une chaise, appuyé au dossier, qui le considérait froidement derrière ses lunettes, ni les deux hommes, l'arme à l'épaule, qui étaient debout derrière lui.

Et, tout de suite, sans prologue, sans explication, sans ouverture, Daoud a attaqué :

— Pourquoi es-tu venu ici, professeur ?

— Pour aider à faire la paix.

— Ce n'est pas vrai. Tu es venu pour nous détruire.

— Pourquoi vous détruire ? Vous le faites si bien vous-mêmes ! Depuis combien de temps vous entre-tuez-vous ?... Je suis venu porter un message de paix... et j'ai vu ce qui est arrivé ! Khalifat a été abattu par ses propres gardes du corps. Vous ne voulez pas d'armistice. Vous rêvez de sang, d'attentats, de voitures piégées sautant dans le camp d'en face...

— Tu viens nous faire la morale ? dit Daoud avec un sourire méprisant.

Il avait un visage très fin, quelque chose d'égyptien, de minéral dans sa tenue. Très différent des deux autres qui suaient la graisse.

— Je vous connais bien, reprit Daoud, je vous connais bien, les Occidentaux. Il y a toujours un piège sous vos paroles.

Alors Pierre-Baptiste lui avait demandé qui était dans le piège.

— Toi ou moi ? Je suis venu pour servir la paix, répéta-t-il. La vie. Vous, vous préférez faire la fortune des marchands d'armes.

Daoud s'est levé brusquement comme s'il allait le frapper, encadré par les deux hommes soudain menaçants. Puis il s'était dirigé vers la porte :

— Tu paieras tout ça un jour, professeur.

— C'est commencé, dit Pierre-Baptiste.

Dépendre de ses geôliers pour boire, pour manger, pour une brosse à dents, pour qu'ils vident le seau, pour avoir un peigne, du savon...

Dépendre de ses geôliers pour la nourriture répandue sur le sol d'un coup de pied. Aller ramasser le morceau de viande dans la poussière, les entendre rire derrière la porte, essayer de compter les jours qui passent, de ne pas couler à pic dans le désespoir ou l'hébétude.

Essayer de se souvenir.

Du monde libre. De l'odeur de Sixtine quand elle se glisse dans le lit pour la nuit, cédrat et lavande... de la couleur de son sourire...

Se répéter des formules, se réciter celle du vaccin, non : se la projeter, immense, sur l'écran vide de la mémoire.

Se poser des questions, des problèmes, des énigmes... peut-être y répondre ?

Se réciter des vers... sans que jamais Titus puisse voir Bérénice, sans que de tout le jour... s'apercevoir qu'on a oublié le plus beau, que rien ne raccorde avec rien et faire du peu qui reste le patchwork plein de trous qui tiendra chaud à la solitude. Un carré de La Fontaine qui sent le thym et la rosée, Hugo... je t'aime exil, douleur je t'aime, *to-morrow, and to-morrow creeps in this petty pace from day to day*... Est-ce ainsi que les hommes vivent ?

Il y a un garçon très jeune parmi les geôliers. Il l'a vu hier.

Nabil.

Ce visage encore imberbe, ce regard de curiosité posé sur lui — sans haine — c'était comme un cadeau. Pierre-Baptiste a souri à Nabil et ce sourire a fait peur au garde qui a crié en arabe ; probablement pour lui dire de foutre le camp car le garçon a disparu. Pendant qu'il criait, tourné vers Nabil, la cuillère de la gamelle est tombée. Sur la couverture. Il n'y a pas eu de bruit. Pierre-Baptiste a vu la cuillère et il a mis son genou sur elle. Le garde est parti avec la gamelle sans rien remarquer.

Pierre-Baptiste a attendu quelques instants puis il a commencé à frotter la cuillère contre la chaîne.

Cuillère, lame, clef, liberté...

Ils ont trouvé la cuillère trois jours plus tard quand ils sont venus le détacher. Il a cru qu'il allait en prendre plein la gueule, Amin a levé la main pour le frapper et puis, à sa grande surprise, ils se sont mis à rire.

Ils avaient d'autres projets pour lui.

Ils l'ont assis sur une chaise, face à une caméra vidéo. Nabil portait un bol plein de savon à barbe, il avait une lame à la main, il l'a barbouillé de mousse et s'est mis à le raser d'une main rude et sûre.

— Le saigne pas ! lui a dit Amin. Pas tout de suite ! et, de nouveau, ils se sont mis à rire.

Ils parlent tous français.

Entre eux ils parlent arabe mais quand ils ont quelque chose de cruel à lui faire comprendre ils parlent français.

Daoud est entré, un papier à la main. Il a regardé Pierre-Baptiste puis il a relu ce qui était écrit sur le papier. Il a corrigé quelque chose, il s'est approché et a tendu le papier à Pierre-Baptiste.

— Tu vas lire ça, professeur.

Pierre-Baptiste a pris le papier. Il a parcouru le texte en se concentrant dans un silence tendu. Puis il a relevé le visage et dit :

— Je ne lirai pas ça.

Ils se sont regardés, interdits.

— Je ne peux pas le lire. Tout est faux, a-t-il répété.

— Tu le liras ou on te tue !

Amin a sorti son revolver.

— Tu vas lire ?

— Non, a dit Pierre-Baptiste.

Ils se sont mis à parler arabe. Très vite. Daoud donnait des ordres, il s'est penché vers lui :

— Tu l'auras voulu.

— *Inch Allah !* a dit Pierre-Baptiste en le regardant dans les yeux.

Daoud a eu un petit rire :

— Je suis chrétien, vois-tu... et je vais prier pour le repos de ton âme... dans quelques instants.

Un bandeau noir sur les yeux, le canon du revolver sur la tempe, le silence dans la cellule... dehors un chien aboya, une voiture passa dans la rue, changement de vitesse...

— Professeur, pria Daoud, je te laisse une dernière chance.

Mais Pierre-Baptiste ne bougea pas, ne dit pas un

mot, ne se débattit pas. Droit et immobile il attendait sous le bandeau noir. Il entendit le bruit du cran de sûreté. Le coup partit.

Au dernier moment Daoud avait saisi le bras d'Amin et fait dévier la balle dans le plafond.

Allāh akbar ! dit la voix du muezzin.

— Pierre-Baptiste viendra te rejoindre ? demande Morand.

Ils marchent à travers la vigne en fleurs, il fait beau, il fait doux. Mopsel aboie, il a dû lever une petite bête à museau pointu au pied d'un cep. Un insecte velouté vole en bourdonnant des airs de printemps. Katel a emmené les enfants acheter du miel à Thannenkirch, il faut profiter de ces quelques jours de vacances...

Morand répète sa question et Sixtine, au supplice, répond que dans ce genre de mission il est difficile d'établir un calendrier.

— Où est-il exactement en ce moment ?

— Quelque part entre le Tigre et l'Euphrate, dit-elle.

Morand s'arrête, s'appuie sur sa canne, impressionné par le nom des fleuves. Puis il repart à petits pas, le souffle court, le dos courbé. Il est fatigué. La campagne pour la présidence l'épuise.

— Ça va, grand-père ?

— Ça va... ça va..., dit-il sans se retourner.

Il regarde Walheim, le désigne de sa canne sans pouvoir dire un mot et repart, fragile, incertain.

Soudain il se retourne vers Sixtine plein de vigueur, furieux :

— Il y a une chose qui m'agace ! Depuis trois jours je cherche une référence dans la Bible et je ne la trouve pas ! Je ne l'ai pourtant pas inventée ! dit-il en frappant le sol de sa canne.

— Qu'est-ce que c'est ?

— « Abraham va vers lui-même chaque fois qu'il reconnaît l'autre. »

Elle le regarde, émerveillée, et croit voir le patriarche debout devant elle :

— Mais c'est toi, ça ! C'est exactement toi, Abraham ! Sale protestant, dit-elle avec tendresse, qui m'as expédiée chez les Ursulines !

— Si j'avais pu prévoir que tu finirais chez le pape ! plaisante-t-il.

— Le Saint-Père admire beaucoup ton dévouement à l'Europe. Il m'a même chargée de te dire qu'il priait pour toi.

— Eh bien, il a raison ! Parce que mon élection, elle a besoin de beaucoup de prières ! Vous m'avez embarqué dans une belle aventure, Mathias et toi ! Si j'avais su que ce Moser aurait derrière lui toute la puissance de la presse de Krataclydès !

— Qu'est-ce que tu dis ?

Elle a crié.

— Tu ne le savais pas ? s'étonne-t-il. Tu ne savais pas que c'était ton Hérode qui le poussait ?

— Mon Hérode !

Elle revoit le regard pathétique, presque fou, qu'il avait levé sur elle après le déjeuner en avion au-dessus de la France, elle pense aux articles déshonorant Pierre-Baptiste, à la réflexion de Jimmy : « Et si Hérode était derrière tout ça ? » Comme il doit l'aimer pour s'acharner ainsi sur ceux qui lui sont chers.

De nouveau Morand s'est arrêté pour regarder la grosse maison sur son rocher. Il semble triste.

— Que deviendra Walheim plus tard ?

Alors elle sait que l'heure est venue de lui dire ce que personne ne sait encore.

— Grand-père…

Il s'arrête, se tourne vers elle.

— J'ai une grande nouvelle à t'annoncer…

Il la regarde avidement. Comme s'il savait déjà ce qui va lui être révélé. Et c'est lui qui dit :

— Un enfant ?

Elle a fait signe que oui, heureuse de le voir transfiguré, quand soudain il chancelle et elle n'a que le temps de le recevoir dans ses bras, si léger, si fragile... une feuille qui sèche. Il ne s'est jamais appuyé sur elle. C'est lui, autrefois, qui la soulevait pour franchir les obstacles dans la forêt. Elle sent en le soutenant qu'il est en train de passer d'un règne à l'autre, qu'il est déjà en chemin...

Elle l'a aidé à gagner un vieux tronc couché sur le bord du talus. Elle l'y assied et se met à ses genoux, serrant ses mains dans les siennes, guettant son souffle. « Ne m'abandonne pas, pense-t-elle, j'ai besoin de toi », elle recueille l'expression de bonheur très doux qui soudain apaise ses traits. Il se redresse, il ne la regarde plus, il regarde la Création, si belle, qui les entoure et la prend à témoin, il s'adresse à la vigne, au paysage, à la colline, à la forêt, au ruisseau, aux nuages :

— Vous avez entendu ! Vous avez compris ? Un enfant à Walheim !

Il promène des yeux éblouis sur la nature, puis il revient à Sixtine qu'il semble reconnaître peu à peu et lui sourit.

Il s'appuie de nouveau sur elle pour se lever :

— Viens, on va sortir les verres de la Victoire !

Cette nuit-là il s'endormit heureux et ne se réveilla pas.

Il laissait une lettre pour Sixtine.

Dans cette lettre il y avait un message pour Mathias. Il lui demandait de le lui remettre, après ses obsèques, dans le jardin du silence où, autrefois, ils avaient condamné la guerre.

Ils n'étaient pas venus depuis des années.

Ils avancèrent lentement au milieu des tombes.

Ils étaient seuls.

Dans leurs vêtements noirs ils avaient l'air de porter le deuil de tous ceux qui reposaient là sous l'uniformité des croix.

— J'ai trois choses à te dire, annonça Sixtine quand ils furent arrivés au cœur du cimetière. La première de ces trois choses c'est que j'attends un enfant...

Mathias fit un pas vers elle, bouleversé :

— Pierre-Baptiste doit être fou de bonheur !

— Il ne le sait pas encore, dit-elle en se mordant les lèvres, et c'est la deuxième nouvelle que je dois t'annoncer. Pierre-Baptiste n'est pas parti en mission humanitaire, il a été enlevé, à Chypre, en tentant une médiation entre deux milices libanaises rivales. Il est retenu comme otage. On ne sait par qui. On ne sait où. Quelque part dans Beyrouth, sans doute.

Mathias se détourna, incapable de supporter la réalité, et son regard accrocha des chiffres gravés sur une croix :

26.8.1929 † 3.2.1945

La réalité était partout.

— La troisième nouvelle que tu dois apprendre ici est dans une lettre. La voici, dit-elle en la lui tendant. Je ne l'ai pas lue mais je me doute de ce qu'elle contient.

Il déplia la lettre, reconnut l'écriture et commença à lire d'une voix très basse comme s'il craignait de réveiller les dormeurs :

— « Mathias, quand tu prendras connaissance de cette lettre, ton vieil ami aura passé la frontière qui est la même pour tous. Je ne serai jamais président du Parlement européen. Mais ce que je n'ai pu faire pour l'Europe, toi, tu le feras. Je t'investis de tout mon faible pouvoir qui deviendra force entre tes mains. Ne nous abandonne pas. N'abandonne pas l'espérance et l'avenir. Le prochain président du Parlement doit être Mathias Heins. J'ai confiance, *mein Sohn.* »

Elle vit, avec les mots, le poids de l'héritage tomber sur les épaules de Mathias. Il ne bougeait pas, tassé sur lui-même, une main sur le front, l'autre tenant toujours la lettre. Il avait fermé les yeux.

— Si je t'ai parlé de Pierre-Baptiste, Mathias, c'est que je pense que tout se tient. Ce qui se passe à Beyrouth, ce qui s'est passé ici, ce qui peut se passer à

Strasbourg, c'est la même chose. C'est la terre habitée. La Liberté devrait n'avoir qu'un nom pour tous les hommes. Peut-être qu'un jour on le découvrira, ce nom, et alors la Liberté existera vraiment.

Mathias n'avait toujours pas bougé. Elle continua :

— Nous avions quinze ans — l'âge des plus jeunes qui reposent ici — quand je t'ai conduit au milieu des tombes avant que tu ne franchisses le seuil de Walheim. Et nous avons fait un serment : « Plus jamais ça !... » Le jour est venu où il faut être fidèles aux enfants que nous étions, et cette fidélité c'est Morand qui te la demande. Que vas-tu lui répondre ?

Il s'était redressé. Il regardait la lettre, il la plia soigneusement et la glissa en silence dans la poche intérieure de sa veste, contre son cœur. Puis il alla vers Sixtine. Ses yeux étaient pleins de larmes. Pour Morand, pour Alma, pour Pierre-Baptiste, pour le soldat qui n'avait pas atteint ses seize ans...

— J'accepte, Sixtine... j'accepte..., dit-il en ouvrant les bras.

Il la serra contre son cœur, contre la lettre, contre le serment, et ils remontèrent lentement vers le sommet du cimetière, là où la mort s'arrête et où la nature reprend ses droits.

Mais la même géométrie rigoureuse régnait de part et d'autre comme si une seule main avait tracé au cordeau les rangées de vignes et les rangées de tombes pour en orner la colline.

Il se souvient de ses mains dans l'étau des menottes.

Ils l'avaient laissé seul.

Seul avec la faim, la soif, l'ampoule qui pendait du plafond et l'idée de la mort. La mort qui est patiente et qui n'arrive pas toujours comme on l'attend.

Il dérivait. Il allait sombrer... c'est une formule de chimie qui l'a sauvé. Elle s'est présentée à son esprit comme ces débris flottants où s'accroche un naufragé. Une formule difficile, complexe... il n'était pas sûr de ce qu'il avançait, il aurait fallu l'écrire... alors il l'avait écrite dans sa tête et, peu à peu, il avait su qu'il était dans le vrai. Alors il se l'était répétée avec délices, la caressant, la goûtant, la suçant jusqu'au bout comme un sucre d'orge qu'on laisse s'évanouir sous la langue. Quand il avait fini, il recommençait mais il respirait de plus en plus difficilement, il avait du mal à avaler sa salive. Parfois il s'absentait de lui-même, un frisson le ramenait à l'ampoule, à la faim, à la soif, aux menottes...

Il ne sut jamais combien de temps s'était écoulé quand Nabil entra, la gamelle à la main.

Mais il se souviendra toujours de la purée de pois chiches tiède qu'il mangea religieusement.

Nourriture désertique, pensait-il, mais on ne dit pas désertique pour une nourriture. Nourriture originelle — comme le péché — nourriture fondamentale... Je vis.

Il avait cru rencontrer la mort et elle n'était pas venue. Maintenant il mangeait avec ses doigts, il les léchait comme la formule salvatrice, il avait des marques à ses poignets. Marques infamantes. Pour qui était l'infamie ?

Nabil le regardait.

Quel âge avait-il ? Quinze ans ? Seize ans ? Pas plus. Pierre-Baptiste avait fermé les yeux, épuisé. Il s'endormait, la gamelle presque vide dans ses mains douloureuses.

— Ça va ?

La voix de Nabil le fit tressaillir.

Ça va ? Il lui avait demandé si ça allait ? Question fondamentale... désertique, originelle.

— Ça va, dit-il en finissant la purée de pois chiches comme si rien de ce qui s'était passé, se passait ou se passerait, n'était surprenant.

Depuis la balle partie dans le plafond il n'avait pas revu les autres.

Nabil lui avait enlevé les menottes et, de nouveau, une chaîne l'attachait au radiateur.

— C'est Daoud qui l'a décidé, avait expliqué le petit. Daoud c'est un bon, un juste.

Pierre-Baptiste aurait voulu savoir qui était Daoud. Que faisait ce chrétien parmi des musulmans ? Il aurait voulu connaître leurs vies... Celle de Nabil. Comment cet enfant qui veillait sur lui une arme à l'épaule avait-il été jeté dans la guerre ? Petit boulot d'adolescent par le temps qui court ? Avait-il une mère, Nabil ? quelqu'un qui pensait à lui ? qui s'occupait de lui ?

Un matin il lut la réponse sur le bras du garçon qui reprenait la gamelle. En voyant les taches il eut un réflexe de médecin et se pencha sur la main pour mieux voir. Nabil se méprit sur ses intentions, lâcha la gamelle et se dégagea, serrant son arme contre lui.

Pierre-Baptiste eut un petit rire triste.

— Tu as peur de moi ? fit-il en désignant sa chaîne.

Une bête tapie hors de portée, les yeux noirs brillants de peur. Comment lui faire comprendre ce qu'il avait ? Le mot scorbut ne devait pas faire partie de son vocabulaire d'abandonné, sinon il n'en serait pas là.

Alors, assis sur le grabat comme un conteur arabe, Pierre-Baptiste commença à lui raconter « L'Histoire de Nabil », le garçon qui refusait l'orange, le cédrat, la grenade, le citron, le persil du jardin, la pastèque juteuse et la salade poivrée qui pousse dans les champs...

— ... un jour, Nabil vit des taches sur ses mains, puis il en eut sur les bras, sur ses jambes... ça faisait mal.

Pierre-Baptiste s'efforçait de ne pas poser les yeux sur lui pour ne pas rompre le fil du conte, mais il le sentait bouger et regarder ses mains, ses bras, ses jambes...

— Ses gencives gonflèrent, devinrent douloureuses. Il perdit une dent.

— Deux ! dit Nabil et cette fois Pierre-Baptiste osa se tourner vers lui.

— Tu vois ! Il va falloir manger ce que je t'ai dit, il va falloir qu'on te donne de la vitamine C. Tu vas guérir.

— Mais comment tu sais ça ?

Il était appuyé sur la Kalachnikov comme d'autres enfants, dans d'autres endroits du monde, devaient, au même instant, s'appuyer sur leur raquette de tennis.

— J'ai appris, dit Pierre-Baptiste en se sentant envahi par une tristesse noire.

Il n'avait pas entendu le bruit des verrous, soudain il sentit une présence. Depuis combien de temps Daoud était-il là ? Sa silhouette sèche, plus minérale que jamais dans son immobilité, se découpait dans la porte ouverte sur le couloir. Ce jour-là il ne parla pas. Il vint vers Pierre-Baptiste, lui tendit un livre et s'en alla.

La Bible.

C'était une vieille édition en français. Les premières pages en avaient été arrachées. La Création commençait au troisième jour. Il y avait un trou dans les Nombres, Job était incomplet mais jamais Pierre-Baptiste n'avait rien lu avec tant de passion. Il lui semblait que le monde naissait de sa lecture. Parfois il sautait au Nouveau Testament. « Je suis la vigne... » et il pensait à Sixtine et aux verres de la Victoire. Puis il revenait aux temps obscurs, franchissait les siècles et pénétrait dans le temple de Salomon.

Nabil le regardait lire et suçait des citrons en faisant la grimace. Un jour il demanda à Pierre-Baptiste de lui faire la lecture. Mais il voulait choisir le passage. Il ouvrit le livre sans regarder et posa un doigt sale sur une page au hasard.

— Là ! dit-il.

Pierre-Baptiste resta un moment silencieux puis il dit au garçon qu'il avait bien choisi et commença à lire :

— « Je suis l'Eternel, ton Dieu. Ton cri est venu jusqu'à moi. Je te retirerai du pays d'Egypte. Je te délivrerai de la maison de servitude. »

Elle n'en peut plus.

« Je vous demande d'avoir l'air sereine… heureuse même », a demandé le cardinal.

Chaque matin elle se réveille avant que les étourneaux ne tirent le rideau de la nuit sur Rome. Il n'est pas là. Où est-il ? Dans quel enfer ? Elle lui a dit : « Je ne veux plus te voir ! » mais c'était un mot d'amour. Il n'est pas là. Il ne sera pas là ce soir.

Sereine… heureuse même.

Elle croit qu'elle sourit, qu'elle obéit au cardinal, mais personne n'est dupe. L'absence de Pierre-Baptiste commence à paraître bizarre… que leur est-il arrivé ? Elle ne sort plus et donne ses déjeuners les plus sévères, ses dîners les plus sombres. On chuchote dans les palais que les Lambert n'éclairent plus de leur présence et, le jour où l'enlèvement est revendiqué, la *nobiltà* est presque soulagée d'apprendre qu'il ne s'agissait pas d'un différend d'amoureux.

Tancrède débarqua à la Villa quelques heures avant que la nouvelle ne fût annoncée officiellement. Pour Sixtine la vie allait devenir impossible. Le Quai et le Vatican se mirent d'accord pour la soustraire à la curiosité et même à la sympathie que ses malheurs allaient inspirer. Perrin-Deschoutaux et monseigneur Bonnaventure assureraient l'intérim pendant son absence. Tant que le sort de Pierre-Baptiste ne serait pas réglé elle resterait à Walheim.

Jusqu'ici aucune rançon n'avait été demandée, aucun

contact n'avait pu être établi malgré les fréquents voyages du cardinal à Larnaca, Beyrouth et Damas. Le mouvement qui venait de revendiquer l'enlèvement n'était connu de personne pour la bonne raison qu'il n'existait pas. Il n'avait été inventé que pour annoncer l'événement.

Kumba revint voir Sixtine avant qu'elle ne quitte Rome pour l'Alsace. Lui-même s'envolait le lendemain pour Beyrouth. Cette fois il emmenait Frédéric avec lui.

Elle les sentait tous autour d'elle. Très proches. Même ceux qui étaient au bout du monde. Elle revoyait la table du bonheur, à Walheim...

« On fa faire l'Erope ! »

Ils lui téléphonaient, les bien-aimés :

— Qu'est-ce que je peux faire ?

Mais personne ne pouvait rien faire contre cette chose invisible, ce malheur sans visage.

Ni la puissance du gouvernement, ni celle du Vatican, ni les pouvoirs de Raïssa, ni l'argent de Jimmy, ni le courage de Frédéric, ni les prières d'Evangéline...

Ni l'amour.

Elle arriva à Walheim un soir avec le petit Jean.

— Les voilà ! les voilà ! Katel ! criait Jésus de la terrasse et elle pensa qu'elle avait une famille avant même d'avoir été mère. Elle monta les marches du perron, la porte s'ouvrit devant elle, Marine l'attendait.

A Tokyo, en apprenant l'enlèvement de Pierre-Baptiste, Marine avait pris le premier avion pour Rome. A l'escale de Dubaï elle avait pu joindre l'ambassade au téléphone et on lui avait dit que Sixtine allait partir pour Walheim. Alors elle avait sauté de correspondance en correspondance et, après un voyage d'enfer, était arrivée la première sur le rocher. Elle dormait debout mais elle était là.

Elles étaient restées longtemps dans les bras l'une de l'autre, incapables de parler. Elles ne savaient par quel malheur commencer. Mais c'était bon de se retrouver, de savoir qu'on s'aimait comme au temps des chaussettes blanches et de Pierrot.

Toujours et pour toujours.

Le lendemain elles allèrent sur la tombe de Morand au cimetière d'Hunawihr.

Elles s'assirent sur le muret qui domine les vignes, elles regardèrent l'horloge dont les aiguilles portent des grappes d'or, elles entendirent sonner l'heure, il faisait beau.

Sixtine se leva pour aller arracher une mauvaise herbe. C'était une image très belle que celle de cette femme se penchant sur une tombe avec son ventre déjà arrondi qui portait la vie.

Quand elle se retourna Marine avait les yeux pleins de larmes.

— Pourquoi pleures-tu ? demanda-t-elle en trouvant sa question idiote ; pour les raisons de pleurer on avait le choix.

Elle lui prit la main en s'asseyant auprès d'elle.

— C'est ton enfant, dit Marine, je pense à la tapisserie...

— La tapisserie ?

— Oui, si Pierre-Baptiste n'avait pas été auprès de moi quand maman est revenue pour mourir, si je n'avais pas voulu que tu le connaisses... tu sais, c'est comme le jour où tu as sauvé Fergus Harper parce que Pierrot était morte... nous ne sommes que les fils entrecroisés de la tapisserie. Et moi, aujourd'hui...

Elle s'arrêta, essuya ses larmes. Les yeux de péridot n'avaient jamais été aussi brillants.

— Hérode m'a exportée au Japon soi-disant pour fonder un journal, en réalité c'était pour nous emmerder. Toi et moi. J'ai bien réfléchi, tu sais. J'ai eu le temps, là-bas, au début. J'en ai bavé. La solitude. La langue. Une femme... Pas d'amis. Personne. Et puis...

— Et puis ?

— Je me marie le mois prochain avec un Japonais !

Elles s'embrassèrent sans pouvoir parler et restèrent sur le muret, se tenant par le cou comme des adolescentes.

— Avec un Japonais ?

— Oui.

— Alors : merci, Hérode ?

— Merci, Hérode !

— Tu es heureuse ?

— Folle !

— Amoureuse ?

— Dingue !

— C'est bien. Oh ! Marine, quelle merveilleuse nouvelle ! Et il s'appelle comment ?

— Yoshida Sujiyama.

— Yoshida Sujiyama, répéta Sixtine, c'est joli... Yoshida..., puis tout d'un coup elle sut quel nom elle venait de prononcer.

Yoshida Sujiyama. A côté de lui Hérode était au Smic. Yoshida Sujiyama, les avions Sujiyama, la chaîne d'hôtels à travers le monde, les studios californiens... la tapisserie avait un fil d'or.

Pour la première fois depuis la disparition de Pierre-Baptiste, Sixtine éclata de rire et, prenant le cimetière à témoin de sa joie, elle s'agenouilla devant la tombe de son grand-père.

— Tu te rends compte, Pappi ! Notre Marine est amoureuse ! Elle se marie ! Nous allons avoir un Japonais dans la famille !

— *Hinter de Berge sin oj Lit**, dit Martine et Sixtine répondit : *Ja !*

Quand elles rentrèrent à Walheim elles trouvèrent Katel effondrée sur la table de la cuisine, la tête entre les mains.

Elles s'arrêtèrent sur le seuil, glacées.

Katel essaya de parler, n'en eut pas la force et se remit à pleurer.

* Derrière les montagnes il y a aussi des gens.

— C'est parce que Claret a eu son bébé, expliqua Jean.

— Ça s'est mal passé ? demanda Sixtine qui sentait ses jambes se dérober sous elle.

— Oh ! non ! dit Katel en sanglotant. Oh ! non, c'est pas ça ! Mais si tu savais comment ils l'ont appelé !

Ils l'avaient appelé Morand.

Morand-Washington Lambert.

— Bravo, Sixtine !

Les petits garçons lui tendaient un bouquet de boutons d'or et de myosotis.

— Bravo ? s'étonna-t-elle. Mais je n'ai rien fait moi !

— T'es quand même grand-mère ! dit Jean. Alors, bravo !

Grand-mère de Morand-Washington, mon Dieu, c'était vrai...

— Faudrait peut-être aller chercher une bouteille pour trinquer ? demanda Jean à mi-voix, l'air sérieux.

« Comme tu ressembles à ton père, pensa-t-elle. La même façon de froncer les sourcils, le même charme grave pour célébrer les joies offertes. »

— Oui, approuva-t-elle, et ce soir c'est toi qui choisis la bouteille.

— Tu me fais confiance ?

— Bien sûr !

— T'es vraiment chouette ! Allez viens, Jésus, on va descendre dans les zentrailles du château !

Katel ne pleurait plus.

— Quels apôtres ! dit-elle en se mouchant comme ils disparaissaient par l'escalier de la cave.

Les trois femmes se regardèrent. La vie continuait, un bébé venait de naître, un autre était attendu, Marine se mariait...

— Les enfants, murmura Sixtine, quel secours !

— Je me demande, dit Marine, comment nous avons pu vivre si longtemps sans en faire ?

Il pense à Youri qui, lui aussi, est enfermé dans un petit espace pour des mois.

Mais le lieu où est Youri s'appelle Мир, la Paix. Celui où on le retient s'appelle Война, la Guerre. Un jour ils confronteront leurs souvenirs.

Il se projette dans l'avenir.

Il se voit soulevant Jean dans ses bras, il se voit penché sur le berceau de l'enfant de Claret et de Frédéric qui doit être né. Il se voit à Pasteur plaisantant avec Mouloud. Il se voit à Baïkonour au moment où la porte de la capsule s'ouvrira sur le retour de Youri. Il se voit prenant Sixtine dans ses bras...

... le pont qui le mènera à ces images il ne le voit pas mais il sait qu'il existe, qu'il le trouvera un jour.

Il voit souvent Walheim sur son rocher. Terre Promise. Sixtine. Terre Promise. Il a envie de soigner, de se pencher sur un microscope, de faire rire quelqu'un. De partager. Il a envie de voir la mer, de marcher dans la neige, d'aller chercher un Clos-Walheim dans la cave taillée dans le roc : burg, Kapel-Meister, prince-évêque...

La Liberté.

La Liberté marche à travers les vignes, elle a le visage de Sixtine. La Liberté c'est entrer dans un magasin pour acheter du savon. La Liberté. S'arrêter à un kiosque pour acheter un journal. La Liberté. Acheter du pain, en manger un morceau encore chaud dans la rue. La Liberté. Expliquer un problème à Jean. Avoir tout faux. Rire. Recommencer. La Liberté.

Comment des hommes peuvent-ils voler ce bien à d'autres hommes ? Ceux qui volent de l'argent le volent pour être plus riches, ceux qui volent la Liberté ne sont pas plus libres.

Ils lui ont donné une craie. Il peut maintenant écrire ses formules sur le mur. Ça amuse Nabil. Mais aujourd'hui la chaîne n'est pas assez longue, il n'a pas pu terminer. Dommage.

Daoud est entré, toujours aussi froid, toujours aussi silencieux, il a jeté un regard sur le mur et Pierre-Baptiste a expliqué :

— C'est une formule de chimie mais je n'ai pas pu aller jusqu'au bout.

Alors Daoud a pris la craie et, sans hésiter, il a terminé la formule.

— Tu es chimiste ? a demandé Pierre-Baptiste, sidéré.

— Polytechnicum de Zurich, *anno* 1976, section de biologie moléculaire, promotion Morgenstein, a répondu Daoud.

Puis, d'une voix dure et impérieuse il a donné quelques ordres en arabe et il est parti.

— Qu'est-ce qu'il a dit ? a demandé Pierre-Baptiste à Nabil.

— Il a dit de te mettre une chaîne plus longue pour que tu puisses écrire sur l'autre mur.

Depuis ce jour la cellule est devenue un grand cahier. Au début Daoud est venu regarder Pierre-Baptiste. Maintenant il travaille avec lui. Hier ils ont ri ensemble pour la première fois en arrivant au même résultat par deux voies différentes. Ils sont restés immobiles, surpris par ce rire partagé comme par quelque chose d'indécent. De pas programmé. Alors Daoud a repris la craie pour écrire quelque chose de très difficile afin d'absorber toute l'attention, toute la conscience.

Le petit les regarde. Il y a des moments de silence où les combats se taisent. On n'entend alors que le bruit de la craie, parfois le pétillement de la vitamine C qui fond dans le verre de Nabil.

— C'est bien, dit Pierre-Baptiste, tu vas guérir, tu vas déjà mieux. Regarde, Daoud, j'ai pensé à une autre possibilité...

... bruit de la craie, soudain couvert par une explosion, des cris, des sanglots.

Fracas répertoriés ou indiscernables, musique de l'autodestruction de ce qui fut le Paradis sur terre où tout est déréglé, incohérent, sauf le retour régulier, immuable, attendu, de la voix du muezzin.

Hérode perdait patience. Une trop longue attente. Il n'en pouvait plus de ne pas voir Sixtine. Mais sous quel prétexte ? Le seul prétexte valable pour la voir c'était prétendre pouvoir l'aider. L'aider comment ? Pierre-Baptiste était toujours introuvable. Sélim parlait avec un air cafard d'un « groupe incontrôlé » qui devait le retenir prisonnier au creux d'une ruine de Beyrouth. Il fallait, pour le confondre, attendre des nouvelles de ceux d'Alep et de leurs recherches. Attendre. Toujours attendre.

Il voulait voir Sixtine.

De plus, depuis quelque temps, il caressait une chimère...

Parmi les informations qui tombent sur son bureau tous les matins et qu'elle classe avant de les communiquer à Hérode, Lucrèce prend connaissance d'un bref message signalant que Mme l'ambassadeur attend un bébé.

Elle reste longtemps immobile, le papier entre les mains.

Puis elle gratte une allumette, approche la flamme de la feuille, la regarde se consumer et jette le dernier débris dans un cendrier de bronze où elle l'écrase jusqu'à ce qu'il n'existe plus.

Hérode caressait sa chimère...

Il voulait voir Walheim.

Il en rêvait.

Il se voyait roulant vers la grande maison où personne ne l'avait jamais convié.

Sixtine l'attendrait sur le seuil, souriante. Vous avez fait bonne route, Hérode ? Soyez le bienvenu chez les Bader ! Allez, venez vite avec moi, je veux vous montrer le coup d'œil sur la vallée avant la tombée du jour...

Il connaîtrait Katel qui aurait préparé une tarte pour lui, gracieuse. Sixtine sortirait les beaux verres de la Fabrique, le chien s'endormirait à leurs pieds sur le tapis. Sixtine aurait des ennuis avec sa toiture, ses arbres, ses voisins, ses vignes... beaucoup d'ennuis qu'il balayerait d'un geste : je vais t'arranger tout ça, aucun problème !

Elle serait contente. Elle lui dirait :

« Sans vous Hérode, je me demande ce que je serais devenue ! »

Aussi, à peine débarqué à Strasbourg où Bruno Moser avait besoin de son soutien et de sa présence, à si peu de temps de l'heure de vérité, il l'avait appelée :

— Je dois te voir très vite...

— Me voir ? La voix était glaciale. Me voir ? répéta-t-elle. Pour me présenter vos condoléances pour la mort de mon grand-père ? Pour me parler de votre campagne en faveur de Bruno Moser contre Mathias ?

— Non, avait-il dit, pour te parler de ton mari.

— Vous savez quelque chose ? avait-elle demandé d'une tout autre voix.

Il avait pris son temps.

— ... pas encore, hélas, mais il faut que je te parle.

Et il avait ajouté comme s'il lui faisait une faveur :

— Je peux venir jusqu'à toi, à Walheim, ça ne me dérange pas et...

— Non ! (Elle l'avait coupé sans écouter la suite.) Non, pas à Walheim. Je dois être à Strasbourg demain, alors voilà ce que je vous propose, Hérode. Neuf heures trente à la cathédrale. Vous voyez le départ de l'escalier qui monte à la flèche ? Bon, disons le troisième rang à gauche à hauteur de la tour et en allant vers l'autel. J'y serai.

— Moi aussi, dit-il, navré.

Il était encore plus humilié que si elle lui avait dit : « Je ne veux pas de vous à Walheim. »

C'était la maison, le lieu qui ne voulait pas de lui, qui le refusait.

Pourquoi ?

Si au moins il savait où était Pierre-Baptiste.

Il ignorait encore ce qu'il ferait ce jour-là. Ça dépendrait de Sixtine.

Elle arriva la première, compta trois rangs apres l'escalier de la tour et s'assit au bord de l'allée centrale sur une chaise de paille et de bois. Il y avait peu de monde dans la cathédrale. Quelques touristes, le nez en l'air, la basket avachie, l'air épuisé, un guide à la main.

A neuf heures vingt-neuf Hérode vint s'asseoir à ses côtés.

Tous deux étaient bouleversés et, leurs mains gantées posées sur leurs genoux, regardaient droit devant eux, comme dans l'attente de la Parole.

— Merci d'être venue, dit-il et elle ne répondit pas.

Il continua, la voix sourde pour ne pas blesser le silence de la cathédrale, pour n'être entendu que d'elle et créer une sorte d'intimité, de complicité autour de leur rencontre.

— Tu vois en moi un ennemi parce que j'ai combattu Morand, parce que je combats Mathias. Pourtant je ne t'ai jamais caché mes opinions : ne pas laisser l'Europe aux mains des utopistes. Mais je ne suis pas venu te parler de l'Europe, je suis venu te parler de Pierre-Baptiste.

Elle bougea sur sa chaise comme si elle souffrait.

— Je te l'ai déjà dit hier, je ne sais encore rien de précis. Mais le Proche-Orient est une région où j'ai une certaine influence... tu le sais. Je voulais également que tu saches que cette influence est à ton service. Je peux, peut-être, le retrouver..

Sixtine le regarda avec un tel espoir qu'il ne put résister au désir d'ajouter :

— S'il est vivant.

— Il est vivant ! dit-elle d'une voix forte et claire qui résonna dans la nef tout entière.

— Alors je le sortirai de là... je te le rendrai et tu sauras enfin que je suis ton ami. J'attends ce jour avec impatience... Ah ! Sixtine, ajouta-t-il, si tu savais comme je regrette ton manque de confiance en moi... Quelle tristesse ! Que d'erreurs !... Quand je pense que tu as poussé Mathias à se présenter ! Pauvre garçon, il a donné sa démission de ministre et bientôt il ne sera plus rien. Il n'a aucune chance !

— Vous savez toujours tout, Hérode, dit-elle avec lassitude.

— Presque tout, rectifia-t-il soudain modeste. Tu m'as dit un jour — et tu avais raison — qu'on ne sait jamais tout... moi, aujourd'hui je te dis que tu peux compter sur moi. Dans les heures si difficiles que tu traverses, tu as...

— Oui, dit brusquement Sixtine en se tournant vers lui, oui, je connais des heures difficiles, c'est vrai Hérode... je traverse la nuit, comme au temps où j'ai compris que je n'avais plus de parents... mais au milieu de cette nuit il y a maintenant une petite lumière qui illumine ma vie. Je suis enceinte, Hérode, dit-elle avec un sourire radieux. J'attends un enfant de Pierre-Baptiste.

Puis elle se leva et il découvrit avec horreur sa silhouette alourdie.

— Merci pour ce geste que vous avez eu vers moi, aujourd'hui, ajouta-t-elle, voyez-vous... (Elle semblait réfléchir profondément, elle le regarda comme si elle pouvait lire en lui.) Voyez-vous, Hérode, poursuivit-elle, je fais toujours confiance à la tapisserie.

Et, lentement, sans se retourner, elle s'en alla de la démarche prudente de celles qui vont bientôt être mères.

Elle avait passé la journée au Parlement.

Elle avait grandi à l'ombre de cette moderne Tour de Babel où l'on croise des Espagnols moitié Habsbourg, moitié maures, des Vikings géants, des Grecques sombres et rauques, des Saxonnes aux cheveux de lin, des Italiens au regard velouté. La musique des langues multiples ne la surprenait plus depuis longtemps. Les huissiers la connaissaient tous et l'appelaient encore Mlle Bader parce que pour eux, comme pour beaucoup de députés, elle serait toujours la petite-fille du Vieux de la Montagne.

Elle avait déjeuné avec Mathias.

Il était déprimé. Elle avait compris pourquoi en assistant à la séance de son groupe.

La salle de commission ouvrait sur l'Ill par un immense mur de verre au travers duquel on voyait parfois voler les cigognes. C'était un endroit magnifique. Un jour, Morand, se levant pour prendre la parole, avait dit :

— Je vous salue, échevins du Futur !

La formule était exacte. Un Rembrandt de l'électronique, un Spinoza du nucléaire, auraient pu produire l'image de ces hommes et de ces femmes, assis, graves et immobiles, tenant entre leurs mains l'avenir de l'Europe.

Ils étaient la descendance du donateur, du mercator-sapiens, de l'humaniste, de l'honnête homme, de l'encyclopédiste, belle lignée. Malheureusement ils n'étaient pas seulement nés des Lumières mais des Orages et, aujourd'hui, ils hésitaient.

Ils regardaient Sixtine comme si sa présence pouvait les aider à reconnaître leur chemin dans une forêt difficile à traverser. Soutenir Morand avait été une chose simple et évidente, il était une figure, un symbole ; soutenir Mathias qui défendait les mêmes idées demandait plus de courage. Ils étaient prudents, frileux... peut-être corrompus ? Hérode avait-il un tel pouvoir ? Se pouvait-il qu'il les ait déjà pervertis ? Ou endormis ?

De retour à Méduse, Hérode trouva un faire-part de soie précieuse annonçant en japonais et en français le mariage de Marine Degand et de Yoshida Sujiyama.

« Je vous dois mon bonheur ! » avait écrit Marine avec un pinceau trempé dans l'or.

Il prit ce mariage comme un affront personnel. S'il avait tenu la Belge devant lui il l'aurait giflée avec plaisir. Puis il réfléchit. Maintenant qu'elle était devenue Mme Sujiyama il convenait d'être gracieux.

— Vous commanderez demain un cratère encore plus lourd que celui que j'avais envoyé aux Harper ! dit-il à Lucrèce.

— Bien, monsieur, répondit-elle comme le téléphone sonnait.

Elle décrocha, écouta, et rappela Hérode qui s'en allait, tête terrible et yeux jaunes, faisant signe qu'il ne voulait pas répondre.

— Alep ! cria-t-elle. Ils l'ont retrouvé !

Ils savaient tout.

L'emplacement. Le nombre des gardes. Leurs noms. Quel était leur armement.

Tout.

— Cher Sélim ! dit Hérode en se frottant les mains. Que la fête commence !

Elle avait dit : « Il ne faudra plus jamais parler de cela » et le bossu avait juré.

Mais il l'aimait trop pour tenir ce serment.

Il l'attendait ardemment, dans la fièvre, au milieu de ses creusets et de ses poinçons, son tablier de cuir parsemé de rognures d'or cachant ses genoux difformes.

Il était contraint d'attendre. Il ne pouvait pas aller vers elle. C'eût été trop dangereux.

Il savait bien qu'elle viendrait un jour mais le temps lui semblait long.

Quand il la vit enfin franchir le seuil de l'atelier, il respira. Tout de suite il la mit en garde :

— Lucrèce, ne te laisse pas entraîner dans la guerre contre Sélim.

— Qu'y puis-je ? dit-elle.

— Tout va s'enflammer là-bas… je ne veux pas que tu sois brûlée !

Elle haussa les épaules sans rien dire, fit quelques pas au milieu des objets exposés puis s'approcha de lui :

— Une bague ? demanda-t-elle.

— Exorcisme, répondit-il et elle regarda avec une attention accrue l'anneau sur lequel s'envolait un cheval.

Pégase.

— « … d'un coup de sabot il fit jaillir la source de la poésie… », cita-t-il en soufflant sur l'oiseau-cheval.

Un peu de poussière d'or vola devant son visage, Lucrèce noua ses bras autour de son cou et, se penchant contre lui, sa joue près de sa joue, continua :

— « … aussi rapide que le vent Pégase naquit du sang de Méduse lorsqu'elle eut la tête tranchée par Persée. Ainsi le Bien naquit du Mal et… »

Sans dénouer ses bras elle s'arrêta et le bossu sentit une larme sur sa main.

Cette larme il la regardait, il aurait voulu la sertir, il n'avait jamais rien vu, rien reçu de plus beau.

— Tu sais pour qui sera la bague ? demanda-t-il, la voix sourde et, de la même voix elle répondit que oui.

Ils restèrent un long moment immobiles ; il dit encore :

— Sors de cette tombe, Lucrèce, reviens parmi les vivants, et elle frissonna.

Puis elle se redressa et, apparemment indifférente, elle lui expliqua quelle sorte de cratère Hérode désirait pour le mariage Sujiyama.

Comme elle allait partir, il lui dit :

— Attends !

Elle se retourna sur le seuil, le regarda.

— Si un jour tu décidais de… te reposer du monde, j'ai une petite maison loin de tout, où je ne vais jamais, dit-il pudiquement, où tu serais bien.

Il se leva, alla vers elle de sa démarche grotesque :

— Tu peux accepter d'habiter ma maison puisque, déjà, tu habites mon cœur, expliqua-t-il comme s'il s'agissait d'une formalité de location.

Elle se détourna un instant puis, sur le même ton pratique, elle lui demanda où était sa petite maison.

— Je n'ose pas te le dire, répondit-il et, avec l'air de s'excuser il avoua : Sur l'Olympe.

C'était un jour de captivité comme les autres.

Daoud était venu dans la matinée et ils avaient eu un de ces échanges fulgurants et passionnants que Nabil prenait pour des conversations dans une langue inconnue alors qu'ils n'étaient en réalité que la confrontation de deux esprits rompus à la recherche.

Bouche ouverte, ébloui, le garçon s'émerveillait de les voir tracer sur le mur des signes aussi incompréhensibles que les sons qu'ils proféraient.

Soudain Daoud s'arrêta. Il regarda sa montre, posa sa craie sur le radiateur et, après un instant d'hésitation, demanda à Pierre-Baptiste :

— Est-ce que tu connais un certain Sélim ?

— Sélim ? répéta Pierre-Baptiste surpris. Non, je ne vois pas... Pourquoi ?

— Comme ça, avait dit Daoud. Bon, je reviendrai ce soir, et il était parti.

Un jour de captivité comme les autres...

— C'est quelqu'un, tu sais, avait dit Pierre-Baptiste à Nabil.

— Daoud ?

— Oui, Daoud.

Pierre-Baptiste était retourné s'asseoir sur son grabat. Il avait longuement regardé le petit parce que ce qu'il avait à lui dire était très important. Capital.

— Un jour, Nabil, quand tout ça sera fini, dans un congrès, à Leningrad ou à Boston... on se retrouvera,

Daoud et moi. Et on se serrera la main... parce que ce sera « après ». Tu comprends ? « Après » !...

— Oui, a dit le garçon et, brusquement ce fut la fin du monde.

L'explosion ébranla la maison jusque dans ses fondements, pulvérisa les briques qui bouchaient la fenêtre, les précipita dans la cellule à travers un éclatement de débris et de poussière aveuglante qui asphyxiait. Perdu dans la fumée, cherchant sa respiration, les yeux à vif, Pierre-Baptiste essaya d'appeler Nabil mais ne put sortir aucun son de sa gorge brûlante. Dans la rue on criait, une femme hurlait, des gens couraient. On tirait... Peu à peu, Pierre-Baptiste vit émerger de la poussière qui retombait la petite silhouette immobile de l'enfant qui serrait son arme et, malgré sa chaîne et sa misère, il se sentit plein de pitié.

— Voiture piégée, dit Nabil d'une vieille voix éraillée. C'était près, très près...

On entendait maintenant des pas pressés qui faisaient trembler l'escalier, des cris affolés... la porte s'ouvrit avec fracas devant Amin, le visage ensanglanté, les yeux fous.

— On l'embarque ! cria-t-il en se saisissant brutalement de Pierre-Baptiste.

— Pourquoi ? demanda Nabil.

— Parce que Daoud est mort et qu'ils nous ont repérés !

LA TAPISSERIE

Mathias retrouva Sixtine sur la terrasse. Elle s'était endormie sur une chaise longue, un livre ouvert sur les genoux.

Um Mitternacht
Auf Wiesen, an den Erlen
Wir suchen unsern Raum...

Ce qu'ils chantaient, adolescents, dans l'herbe bleue de la nuit :

... nous cherchons notre espace et dansons un rêve...

« Déjà ! » pensa-t-il.

Il pose doucement la main sur la main de Sixtine et elle ouvre les yeux. Elle lui sourit. Elle est lourde, la légère, lourde du poids de la vie qui germe en elle. Elle dit :

— J'ai l'air d'une baleine, en montrant son ventre, et ils restent silencieux face au paysage de leur jeunesse.

C'est bien plus qu'un paysage. C'est un livre jamais entièrement déchiffré, une leçon vivante. Avec des repères. L'Arbre. La Croix. L'endroit où Morand déjà aérien broncha en apprenant la venue de l'enfant et s'appuya sur Sixtine. Ils regardent le chemin par où les filles dévalèrent, les mains pleines de sang, après la chute de Mathias, quand il entra dans la vie de Walheim pour toujours. Alma, ombre légère, toi aussi tu es dans le livre... Moments heureux, moments de larmes vous êtes là, enracinés, vivants. Quelle paix dans la nature ! Qui pourrait imaginer, en voyant tant de douceur, qu'à la même heure des hommes enchaînent d'autres hommes à des radiateurs ? Qu'une jeep roule vers la Syrie à travers une prairie parsemée de mines et de fleurs ?

— Alors c'est pour lundi, l'élection, dit Sixtine.

— Hélas, répond Mathias.

— Tu as vu une cartomancienne ?

— Non... j'ai vu les sondages. Ça ne s'est pas arrangé.

Un éclat de rire monte jusqu'à eux. Jésus et Jean jouent dans le pré que domine la terrasse avec le vieux badminton retrouvé au grenier. Mathias se penche pour les regarder et Sixtine sourit comme si elle était une femme heureuse.

Peut-on résister au rire d'un enfant ?

— Ils sont réconfortants, dit Mathias. Qu'est-ce que tu vas faire de Jésus ?

— Le garder, bien sûr. On ne peut pas séparer deux vrais jumeaux... encore moins quand l'un est blanc et l'autre noir !

Elle se redresse, prend la main de Mathias :

— Ecoute, je ne sais pas si tu vas être président lundi et, aujourd'hui, personne ne le sait. Mais ce dont je suis sûre, c'est que, quoi qu'il arrive, nous devons rester nous-mêmes. C'est ça, la victoire !

— Justement c'est pour ça que je suis là, je suis venu te dire que, quoi qu'il arrive, je continuerai la lutte !

— Oh ! s'écria-t-elle, j'oubliais le plus important ! Ta grand-mère Sarah...

— Oui ?

— Je suis retournée à la synagogue et j'ai récité un psaume pour elle !

— Lequel ?

— Le *Psaume des Batailles* ! dit-elle, superbe, une main levée, dans l'attitude de ces fauves héraldiques qui invitaient au combat sur les oriflammes. Le léopard.

— Tu ne perds jamais le nord, même pas dans les prières ! dit Mathias.

— Surtout pas dans les prières ! Et Dieu est particulièrement bien placé pour savoir qu'en ce moment j'en ai de sérieuses à lui faire !

Doux paysage. Riviera de la Germanie, quand Pierre-Baptiste te reverra-t-il ?

— Toujours rien ? demande Mathias sans la regarder et, sans le regarder, elle répond :

— Toujours rien.

Puis elle revient à l'élection :

— J'ai confiance. La confiance que m'a léguée Morand. Je ne peux pas croire que nous sommes seuls, toi et moi, à avoir bu le philtre bleu aux étoiles d'or. Tu vas avoir une surprise.

— Je te téléphonerai dès qu'on saura, dit Mathias au bout d'un silence.

— Tu plaisantes ! Me téléphoner ? Je serai au Parlement !

— Tu ne vas pas venir dans ton état...

— Mon état ? Mais il est normal, mon état ! Je ne suis pas malade ! Je vais être mère ! Ça n'a rien d'original ! Ça se fait depuis des milliers et des milliers d'années ! D'ailleurs il faudrait m'attacher pour m'empêcher d'être là-bas !

Il sourit. Il sait qu'elle dit vrai. Il la connaît.

Il se lève, se penche vers elle, dépose un baiser sur son front.

— A lundi, alors ?

— A lundi !

Elle le regarde descendre vers les enfants qui courent à lui pour l'embrasser. Jean l'accompagne jusqu'à sa voiture, bavard, à l'aise. Jésus est resté dans le pré. Comme il est petit ! Il s'est assis sur une souche, immobile, comme s'il essayait, lui aussi, de faire partie du pavsage, d'entrer dans le livre qui n'est pas encore le sien.

« Je seraı ta Marguerite, pense-t-elle avec tendresse. Je te ferai cadeau de mes racines et de celles de l'Arbre. L'Alsace sera à toi, Jésus noir et orphelin. Le bruit du Bergenbach qui change selon les saisons sera ta musique avec celle du vent qui vient d'Allemagne et qui rencontre le vent qui vient de France. Tu seras le frère du petit enfant que je porte en moi et des fils de Pierre-Baptiste. Tu connaîtras des Noëls de neige et de guirlandes, tu déposeras la nourriture des biches et des oiseaux dans les mangeoires de la forêt d'hiver. Tu seras le premier à savoir que la vigne est en fleurs. Tu goûteras le vin nouveau et tu diras : " Mes enfants, il est bon ! " Tu seras chez toi, ici, et tu y retrouveras les tiens autour de la table nappée de blanc quand nous n'y serons plus et vous parlerez de nous qui nous sommes tant aimés. »

L'enfant qu'elle porte bouge en elle comme s'il voulait lui dire quelque chose. Un pincement à la fois douloureux et fragile. Un message. Elle essaie de le lire de ses doigts posés sur son ventre.

— Tu sais des choses, dit-elle. Tu sais encore des choses que nous ne savons plus

Pierre-Baptiste se souvient des rugissements de triomphe de ses gardes quand la jeep des poursuivants a sauté sur une mine. Il avait juste eu le temps de penser que s'il y avait des mines sur ce chemin elles étaient pour tout le monde, que c'était leur tour.

Il a dû rester inconscient longtemps, aplati sur le sol, assommé. Vivant.

Un rayon de soleil l'a réveillé à travers une brèche dans les branches d'un olivier.

Il se retourne, se couche sur le dos. Un beau ciel au-dessus de sa tête. Ciel. Olivier. Soleil. Vivant. Il s'est redressé et il a gémi. Sa chaîne n'avait plus que trois anneaux… en se tournant il a vu Nabil à quelques mètres de lui. Il l'a appelé. Mais le petit ne répondrait plus jamais à aucun appel. Il n'avait pas lâché son arme. Un tube de vitamine C s'était répandu près de lui. Pierre-Baptiste a rampé jusqu'au garçon. Il a fermé les yeux tournés vers le ciel. Il a dit : « Le puissant, le miséricordieux » parce qu'il ne savait rien dire d'autre pour aider l'âme d'un petit musulman à trouver sa route.

Il ne savait pas non plus comment prier pour un chimiste chrétien parti en morceaux dans une voiture piégée. Daoud. Nabil. Il sut que jamais il ne se consolerait de la mort de ceux qui lui avaient volé une part de sa vie.

Amin et le chauffeur étaient déchiquetés.

Il resta longtemps, la tête contre la terre sèche. Il avait mal aux yeux, l'oxygène lui brûlait la poitrine, il ne savait plus marcher. Il décida d'éviter le chemin mais de le suivre à travers champs.

— J'y vais, dit-il comme s'il savait où il allait.

Il avance lentement. Parfois il tombe, s'endort et repart. Il rampe. Quelque chose rampe avec lui. Quelque chose d'immobile qui trace un dessin sans cesse renouvelé à même le sol.

La vigne.

Il vit une cigogne sur un arbre, se crut en Alsace et s'évanouit de bonheur.

Quand il ouvrit les yeux sept garçons dépenaillés guidaient vers lui un prêtre maronite en robe rapiécée qu'ils appelaient leur père pour la bonne raison qu'il l'était. Derrière la sainte famille il découvrit tout un village qui courait vers lui, sut qu'il était sauvé et, de nouveau, perdit connaissance.

Hérode sait tout. La mort de Daoud, la fuite des gardes, l'explosion des jeeps dans le champ miné.

Hérode sait tout. A un détail près. Il croit Pierre-Baptiste mort.

Il a dit : « Pauvre Sixtine », d'une voix très douce et Lucrèce en a eu le cœur soulevé.

Le bossu sait tout. Pour Daoud, les gardes, les jeeps. Vraiment tout.

Car lui sait que Pierre-Baptiste est vivant.

Il sait aussi une chose si grave, si terrible qu'il a osé appeler Méduse.

Trop tard. Hérode et Lucrèce étaient déjà partis pour Strasbourg.

— Voici les résultats du premier tour :

votants 558... exprimés 558...

Debout à la présidence, sous la haie des drapeaux de l'Europe, au milieu de la tempête qui soulève l'hémicycle, le doyen donne des coups de marteau désespérés pour rétablir le silence.

— Ont obtenu :

Bruno Moser...	249 voix...
Mathias Heins...	205 voix...

Personne n'entendit que 63 voix s'étaient portées sur Ricardo Vella et 41 sur Frédéric Pailleaux. La bataille se situait ailleurs. Entre les deux hérauts d'armes qui se mesuraient du regard, debout au milieu des cris.

Après de nouveaux coups de marteau le doyen parvint à reprendre la parole :

— La majorité absolue n'ayant pas été obtenue, je demande une suspension de séance avant de procéder au vote pour le deuxième tour.

Les fils de la tapisserie se mettent en place pour tisser la dernière image.

Il y a ceux qui savent, ceux qui croient savoir, ceux qui font confiance à la tapisserie, ceux qui ne savent pas qu'elle existe et qui ne se doutent pas du rôle qui leur y est réservé.

Il y a Hérode.

La tête terrible il regarde l'écran vidéo dans le petit salon où il est seul avec Lucrèce.

— Il DEVAIT gagner dès le premier tour ! Il lui MANQUE des voix ! dit-il avec rage.

Il y a Sixtine.

Elle chemine le long des couloirs, trop nerveuse pour rester assise pendant l'attente.

« Tout n'est pas perdu », se dit-elle avec désespoir.

Elle sent, posés sur elle, sur son ventre, les yeux étonnés de l'Europe. Yeux d'ébène, de lac, de vague marine, d'olive, de noisette, d'émail.

D'émail ? Le regard fixe de l'aurige grec la bloque près du jardin de verre et d'eaux ruisselantes qu'il semble garder au carrefour gigantesque des escaliers.

Le regard d'émail lui rappelle le peuple pétrifié de Méduse où les statues semblent écouter les secrets des vivants. Elle sait qu'Hérode est là, tapi quelque part dans le Parlement, attendant la victoire de Moser. Sa victoire.

« Non ! » pense-t-elle si sauvagement que l'enfant se renverse, brusquement retourné.

Il y a un homme en bleu de travail dans un couloir au deuxième sous-sol.

Un homme qui pousse un chariot-poubelle avec lequel il entre dans des toilettes où il s'enferme. Il a des yeux étranges, des yeux d'oiseau. Inoubliables comme sa silhouette d'échassier.

Il y a un avion du Glam qui se pose sur le terrain de Strasbourg-Entzheim. Une voiture escortée de motards roule vers lui sur la piste.

Il y a Bruno Moser et Mathias Heins qui échangent un nouveau regard.

Le premier est sûr de lui. De la force d'Hérode qui le protège de sa puissance, de sa richesse, de son ambition.

Le second n'est riche que de l'héritage de Morand. Le vieil homme lui a transmis un secret, il lui a appris à conjuguer un nouveau temps : le passé partagé.

Maintenant tous les fils de la tapisserie sont en place et ils se mettent en marche, comme la forêt de Birnam, vers le dénouement.

Un homme en complet-veston sort des toilettes du deuxième sous-sol.

Il a un imperméable sur un bras.

Il a abandonné le chariot-poubelle et le bleu de travail qu'il portait tout à l'heure.

Il évolue sans hésitation, sans crainte, et s'en va, de sa démarche d'échassier, à travers les couloirs du Parlement.

Il ne risque rien.

Qui pourrait, à Strasbourg, reconnaître le tueur attitré de Sélim ?

A part celui qu'il cherche, bien sûr. Mais, quand il l'aura reconnu, il sera trop tard.

Les motards ouvrent la route devant la voiture qui vient de l'aéroport et se dirige vers le Parlement.

Hérode regarde sur l'écran vidéo les derniers députés voter et regagner leurs places dans l'hémicycle.

Il est tendu, ses mains tremblent. Jamais Lucrèce ne l'a vu aussi peu maître de lui. Aussi vulnérable.

Sixtine se tient droite au fond de la salle, le résultat, victoire ou défaite, elle l'écoutera debout. Elle suit des yeux la marche de l'huissier qui va vers le doyen une feuille à la main. Son cœur bat. Le doyen se lève, met ses lunettes... Cette fois le silence se fait sans qu'il ait à le demander. Une tension très lourde pèse sur l'assemblée.

— Voici les résultats du deuxième tour :

Bruno Moser... 234 voix...

Mathias Heins... 297 voix...

Mathias Heins est élu président de la nouvelle assemblée, à la majorité absolue, au deuxième tour !

Les mains blanches à force de les crisper sur les accoudoirs de son fauteuil, Hérode assiste au triomphe de Mathias.

Il le voit recevoir des roses rouges, embrasser une jeune fille, serrer des mains, monter à la tribune, il entend l'ovation que lui font ceux qui, pour lui, sont des traîtres, il l'entend dédier sa victoire à Morand Bader… Quand il dit : « Il fut l'un des pères de cette nouvelle patrie qui est en train de devenir la nôtre : l'Europe », les caméras vont chercher une image au fond de la salle, Sixtine qui sourit au milieu de ses larmes, drapée dans un grand manteau.

Belle.

Les députés se tournent vers elle, applaudissent…

Hérode a perdu.

Quand l'*Hymne à la Joie* a éclaté dans les haut-parleurs, saluant les paroles du nouveau président, quand l'assemblée s'est levée, elle est partie.

Tout doucement.

Tant que la lutte a été incertaine, elle a tenu le coup.

Maintenant elle ne peut plus.

Mathias a gagné. Morand a gagné. L'Europe a gagné. Elle en est profondément heureuse. Mais la victoire éclaire d'une lumière impitoyable sa détresse et sa solitude.

— Toutes mes félicitations, mademoiselle Bader ! dit le plus vieux des huissiers comme elle sort de l'hémicycle.

Puis il fait un pas vers elle, alarmé par son visage défait.

— Est-ce que je peux… ?

Elle fait signe que non et continue son chemin à tout petits pas.

Elle a mal. Dans son cœur. Dans son corps. Son dos. Ses cuisses. Ses jambes… Elle a mal. Elle ne peut retenir les larmes qui coulent sur son visage.

— Pierre-Baptiste, gémit-elle.

Elle avance à tout petits pas dans la belle musique, elle avance à tout petits pas vers son destin tandis que la voiture escortée de motards s'arrête sur le terre-plein, tandis que l'homme en complet-veston sort d'un ascenseur et se dirige vers le grand escalier. Le grand escalier qu'elle commence à descendre marche après marche...

— Sixtine !

La voix était tellement pathétique qu'elle ne l'a pas reconnue.

Elle s'est retournée et elle a vu Hérode quelques marches au-dessus d'elle. La musique triomphante couvrait ses paroles mais cela n'avait pas d'importance. Elle n'avait rien à entendre, rien à dire. Sur le visage baigné de larmes qu'elle leva vers lui était écrit un refus éternel.

Il reçut la nouvelle avec une si profonde douleur qu'il ne remarqua pas l'homme qui le visait depuis le bas de l'escalier.

Mais cela non plus n'avait pas d'importance puisque quelqu'un d'autre, quelqu'un qui venait d'arriver, de descendre d'une voiture, de franchir le sas de contrôle, de pénétrer dans l'enceinte du Parlement, quelqu'un d'autre reconnaissait la silhouette d'échassier et se précipitait au moment même où le tueur levait la main tandis que la *Neuvième* emplissait l'immense vaisseau de sa gloire pour saluer le dernier point de la tapisserie.

Sixtine l'a vu.

Sixtine a vu Pierre-Baptiste...

Puis elle s'est effondrée sans connaissance.

Ils ont fui le Parlement.

Lucrèce a déchiré une manche de son chemisier de crêpe pour en faire un garrot.

Hérode regarde son sang couler sur les coussins. La voiture rejoint l'aéroport en brûlant les feux rouges.

— Il ne faut pas que Sixtine sache, dit-il d'une voix plaintive, et Lucrèce se demande s'il parle de sa blessure ou du mal qu'il lui a fait.

Il ajoute avec stupeur :

— Pierre-Baptiste n'était pas mort...

— Une chance pour vous, Monsieur, dit Lucrèce. Il vous a sauvé la vie !

— Oui, dit Hérode qui regarde son bras avec épouvante.

Le tissu du garrot est rouge de sang. Hérode lève les yeux sur Lucrèce. Il est à sa merci. A la merci du chauffeur, du pilote, des stewards, du radio... Il a peur. De souffrir. D'être trahi. Il croit les autres capables de tout puisque lui-même en est capable.

Il regarde Lucrèce qui s'empare du téléphone. Elle pianote le numéro du *Dragon de Séléné.* Elle demande le commandant Voutsinas. La belle langue grecque coule de ses belles lèvres...

Hérode l'écoute donner des ordres.

Il va s'en tirer. Il a de la chance. Sauvé par Pierre-Baptiste...

Lucrèce repose le combiné sans quitter Hérode des yeux. Surtout l'empêcher de s'évanouir. Il est très pâle.

Elle lui prend la main. C'est la première fois depuis qu'elle le connaît. Il serre cette main, il se penche vers Lucrèce et répète, la voix sourde :

— Il ne faut pas que Sixtine sache... puis il ajoute : Mais elle avait raison !

— A quel sujet, Monsieur ?

— La tapisserie ! dit-il, la tapisserie !

— Oui, Monsieur, approuve-t-elle en pensant qu'il délire.

C'est la première fois qu'une chose pareille arrive au Parlement.

En pleine élection, en plein *Hymne à la Joie* ! A l'infirmerie, ils sont trois penchés sur elle pour qui l'heure est venue.

Le sapeur-pompier, Hubert Dieudonné, né à Carcassonne il y a vingt et un ans. Le député européen, Amanda Eftimiadis, ophtalmologiste à Athènes. Et la formidable Cunégonde Ludig, infirmière luxembourgeoise que rien au monde n'a jamais effrayée. Et surtout pas une naissance, *Gott sei dank !*

Sixtine sait qu'elle doit respirer pour aller au-delà de la douleur. Une douleur si parfaite qu'elle n'est pas celle de la mort — néant — mais celle de la vie — tumulte. Une douleur si parfaite qu'elle brille de la lumière insoutenable de la Création.

A-t-elle vu Pierre-Baptiste tout à l'heure ? A-t-elle rêvé ? Que tenait-il dans sa main levée ?

Etait-ce Pierre-Baptiste ? Etait-ce l'Ange qui rapporte les Tables Saintes ? L'Ange qui tient la clef de l'Abîme ? L'Ange qui annonce l'explosion salée, pourpre et glauque qui délivre enfin le Messie minuscule ?

— *Ἕνα μικρο κορικσι* * *!*

Hubert Dieudonné éclate en sanglots en voyant la petite fille qu'Amanda Eftimiadis élève dans ses mains comme une offrande avant de la poser, encore humide,

* Une petite fille !

sur la poitrine de sa mère, sa mere qui l'entend crier et rit à cette musique, la tête répandue dans une flaque de cheveux.

— Qu'elle est belle ! Mais qu'elle est oelle ! sanglote le jeune pompier.

Et l'on ne sait s'il veut saluer l'enfant, la mère...

Ou la vie ?

Sa Sainteté Innocent XIV écoute le récit du cardinal qui rentre d'Alsace.

Puis il reste un long moment silencieux.

Il essaie d'imaginer le voyage de Kumba jusqu'à Walheim.

Prendre l'avion comme tout le monde, à Strasbourg louer une voiture, consulter une carte, rouler sur une route inconnue au milieu des vignes, débarquer dans une maison où un homme et une femme vous attendent et vous serrent dans leurs bras au milieu d'enfants étonnés prêts à vous aimer, qui vous donnent la main pour vous conduire jusqu'à un berceau : c'est Marie...

Tout ce qui lui a été refusé.

Et soudain il comprend quel mystère Sixtine est venue lui révéler.

Celui de la vie.

Il est heureux que le cardinal ait pu connaître cette joie car les temps sont proches où l'on verra s'élever une fumée blanche pour un pape noir.

Mais avant que la mort ne le prenne et que, par trois fois, ne retentisse son nom de baptême dans la chambre funèbre :

Giacomo ! Giacomo ! Giacomo !

il voudrait que les Suisses ouvrent à nouveau la porte d'honneur devant l'ambassadeur.

Ce jour-là elle ne portera pas de lettres de créance.

Elle portera, au creux du coude, le seul petit enfant

qu'il ait attendu dans son cœur comme il aurait pu attendre les enfants de Donatella.

Quand Marie l'aura touché de sa main minuscule, il pourra partir.

Il sent sur lui le regard inquiet de Kumba et lui pose la question qu'il ne cesse de se poser depuis le retour de l'otage :

— Sont-ils heureux, monsieur le cardinal ?

La réponse vient lentement.

— Ils réapprennent à l'être, Votre Sainteté. Après de telles épreuves le retour au bonheur ressemble au retour à la vie des noyés. Ce n'est pas facile. Mais...

— Mais ?

— Ce que j'ai compris à Walheim en les voyant vivre c'est qu'ils n'auraient pas voulu d'un autre destin. Il y a en eux, Très Saint-Père, une telle force, une telle harmonie... On ne dirait pas qu'ils ont subi mais choisi. Leurs épreuves, ils les ont épousées. Il faut simplement que maintenant ils les oublient. Ensemble. Alors viendra le temps de la joie.

Cette nuit-là le Saint-Père vit Donatella en songe.

Elle était vêtue comme la *Belle Jardinière* de Raphaël mais c'était bien elle. Sa dent cassée. Sa petite bague d'or. Sa grâce de chèvre. Sa façon brusque de s'exprimer :

« On parlera de tout ça, oncle, on aura le temps ! », comme quand on s'adresse à quelqu'un qui va enfin prendre sa retraite.

Il se promenait avec elle dans le jardin noirci par le feu autour de la maison de paysan au-delà du lac Trasimène, elle portait un petit arrosoir et, à chaque goutte d'eau qui tombait sur une branche calcinée, une fleur inconnue s'épanouissait et rayonnait. Il demanda le nom de ces fleurs.

« Ce sont les certitudes », dit-elle.

Mais elle ne semblait pas fâchée qu'il ne les ait pas reconnues.

L'avion s'élève au-dessus d'Athènes, survole l'Acropole et se dégage de la pollution qui ronge le nez des statues.

Raïssa sera à Moscou ce soir.

Elle doit préparer le retour de Youri.

Dans vingt-sept jours il passera par l'étroite fenêtre qui permet le retour dans l'atmosphère terrestre.

Elle pense à tout ce qu'elle aura à lui raconter.

Il faut dire que, depuis qu'il est parti dans l'espace, nous avons vécu tant de choses...

Nous.

C'est ce « nous » qu'il va falloir lui expliquer, lui donner. Pour que, lui aussi, puisse dire « nous » en désignant l'incroyable famille qui l'attend. Sa famille.

Une petite sœur toute neuve, un petit frère tout noir... mais la plus grosse surprise qu'il va avoir, c'est quand elle lui annoncera ses fiançailles avec le premier mari de la sixième femme de son papa. Jimmy Harper, capitaliste américain de son état.

C'est là où l'on verra si l'espace laisse intactes les capacités d'humour d'un colonel de l'Armée rouge.

Au fond elle a peur.

Elle est toujours la jeune fille au chandail de lurex et à la jupe informe qui parlait la langue de *L'Esprit des lois* et devant qui se sont ouvertes toutes les portes.

Sauf une. Celle du bonheur.

A-t-elle le droit de l'ouvrir cette porte ?

La voix du commandant de bord qui annonce que

l'appareil survole l'Olympe vient comme une réponse.

Elle sourit, se penche, ne voit rien, bien sûr, et préfère se souvenir.

C'était hier.

Sans cette vérification elle n'aurait pas pu aller vers Jimmy le cœur léger.

Depuis les événements de Strasbourg elle cherchait quelqu'un qui avait disparu. Quelqu'un de difficile à retrouver mais, de l'Atlantique à l'Oural, l'homme le mieux informé d'Europe c'est elle, Raïssa.

Elle avait eu le renseignement.

Quel voyage ! Une jeep l'avait conduite jusqu'au bout d'une piste terrifiante à flanc de montagne. Puis elle avait marché près d'une heure sur un sentier jusqu'à une petite maison isolée.

C'était là.

Elle n'a pas tout de suite reconnu Lucrèce. Elle portait une robe de toile bleue. De ce bleu que les Italiens appellent céleste. Sans bijoux, à part une bague d'or ornée d'un cheval ailé, elle paraissait plus jeune. Elle sentait la bruyère.

Elles ont parlé longtemps.

Il fut à peine question d'Hérode. A sa place un homme ordinaire serait allé en prison. Comme Sélim qui avait été arrêté à Genève après l'attentat au Parlement. Mais Hérode, lui, n'était pas un homme ordinaire. Son nom n'avait même pas été prononcé.

— Savez-vous que Pierre-Baptiste lui a sauvé la vie ? demanda Lucrèce.

Raïssa savait.

Elles s'étaient assises sur un rocher en surplomb au-dessus d'un abîme. Elles dominaient des nuages qui les séparaient du reste du monde où, très bas, dans des vallées lointaines, s'agitaient les mortels. Raïssa regardait la bague d'or, espérant que le cheval allait prendre son vol… soudain le visage de Lucrèce s'était éclairé : un petit garçon arrivait, poussant des chèvres devant lui.

— *Καλιμερα* !*

* Bonjour !

— C'est Platon, a dit Lucrèce. Un ami.

Il est venu s'asseoir auprès d'elles sur le rocher, en habitué. Il avait à peine dix ans. Il regardait la dame étrangère avec curiosité, il les écoutait parler français, grave, attentif, pensif déjà comme un berger d'Arcadie. Lucrèce sortit une tablette de chocolat de la poche de sa robe bleue et la lui tendit.

— *Ε'φχαριστω* !* dit-il et il en offrit le premier carré à Raïssa qui accepta.

Ils se turent longtemps tous les trois, le chocolat fondait dans leurs bouches, l'enfant surveillait ses chèvres, parfois il leur criait des choses si belles qu'elles semblaient avoir été écrites par Homère, et Lucrèce souriait.

Au moment de se quitter elles s'étaient pris les mains. Elles ne se reverraient plus.

Qui sait ?

Il ne faut jamais rien attendre de la vie mais tout en espérer.

* Merci !

Au début il descendait très tôt dans le pré.

Surprendre la naissance du jour.

Réapprendre à vivre.

Et s'apercevoir qu'il est un homme comblé.

Comblé.

Il se le répète. C'est peut-être ça qui l'étourdit ?

Comme le premier verre de vin que lui a offert Sixtine. Il n'a pas pu le boire. Et puis un jour, sans même s'en rendre compte, il a pu. C'était de l'edelzwicker. En voyant le verre vide dans sa main, il a compris qu'il était en train de guérir.

Guérir.

Il va vers le berceau. Il regarde sa fille qui le regarde. On dirait qu'elle est déjà venue. Qu'elle sait. Que — comme lui — elle retrouve les marques. Il dit son nom, Marie... Il est sûr qu'elle comprend. Il est sûr qu'elle lui sourit. Qu'elle le reconnaît. Un petit pied nu, parfait, miraculeux se tend vers lui. Il remet doucement le chausson, noue le ruban de satin, embrasse le mollet qui est aussi de satin. Marie.

Un peu plus loin, dans son parc, Morand-Washington dort sur le dos comme un hérisson repu au milieu d'une garde de peluches gigantesques. Jean et Jésus ont inventé un jeu mystérieux qui semble passionner Mopsel... à moins que ce ne soit Mopsel qui les initie aux rites de Walheim ?

Sixtine et Claret arrivent avec des biberons, des confitures, des couvertures, du kugelhopf du jus de mirabelle. Elles distribuent le goûter des enfants avec des baisers, des rires, des chuchotements complices.

Vous êtes un homme heureux, Lambert...

Bientôt ils rentreront à Rome comme après de longues vacances.

Ils feront un saut à Walheim au moment des vendanges. Il paraît qu'elles seront magnifiques. M. Doppf a dit que l'année était bonne... Il fait si beau !

Alors Pierre-Baptiste a pensé à Daoud à qui il ne serrera jamais la main « après ». A Nabil qui prenait sa vitamine C et qui allait guérir.

A Hérode, à qui, paraît-il, il a sauvé la vie...

Sixtine s'approche de lui, se glisse dans ses bras. Il respire ses cheveux.

Liberté.

Il la serre contre lui comme il le fit à Santa-Maria, la nuit de Caruso, et retrouve la même émotion contre son corps.

— Regarde les garçons, chuchote-t-elle en désignant Jean et Jésus qui montent vers le guetteur vert, leur goûter à la main.

Mopsel les suit à distance, à petits pas, et s'arrête souvent comme un vieux monsieur fatigué.

Il a quel âge maintenant, Mopsel ?

— Vous avez vu les cigognes ? crie Katel depuis la terrasse. Là-bas, dans la vallée...

Tous les regards se tournent vers les grands oiseaux qui volent vers Bergheim.

— Elles vont bientôt partir, affirme Katel.

— Déjà ? s'étonne Sixtine. C'est beaucoup trop tôt !

— *Die Störche fürchten des Winters Not, Blieben sie hier, sie wären tot !*

— Dans ce cas ! dit Sixtine en riant et elle explique à Claret et Pierre-Baptiste que les cigognes savent tout mieux que tout le monde et qu'il vaut mieux ne pas leur donner de conseils.

— Mais elles vont où ? demande Claret.

— Loin, dit Katel. Dans les pays chauds...

« Au Liban », pense Pierre-Baptiste qui se revoit

couché sur le sol au milieu du champ de mines et de fleurs.

— Ça va ? demande Sixtine, soudain inquiète.

— Ça va, dit-il, sincère.

Ils se regardent, se sourient. Ils ont l'habitude de ces descentes dans le chagrin, ils savent qu'elles font aussi partie de la marche vers le bonheur.

Walheim. Maison élue.

Il s'aperçoit qu'il avait tout emporté avec lui. Pas seulement Sixtine et les siens mais l'odeur sucrée du raisin, le bruit du vent, celui du ruisseau, la couleur du vin... et même la blancheur de la nappe posée sur la table au milieu du pré.

Une nappe d'autrefois, lourde, belle, damassée, qui le ramène à Morand. Au dernier anniversaire. Au premier soir où il est entré dans la chambre de Goethe...

Il regarde la nappe. Combien de Noëls, de Pâques, de fiançailles, de mariages, de baptêmes et de joies a-t-elle célébrés ?

De deuils aussi.

Mais cela fait partie des devoirs d'une nappe. Il la regarde, nue, blanche. Il s'approche d'elle, il promène sa main sur sa pureté et rencontre un motif en relief. Il se penche sur le travail dû à une aiguille fée, il appelle Sixtine :

— Viens voir ! Regarde cette fleur... est-ce une reprise ? est-ce une broderie ?

— Les deux, répond Sixtine qui n'a pas besoin de regarder pour répondre. Les deux, parce que tu sais, nous ne sommes pas riches, nous sommes anciens.

Le pavillon pourpre aux serpents blêmes flotte dans l'air doux.

Des oiseaux croisent au-dessus de la terrasse de Méduse.

Hérode est seul.

Avec ses gardes, ses statues, ses bateaux, son empire.

Mais seul.

Il espère encore que Lucrèce va arriver, des documents à la main, une nouvelle à la bouche... il espère encore qu'il va voir la silhouette vêtue de noir sortir de l'ombre d'une colonne.

Mais Lucrèce ne reviendra plus.

Pourquoi l'a-t-elle quitté ?

Il est seul.

Plus seul que l'enfant décharné sur un quai d'Asie Mineure, sentant le fuel et le poisson mort, qui se battait avec des chiens parmi les détritus.

C'est fini.

Le soir tombe sur la mer Égée.

Il regarde ses orchidées. Elles sont mortes en une nuit d'une maladie inconnue. La colline ressemble à la peau d'un grand brûlé. Blessure. Comme celle qui se referme à son bras.

Il aurait dû mourir.

Pourquoi Pierre-Baptiste lui a-t-il sauvé la vie ?

Il sent que quelque chose lui échappe. Quelque chose d'essentiel.

Pourquoi est-il seul ?

Les autres, une fois encore sont réunis à Walheim. Walheim, la maison qui n'a jamais voulu de lui…

Pourquoi ces gens s'aiment-ils si fort.

— Pourquoi ? demande-t-il brutalement à la Gorgone comme si elle avait des comptes à lui rendre.

— Pourquoi l'amour ?

Mais la bouche reste muette, ouverte sur le vide.

La cigogne s'éleva au-dessus de la large roue de branches et de brindilles. Elle plana un moment sur les fortifications de Bergheim comme si elle voulait emporter le paysage. Son petit était déjà parti avec les jeunes. Le mâle venait de rejoindre l'escadrille informelle qui s'apprêtait à quitter l'Alsace pour l'Afrique. Il ne restait plus qu'elle, un très vieil oiseau qui commençait son dernier voyage. Plus jamais elle ne reviendrait vers les vignes et les églises de grès rose. Elle s'endormirait doucement dans la chaleur retrouvée d'un autre continent. Les chacals et les vautours ne laisseraient d'elle que quelques plumes et des os blancs éparpillés par le vent sur les pierres du désert. Mais d'autres cigognes s'envoleraient, d'autres cigognes retrouveraient le chemin tracé par les étoiles, d'autres cigognes sauraient mesurer de très haut la sagesse et la folie des hommes.

A l'aplomb de l'église d'Hunawihr, au-dessus de l'océan des ceps lourds de grappes, au-dessus de l'espoir des vendanges, au-dessus des aiguilles d'or du clocher, l'oiseau de l'Alliance monta en flèche.

Disparut.

Il n'y eut plus que le bleu du ciel.

Achevé d'imprimer en juillet 1990
sur presse CAMERON
dans les ateliers de la S.E.P.C.
à Saint-Amand-Montrond (Cher)

– N° d'édit. 12728. – N° d'imp. 1648. –
Dépôt légal : mai 1990.

Imprimé en France